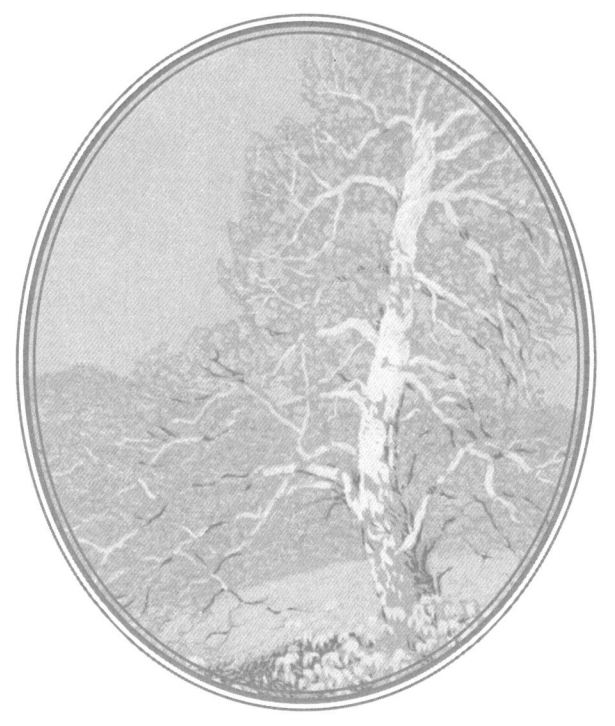

梧桐樹

——海島書寫小說十一篇——

世 寬 著

中華書局印行
CHUNG HWA BOOK CO., LTD

自序

　　二〇一九年的盛夏，我安頓好家裡的事情後，決定前往舟山的海景房避暑。臨行前，我特地帶了十幾本文學書，以便消磨島上的時光。

　　海景房位於舟山本島外的一個小島上。我先從寧波坐車兩小時到達舟山的碼頭，然後踏上了渡輪。由於旅途的顛簸，下船的時候，一腳踩空，人和行李箱一併落入大海，幸虧三個碼頭工人發現及時，將我救了起來。我趕上末班的公交車，到了住所已經是晚上八點。海邊的小屋在夜色的掩映下，顯得格外靜謐，月光下海面平靜如鏡，可是我的心裡卻湧上熱流，倘使今天沒有好心人相助，便會沉入海底，頓刻感到生的意義。

　　第二天早上陽光特別明媚，當我打開行李箱的那一刻，驚訝地發現幾本書安然無恙，而放在箱子邊緣的一遝百元人民幣卻濕了好幾張。我將這幾張濕透的紙鈔放在窗下有陽光的地方，但是無人知道這些金錢藏匿著苦澀的味道。

以後的日子，遇到風和日麗的清晨，我總會沿著房門前的臺階來到沙灘上觀賞日出。除去週末，其餘時間海灘上人跡罕至，但是有位老漁民卻經常駕著獨木舟沿著海岸線駛向遠方的海洋，直至夕陽西下才返回。

　　由於小島的環境幽靜，空氣鮮潤，我一個月就能讀完四部小說。但是美中不足的就是購物不便，從我住處到集市有六里山路。有一次從集市回來，突遇大雨，迎面駛來一輛電動三輪車，沒等我反應過來，車上的中年婦女跳下車，簡單詢問我的住址後，脫下雨衣說：「把大米裹住，趕緊上車！」十分鐘後抵達目的地，當我脫去雨衣還給她時，她的全身已被雨水澆透。

　　颱風季後，山坡上楓葉盡染，我從寧波帶來的小說基本讀光了，這樣我有更多的時間去海灘漫步。一天傍晚，晚霞映照下的海面，泛著橘紅的粼光，那位老漁民在礁石上放了一個裝有小魚碎蝦的竹簍，然後緩緩離去。翌日一早，當我再去看日出的時候，發現碩大的海鷗一頭鑽進竹簍，嘴裡銜著小魚蝦便飛向附近的鳥巢。到達鳥巢後，海鷗張開嘴巴，巢裡嘰嘰喳喳的叫聲嘎然而止，小鳥們爭先恐後地把母親嘴裡的食物吃得一乾二淨，接著海鷗躍身而起，飛向遠方。

　　深秋，海島的氣候特別宜人。每當沿著海岸線散步時，我凝視著翱翔的海鷗，心緒飄遠：這些雛鳥已經長大，我也該寫一本書了。

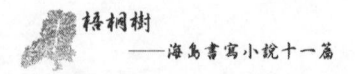

英國哲學家兼文學家羅素說過：「對愛情的渴望，對知識的追求，對人類不可遏制的同情心，這三種純潔但無比強烈的激情支配著我的一生。」羅素這一思想與我的精神世界高度契合，於是就有了書中的〈梧桐樹〉、〈一位藝人〉和〈小屋〉等七篇小說。

每當夜幕低垂，海島萬籟俱寂，這是我寫作的黃金時間。我倚在窗旁的寫字檯邊，望著窗外在月光下搖曳的樹影，寫著寫著，有時伏在桌上睡著了。當我從虛構的夢中甦醒時，檯上沾滿淚水。

就在同年十二月新冠疫情爆發，海島與陸地的交通被完全隔絕。於是，我電告家人不能返甬，但又擔心起家人的健康狀況，心情起伏不定。冬天，當我心情穩定的時候，我寫了〈福慶寺〉、〈荷花湖〉兩篇愛憎色調明晰的小說。二〇二〇年春夏，我又陸續寫完了剩下的兩篇小說。

同年六月，新冠疫情稍有緩和，我帶著手稿順利返甬，接下來就需要將手稿的內容編輯成電子文檔。由於電腦水準有限，我請了一位打字員協助文字的錄入工作，後又將簡體版本改為繁體版本，前前後後一共花了三年左右的時間。二〇二三年仲夏，我不幸感染了新冠病毒。

待身體完全恢復後，於二〇二四年，我將文稿投寄給中華書局，得到中華書局的積極回復，並准予出版。在此，我要感謝貴局全體工作人員的努力，尤其要鳴謝劉郁君女士的鼎力相助。

如果說《梧桐樹》能像冬日的一線陽光給人的心靈以一絲溫暖，或能像夏天的一陣涼風偶爾光顧人們靈魂的殿堂，這將是我莫大的榮幸。

世兢
二〇二五年四月於寧波

序 文

　　二零一九年的盛夏，我安排好家里的事情后，决定前往舟山的海景房避暑。临行前我特地带了十几本文学书，以便消磨岛上的时光。

　　海景房位于舟山本岛外的一个小岛上。我先从宁波坐车两小时到达舟山的码头，然后踏上了渡轮。由于旅途的颠簸，下船的时候一脚踩空，人和行李箱一翻并落入大海，幸亏3个码头工人发现及时，将我救了起来。我赶上末班的公交车，到了住所已经是晚上八点，海边的小屋在夜色的掩映下显得格外静谧。月光下海面平静如镜，可是我的心里却涌上热流，倘使今天没有好心人相助，便会沉入海底，顿时感到生的意义。

　　第二天早上阳光特别明媚，当我打开行李箱的那一刻，惊讶地发现几本书突然无恙，而放在箱边缘的一沓百元人民币却被浸湿了好几张，我将这几张湿透的纸钞放在家中隐蔽的小地方。但是无人知道这些金钱藏匿着苦涩的味道。

　　从此以日子遇到风和日丽的清晨，我总会沿着房门前的台阶来到沙滩上欣赏日出，除我同来，其余时间海滩上人迹罕至，但是有位老渔民却经常驾着独木舟沿着海岸线驶向远方的海洋，直到夕阳两下才返回。

　　由于小岛环境幽静，空气鲜润，我一个月就能读完四部小说，但是美中不足的是购物不便，我从住处到集市有大里小路。有次从集市回来突遇大雨，迎面驶来一辆电动三轮车，驶着我反应过来，车上的中年妇女跳下车，简单询问我的住址后，脱下雨衣说:"把煤裹住,赶紧上车!"十分钟后抵达目的地,当我脱下雨衣还给她时,她的全身已被雨水浇透。

　　台风登陆小岛上林风叶尽染，我从宁波带来的小说基本读完了，这样我有更多的时间去海滩漫步。一天傍晚，晚霞映照下的海面，泛着橘红的热光。那位老渔民在礁石上放了一个装有小鱼碎虾的竹篓，然后缓缓离去。翌日一早当我再去看日出的时候，发现硕大的海鸥一头钻进竹篓，嘴里衔着小鱼虾便飞向附近的鸟巢边，海鸥张开嘴巴，巢里叽叽喳喳的叫声嘎然而止。小鸟们争先恐后地把妈妈嘴里的食物吃得一干二净。接着海鸥腾身而起，飞向远方。

自 序

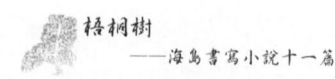

深秋，海岛上气候特别宜人，每当沿着海岸线散步时，我凝视着翱翔的海鸥，心绪飘远：这些雏鸟已经长大，我也该写一本书了。

英国哲学家兼文学家罗素说过："对爱情的渴望，对知识的追求，对人类不可遏制的同情心，这三种纯洁但无比强烈的激情支配着我的一生。"罗素的这一思想与我的精神世界高度契合，于是我请了书中的《梧桐树》、《一位艺人》和《小屋》等七篇小说。

每当夜幕低垂，海岛上万籁俱寂，这是我写作的黄金时间，我伏在窗旁的写字台边，對着窗外在月光下摇曳的树影，写着写着有时伏在桌上睡着了，当我从虚构的梦中醒时，已泪流满面。

就在同年十二月新冠疫情爆发，海岛与陆地的交通被完全隔绝，于是我电告家人不能返甬，但甚担心起家人的健康状况，心情起伏不定。冬天当我心情稳定的时候，我写了《福庆寺》《荷花湖》两篇爱憎色调明晰的小说。二零二零年春夏，我又陆续写了剩下的两篇小说。

同年六月新冠疫情稍有缓和，我带着手稿顺利返甬，接下来就要将手稿的内容编辑成电子文档，由于电脑水平有限，我请了一位打字员帮助文字的录入工作，后又将简体版本改为繁体版本，前前后后一共花了三年左右的时间。二零二三年盛夏，我不幸感染了新冠病毒。

待身体完全恢复后，于二零二四年我将文稿投寄给中华书局，得到中华书局的积极回复，并准予出版。在此我要感谢各各位工作人员的努力，尤其要鸣谢刘郁君女士的鼎力相助。

如果说《梧桐树》能像冬日的一线阳光给人的心灵以丝丝温暖，或能像夏天的一阵穿风偶尔光顾人们灵魂的殿堂，这将是我莫大的荣幸。

世竞
二零二五年四月于宁波

——海岛书写小说十一篇

作者青年時期於北京故宮留影。

訪美期間在紐約與林肯銅像合影。

自　序

梧桐樹
——海島書寫小說十一篇

編輯室的話

去年夏天,編輯部正如火如荼地忙著電子書的出版工作,機械性地轉檔、對稿,幾至精神匱乏。在炎熱而煩悶的八月天,我們收到了董世永先生(筆名世寬)的小說文稿,一時間,篇篇精彩的故事彷彿為大家幾乎要枯竭的心降下甘霖。

本書是作者在新冠疫情期間於悠然遺世的舟山島上完成的小說創作。他告訴我們:「書中所講述者皆是貼近生活的小故事,希望藉這些故事與讀者分享人生感悟。」但其實在整理文稿時,我們所感受的絕不僅於此。它的文字純熟、內容豐富醇厚以至於讀罷久久無法自拔⋯⋯於是,雙方很快地決定合作並進行出版細節的討論。

編輯部在整理最後一篇壓軸愛情故事〈摯愛〉時,留意到開頭的描述場景:海邊、梧桐樹⋯⋯蒙太奇影像在舟山海島與故事窗外海邊梧桐樹景之間交錯。「海」與創作這部書的場域相關聯,「梧桐」又有著忠貞愛情、高潔品行兩層象徵,因此與作者商定將原篇名與書名皆改為「梧桐樹」,並加上副標題「海島書寫小說十一篇」。

§

　　作者董世永生於一九四九年，出身寧波書香門第，曾外祖父是清末舉人，曾於一九〇八至一九一一年任寧波教育學會會長，母親的堂姊蘇青為民國才女作家。他自幼受文學薰陶，對寫作產生濃厚的興趣，於黑龍江佳木斯師範學校畢業後進入集賢高中擔任教師，退休後開始著手寫作，將童年時母親講述的民間故事及她的學養思想化做文字，書中的〈田螺姑娘〉、〈一箱黃金〉即是受母親影響的創作。

　　家學淵源、加之對歐美文學情有獨鍾，因此作品頗有法國新浪漫主義的味道。敘事善用情景交融，多採用象徵筆法，抒情兼有哲理，更蘊含悲天憫人的思想，是一部值得細細品味的小說集。本書的價值正如作者自述：

　　「目前，世界在戰爭和疫情的陰影籠罩下，文學就像一片荒漠，像我這樣文學原創實屬稀物，在充實物質的世界裡，精神慢慢貶值，唯有信仰留了下來。」

▎本書以德裔美國版畫家 Gustave Baumann（1881-1971年）於1910年作品〈The Sycamore（梧桐樹）〉為主圖，同時呼應書名與 Volume 11.〈梧桐樹〉故事的中德混血主角。

主編　劉郁君
二〇二五年立夏

編輯室的話

梧桐樹
——海島書寫小說十一篇

目錄

自序／世寬　　I
編輯室的話　　IX

Volume 1.
　一位藝人　　001

　　藝人的家與我家坐落在同一長廊的兩端,他家在北頭,是間低矮平房,房子毗鄰一條小河。從我懂事起就沒有見到過藝人家的其他人,他可稱為名副其實的孤獨藝人……

Volume 2.
　福慶寺　　021

　　第二天一早天色陰晦,整個寺院被一層厚厚的霧霾籠罩著,太陽還深深地藏在大山背面,被蔥蘢樹木包圍的寺院顯得十分靜謐……

Volume 3.
　魯俊的故事　　059

　　在這茫茫的海面上孤單地漂泊著一艘小船。魯俊呆呆地坐在甲板上。身體不寒而慄,唯有海上的月光給予了寬慰。

Volume 4.

荷花湖　　093

　　每當半夜月琴家炊煙裊裊升起，使午夜的荷花湖煙霧朦朧，形成荷花湖的獨特景觀。有人把它譽為仙女散網，為了觀賞這一美景，各地遊客每到午夜蜂擁而至，但無人知曉它的來龍去脈。

Volume 5.

小屋　　139

　　一艘遊船離開湖邊的碼頭飛速向彼岸駛去。快到中午了，遠方蘆葦叢中高聳的瞭望臺輪廓越來越清晰。工作人員指著這座高大的建築對阿芬說：「妳父親就住在這瞭望臺下的小屋裡」……

Volume 6.

贗品　　175

　　拍賣會由一位身材修長、風姿綽約、神態肅穆的女士主持。頭幾件是一些名氣不大的民國和明清時期的書畫家作品，直到最後一件北宋畫家范寬的山水畫出現在大螢幕前，全場鴉雀無聲，凝眸觀賞。

Volume 7.

田螺姑娘　　221

　　正當阿青準備回家換衣服時神奇的一幕出現了。只見一隻黑乎乎碩大的東西緩緩從河底升起，慢慢靠近長滿苔蘚的石階，接著又貼著石階爬了上來……

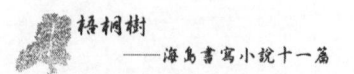

Volume 8.

孤獨人生　　　267

　　他望著波光粼粼大海深情地說：「世界以痛吻我，要我報之以歌。」

Volume 9.

綠色穿越　　　325

　　這時肖翔倚靠著機艙內的椅背透過手機看到義大利南部及地中海的氣象節目，氣象報告說西西里島周圍的地中海明日天氣是：「晴，東南風二級」這種氣候非常適合太陽能飛機飛行，他望著浩瀚湛藍蒼穹，思考著明日飛向西西里島的路徑⋯⋯

Volume 10.

一箱黃金　　　383

　　三月的長春，早上朝霞與皓雪相映，遠處山麓邊莊嚴的雪松裹著白雪帶著下垂的枝葉摩肩接踵，好像在等待春光的撫摸顯露青翠的本色。

Volume 11.

梧桐樹　　　429

　　更雪上加霜的是第二次世界大戰爆發了，中德之間的正常往來被切斷。母女倆不但收不到從德國寄來的錢，而且父親在德國的情況也杳無音信，是被納粹徵兵到蘇聯打仗去了？還是在某個地方躲避戰火⋯⋯

梧桐樹
—— 海島書寫小說十一篇

Volume 1.
一位藝人

　　藝人的家與我家坐落在同一長廊的兩端，他家在北頭，是間低矮平房，房子毗鄰一條小河。從我懂事起就沒有見到過藝人家的其他人，他可稱為名副其實的孤獨藝人……

Volume 1. 一位藝人

梧桐樹
——海島書寫小說十一篇

一位藝人

「智慧和愛，這是在我們生前和死後的兩個無底深淵之間能淹沒黑暗的唯一光明。」——羅曼·羅蘭《約翰·克里斯多夫》

在我孩提時，有一件至今難以忘懷的事，始終縈繞在心。

那就是一位民間藝人用手工雕塑出老鼠偷油的作品。

本件作品用麵團作為材料，作品的造型是一個晶瑩剔透的油瓶，旁邊有一隻大肚子的老鼠，且有一根長尾巴。他的構思是：老鼠掀開瓶蓋後，將它長長的尾巴伸進油瓶裡，然後將沾滿油的尾巴從瓶內拉出來，用嘴不停地吸吮黏在尾巴的油，不斷重複這一機械運動，直致將油瓶中的食油吸得精光，此時老鼠的肚子裡裝滿了淡黃色的食油。

藝人的構思及作品精美無與倫比，整個藝術品栩栩如生且十分靈動，簡直可與現代雕塑大師的作品相媲美。

Volume 1. 一位藝人

老鼠偷油的雕塑在我的記憶裡是所有雕塑品中價格最貴的一個，即兩角錢。

　　上世紀五十年代在物質生活十分匱乏的情況下，能從父母手中獲得兩角的零花錢，在同學中也是屈指可數。

　　有一天，我終於僥倖從母親那裡獲得兩角錢，信心滿懷地想獲得老鼠偷油這一夢寐以求的作品。

　　那天放學較往常晚了半個小時，我一股腦兒奔向藝人常在的馬路旁的一個角落。果不所了，藝人所在處已經人山人海，裡三層外三層把藝人團團圍住，水泄不通。

　　我身單力薄根本無法穿過人群站在前排，可一目了然觀賞到藝人的精湛手藝，只能站在遠處，目睹藝人的竹竿上插著老鼠偷油、孫悟空大鬧天宮、豬八戒吃西瓜等作品，令人饞涎欲滴。

　　黃昏緋紅帷幕從西邊徐徐降臨。

　　圍觀在藝人四周的人群也漸漸散去，我趁機來到藝人面前，此時才見到廬山真面目。

　　藝人是一位六十多歲老頭，頂著一張黝黑的臉，額頭上有兩條深邃的皺紋，兩鬢略帶白髮，在雕塑時戴上寬邊老花鏡，待人始終和藹可親。

　　這時立在藝人旁邊的竹竿上，原來插在杆頭草團中十幾個栩

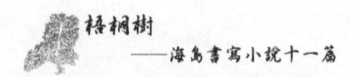

栩如生的雕塑品均落入別人的囊中，抬頭仰望杆頭的草團變成了光杆司令。

我小心翼翼走近藝人，遞給他兩角錢，輕輕哀求：「爺爺，請給我捏一個老鼠偷油好嗎？」

他瞥了我一眼，打開裝麵團的桶蓋，溫和且貽笑大方地說：「孩子，今天麵團用盡了，明天給你做吧！」我一看他確實已彈盡糧絕，俗話說巧媳婦也難做無米之炊，於是我只能掃興而歸。

正當我準備拔腳離開時，藝人向我呼喊：「孩子你等一等，我給你做一隻小鳥。」我受寵若驚走到他的面前，只見藝人打開另一只木桶蓋，我窺視到桶內壁上沾有剩麵，他拿起刮刀在桶內轉了一圈，一個雞蛋大小的麵團出現在他乾癟的手中，而他右手上的長指甲令人印象深刻。藝人用手一搓、一捏，用指甲摀削，不一會一隻小鳥的雛形形成了，然後用筆著上色、再插上羽毛，一隻小巧玲瓏的金絲鳥做好了。

藝人相見以誠對我說：「孩子，快來拿去。」我將兩角錢遞過去，他豁達大度地說：「這是送給你的，不要錢。」他把錢塞進我的口袋，摘下老花鏡準備回家。

我靦腆地說了一聲：「謝謝爺爺。」

「不用謝，我明天再給你做老鼠偷油。」說完他挑起擔子向西走去。

Volume 1. 一位藝人

到家後媽媽問我：「今天你買到了老鼠偷油的作品了嗎？」

我心灰意冷地說：「沒有。」

然後從書包中取出這隻剛做好的金絲鳥對媽媽說：「這是藝人送給我的。」

媽媽一見這栩栩如生的金絲鳥，眼睛一亮，高興地說：「這隻鳥做得非常精緻，而且還有一股奶油清香。」

我心不在焉，站在一旁緘口無言。

晚上做完作業，帶著這隻金羽鳥走進自己的臥室，久久不能入眠，心想：明天放學我無論如何要擠進人群的第一排，把老鼠偷油買回來。但是目光卻注視手中的這隻金絲鳥，好像小鳥開口對我說：「我比老鼠更有滋味，不信你嚐嚐？」我慢慢地拿起手中小鳥，猛的一口把它塞進我的嘴裡，咬著咬著一股清香的奶油味沁人心肺，不一會躺在床上悠然入夢。

一天放學，我到家後推開房門，一尊老鼠偷油的雕塑醒目地擺放在桌上，聽媽媽說是藝人早上送來的。啊！我的冀望如願以償。

§

藝人的家與我家坐落在同一長廊的兩端，他家在北頭，是間低矮平房，房子毗鄰一條小河。

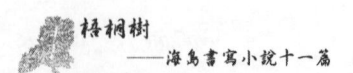

從我懂事起就沒有見到過藝人家的其他人，他可稱為名副其實的孤獨藝人。

藝人家的門是朝北的，南面的小窗終年緊閉。

在進門東側的房樑下有一尊觀音菩薩，菩薩面前有一個懸空祭臺，每逢重要佛教節日，祭臺上放滿各種貢品，神龕前燭光輝煌、香煙縈繞，他可謂一位虔誠的佛教徒。

藝人家中的一張單人木床擺放在南窗下，木床背上鑲嵌一塊一尺見方的紅木雕塑，內有水滸中的六位名將，形態逼真，藝人把它們視作家中唯一瑰寶。

在他的枕頭邊放著一遝書籍，這些書中蘊涵中國古代人物、景物的各種造型。

剛進門的左側放著六尺長、二尺寬的面板，面板旁擺放兩只裝麵團的小缸，上方堆放著色彩繽紛的麵團，下面有兩個圓柱形的木桶，與藝人朝夕相處。

其中一個木桶分為兩層，上層裝滿色彩各異的麵團和各種顏料，下層擺放著種類繁多且不可名狀的雕塑工具。另一個木桶內放有小木凳、飯盒等生活用品。在木桶旁邊插著一根可以伸縮的竹竿，竿子頂端綁著草團，每當藝人完成一個作品，就將其插在上面。

Volume 1. 一位藝人

藝人幾乎每週都要到這個城市的主要街口,因此他的精湛手藝在老市區的居民家喻戶曉,所到之處總被人群圍得水洩不通,過往人們對他的作品讚歎不絕。但藝人不為之所動,他仍堅持千姿百態的藝術風格。

　　一天下午放學,我一股腦兒跑到南門的大橋旁觀賞藝人的雕塑。見到鄰班的幾位同學從圍觀的人群縫隙中鑽了出來,他們均如願以償得到了孫悟空的雕塑。因為我鑽不進人群,目睹同學人手一個握著他們心儀的雕塑,自己十分眼饞。

　　我正準備靠近他們見一下作品的廬山真面目,不料有一個同學已經忍不住把孫悟空放進嘴裡咀嚼起來,令人饞涎欲滴。於是我轉頭看到其他三位同學得意洋洋拿著孫悟空的雕塑,驚奇地發現這三個孫悟空的臉面朝向及表情各不相同,且手持通天棍的姿勢也不類同,藝人的構思真是獨具匠心。

　　突然有一位觀賞的青年激越地說:「師傅,請把你竿頭上插的魯智深倒拔垂楊柳轉讓給我,可以嗎?」

　　藝人不加思索地從凳子上站立起來,將這尊雕塑遞給那位年輕人。

　　那位青年問:「師傅多少錢?」

　　藝人瞥了他一眼溫和地說:「一角錢。」

　　於是青年從藝人手中接過這一雕塑,心中洋溢喜悅不言而喻。

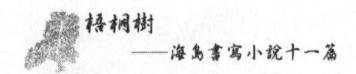

有一個小孩飛快地跑到青年面前天真地問：「叔叔，讓我用手撫摸一下可以嗎？」

青年憐惜地說：「這不能摸，只能看。」

大家目不轉睛觀賞著青年手中那個蓬頭散髮的魯智深，兩顆烏黑的眼珠尤為生動，好像要從眼眶中脫穎而出，頭朝地雙手緊抱倒垂的楊柳，把人物的心理活動刻畫得淋漓盡致。

這時站在圍觀人群前排的一個小胖子對藝人說：「爺爺，也給我做一個魯智深倒拔垂楊柳好嗎？」然後他把錢遞給藝人。

「哦，你也要魯智深？」

「是的。」小胖子沉迷地說。

藝人提了提老花鏡：「錢你先拿著，等我把這條龍捏好後再給你做好嗎？」

「好的。」小胖子拿著錢默默在藝人一側等候。

不一會藝人把著上色的龍交給另一小孩後，便開始準備做魯智深拔楊柳的作品。

他從圓柱形的木桶內取出五、六團色彩各異的麵團和數把不能名狀的竹刀，和藹地瞥了小胖子一眼，提一提垂到鼻樑上的老花鏡，捲起袖子左手握起麵團，把色彩大小各異的麵團放在手掌上經搓、揉、捏後一個人物的造型基本出現，再用右手的長指甲

Volume 1. 一位藝人

削下多餘的部分，拿竹器雕刻工具三上兩下就把魯智深做好了，然後配上一棵枝條倒垂的柳樹，樹主幹上有一雙魯智深粗黑的雙手緊緊環抱，造型結束後再給整個作品著上顏色，一件栩栩如生的藝術品完成了。

藝人把筆一擱，摘下老花鏡，把這件雕塑遞給小胖子。

小胖子從藝人手中接過雕塑後一臉愕然：「爺爺你是不是弄錯了，魯智深的頭髮是蓬鬆向下，且柳樹粗多了。」

藝人一聽揶揄說：「孩子，你太天真了。」然後他拍拍小胖子肩膀風趣地說：「那位大哥哥的魯智深倒拔垂楊柳要比你那個早三年，那時楊柳較細，所以魯智深早晨起來蓬頭散髮，也不費吹灰之力；而你這個魯智深倒拔垂柳是在他三年之後，樹也粗了，魯智深用盡九牛二虎之力才能拔起，因此怒髮衝冠。」

這一席話使得圍觀人們捧腹大笑。

這時小胖子把一角錢塞進給藝人手中。

藝人手掌一退說：「爺爺不收你的錢，因為我沒有獲得你的滿意。」

小胖子靦腆地把一角錢放在藝人的腿上，拔腳就鑽進人群。他心想藝人別出心裁創作出精妙絕倫的作品，自己還說三道四，真有點不好意思。

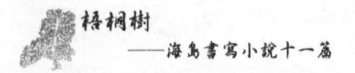

當小胖子鑽出人群後，那位先得到魯智深拔楊柳作品的青年人對小胖子說：「小孩，如果你不喜歡你手中的那個魯智深能否轉讓給我？我出五角錢。」

小胖子瞥了他一眼搖搖頭離開了。

藝人的作品千姿百態，素不類同。他認為：「藝術作品如果同一模式就成了複製品，複製品就沒有藝術的靈魂，沒有靈魂的作品永遠不會感人。」

藝人為了追求藝術之美，往往達到廢寢忘食的境地。

這裡有一個敲更的老頭，每到午夜總可以從藝人家窗戶映出他的影子，知道他還在挑燈夜戰。他仿照畫冊裡每個人物、景物細細端研，有時還會用放大鏡觀察每個細小的環節。藝人有句名言：「細節決定大局。」他對每個人物的眉毛、眼神、臉色、嘴和下巴的造型均刻畫得十分細膩。

有一位中學退休的美術教師是藝人忠實的粉絲，每次藝人來到城市南門的一座橋下雕塑時，那位老師總是風雨無阻前來觀賞。而且與藝人達成默契，即要求購入水滸中所有人物的雕塑，在不到兩年的時間內，她已收集了水滸全部一百零捌位人物造型，惟妙惟肖，令她愛不釋手，視這為藝術珍寶，並陳列在家中的一個紅木櫥窗裡。

每當親朋好友登門時，她定會孜孜不倦向他們講述雕塑的來歷，客人們個個讚歎不絕。

Volume 1. 一位藝人

藝人到過這個城市的每個角落,唯有月湖獨有鍾情。月湖西邊一個草木蓊鬱的涼亭,在清澈如鏡的湖邊,倒垂的楊柳摩肩接踵,也許是這優美的環境足以喚起他創作的靈感。

　　每到週日,藝人總在這裡安營紮寨,他的到來就像明星光臨,把這塊彈丸之地圍得水洩不通。

　　大概一年以後,藝人獲知有位小姑娘每週必到。小姑娘在他媽媽的陪同下只能在圍觀的人群外遊蕩,不要說買不到一件心儀的雕塑,就是目睹一下藝人創作的風采也並非易事。

　　一天週日,當落日的餘暉掠過涼亭的頂端,西邊的天空出現淡淡的星星時藝人準備挑起木桶回家。

　　藝人突然發現在離涼亭不遠的一棵樹蔭下,一位小姑娘懷著十分期盼的心情,呆呆地在那裡等著。他把挑在肩上的擔子往旁邊一放,態度溫和地對她說:「小姑娘,妳是不是想要我的雕塑?」

　　小姑娘心情急切的說:「爺爺,我想買你一個雕塑,已經等了一年了,不知你木桶內還有剩餘的麵團嗎?」

　　「小姑娘真不好意思,木桶內的一點剩餘都沒有了。」於是藝人從口袋裡拿出一張紙和一支鉛筆,和藹地對她說:「小姑娘,請寫下妳的歲數、出生日期和妳家的住址,並告訴父母,在妳生日那天我將登門拜訪。」

梧桐樹
——海島書寫小說十一篇

小姑娘如獲至寶，她快活地對藝人說：「謝謝爺爺！」藝人摘下花鏡做了一個不用謝的手勢，小姑娘蹦蹦跳跳跑回家。

在與藝人家相距不足五十米的一間破舊平屋裡住著一對終年撿破爛為生的外地戶，他們育有一位不到十歲的聾啞男孩，邋裡邋遢、皮膚黝黑，每天坐在門口一把沒有靠背的竹椅上呆呆地望著每位路過他家門口的行人。

如果他看到手拿雕塑的孩子路過他門口，便會顯露饞涎欲滴的神色，他的父母只能在日暮西沉回家時給他帶上幾個麵餅，其餘對孩子來說都是奢望。

每逢週六下午，藝人有一件必做的事。他會手提自製的一個小竹籃，裡面裝上即興製作的玲瓏剔透的卡通人物和一些糖果，每每把小竹籃送給這位聾啞小孩時，總會令他受寵若驚，當小男孩伸出他那雙齷齪的手接過竹籃，高興得合不攏嘴，顫動著嘴巴卻沒有聲音，眼眶裡含著激動的淚水抬頭凝視著藝人慈祥的臉。

§

藝人每天挑擔上街前一個小時總要翻閱一下那本黃色封面的日記本，因為在小本子內記錄人們向他訂購的作品。

一天早上當他翻閱小本子時，發現今天是小姑娘的生日，按他先前對小姑娘的承諾，他今天必須登門拜訪並為其製作一件心儀的雕塑。

Volume 1. 一位藝人

這是一個盛夏的早晨，空氣特別新鮮，藝人按小姑娘三個多月前給他留下的地址苦苦尋覓一個多小時，終於在城市較為偏僻的角落找到小姑娘的家。它是路旁林蔭下三層樓的連體別墅，她家是東面一棟。東面窗下的草地上五彩繽紛的紫羅蘭賞心悅目，大門口石階旁的兩棵櫻桃樹在晨光照射下，十幾顆櫻桃尤為炫目，好像就在這櫻桃樹內隱匿著深邃的童年。

　　藝人走上正門的臺階按下門鈴，不一會小姑娘的母親打開房門，見到滿臉紅光、神采奕奕的藝人後微笑地說：「大叔，你遠道而來為我女兒雕塑，勞駕你了。」

　　他把手提的包往地板上一放，耿直地說：「你女兒為了索取我的雕塑緊緊等了一年了，如果我再不給她做一個，她會後悔不迭。」

　　藝人如約而至，使小姑娘特別興奮，她心想今天總可以如願以償獲得一件心儀的作品。

　　小姑娘像小燕子一樣輕盈地來到藝人的身旁，臉頰緋紅羞怯地說：「爺爺辛苦您了，快到客廳坐一會，我爸爸已經給您泡好了茶。」

　　她的父親迎上前去握住藝人那雙乾癟且靈巧的雙手，含情脈脈地說：「大叔，您為我女兒區區小事登門拜訪，真讓我們羞愧，快到客廳休息一會。」

　　藝人一看手錶已經上午九點多了，焦急地說：「還是先給你女兒雕塑吧。」

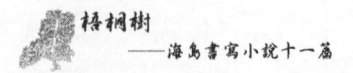

梧桐樹
——海島書寫小說十一篇

小姑娘的父親一看藝人這麼執拗也不再堅持，他把女兒叫到跟前說：「瑩瑩啊，把昨天妳媽給妳買的新衣服穿起來。」

經母親梳妝打扮後，小姑娘帶著既靦腆而又喜悅的心情輕盈地走到藝人面前，猶如一朵亭亭玉立的荷花。

藝人對小姑娘說：「今天妳是屋中最美麗的一道風景。」

「謝謝爺爺。」小姑娘羞澀地說。

藝人經一番端詳後，從布袋裡取出十來個色彩豔麗的麵團和已經在家吹拉出來的一卷黑色頭髮，藝人手法輕盈、敏捷，瞬間塑造出人體的模型，再配上黑色頭髮，由於小姑娘腳上穿的是運動鞋，藝人認為這樣的搭配不太協調，他認為應該給小姑娘搭配一雙晶瑩剔透的水晶鞋，這樣整個雕塑就更顯靈動和雅氣。

這一想法獲得全家一致贊同。

大概經過不到半小時的勞作，一具栩栩如生的小姑娘雕塑呈現在大家面前。

在烏黑的頭髮上繫著一朵粉紅色的蝴蝶結，細細的眉毛下一雙晶亮的雙眼，淡紅色的臉蛋上鑲嵌一個玫瑰紅小小嘴巴，上身穿著荷花葉領子方格襯衫，在這件天藍色的方格襯衫下是一條有褶皺的白色短裙，裙邊上鑲有金絲，裙的腰部是一團大荸繡邊，再配腳上的那雙水晶鞋，整個作品與小姑娘的實際打扮別無二致，而且雕塑作品更加生動。雕塑完成後，藝人沉思片刻又捏出一個小兔子放在小姑娘的腳邊。

Volume 1. 一位藝人

此刻小姑娘舒眉展眼興奮地將臉湊近母親的耳旁低聲細語：「媽媽，爺爺怎麼知道我屬兔的？要不他為什麼作它。」藝人好像聽到小姑娘的話音，他摘下老花鏡，溫和地瞥了她一眼說：「那天妳不是寫下妳的歲數和生日嗎？我想妳應該屬兔。」

　　小姑娘的父親也被藝人細膩的摯愛所感動。

　　她從藝人手中接過自己這一光彩炫目的雕塑，激動得不知說什麼，心想：如果在一年前我穿過人縫擠到圍觀人群的前排，頂多也只能得到一具動物的雕塑，或者運氣好的話能收穫水滸或西遊記中的一個人物造型。

　　如今獲得這個楚楚動人的專屬雕塑，炫目銷魂，小姑娘激動得淚水從眼瞼邊流了出來，嘴邊輕輕說：「謝謝爺爺。」

　　藝人懇摯地說：「只要妳喜歡，我就放心了。」說完他把一件件工具放進這只用麻做的淡黃色的工具袋裡，準備告辭。

　　小姑娘的母親從沙發旁拿起一大袋禮品對藝人說：「叔叔，這是我們的一點心意，請你收下。」

　　藝人說：「今天妳女兒滿意了，我就滿足，東西你們自己留著。」

　　經過一番爭執，禮物還是被藝人婉拒了，全家三口人只能站在家門口送別這位樂善好施的人。

　　從那以後，每年暑假結束前的最後一個星期天是這個城市兒童最快樂的一天，只要兒童們有充足的耐心在月湖西邊涼亭旁的林蔭下排隊，總有機會獲得一份自己生肖的雕塑。

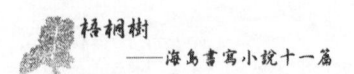

那天凌晨雞未鳴曉，藝人就起床，在這間晦暗陳舊的平房內點燃兩、三根蠟燭，將頭天晚上揉出來的麵分成若干團，調成各種不同顏色，將兩個圓柱形的木桶裝的鼓鼓囊囊，自己狼吞虎嚥地吃完一頓簡陋的早餐，便挑起木桶向月湖邊的涼亭走去。

當藝人到達涼亭時，天剛濛濛亮。

在涼亭旁邊的林蔭下已經有近百名兒童像等待魔術師一樣等待藝人的到來，因為他們今天可以獲得夢寐以求的禮物。在兒童排列的隊伍中總能聽到這樣的問答聲：「你屬什麼生肖？」對方答：「我屬龍。」「那你屬什麼？」「我屬豬。」個個笑顏逐開。

早晨第一縷陽光給涼亭東邊的立柱繡上光斑，奕奕生輝。

城市各處的兒童紛至遝來，在林蔭下排隊的長龍已經看不到盡頭。

在這盛夏時節，中午的烈日把柏油馬路都烤化了，只見藝人深邃褶皺的臉面上佈滿了汗水，他用一塊灰色的舊毛巾擦去汗滴，從木桶內拿出兩塊面餅和一瓶涼開水作為中餐，十分鐘過後，藝人用毛巾擦了一下嘴唇，一頓簡單的中餐完成了。

站在前面的一個小學生目睹藝人粗陋的中餐，他張口對藝人說：「爺爺，我帶了很多豆沙餡包，您吃兩個。」

藝人言笑自若地說：「孩子你自己吃吧！爺爺吃飽了，謝謝你。」

說完他又馬不停蹄地為孩子們雕塑了。

Volume 1. 一位藝人

從月湖的東邊向西眺望,西邊湖畔的涼亭在落日餘暉照射下像一道閃亮的金光,猶如一顆火焰之心。

夜的帷幕徐徐合攏,在涼亭四周仍有數十名兒童手拿雕塑互相觀摩。孩子們驚奇地看著同一生肖的雕塑,造型無一類同,千姿百態、惟妙惟肖,許多陪伴的家長對藝人精湛手藝讚不絕口,但更令人折服的是他那顆善良的心。

那年中秋節回家時,一輪明月已高掛蒼穹。當藝人推開黝黑的房門,被眼前的一幕驚呆了。

月光透過天窗射入屋內,他清晰地看到無論是桌子上、還是地上都擺滿了琳琅滿目的月餅、美酒和西瓜。

他小心翼翼走到床前,發現床頭櫃上放著一盒碩大精美的月餅禮盒,裡面還帶有一瓶酒,在盒面上附有一張粉紅色的愛心卡,上面這樣寫著:

爺爺,

您好!昨晚我做了一個夢,夢裡我看到您給我雕塑的那隻小白兔,長出大大的一對翅膀,我手捧您給我做的那件精美絕倫的雕塑,坐在小白兔身上飛到了月亮。

在月亮上的桂花樹下,我巧遇吳廣,他看到我手中的雕塑,眸子閃亮讚譽不絕,我作為從地球而來的稀客,就把這一精美雕塑饋贈給他,他回敬我兩瓶桂花酒,回地球後一瓶給我爺爺,一瓶給您。願您喝了桂花酒後與我爺爺一樣長命百歲。

小學生:李瑩珠

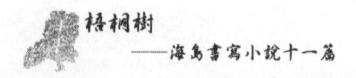

藝人看完後心情像翻滾的海浪，久久不能平靜。一時眼睛有點模糊，眼淚從瞳孔邊淌了下來，他從床邊起身踽踽幾步，走到久閉的南窗下，推開布滿灰塵、污漬斑斑的窗戶，只見蒼穹明月當空，發現這是他從出生至今六十五年中最亮的一夜。

　　從那年中秋節後，我搬出了這個社區，住到離城中心相距廿多里的郊外。

　　後來從鄰居中獲知，藝人由於積勞成疾，從那年入冬後臥床不起，同年冬至駕鶴西去，當時為其送葬人有上百之多。

　　他留下的遺產是兩個木桶、一根扁擔、一捆不能名狀的工具及一箱舊書。但他那謙卑、和藹可親、樂善好施的精神，猶像一顆絢麗明珠永恆地鑲嵌在人們的靈魂之中。

　　半個多世紀過去了，故鄉的事就像過往煙雲，唯有此人此事常常縈繞心中，纏綿涓涓。

　　最近我看了一本法國作家羅曼·羅蘭的著作《約翰·克里斯多夫》其中有這麼一句十分忠肯的話：「智慧和愛，這是在我們生前和死後的兩個無底深淵之間能淹沒黑暗的唯一光明。」

Volume 1. 一位藝人

梧桐樹
——海島書寫小說十一篇

Volume 2.

福慶寺

第二天一早天色陰晦,整個寺院被一層厚厚的霧霾籠罩著,太陽還深深地藏在大山背面,被蔥蘢樹木包圍的寺院顯得十分靜謐⋯⋯

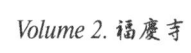

Volume 2. 福慶寺

梧桐樹
　　——海島書寫小說十一篇

福慶寺

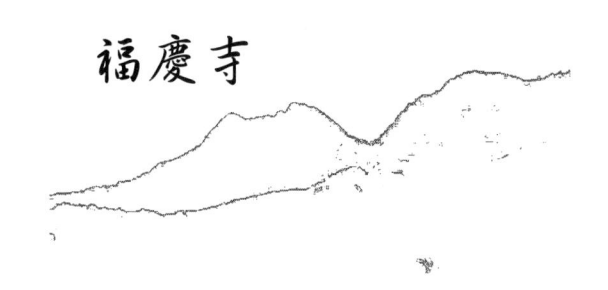

　　在中緬邊境的一個窮鄉僻址的山溝裡,世世代代居住著幾十戶山民。

　　由於村莊坐落在大山深處,交通不便、人煙稀少,人們食住均是就地取材,如要購買貴重及時令物品,需翻越兩座大山,輾轉曲折,方能到達鎮上。

　　在村鎮公路尚未修好之前,一個身強力壯青年如去鎮上購物,從東方發曉啟程,要披星戴月才能到家。這裡的郵遞員一週上村一次,屬實不易。

　　從村鎮公路建好後,現在的情況大為改觀,大批年輕人進入鎮裡打工。

　　在山溝上游的張老太他們祖輩三代都住在這裡,兩年前因丈夫去逝後,她與兒媳同住一屋。

Volume 2. 福慶寺

時從村鎮公路造好後，兒子早出晚歸在鎮上一家建築公司上班，而兒媳工作是村上一家茶廠，且已懷孕在身。

他們所住的房子還是張老頭還在世的時候蓋的，至今已有五十年了，圍牆所用石材都是從山上的採石場託毛驢馱下來，經半個世紀的風吹雨打，多根椽子已斷裂，房頂的瓦片擠成一堆，尤其一到下雨天，雨水順著椽子滴滴答答地落在屋內，地上濕漉漉的。

張老太最擔心的還是房頂上的脊檀已經腐爛，不容小覷。如果遇到狂風暴雨，脊檀隨時都可能斷開，造成整個房屋坍塌，後果不堪設想。

母親把隱藏在心中的憂患向兒子傾訴後，兒子頗有同感。

幾週後，兒子利用節假日休息，在鎮上買了一車木材拉了回來，將房頂翻修一新。要是沒有這條村鎮公路，將一車木材從鎮運到這裡那是紙上談兵。

不到半年，張老太的兒子外出承包工程，風裡去雨裡來，任勞任怨、兢兢業業積累了大約有十幾萬元錢。

由於兒子特別孝順，家中所有錢統統由母親保管。因為兒子深知母親的心：當她手中有錢時，晚上就能高枕無憂。

三月早春邊陲的山溝冷風颼颼。

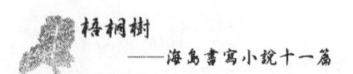

一天早上，東方晨曦被一大塊烏雲罩住，陰霾的天空彌漫著霧靄，張老太提著一籃子菜，從菜園回來。

「張老太妳有兩封信。」隔壁的老寡婦李婆婆朝著她匆匆走來：「這是昨天下午郵遞員送來的，當時妳家鐵鎖把門，我就代妳收下了。」

「多謝妳了，李婆婆！」

說完張老太從籃子裡拿出了一小包青菜，塞到李婆婆手中。

「這麼客氣幹嗎？這是我應該的。」李婆婆直言不諱地說。

張老太坦誠道：「我籃子裡的兩包菜本來一包就是給妳的，妳別誤會。」

李婆婆對張老太為人厚道，深表感動。

張老太一手捏著兩封信、一手提著籃子，緩步走到自家的屋簷下。

她拆開第一封信，是供電所寄來的一張催款單，由於半年沒有交電費，共計欠二百六十元，務必在一週內交上。

第二封信的信封是中國紅，上面寫著「南無阿彌陀佛」金色大字，右下方刻上福慶寺，信封背面是天空中一排排秀美木屋。

張老太驚奇地從信封中抽出一張金黃色信紙，上面這樣寫著：

Volume 2. 福慶寺

尊敬的太太：

您好！我們福慶寺建寺雖短，但歷史悠久，名揚四海。

由於我們都是忠實的佛教信徒，秉承佛教理念篤信不渝，賜福於民為我寺宗旨。

人不分男女老少、不分窮人還是富人均難免一死。有許多人不能隨心所欲選取生前的住所，但卻可尋覓死後心儀歸宿。

本寺除承接各種佛事之外，還給廣大民眾出售天堂房屋。由於天堂沒有黑暗，唯有光明，所以天堂住所與朝向無關，所花費用與面積成正比。

本人在購得天堂房權後，如有不妥，本寺分文不收手續費和介紹費，可在七天內全額退款。

一旦獲得天堂房權，便永久享受。本寺至今已出售數百套，餘房不多，想購欲速。

我福慶寺坐落在群山環抱、林木蔥蘢的青翠幽谷，鳥語花香，甘飴溫馨。

您如光顧我寺，請提前三天來電告知，我們將在大步鎮星光大酒店前派專車專人接迎。每位貴賓到達我寺後，我們只收一百五十元（三天／人）的住宿費和餐飲費，如因購天堂房屋延長時間所產生的費用一律由本寺承擔。福慶壽將給您一個賓至如歸之感。

福慶寺

張老太讀了第二封信後心中有點騷動。思忖自己和已故的丈夫在這搖搖欲墜的石屋裡心驚肉跳地度過了大半生，如果遺夫在天堂裡有一間明亮的新屋，這將是對自己最大的慰藉。又因為

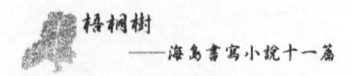

自己有兒孫，如果再能為他們來世在天堂裡有一處秀閣華堂該多好。張老太有種躍躍欲試的衝動。

落日冉冉西沉，往常兒子早就到家了，今天卻無動靜。

媳婦把一盤盤熱氣騰騰的菜端上桌面。張老太注視兒媳婦一天天鼓大的肚子，心花怒放，因為不久將來張家又增添一名新的成員了，心底的遐想悠然再現。

突然摩托車的發動機聲在門口停住了，兒子摘下頭盔，高興地推開房門，正好妻子迎面而上。

「阿英，今晚我們要多喝點酒，來慶賀一下。」

「又有什麼喜事？」阿英詫異地問。

「我承包了一個工程，預估年底可獲得十八萬紅利。」

「是嗎？」阿英望著丈夫興奮地說：「這樣的話，明年我們可以蓋一間兩層樓的小洋房。」

張老太感慨地說：「要是你爸在，那該多好啊！他一輩子也沒有住過洋房。」

「是的，爸爸一生都很辛苦。」

「兒子啊！幹活也要注意身體，身體是根本，不要像你爸爸那樣，只管幹活卻累壞了身體。」

Volume 2. 福慶寺

「這我如道,你放心好了。」

這時阿英給丈夫酌滿了酒,一家三口人其樂融融。

§

李婆婆也是一位虔誠的佛教信徒,每逢初一月半張老太總和她去廟宇燒香拜佛,風雨無阻,從不遺誤。想到這裡,張老太即刻頓悟:如果與李婆婆商討購置天堂華庭定當有一個圓滿結果。

翌日吃完早餐後,張老太來到隔壁的李婆婆家門口,輕輕敲了兩下門。一會沒有反應,她走近窗臺邊,從窗格子裡看到李婆婆在房間一隅倚榻而臥,為了不驚擾她的休息,張老太想等她醒來後再來拜訪。

正當張老太轉身離去,李婆婆突然把門打開,打了一個哈欠,發現張老太正背她走去,她便大聲嚷嚷:「張老太妳上哪兒去?」

「我剛剛敲了妳家的門,沒有動靜,所以離開了。」

「快來,進屋坐一會兒。」

張老太在李婆婆陪伴下,在靠窗的方桌旁坐了下來。

她從口袋中抽出福慶寺的信遞給李婆婆,她細細閱讀後,似乎找到了一個渴求良久的寶貝,神采奕奕地對張老太說:「好事,好事,像我這遲暮之年能在天堂購到一所華庭,何樂而不為呢?」

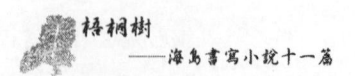

「因為妳對佛道比較精通，所以我才找妳商量。」張老太殷切地說。

突然李婆婆靈機一動說：「上次妳不是說兒子已經拿到了駕照，那麼能否麻煩他一下把我們送到大步鎮？」

「這是個好想法，不過我得與兒子商量一下再告訴妳。」說完，張老太抬頭仰望李婆婆家的橫架上作窩的燕子默默自語：「萬物總得有個歸宿。」

然後張老太從椅子上起身，向李婆婆道別後向門外走去。

「如果妳與兒子商量好後，請提前兩天告訴我，我好準備，妳看怎麼樣？」李婆婆說。

張老太看著門外隨風搖曳柳條頻頻點頭：「好的，好的。」

一天小冬下班回家，張老太對兒子說：「小冬，我想過些天與隔壁李婆婆一起去福慶寺祈禱拜佛，我們想搭你的車，不知你什麼時候方便？」

小冬對母親的請求總是虔敬恪守，他思慮片刻說：「要不就在大後天，我把工程隊的一輛皮卡開回家。」

「好吧！」張老太樂呵呵地說。

次日一早她就把行程告訴了李婆婆，至於去福慶寺購買天堂華庭之事，張老太與兒子閉口不談。

Volume 2. 福慶寺

動身的那天早上朝陽燦爛，空氣中彌漫著花的芳香。

李婆婆穿著一身黑色海青，一改昔日倦眼腥松的樣子，舒眉展眼、神采飛揚，右手提著尺長的黃布袋，裡面裝滿香燭貢品，早早等待在自家門前的柳樹下。

當張老太從家門口出來，她的穿著打扮與李婆婆如出一轍。

李婆婆笑盈盈迎了上去說：「妳吃早飯了嗎？」

「吃了！」張老太爽朗的說：「妳呢？」

「我五點半就吃完早飯，一直在柳樹下等候。」

「兒子的皮卡現在去加點油，一會兒就到。」

張老太也提著一只裝得鼓鼓囊囊的黃布袋，笑容誠摯地與李婆婆並排坐在柳樹下的石凳上，兩人情感如膠似漆。

大概七點光景，小冬的車開來了。

張老太拉著李婆婆的手對兒子說：「小冬，你把我們送到大步鎮星光大酒店即可。」

小冬遲疑說：「那您倆怎麼去福慶寺？」

張老太確切的說：「寺院會派專車接送的，這你放心。」

兩位老人上了車後，小冬很快駛上了村鎮公路。只見公路

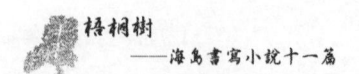

一旁村莊的新蓋樓房鱗次櫛比，張老太心底泛起對美好生活的憧憬。

一個小時後，小車進入了大步鎮。小冬指著鎮上唯一的廿多層高樓對兩位老人說：「您們看前面的那座高樓就是星光大酒店。」

小車穿過三條馬路後，向右一拐，又行駛了一百多米就到了。馬路左側屹立著大布鎮唯一高樓，「星光大酒店」五個金色銅字在陽光反射下特別刺眼。

兩位老人在小冬的攙扶下來到酒店的大門前，張老太敏捷地看到大酒店前花壇左側一棵大樹下掛著「福慶寺接待處」的一塊木牌。她對兒子說：「小冬，我們就在這裡等候寺院的專車接送，你快去上班吧。」

「您們倆一定要注意安全，回來時給我打個電話，我來接你們。」

李婆婆拍拍小冬的肩：「今早給你添麻煩了，謝謝！」

「別客氣，這是理所應當的，你們要多保重。」說完小冬憂心忡忡地上了車，拉上車門向她們揮手告別，車子很快向馬路前方開去。

等車子一開走，坐在花壇右側長椅上一位年紀與她們相仿的老太太悠然地來到兩位老人身邊，脈脈柔情地說：「您二位是去福慶寺的吧？」

Volume 2. 福慶寺

李婆婆頻頻點頭嘴裡吐出：「是的，是的。」那個陌生的太太接茬說：「我也去福慶寺，等到九點半會有專車來接我們。」她似乎胸有成竹。

　　她衣冠楚楚，古銅色的上衣袖領鑲有金色繡邊，髮髻上結著嵌有瑪瑙的金色髮叉別具一格，左手腕上的翡翠手鐲光彩炫目，右手提著一只價值不菲的鱷魚皮包，窺視兩位老太太提著兩只黃布袋詭譎地說：「您們二位是去福慶寺拜佛還是……？」

　　張老太心直口快的說：「我們是去購天堂房屋的。」

　　那位陌生太太緊跟著說：「那我們是志同道合的同路人。」

　　接著她自語道：「我是去給我亡夫購置一棟天堂華庭，因我丈夫生前開辦了一家工廠留下了龐大的財產，現在子承父業，生活無憂，因此要讓他在天堂過上美滿的生活，這才是對我的最大的慰藉。」

　　李婆婆馬上插嘴說：「妳真是個心腸善良的好人。」

　　張老太心情凝重地說：「我也是這樣想的，給我過世的丈夫買一套，還想給兒子購一套，不過所帶的錢……」

　　那位陌生太太敏捷地說：「老太太妳太聰明了，還考慮兒子的來世，妳這購房方案臻於完美，錢的問題關係不大，具體可與掌門和尚商榷，但願妳心想事成。」

　　「謝謝妳！」張老太和善地說。

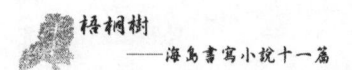

時間已經到了九點半，福慶寺的專車如約而至。

　　車上下來一位穿著黃色袈裟的和尚，畢恭畢敬向幾位老人彎腰敬禮，做了簡短的自我介紹，從中獲知他姓李，專門負責接待來賓。他面帶笑容將幾位老人扶上車，而車內不知從哪裡拉來已經就坐的兩位老太太，加上駕駛員車上共有七人。

　　轎車離開酒店後，穿過兩盞紅綠燈向右拐彎，進入一條較寬的鎮外公路，這時大步鎮漸漸消失在他們的視線中。轎車沿著河邊公路向西疾速前行，河水自西流向東邊，流水湍急，聽帶隊的和尚介紹，這條河為中緬兩國的分界線。河的對岸罌粟花隨風搖曳，像無數頭戴花冠的少女在田野中奔跑，河的這邊頭戴竹編帽子的茶農正忙著採摘普爾茶，他們嘴裡哼著悠悠閩南風格的歌謠，一種怡然自得的神態。

　　快到中午，陽光灑落在滾滾流水的河面上，波光粼粼，驀地轎車右拐進入山谷公路，兩邊是高峻的危崖峭壁，怪石嶙峋，轎車左晃右搖穿過山谷，緩緩駛入蜿蜒曲折的爬山公路。上坡時車速較慢，半個小時才到達山頂，下坡時車速稍快，轎車一會左拐、一會右拐，弄的幾位老太太心驚肉跳，帶隊和尚不斷婉言撫慰老人惶恐的心情。

　　很快轎車進入較為平坦的山間公路，公路兩邊林木蔥蔥，空氣中散發著一種古老檀木的幽香，不一會轎車又開始緩緩上行，領隊的李和尚指著右邊車窗說：「你們看！這前面山嶴裡那座黃牆金瓦就是福慶寺。」

Volume 2. 福慶寺

福慶寺坐落在三面環山中間突兀的山坡上，四周是深邃的山溝，山勢陡峭，懸崖上下荊棘叢生，寺院後面巍巍的高山上屹立著幾十棵巨大的百年蒼松。

　　如果把福慶寺當作一個城堡的話，可謂一夫把關、萬夫莫入。

　　轎車平穩的停靠在寺院外的長廊上，長廊的黃牆上寫著：南無阿彌陀佛。巨大的中國紅大門上，懸掛著金光閃閃的「福慶寺」三個大字。

　　李和尚和那位陌生的闊太太十分殷勤地把幾位老太太扶下車，此刻早已等候在大門口的和尚儀態恭敬將她們領進福慶寺內。

　　一進寺廟就是一汪清澈見底的水池，池子前放著一個碩大的香爐，水池的正上方是正大殿，在正大殿的後面是一個大殿堂，再往後是生活區，生活區與左右長廊相連接。

　　當這五位老太太到達福慶寺時，正好中午烈日高照，福慶寺顯得格外恢宏磅礡。

　　寺院的掌門和尚陳福友站在高高的正大殿石階前方。如果說這是掌門和尚歡迎佛教徒的到來，倒不如說像君皇等候臣民前來朝拜。　陳福友個高不過一米六十，身體臃腫、臉色紅潤，二眉又粗又黑，右額上有一道半月形疤，話音宏亮。

　　當老太太在李和尚陪伴下，一步步登上石階。陳福友眉開眼

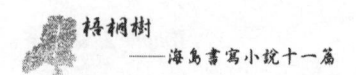

笑說:「老太太們,你們遠道而來辛苦了,我代表福慶寺對你們的光臨深表感謝。」話音一落,他從旁邊和尚盤中拿出一條條佛珠,殷切地掛在每位老太太的頸上說:「這是我們寺院必備禮品。」

老太太們的道謝聲此起彼伏。

張老太與李婆婆被分到左側長廊的十七號房間,推開窗戶就可以看到絡繹不絕的佛教徒前來燒香拜佛。

當二位老人剛吃完午飯回到房間,突然聽到有人敲門,李婆婆拉開門一看,原來是那位陌生的闊太太。

李婆婆親切的說:「請進來。」

「你們用餐了嗎?」闊太太溫柔地說。

張老太笑盈盈地說:「剛吃完,飯菜美味可口!」

「我已把我的天堂華庭買下來了。」闊太太喜形於色地說。

「聽掌門和尚陳師父說分配給福慶寺的天堂餘房不多,早來早賣,賣光為止。」

聽闊太太剴切中肯的誘導,張老太十分感動。

「妳真是好心,我們馬上就去,說不定下輩子在天堂裡我們還是好鄰居。」

Volume 2. 福慶寺

闊太太微微一笑,「但願如此,打擾了。」

然後她得意洋洋地走出房門。

大約下午三點光景,李婆婆與張老太手上各提一只黃布袋來到陳福友和尚的殿堂。

殿堂金碧生輝,朝大門有一座碩大的彌勒菩薩,右側牆壁上掛著一個神龕,在閣子裡擺放一尊鏤空白玉觀音菩薩,神龕下方是一把高背檀木椅子,椅背上鑲嵌著一對翡翠龍鳳。

陳福友和尚坐在椅子上,倚背閉眼嘴中念念有詞,整個殿堂內彌漫一種檀木幽香。當他聽到長廊上的腳步聲,睜開眼睛一見兩位老太太進來,緊忙起身鞠躬致敬:「聽說您們是來……」他裝作好奇的問。二位老太太齊口同聲說:「我們是來你寺購買天堂房屋的。」

「請坐,請坐。」

兩位老太太坐在陳和尚對面的木製長沙發上,兩只黃布袋放在二人中間,尤為炫目。

陳和尚窺視兩只黃袋後,裝作熟視無睹,搖頭晃腦地打開了話匣子:「您二位老人不愧為聰明人,世人很多都不諳世情,只管生前吃喝玩樂,不願來世受難受苦,您二位均有先見之明。」

張老太靜靜聆聽陳和尚的話後,心無芥蒂地說:「陳師父,我這次來福慶寺共帶了十三萬元,不知能否購買兩套……?」

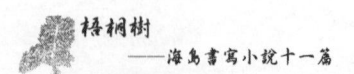

陳和尚微微轉身看了彌勒菩薩的臉，若有所思地說：「您是否一套給亡夫，另一套是給以後兒子留著？」

張老太興奮地說：「陳師父，您說得太確切了，簡直比算命先生還準確。」

陳和尚循循誘導說：「這兩套房我給您設計一下，一間為一百平方留給亡夫（來世您們二人），另一套三百平方給您兒子來世享用，您看怎樣？」

張老太無比激動的說：「陳師父，我完全同意您的設計，多謝了。」

然後陳和尚把目光轉向了李婆婆，笑容溫柔的說：「這位老太太您準備購多大的？」

李婆婆遲疑片刻說：「陳師父我只有三萬元，不知能購多大的天堂房屋？」

陳福友眉頭一皺，只見臉上的半月形的疤抖動一下，詭異地說：「要不您也跟那位太太面積一樣大，且您們兩房相鄰。」

李婆婆笑得合不攏嘴，「那太感謝陳師父了，況且我們現在也是鄰居。」

「那麼我讓您倆在天堂也是鄰居，今生來世永不分離。」陳福友繪形繪聲，妙語連珠一席談，使得兩位老人有實至如歸之感。

Volume 2. 福慶寺

突然張老太對著陳和尚說：「陳師父，現在我們把錢都給您？」

陳和尚道貌岸然地說：「我不收錢，錢交給隔壁會計房的出納員，他會開具發票並領取天堂房證。」

兩位老人向陳和尚道謝後來到隔壁的會計房，他們將早早準備好的一遝遝錢交給了出納員，出納員將收款收據交給老人後謹慎地說：「明天一早憑此收據領取天堂房屋證書。」

老太太們接過收據，小心翼翼的把它放在內衣的口袋裡，走出房門，這時又有三位老人接踵而來。

第二天一早天色陰晦，整個寺院被一層厚厚的霧霾籠罩著，太陽還深深地藏在大山背面，被蔥蘢樹木包圍的寺院顯得十分靜謐。

吃完早飯後，張老太和李婆婆悠閒地逛逛寺院，她們慢騰騰來到大殿正前方的水池邊，水池前方有一個用漢白玉雕塑的龍頭，從高山直奔而瀉的泉水從龍口涓涓流入池中，水質晶瑩剔透，老人們看到後心曠神怡。

驀地有一和尚跑到二位老人跟前急切地說：「陳師父在尋找妳們。」

她們走上石階順著長廊走去，只見陳和尚走出自己殿堂朝著兩位老人的房間翩然而來，他們在長廊上迎面相見。

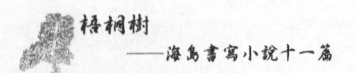

「我給您倆送天堂房證來了。」陳福友樂呵呵地說。

「真有點兒不好意思，理應我們上門來取，還要勞駕您大人送來，不勝感謝。」張老太栩栩重心的地說。

「為您們老人服務一直是我們的宗旨，我們建寺一百多年來歷久不渝，秉承這一理念，所以『福慶寺』成為廣大佛教信徒敬慕的聖地。」話音一落，陳福友做了一個手勢，將她們引領進自己的殿堂，他坐在那把高背檀木椅子上，兩位老太太在他對面的木質長沙發上坐了下來。

陳福友目不轉睛看著二位老人，濃黑的面貌，向上一揚釋然說：「今天有兩件事得先向您倆聲明：其一你們所購的天堂房屋不能轉讓，對號入住，如果您們認為有所不妥，可在七天之內全額退款，本寺不收任何費用。」然後他從懷中抽出一遝發票對她們說：「這就是十幾套退房收據，僅占我們出售的十分之一還不到，退房之事屢見不鮮、不足為奇，合符情理。」

李婆婆插話：「我沒有這種想法。」張老太也點頭以示贊同。接著他又說：「其二是今天上午福慶寺有一場大型佛事，是一位老太太為其亡夫而辦，佛事結束後，老太太將本寺購得的天堂華庭一幢贈給前夫，到時歡迎您倆前來觀摩。」

大約上午九點左右，一輛高檔的黑色轎車緩緩地停靠在寺院的大門前。首先從車上走下兩位五十歲左右的男子，身著一身黑色海青，其中一位手摯老人的遺像，另一位男子為他打開一把黑

Volume 2. 福慶寺

色傘，緊跟其後是一位八十歲光景的老太太，她應是遺像那位去世老人的遺孀，一人踽踽而行。在她的後面跟隨一群年齡不同的人，估計是老人的後代，他們均穿著黑色服裝，胸帶白花緩緩向大殿走去。

此時陳福友掌門和尚前去迎接，當他握住這遺孀的手時，寺院裡哀樂齊鳴，響徹寺院內外。在正大殿前碩大銅製香爐前的祭壇上點燃了兩支像大人胳膊那麼粗的蠟燭，寺院裡的和尚們與老人的家屬手中各拿一支香，繞著香爐走了三圈，個個口中念念有詞，然後順著石階走進了天皇殿，裡面燈燭輝煌，一股煙香繚繞殿堂內。

和尚的念經聲、鐘聲、木魚聲此起彼伏，大概進行一個小時後，陳福友宣佈佛事結束，進行下一步天堂進屋儀式。這時在大香爐旁有一個巨大的望遠鏡朝向天空。

陳和尚拿起一本天堂房證，站在香爐邊仰望天空，神態肅穆地大聲宣讀：「先人郭廣平已獲南天門外八十八號華庭一幢。」

這時在大殿兩側的長廊上購得天堂房屋的老人們凝神屏息，靜靜聆聽猶如天堂的聲音。

當陳和尚話音一落，鞭炮聲、羅鼓聲震耳欲聾。早已擺放在大香爐上的紙質木屋燃起熊熊大火，煙灰冉冉升到達百米之高空。陳和尚俯下身子，旋轉著巨大的望遠鏡把鏡頭對準南方天空，他從望遠鏡一頭全神貫注天空中的目標，突然手舞足蹈地說：「我

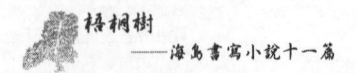

看到了這幢豪宅。」他用手拍拍旁邊的一個和尚的肩膀,「你來看!你來看!」那位和尚奉命看了大概十幾秒鐘,頻頻點頭說:「沒有錯,我還看到了門牌上寫著八十八的字樣。」

然後陳福有面帶笑容走近那位遺孀旁說:「老太太請您自己過目。」老太太一手把著望遠鏡足足看了三分鐘後,轉身緊緊握住陳福友的雙手,好像握住上帝的手一樣,沉醉在無比興奮之中,嘴裡喋喋不休:「謝謝。」

站在大殿兩側長廊上購得天堂華屋的老人看到這一幕,均感到萬分欣慰。

李婆婆拉著張老太的手無比激動的說:「我們運氣真好!」張老太也流下了感動的淚水。

下午張老太與李婆婆搭乘寺院去大步鎮的專車返回,這個十六座的轎車今天座無虛席,來時帶隊的李和尚與她們同車返回。

張老太與李婆婆坐在前排,李和尚沒有座位,他從車座下抽出一把自備的木凳,在她們二位邊坐下。

李婆婆風趣地說:「李師父,你今天怎麼紅光滿面?」

「在上午進屋儀式時,我站在大香爐旁,是香火薰的吧。」接著他詭異的問:「這次您倆來『福慶寺』還滿意嗎?」

張老太爽快的說:「滿載而歸。」

Volume 2. 福慶寺

轎車離開寺院後進入一個山谷，從高山直奔而泄的一條瀑布在夕陽下反射出刺眼的光，它撞擊著山谷卵石，潺潺流水順著溝道流向下坡。

　　經過三個多小時的路途，夜幕即將降臨。轎車進入了大步鎮，馬路兩旁的路燈已經點亮，這時星光大酒店的霓虹燈彩光閃爍。

　　轎車停靠在「星光大酒店」大門前，李和尚殷勤地把每一位老人攙扶下車，顯得彬彬有禮。

　　大約過了十分鐘，小冬的車如約而至。他下車後看見兩位老人紅光滿面，高興地說：「這兩天你們在『福慶寺』過得愉快嗎？」李婆婆直言道：「何止愉快，且十分圓滿。」張老太倏地用手輕觸李婆婆的腰，轉頭瞥了她一眼，生怕李婆婆把購房之事兜了出來。李婆婆心有靈犀把話鋒一轉：「不早了，我們快上車。」

　　這時小冬把二位老人扶上車，關上車門向自己的家疾奔而去。

　　車上小冬提起他的妻子再一個半月臨產的事，李婆婆眉開眼笑地對張老太說：「張老太，這回妳家人丁興旺了，妳真有福氣。」

　　「怎麼說呢？」

　　「妳當奶奶了吧？」李婆婆敞開心扉地說。

　　張老太透過車窗玻璃望著漆黑的天空喃喃自語：「當奶奶了，當奶奶了。」

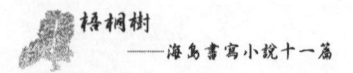

回到家裡時，外面的天空已是星光燦爛，在張老太和小冬懇切的要求下，李婆婆與他們一家三口人共進了晚餐。

晚餐後，小冬對妻子說：「小英，為了一個承包工程，下週我要去外省考察一週，我走後媽媽妳照顧一下，要注意自己的身體。」小英斬釘截鐵地說：「沒有問題。」張老太好像聽到他們的談話恬然說：「兒子你去吧，我們會照顧好自己的。」

翌日一早小冬告別了妻子和母親，暫時離開了自己的家。

等小冬離開後，小英猶豫片刻對張老太說：「媽媽，昨晚我本打算與妳商討一事，怕小冬擔憂，所以今天等小冬離開再與妳說。」

「什麼要緊的事？」張老太驚奇地問。

小英說：「我們茶廠有一批普洱茶出口泰國，時間很緊促，要在一週後出運，因此每天晚上要加班到十點，為了安全起見，我想這一週在廠裡食宿，我將把一週糧食和蔬菜都給妳準備好，妳看怎樣？」小英忠懇地對婆婆說。

「生活我能自理，我倒擔心妳的身體能否承受這一週長時間工作？」

「媽媽妳放心好了，老闆讓我在包裝車間可坐著幹活。」

小英雖然身體懷孕，但是幹起活來還是那樣輕靈敏捷，星期天她把屋內外的衛生打掃一遍，張老太看到後爽心悅目。

Volume 2. 福慶寺

§

　　週一早晨朝陽高照，小英與婆婆辭別後徒步向村莊南頭的茶廠緩緩走去。張老太望著媳婦大著肚子慢慢離去的背影，有種難以言語的心情。

　　傍晚落日穿透西邊的薄雲，給殘梗散碎田野抹上胭紅。張老太的隱憂慢慢縈繞心頭，她輕輕敲開李婆婆的房門。

　　李婆婆含笑起身。

　　「妳吃晚飯了嗎？」

　　「剛吃完。」張老太囁嚅地說。

　　「我想把我兒子一套天堂房屋退還給福慶寺。」

　　李婆婆詫異地問：「為什麼？」

　　張老太望著李婆婆一付懵怔的臉略帶後悔地說：「因為我媳婦不到一個月就要臨產了，再說我兒子年終分紅的錢還未到手，如果現在我把錢花得一乾二淨，媳婦產後家庭經濟將十分窘迫。」

　　李婆婆聽了張老太一席話，頻頻點頭：「是啊，妳說得有道理，再說臨走時陳和尚也說過：『如果有不滿意，可在七日內退房，所有費用分文不收且全額退還購房款！』」接著李婆婆補充道：「要不明天我與妳一起去福慶寺。」

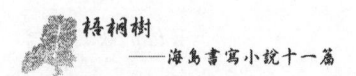

「這倒不用妳費心，我自己解決，就是到大步鎮去沒有車。」張老太沮喪地說。

李婆婆靈機一動，敏捷地說：「車我幫助解決，明天一早我侄子拉茶葉到大步鎮，妳可搭他的車去，反正大步鎮星光大酒店門口每天上午均有專車去福慶寺。」

「這是個好辦法，就是要麻煩妳侄子了。」

「不用客氣，我會幫妳接洽好的。」

「多謝妳了。」

說完張老太心安理得地離開李婆婆的家。

翌日早上，張老太搭乘李婆婆侄子的車來到星光大酒店門口。

當張老太一下車便看到星光大酒店前花壇左側的樹下掛著的「福慶寺接待處」木牌在秋風中搖擺不定，幾個穿著黑色海青的老太太圍著木牌饒有興致。大概上午九點多，一輛印有「福慶寺」的轎車緩緩駛到星光大酒店前的花壇旁停了下來，車上下來的一個穿著黃色袈裟的和尚。

老太太們看到一個和尚從車上下來，個個喜形於色迎了上去奉如神明。

張老太一眼就認出這就是上次去福慶寺前來接他們的李和尚。驀地，他發現了張老太一愣。

Volume 2. 福慶寺

「您這次還想去福慶寺購買天堂房屋?」

「不」張老太搖搖頭說:「我是想把買的兩套房退掉一套。」

這時李和尚用狡黠的目光瞅了他一眼,敏捷地把張老太拉到遠離人群的地方,對著她輕輕耳語:「退房之事在車上閉口不談,車到福慶寺我會陪您去陳師父處,您知道我們陳師父為人正直,說話算數,請您放心。」說完李和尚將老人一一攙扶上車。車子很快進入蜿蜒曲折的繞山公路,由於頭天夜裡下了一場大暴雨,局部路段遍佈被洪水沖入路面的亂石,汽車經過時極力搖晃,弄得張老太頭暈目眩、不斷嘔吐、臉色蒼白。

由於路況較差,車子到達寺院比往常晚了兩個小時。

到達後,老人們暫時按排在一間休息室內,不一會李和尚才把她們領到各自的寢室。眼看一個個老人都按排好了住處,休息室內只剩張老太一人。她心情窘迫,忐忑不安。

大概過了不到一個小時,李和尚匆匆跑來對張老太說:「現在我領您去陳師父處。」張老太懷著凝重的心情緊跟李和尚後面,穿過大殿進入後院的長廊來到陳和尚宅邸,李和尚摁了一下門鈴。

「請進來。」

當陳和尚看到張老太那蒼白的臉色,他遽然一驚,坐在那把高背的檀木椅子上翹起二郎腿,點一根煙,微微抖動紫色的嘴唇說:「老太太,妳今天來找我有何急事?」

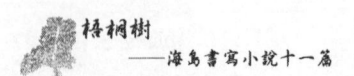

「我想把我兒子那套天堂華庭退了。」

即刻陳福友臉上的半月形疤呈現紫青色,好像有多出一隻怪異的眼睛發嚎說:「老太太,妳要想清楚,我這天堂房屋快要售罄,一旦退房,不能再購。」

張老太猶豫一會說道:「陳師父,我已經考慮再三,還是準備退了。」

陳和尚將黃色的袈裟向後一拽,從內衣袋裡拿出厚厚一遝退款憑條,潦潦幾筆並蓋上章,撕下一頁遞給張老太說:「明天一早妳憑我這張票據在財務處取回妳的十萬房款,並交出天堂房產證書。」

「謝謝陳師父!謝謝陳師父!」張老太對著陳和尚恭恭敬敬鞠躬三下。

陳和尚睨視著張老太說:「今晚妳可高枕無憂了。」

話音一落,李和尚領著張老太來到長廊的右側的盡頭,他抬頭一看,門牌上寫著四十的黑體字別具一格。

李和尚對她說:「老太太,今夜您在這裡就寢!」

張老太十分禮貌回敬一句:「多謝了。」

她發現這間臥室顯得格外乾淨,窗戶下有一張方桌和一把椅子,木床緊靠窗的右側,床後有一木製衣框,尤其是床頭牆壁上黑色的空調特別引人注目。

Volume 2. 福慶寺

當張老太離開陳和尚的宅邸後，陳和尚吩咐徒弟將一位姓郭的和尚叫來。不一會一個面目黝黑、行動詭異的和尚匆匆來到陳處結結巴巴地說：「師父有何吩咐？」

「今夜加班，四十號房間。」陳和尚犀利地說。

「師父，我昨夜剛加完班，右胳膊傷了筋提不起來，今夜恐怕不能勝任。」說完郭和尚假裝提不起右臂的樣子。

陳和尚猶豫片刻，抖動一下額頭上半月形的疤靈機一動說：「那你把昨天剛進寺院的李平叫來。」

李平是兩年前剛從大學畢業一個心地善良、為人耿直的小伙子，由於幾次戀愛失敗，他準備終生不娶，落髮進寺，養身修心，他是一個靈魂純淨的青年。

當聽到掌門和尚陳福友有事吩咐，他滿腔熱情。

李平一進陳和尚的殿堂，陳和尚臃腫的身材反向一轉，臉朝李平露出一種詭譎的微笑，慢騰騰地說：「小伙子，今晚給你一個任務。」

李平躊躇滿懷說：「師父，儘管吩咐。」

「今天午夜十二點將四十號寢室的一氧化碳空調打開，開關是門檻上方紅色按鈕。凌晨三點將屍體背到寺院後山懸崖上扔下去，明早上去財務處領一百元加班費。」陳和尚僭越無恥的一席

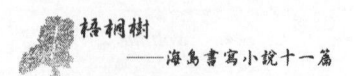

話令李平毛骨悚然、一臉驚愕，對李平來說猶如噩夢，他心懷惴惴地說：「這……這……叫我去……」

陳和尚停頓一會兒恣意說：「一回生、二回熟，多幹幾次就習慣了。你現在去熟悉一下環境，就這麼定了。」李平困惑地點點頭離開了陳處，朝長廊一頭走去。

李平心想：我碰到了一個殺人的魔鬼，這與自己秉持的道德觀背道而馳，簡直是一場惡夢！他懷著忐忑不寧的心情沿大殿右側佛教徒寢室的長廊走去，目不轉睛注視著門牌號，從一號……十號……二十號……三十號，他的心幾乎要跳了出來。當他到達四十號房門前，慢慢抬起頭看到門檻上方的紅色按鈕，突然眼冒金花，提起那顫抖的右手，突然又放下了，最後他輕輕敲了兩下門。只聽見屋裡傳出一位老太太溫和的聲音，李平推開房門，即見張老太嘴裡咬著家裡帶來的甜瓜餅，和藹地對李平說：「師父，請你嚐嚐我們家鄉的特產。」她順手將一塊甜瓜餅遞給了他。

李平親切地回敬一句：「老太太，我剛吃完晚飯，留著您自己吃吧，謝謝了。」於是他走到了張老太的床邊，抬頭凝視著床頭上方的牆壁上掛著的那臺別具一格的黑色「空調」，突然想起他在讀中學時看到的一本小說，關於奧斯威辛集中營洗浴間上那個裝滿濃硫酸的淋浴噴頭，他想：這臺裝滿一氧化碳的黑色空調難道不是與裝滿濃硫酸的淋浴噴頭如出一轍嗎？只要按下門檻上方的那紅色按鈕，老太太頃刻命歸西天了。

Volume 2. 福慶寺

李平平時總是文質彬彬，素來以和善馳名，此刻他咬牙切齒，心想：「陳和尚，你這個殺人的魔鬼，瞧著！今晚我一定要把這位老太太從死亡邊緣拯救出來。」

　　此刻，李平緩緩走到張老太身邊，脈脈柔情地說：「老太太我走了，您早點睡。」

　　「謝謝師父的關照。」張老太禮貌地回敬了一句。於是老太太把李平送到房門外，目視一個高大的背影消失在長廊的盡頭。

　　這時天宇的夜幕已經降臨，後大殿顯得安恬靜謐。而前大殿燈燭輝煌、氤氳繚繞，在陳福友的引領下，如法炮製又一幕天堂入房儀式。

　　現在李平心情跌宕起伏，他看了一下手錶，此時正好是晚上六點半，務必要在不到六個小時內找出一個可使自己和老太太同時逃遁的辦法。

　　福慶寺三面環山，只有朝正南有唯一的大門出口，一到晚上大門緊閉，門口還有四隻狼狗，要想從正南門逃走簡直比登天還難。

　　快到晚上八點半了，李平還未找到辦法，他心急如焚，望著幽冥的夜空心境一片茫然。他趁寺院正處忙亂中，考察東西兩個長廊，發現西長廊盡頭唯一一扇終年不開的木門，門鉤上用鐵絲與門框拴在一起，鐵絲已鏽跡斑斑，於是他趁長廊上空無一人，從寢室取來一把鉗子，撐開鐵絲，推開木門，在木門一米外是懸

崖峭壁，緊靠木門有一棵樟樹。李平小心翼翼站在樹旁打開手電筒，發現透過罅開的岩縫，可看到底下有一條黑色的幽徑，他估計從這棵樟樹的根到幽徑有十幾米，他想這是今晚唯一可逃的生路，關鍵是要找到一根十幾米長且能承受兩人重量的繩子。他小心翼翼地把門關上，去尋找這樣的繩子。經過一個小時的尋覓，終於在一間雜物儲藏室裡找到一根用於安放菩薩用的麻繩，他拉開一看估計有廿米，並且還有一卷電線，他把這兩樣東西放入布袋裡，將布袋裹在大衣裡面，趁夜色長廊無人，將它安放在木門外的樟樹旁，然後把門關上，恢復原樣。

這時已是晚上九點，前大殿上的天堂入房鬧劇已拉上帷幕，萬籟俱靜。

當李平返回寢室時，卻巧碰上迎面而來的郭和尚，他用粗魯的語氣問李平：「今晚加班，你知道了嗎？」

李平曲意迎合：「一切都準備好了，請你放心。」

「這是陳師父給你一次鍛煉的機會，你可不要辜負師父的厚望。」

「是！是！」李平低著頭違心地說了兩邊，心想你們都是一丘之貉。

當李平走進自己的寢室時已快接近晚上十點，虔誠的佛教徒與和尚們均返回自己的寢室，大殿上、大堂裡的燈光和香火齊滅。

Volume 2. 福慶寺

他推開自己臥室的窗戶，颯颯秋風，吹得松樹枝葉不斷晃動，淨澈的夜空下是搖曳的樹影，孤單的月亮在松樹林上空遊蕩。李平坐在床前靜靜思索著半夜逃遁的流程，這時他看了一下手錶，已經深夜十一點多了，於是將先前準備好的一把匕首裝進盒子，佩在身邊。

　　快近午夜十二點時，他輕輕推開房，先巡視一下周圍的情況。在路過陳福友住處時只聽到呼嚕聲如雷，又經過和尚的就寢區時，房內個個進入了夢鄉。

　　李平思忖著拯救一個生命的偉大時刻到來了。他帶上了所有的備用工具，摸黑悄悄來到四十號房門前，輕輕地打開門，他沒有開燈，邁著貓步接近正在酣睡的張老太身邊，把頭湊近老太太的耳旁說：「老太太，快醒醒。」張老太猛的一怔。

　　「誰？」

　　「我是小李。」

　　「你要幹什麼？」

　　李平做了一個不要發聲的手勢。

　　此時張老太怦怦直跳的心稍微平靜一些。

　　「他們今晚要殺妳，我是來救妳的，妳快把衣服穿好，跟我走。」李平忠懇地說。

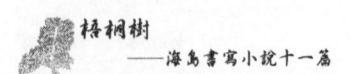

張老太一臉愕然地說：「我明早還要取十萬現金。」

「妳的命快沒了，還要什麼房錢，快——快。」

張老太聽了這位忠厚青年剴切一說，心無芥蒂，穿上衣服和襪子。

李平急切地說：「不要穿鞋，把鞋給我。」

這時李平拉著張老太走出了四十號房間，把門合上。兩人邁著貓步走過黑越越的長廊，來到長廊盡頭的木門旁，李平把鞋子遞給了張老太。兩人穿上鞋後，李平將拴在木門上的鐵絲解開，他們來到了牆外。

兩人站在危崖峭壁上，嘯嘯寒風撲面而過，樟樹的枝葉發出沙沙的響聲。

李平輕輕地對老太太說：「妳靠牆站著別動。」他把打開的木門輕輕關上，撐上鐵絲，恢復原樣。然後從樟樹下拿出事前藏好的麻繩，將繩子一頭打一個活結，拴在樹根上，再把繩頭與電線拴住。又將麻繩與電線扔到懸崖底下，接著把張老太與自己用布繩緊緊地捆在一起，對她說了句：「老太太不要害怕，請妳抱住我的上身，我們一起下去。」

張老太用顫抖的手抓住李平的上衣，李平雙手握住麻繩沿著漆黑罅開岩縫緩緩向下滑行，直到雙腳踩到了幽黑小徑的路面，壓在心頭的一塊石頭總算落了下來。這時他解開布繩，將張老太

Volume 2. 福慶寺

扶到岩石旁的草叢裡坐了下來。李平右手一拉電線，這根拴在樟樹根上麻繩的活結鬆開了，麻繩與電線全部掉落下來。他輕輕的對著張老太說：「他們無法從這裡下來追捕我們。」

老太太這下足見小伙的慧心巧思，心裡踏實多了。

大約在午夜十二點半，郭和尚從睡夢中突然驚醒，他懷著忐忑不寧的心情來到李平的獨人寢室，只見房門敞開，一打開燈，屋裡沒有人影，他又急匆匆趕到四十號房間，發現張老太也不翼而飛，郭和尚三步並兩步走到房門外，用手電筒照亮這個藏有一氧化碳空調的按鈕，發現仍然原封不動沒有打開。此時他嚇得臉色雪白，毋庸置疑──李平攜老太太一起逃跑了。

郭和尚驚恐萬狀，馬上穿過長廊來到陳福友的豪宅門前，砰砰敲門，從酣眠中驚醒的陳和尚怒不可遏，破口大罵：「哪個畜生深更半夜敲門！」他光著膀子推開房門。只見郭和尚臉色鐵青地說：「師父出事了，李平和老太太一起逃跑了。」陳和尚驚得臉色通紅，咆哮道：「快，快給我找回來！」陳和尚披上衣服，坐鎮指揮。半夜裡整個寺院燈火通明，所有和尚找了一個多小時，還未發現任何蛛絲馬跡。下半夜兩點，一個和尚發現長廊西邊盡頭的木門邊有一食品袋，他將食品袋交給了郭和尚。於是郭和尚循線來到木門邊，發現門上拴的鐵絲以新換舊了，他撐開鐵絲，推開那扇終年不開的破舊木門，站在樟樹邊的懸崖上用手電筒四處掃射，突然手電筒的光穿過岩縫，發現下面小徑上有一堆繩子，這時他確認李平和張老太順著這岩縫逃跑了。

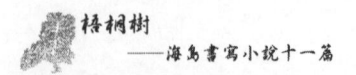

郭和尚憂心忡忡趕到陳福友的宅殿，將此情況複述一遍。陳福友的臉色即刻由紅變青，咧開大嘴，像猛虎一樣咆哮：「今晚是你給我闖大禍了！」

陳福友匆忙打開一個箱子，把箱內的一袋黃金和幾捆紙幣裝進旅行袋，披上大衣準備落荒而逃。

郭和尚見情勢不妙，雙腳跪在地上苦苦哀求：「師父，這月還有十三個晚上的加班費沒有給我。」陳福友回過頭嗤笑一下，惡狠狠地說：「你還有臉向我討錢，我沒有找上你算你走運。」郭和尚拔腿想跑，陳福友倏地從大衣的口袋裡掏出手槍怒吼：「給你錢！」砰砰砰三槍打得郭和尚四肢朝天、鮮血直噴。

這時寺院裡的看門狗狂噑不停，打破了萬籟寂靜的夜空。陳福友手提裝滿黃金和現金的黑色旅行包，走到他宅殿的後房拉開神龕，露出一個漆黑的地道口鑽了進去，合上神龕逃跑了。李平揹著張老太，在這一星光暗淡的黑夜無路可遁，只得朝著遠離寺院西邊的山坡行進。因荒山遍野荊棘叢生，邁步十分艱難，張老太的臉被堅硬的刺劃破好幾處，李平撕下自己內衣的襯衫，將老太太的傷口包裹起來，而自己的手也血跡斑斑。

李平借著淡淡的星光看了一下錶，現在已經凌晨三點半，他與張老太逃離這座魔鬼的宮殿已有一個多小時了。他抬頭發現寺院西走廊的木門外有光點閃爍，李平輕輕地對張老太說：「他們大概已確信我們兩人是從這扇門向下逃遁的。」張老太心有餘悸的說：「是吧。」

Volume 2. 福慶寺

李平安慰她：「現在我們已經遠離寺院有二里多了，有我在，妳不用害怕。」

張老太聽李平這麼一說，心裡踏實多了。

李平拉著張老太的手，每前進十米，就靜下來聽聽周圍有沒有什麼動靜，然後再繼續前行。

大概在凌晨四點多鐘，天色濛濛亮，李平俯視山坡下方百米處一條蜿蜒的繞山公路。此時老太太已經四肢無力，李平咬牙把她揹到離公路只差廿多米的一處草叢裡，等待著路過的貨車，這時縈繞心頭的隱憂開始慢慢消散。

大約凌晨五點光景，伏在草叢裡的李平和張老太突然聽到西邊山巒裡傳來汽車的發動機聲。李平鬆開老太太的手，輕輕地對她說：「妳先在草叢裡伏著，我到公路上去攔截這輛車。」老太太欣慰地點點頭。李平彎著身子穿過露水覆蓋的密密麻麻野草叢來到公路邊，蹲在一棵松樹底下。

只見一輛黑色的皮卡爬上了坡，他馬上跑到馬路中間，做了個停車的手勢。

駕駛員敏捷地將車停靠在公路右側的山坡邊，打開車門，一個年輕的司機迅速下車。

張老太惶恐不安的伏在草叢裡，只見李平與司機盡情傾訴，然後快捷地向她走來，兩個年輕小伙扒開草叢將老太太抬上駕駛室。關上車門後，駕駛員飛快向東邊開去。

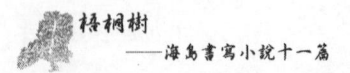

經過一夜的煎熬，晨曦已經爬上了山巒，照射在福慶寺的房頂上。此刻李平對駕駛員說：「朋友你看，前方山巒裡被陽光照射的屋頂就是福慶寺，我們兩人就是從那裡逃出來的。」

　　駕駛員以敬佩的目光瞥了李平一眼說：「兄弟你驍勇善戰、捨己救人的精神值得我學習。」

　　「朋友你過獎了，這完全出於我的本能。」

　　張老太面朝駕駛員哽咽地說：「沒有這位小伙子，我早就命歸西天了。」

　　話說到這裡，這輛在繞山公路上飛奔的黑色皮卡離福慶寺的正大門不到兩百米了。駕駛員凝神屏息一腳把油門踩到底，小車以風馳電掣般速度從福慶寺正大門穿過，朝東邊蜿蜒的繞山公路直奔而去。

Volume 2. 福慶寺

梧桐樹
——海島書寫小說十一篇

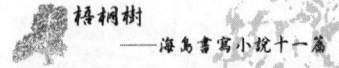

Volume 3.
魯俊的故事

　　在這茫茫的海面上孤單地漂泊著一艘小船。魯俊呆呆地坐在甲板上。身體不寒而慄,唯有海上的月光給予了寬慰。……

梧桐樹
——海島書寫小說十一篇

魯俊的故事

在中國最南端的一個海岸上，落座一家漁村，那裡居住著三十多戶人家，他們祖輩終生以打漁為業，魯俊就出生在這裡。

每次出海捕魚，家家戶戶都要燒香拜佛，祈禱他們平安歸來。當一聽到啟航的汽笛聲，全村各家總有點提心吊膽，直至船隻返航後才會高枕無憂。

天有不測風雲，出海遇到狂風巨浪是經常的事，最危險的時候甚至整條漁船都會傾翻，生命葬生於海底的事也屢見不鮮。

§

在魯俊十歲那年，他的父親魯強與母親翠花為兒子的前途爭論得喋喋不休。妻子認為作為他們祖祖輩輩都在大海風浪中成長起來的家，現在應該有一個改變，唯一的方式就是讓兒子魯俊發奮學習，將來能考上一所好大學，離開這世代原封不動的小漁村，到大城市裡去拓展。而魯俊的父親則認為讀書固然重要，但更重

要是培養孩子的堅強意志，並有一副鐵打的筋骨，對克服困難有著鍥而不捨的精神，還要有樂於助人的品格，所有這些都比學習知識更重要。

但是要達到二者之間的平衡並非易事，作為孩童更是無所適從。

寒假過後，魯俊當上了副班長。他對班級的每樣工作都踴躍參加，什麼出壁報、檢查班級衛生，學校舉辦的各項活動都會出現他的身影。這種敢於擔當精神深受老師與同學的好評，但是期中考試的成績卻一落千丈，考後魯俊媽媽收到學校寄來的成績單，心情十分不悅，她把魯俊叫到跟前嚴厲地說：「你這次考試成績怎麼與上一次有天壤之別？」他在媽媽面前低著頭沉默無言，他深知既然已經木已成舟，找任何理由在媽媽面前滔滔不絕都是蒼白的。他只說了一句：「媽媽，我會努力的。」

翠花瞥了兒子一眼，直語說：「那就看你期末考試吧。」

魯俊暗暗自喜，這回總算不會受到母親懲罰了。

由於魯俊天資聰明，不管什麼東西，他一看就會。期中以後經他刻苦學習各科成績突飛猛進，唯獨語文不升反降，因為他最討厭就是死記硬背的科目。

果然期末考後，其他各科成績有了明顯提高，唯獨語文不及格。他心想如果此成績報告單交給母親，她肯定會怒不可遏。

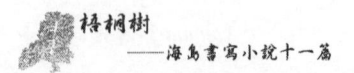

魯俊心想：屆時自己將會像囚犯一樣被母親關在屋裡，每天沒完沒了地做一大堆作業，與隔壁鄰居小胖墩一起去放羊將成泡影。他確信媽媽寧可將這廿隻羊餓死也不會放他出門一步。

魯俊越想越煩惱，種種隱憂縈繞心頭。

驀地，他靈機一動，對這份成績單動了一下手跡。毋寧說不讓媽媽傷心，倒不如說為了自己獲得自由。

在發放期末考成績單的那天下午，魯俊到鎮上一家文化用品商店裡買了一小瓶褪色水，在返家的路上，他將不及格的語文分數改成了八十六分（滿分一百分）。在西邊海面上只剩下半個太陽時，他到了家。

晚飯後，他故意走進光線略顯晦暗的自己臥室看書。

只聽見「砰」的一聲，他的媽媽推開了房門態度嚴肅地說：「期末考的成績單拿回來了沒有？」魯俊從書包裡慢慢抽了出來，低著頭把成績單遞給了母親，他惶遽不安地覷望著母親的眼神，生怕她看出點破綻。

母親看了一會兒，神態溫和地說：「雖有進步，但還需繼續努力。」

魯俊趴在桌上暗暗自喜，這回總算逃過一關。心忖翌日可與媽媽商量放羊之事，一顆放蕩不羈的心早就飛向崇山峻嶺後的廣闊草地上。

Volume 3. 魯俊的故事

暑假的第二天，魯俊理直氣壯地對媽媽談放羊的事。吃完早飯後就對媽媽說：「媽媽，欄裡的羊已經餓得皮包骨頭了，我想明天一早與小胖墩一起到大山後面的朝陽山坡上，讓這群羊在肥嫩的青草上吃個痛快。」

　　「這算是為放羊找的一個最好理由吧？」翠花慢慢抬起頭瞥了他一眼，心存疑慮地對魯俊說：「過那段陡峭山路時千萬要注意安全。」魯俊憋著嘴喜形於色，心想：媽媽總算同意了。他心不在焉的說：「媽媽妳放心。」

　　說完，屁股一轉就跑到隔壁小胖墩家報信去了。

　　第二天一早，小胖墩急不可待地來到了魯俊的家。他應魯俊的要求帶上一只捕捉小鳥的籠子，以便在朝陽坡上抓住幾隻活鳥帶回家。

　　出發時，魯俊帶上一隻與他形影不離的黃毛小狗。

　　兩人又說又笑趕著羊群行進在蜿蜒崎嶇山坡下的一條小徑上，儘管小徑兩側牽牛花、蒲公英和梔子花在露水籠罩下顯得灰暗，但到了上午被太陽親吻後一切都顯得生機盎然。

　　與小徑平行有一條流水淙淙的小溪，湍急的泉水流過佈滿鵝卵石溪道，一直進入山嚳裡的湖泊。

　　他們兩人在小溪旁一塊長滿苔蘚的大石邊相依而坐。

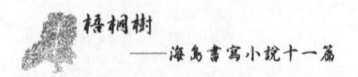

魯俊將媽媽早上煎的一個油餅遞給了小胖墩，他們一邊品嚐、一邊俯視腳下方白色的羊群在溪旁暢飲晶瑩剔透的泉水。

　　忽然天空傳來了嘰嘰喳喳的鳥叫聲，小胖墩仰望頭頂上的一群白候鳥正從樹梢上巢窩內騰空起飛。

　　此時魯俊看了一下手錶，對小胖墩說：「小胖，我們該走了。必須在中午前到達山後的朝陽坡，否則天黑前就到不了家。」

　　小胖墩懶洋洋起立後，揹上一只鳥籠跟在羊群後面沿著曲折陡峭的山路緩緩上行。

　　魯俊走在最前方，那隻黃毛小狗不停地從最前方跑到隊伍的最後面，又從最後面跑到最前方，好像在檢查有沒有掉隊的羊。

　　這條上山小徑的左邊是高山、右邊是深邃的山谷，小徑兩旁荊棘叢生，路面上除了崎嶇不平外還覆蓋著白藤，一不小心就會被藤絆倒。

　　行進中的魯俊總是不斷回頭看看自己的同伴有沒有發生意外。

　　快到中午十二點時，山頂的樹木已清晰可見，魯俊大聲向小胖墩呼喊：「到了，到了。」羊群越過山頂後，在朝陽坡上大口品嚐這鮮嫩的綠草。

　　魯俊夢寐以求的地方突然呈現在他的眼前，他欣喜若狂。

Volume 3. 魯俊的故事

他們兩人玩起了準備已久的捕鳥遊戲。開始時因小狗到了新地方像打了一針興奮劑似的，馬不停蹄四處奔跑，嚇得飛鳥不敢接近草地，小胖墩乾脆把狗抱在懷裡，直到下午兩點才捕獲了一隻金絲鳥。這可把兩人高興壞了，他們望著這只羽毛美麗的小鳥樂不思蜀。

　　當魯俊看到一隻隻小羊都躺在草地上，肚子胖鼓鼓的，他才領悟小羊已吃飽了。

　　他焦急地對小胖墩說：「小胖啊，我們快回家，等到太陽西墜我們就找不到家了啊。」

　　魯俊高興地提著鳥籠走在前面，小胖墩緊跟其後也目不轉睛注視著籠子內的金絲鳥，他們離開草木蔥鬱的朝陽坡後，很快踏上下山的小徑。

　　這時太陽掛在背陽坡黑魁魁的樹梢上慢慢下墜。

　　突然小胖墩大叫：「俊哥快來救我。」魯俊放下鳥籠回頭一看，本來緊跟其後的小胖不見人影，他嚇得臉色雪白。原來小胖墩一腳踩空順著山崖落了下去，幸虧被一棵松樹卡在懸崖上，生命岌岌可危。在這千鈞一髮之際魯俊反倒鎮靜下來，他放緩腳步，走近小胖下落附近高喊：「你不要動，我來救你。」

　　小胖墩聽到魯俊的喊聲後，心情漸漸平靜下來，雙手緊緊抱住樹幹。

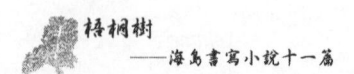

魯俊小心翼翼撥開草叢，他目測路邊與小胖被卡的那棵松樹有三米多，他無法下去營救，不由得魂飛魄散。驀地他靈機一動，從口袋裡掏出一支原子筆，將食品包裝袋撕下一角寫上寥寥數語。

　　然後把這張紙條搓成一團塞進小狗頸上的銅鈴裡，魯俊輕輕拍了一下黃毛小狗的屁股，小狗飛快向山下的小徑跑去。

　　翠花正在準備做晚飯，突然黃毛小狗跑進屋子，在翠花身邊打轉並不停搖晃尾巴，翠花心領神會，這一定有事了！她彎下身子從銅鈴裡抽出一團紙，打開一看，上面寫著：「媽媽，快叫小狗帶上三根中號麻繩，其中兩根五米長、一根七米，再帶一個定滑輪，急用。」

　　她按兒子要求將三條繩子和一個滑輪裝進一個口袋套在狗的脖子上，黃毛小狗衝出家門，疾風般地向山上跑去。

　　太陽已經漸漸墜入西山坡下，通往山下的小徑上霧氣縈繞。

　　正當魯俊忐忑不寧時，黃毛小狗搖搖晃晃地從幽暗的小徑上慢跑上來，氣呼呼地站在魯俊面前。魯俊迅速從小狗頸上取下布袋，然後將衣兜裡吃剩的半個油餅放在黃毛小狗面前，小狗咬著油餅在路旁躺了下來。

　　在小狗跑回家時，魯俊已經想出妙招，將這個鐵製鳥籠去掉頂蓋正好可以坐下一個小孩，然後繩子一頭將鳥籠拴住，繩子的

另一頭穿過固定在樹枝上定滑輪,並將其拴在樹幹上,只要把無蓋的鳥籠放落到小胖墩身邊,小胖自己爬進鳥籠,魯俊在繩子的另一頭用力就可把小胖拉上來了。但是關鍵的問題是小胖墩被懸崖下的那棵松樹卡住了,動彈不得,這就迫使魯俊要下去把小胖從被卡的松樹叉中拉出來,才進得鳥籠。這是需要冒險的,萬一魯俊從這懸崖上摔了下去,他們兩人將一起葬身在大山裡。

魯俊是一個性格堅強的孩子,他決定置自己的生命於不顧,豁出去了。先是將兩根較短的麻繩一頭綁在樹幹上,其中一根每隔三十公分打一個結,作為自己往上爬的階梯。這時他趴在小徑邊向下呼喊:「小胖,我把去蓋的鳥籠放下去,到了你身邊時你告訴我一聲好了。」

「俊哥,那你要把這隻金絲鳥放飛了!」小胖墩感歎地說。

「你真傻,這是為了你的生命,讓金絲鳥獲得自由吧!」

「俊哥,你說了算吧,我現在有點害怕。」

「不要怕,我會救你的。」說完魯俊就將鳥籠拿到跟前,雙膝跪地向無垠的蒼天做了祈禱,口中念念有詞:「金絲鳥,請你捎信給上帝,保佑我們兄弟倆平安。」

接著他從背包上拿出一把鉗子,將鳥籠的頂蓋掀開,只聽見「啪」的一聲,魯俊目送金絲鳥飛向茫茫的天空。

魯俊站起來後,將無蓋的鳥籠順著懸崖緩緩下落到小胖墩身邊,只聽見小胖喊了一聲:「到了!」魯俊才把繩的一頭綁在樹

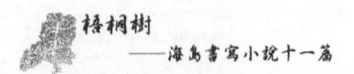

幹上。然後將另一根繩的一頭緊緊綁住自己的腰部，一手抓住打結的那根繩子喊了一聲：「小胖，我下來了。」

「俊哥，你千萬要小心。」小胖話音未落，魯俊已經跳了出去，身體掛在懸崖上像鐘擺似的左右晃動。

小胖墩抬頭仰望心驚肉跳，不敢直視。魯俊雙手握著打結的繩子，一步步下落到小胖墩的旁邊。

魯俊沉著地說：「小胖，你抓住鳥籠上的那根繩子，把左腳先伸進鳥籠。」

當小胖墩一抓住繩子後，長在懸崖上的那棵松樹不停地晃動，嚇得小胖臉色發青。

魯俊不斷用委婉的語言撫慰小胖恐懼的心理：「當我把你卡住的右腳從松樹枝上拔出來後，你兩腳都進入鳥籠，注意雙手一定要緊握鳥籠上的那根麻繩，這時鳥籠會在空中擺動，千萬要鎮定。」

魯俊用盡全身的力氣將小胖卡在樹枝上的右腳拔了出來，小胖機靈地把腿伸進鳥籠。

只聽見「啊！」的一聲，小胖大喊一聲，鳥籠在懸空中晃動。

「你不要慌，雙手緊握繩子，我上去後把你拉上來。」這時魯俊抓住那根打了結的繩子，一步步往上爬，幾分鐘後就到達了路面。

Volume 3. 魯俊的故事

他解開綁在身上的麻繩後,開始最後一步營救小胖。

　　魯俊首先檢查吊著鳥籠的那條麻繩繫在樹上的結有無鬆開,在確定萬無一失的情況下,他對著滑輪向下拉繩,這時坐著小胖的鳥籠也徐徐上升,當鳥籠升到與路面齊平時,小胖只見魯俊滿臉通紅、汗珠直流,整個身體都壓在繩子上。

　　小胖不斷呼喊:「俊哥,挺住。」他心知肚明,一旦魯俊鬆手,他將很快墜落山下,尤如驚弓之鳥。

　　他目睹魯俊咬牙圍著大樹繞了兩周,在樹幹上打一個結,再用一根麻繩牢牢綁住,此時小胖才長長地鬆了一口氣,因為已經百無一失了。

　　魯俊走近鳥籠旁邊,他一把抓住小胖的胳膊,將他從鳥籠中抱了出來,由於魯俊已經筋疲力竭,兩人雙雙倒在路邊的草叢中,一場炫目銷魂的營救終於劃上了句號。

　　此刻羊群和黃毛小狗蜂擁而上,把他們倆圍得水泄不通。突然黃毛小狗撲到小胖墩的身上,小胖緊緊把牠抱在懷裡,感恩的淚水奪眶而出。

　　夕陽掠過山峰沉入山谷,通往山下的小徑上煙霧繚繞。在黃毛小狗的引領下,他們終於安全地到了家。

　　到家以後,魯俊並未把今天下午營救小胖的事告訴母親,緘默無言。

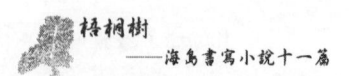

翠花忙著把剛做好的飯菜端上桌來，當母子倆剛吃完晚飯，小胖墩與他的母親接踵來到魯俊家。

　　小胖墩的母親懷著激動的心情，當著魯俊媽媽的面表揚了他捨死救人的精神，這時翠花一頭霧水，弄得她有點丈二和尚摸不著頭腦。經小胖墩詳細敘述後，魯俊媽媽才恍然大悟，原來由黃毛小狗帶去的繩子是為了救人。

　　但魯俊卻有點內疚，怕沒有照顧好小胖而受媽媽責備，他無奈地低著頭。可使他始料未及的是媽媽不但沒有批評他，反而對他勇敢精神大加表揚。

　　很快，魯俊救小胖墩的事蹟傳遍了這個小小的漁村，他成了家喻戶曉的英雄。

　　一天早晨當太陽在地平線上冉冉上升，魯俊正在幫助媽媽修補漁網，以備魯強出海捕魚之用，突然從遠處傳來他熟悉的班主任說話聲。魯俊眺望通往自家小道的遠處，發現他所在小學的校長和班主任大約五、六位老師談笑風生中向他家走來。

　　魯俊打開前院的大門向他們跑去。

　　翠花一見老師們前來家訪，馬上放下手中的漁網，笑容可掬地把他們請進自家的屋裡。

　　班主任老師首先說：「前幾天我們從《漁民信息報》上看到一處報導，是關於魯俊奮不顧身將小孩從懸崖上救上來一事，我

們全校師生皆十分感動。今天校長和五位老師前來拜訪魯俊，你能談談救人的動機和詳細過程嗎？」

魯俊臉一紅，囁嚅地說：「老師，這是我應該做的。」於是翠花幫兒子敘述詳情。

老師們靜靜聽翠花的敘述，他們被魯俊每一個救人的細節所激動。當話音一落，校長感慨地對翠花說：「妳的兒子剛過十歲對嗎？」翠花點點頭。校長繼續說：「這麼小年紀就有這種捨己救人的精神，真是難能可貴，下學期我們全校要開展向魯俊學習的活動。」

翠花靦腆地說：「校長，你過獎了吧，這都是他應該做的。」

「我說的完全是肺腑之言，妳兒子不僅是全校學生的榜樣，更是我們老師的楷模。」校長說完瞥了魯俊一眼。

魯俊羞赧了，心想此刻如果班主任老師把期末考試情況與我媽詳談，我塗改成績就要露出馬腳，這將是多麼的尷尬。

幸虧校長說了一通對他的溢美之詞後，班主任親切地撫摸他的小腦瓜，高興地離別了。

§

不多久，漁村裡的十幾條漁船相間滿載而歸，魯強也與同村的漁民一樣裝著滿滿的一船鮮魚勝利返航。

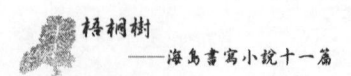

豐收的喜悅使翠花暫時忘記兒子的學習，而魯俊更是殷殷期盼，巴不得明天就與父親一起出海捕魚。對於自己的兩次考試成績尚差或奮不顧身救人都成了他的過眼雲煙，一顆充滿快樂不羈之心早已飛向蔚藍的大海。

　　魯強駕著漁船如期停靠在碼頭，當他一進家門，魯俊好像發現了一件瑰寶似的大喊：「爸爸，你回來了，船在哪裡？」

　　他放下背包摸摸魯俊的頭酣暢地說：「船停在碼頭了。」

　　魯俊疾步向海邊碼頭跑去，當他到達自家的漁船後，掀開船艙蓋板，呈現在他眼皮底下滿滿的一艙魚，魯俊興奮地抓起六隻螃蟹和幾條魚放進魚籠，蹦蹦跳跳地跑回家。

　　翠花一看兒子提著魚籠進屋，舒眉展眼，她用這些鮮活的海產品做了一桌珍饈佳餚，一家三口其樂融融地品嚐這頓豐盛的晚餐。

　　用餐中，翠花把兒子救小胖墩的事複述了一遍，魯強一聽突然眸子閃亮拍拍兒子的肩膀說：「你幹得好。」

　　翠花插話：「前兩天他們學校校長等幾位老師登門拜訪，校長還表揚魯俊的大無畏精神。」

　　這時魯強心潮澎湃，因為以前幾乎每次出海歸來總聽到妻子滔滔不絕說著：魯俊學習怎麼怎麼不好，受到班主任老師怎樣的批評，而今天一反常態。

Volume 3. 魯俊的故事

魯強激動得用顫抖的左手溫和地撫摸著兒子的頭，右手拿起酒瓶把自己酒盅斟滿後一飲而盡，興奮地說：「爸為你驕傲。」而魯俊靦腆地低著頭嘴裡不停地吃著螃蟹，一見母親走進廚房，把嘴湊近父親的耳邊急切地說：「爸，我想與你一起出海捕魚。」

　　他沉默一會說：「出海風險很大，碰到狂風一個巨浪沖上船甲板，就會把人捲入大海，這要與你媽媽商量一下。」

　　雖然魯強猶豫不決，但兒子仍然糾纏不放，堅持與父親風雨同舟出海捕魚已成魯俊不變的信念。

　　晚上當魯俊酣睡時，魯強走進翠花身邊直言：「翠花，我想與妳商量一下，下次出海我帶兒子一起，妳看如何？」

　　「這是兒子的想法還是你的主意？」翠花詫異地問。

　　「當然是魯俊提出來的，但我認為可行。就從時間上來看，離他開學還有一個多月，與我每次出海的週期不相矛盾；其次，我想藉這次出海讓他學習漁船駕駛以及雷達使用等航海知識。」面對魯強這番儁語，翠花沉思片刻後說：「那安全問題，你考慮過嗎？」

　　「如果遇到風浪時，我讓他在船艙裡，船甲板上的事由我來完成，這妳放心。」

　　這下翠花好像吃了一顆定心丸，她望著窗外靜穆的天空栩栩重心地說：「既然你們父子倆已經定了，願你們一路平安。」

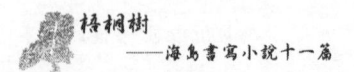

說完魯強把妻子摟在懷裡拍拍她的肩膀。

第二天一大早，魯強與妻子一起卸下艙內的魚，裝筐後賣給碼頭的水產批發市場，獲得六萬多元的經濟收入。下午再把船開到當地的船舶修理廠，進行出海前的漁船檢查和維修。

晚上當魯強前腳一進家門，魯俊就敏捷地跑到父親跟前急切地說：「我們出海的事已經定下來了嗎？」魯俊悠然出神地望著父親捉摸不定的眼神。

「我已與你媽媽商量了。」魯強故意停頓一會捉弄一下兒子。

魯俊急不可耐地說：「商定了什麼？」

「讓你與我一起出海捕魚。」

魯俊「啊」的一聲驚叫起來，他期待已久的希冀終於實現了。

三天以後漁船維修好了。

一天上午，魯強把維修好的船穩穩地開到碼頭，停靠在自己的船埠邊。

魯強和翠花早就把前一天從市場購買來的糧食、蔬菜、水果以及礦泉水堆放在碼頭邊，等船一靠岸，魯俊爭先恐後與媽媽一起把這些物品搬上船。

Volume 3. 魯俊的故事

翌日一早，太陽隱匿在遠方淡淡的白雲後面，大概七點鐘過後緩緩地騰空而起，掠過白雲、高懸蒼穹，霞光萬道，令無垠的大海變得更加絢麗。白色的海鷗翱翔在海天之間，魯俊站在船上凝眸觀賞。

　　突然，魯俊跑到船的前甲板上，向站在碼頭邊的母親不停地揮手。

　　魯強也從駕駛室走上船舷揮手向妻子告別，他按下電鈕，鐵錨慢慢浮出海面進入船艙，他喊了一聲「翠花再見」後進入駕駛室，船上發動機的聲音「噗通」響了起來。船頭緩緩離開碼頭，魯俊從船頭奔到船尾不停呼喊：「媽媽再見」！

　　只見翠花形單影隻呆呆地站在碼頭邊，懷著憂慮和期盼的心情向兒子頻頻揮手，一直待到船消失在前面的海面上。

　　第二天一早，魯俊醒來後便敏捷地從船艙走上船甲板，站在船頭的桅杆邊，凝眸眺望東邊的地平線，只見火紅的太陽從海面上冉冉升起，把東邊的海面染得通紅。這是他出生以來第一次見到這壯觀的情景。

　　此時船艙裡傳出隆隆的發動機聲，魯俊敏感到父親已經在工作了。

　　他走下船艙，見到父親正在啟動發動機，魯俊驚詫地說：「爸爸要不你先吃完早飯再幹吧，這樣會弄壞身體！」

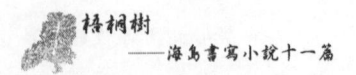

魯強目不轉睛地盯住前方說：「這沒有關係，你先去吃吧，你媽媽前天煎的油餅放在臥室床頭櫥裡，吃完後給我帶兩個來。」

「好吧。」說完他就走出機房鑽進臥室，將兩個油餅和一包牛奶放進一個食品袋裡。

魯俊走進機房大聲說：「爸爸油餅給你拿來了。」

「好的，你給我放在旁邊的桌子上。你的餅呢？」

魯俊大口大口咬著油餅，把臉朝向爸爸做了一個鬼臉，魯強見兒子淘氣的模樣，向他揮揮手莞爾一笑。漁船行進在廣闊的海面上，此時海面上風平浪靜，魯強把兒子叫到甲板向他講述航海知識，如怎樣使用雷達和指南針辨別船的航向，在風浪中怎樣拋錨，在船遇到危險時怎樣向外發出呼救信號等等。由於魯俊天生睿智聰明，只要父親輕輕一點，他就心靈神會。

經過一週的航行，魯俊基本掌握了漁船駕駛的要領。

一天中午過後，空中只有幾朵白雲，海面波瀾不驚。魯強發現前方大約在海平面二米以下黑沉沉一片，他打開魚群探測儀，果然是一大群魚在游動。

魯強把這一消息通知正在駕駛漁船的兒子：「魯俊，前方發現魚群停止前進。」魯俊一聽高興得跳了起來。

他從船舷迅速走進駕駛艙，從兒子手中接過方向盤慢慢向左側魚群方向移動，魯俊機敏地問：「爸爸，會嚇跑魚群嗎？」

Volume 3. 魯俊的故事

「對，你把發動機關掉，我靠慣性慢慢靠近魚群。」

在父子倆的配合下，漁船終於在離魚群五米處停了下來。魯強按下了電鈕，一筒碩大的漁網隨著機器的轉動沿著船的後舷緩緩進入海中，繫在網上的浮標在陽光下像一顆顆白色的珠鏈把魚群圍了起來。

魯俊迫不及待地問：「爸爸，現在可以收網了嗎？」

「再稍等一會，魚群還未全部圍住。」

大概又過了五分鐘，站在船邊的魯強指示站在船後舷的兒子按下收網的電鈕，機器開始轉動，海面上浮標圍成的圓圈逐漸縮小，只見網內的魚開始「劈劈啪啪」躍上海面。

對首次出海捕魚的魯俊來說，他被這一幕情景驚呆了，這是他出生以來耳目所及的森羅萬象中最生動、最興奮的一次。

隨著收網機器的轉動，一個裝滿魚的巨大網兜緩緩露出海面吊上空中，慢慢掠過船舷到達了甲板的上方，魯強走了過去一拉栓網的鋼繩，魚流從網口處頓時傾瀉在甲板上，一大堆活蹦亂跳的鮮魚在太陽照射下銀光閃爍，魯俊從魚堆中拎起一個背面色彩斑斕的海龜。

魯俊把小海龜放進一個裝有海水的木桶內，在中午強烈的陽光照射下，小海龜做出姿態各異的游泳動作，這一爽心悅目的表演令魯俊高興萬分。

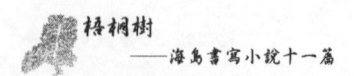

中午，魯強從甲板上的魚堆中信手撿了兩隻大螃蟹和六隻對蝦做了一頓海鮮佳餚，這可謂父子倆最快樂的一次聚餐。

下午魯俊與父親一起將甲板的魚裝筐，準備放入船艙內。頃刻間海面上風雲突變，原本晴朗的天空聚集了厚厚的一堆烏雲，風開始呼嘯，漁船劇烈地左右搖晃，巨大的海浪打在船頭的甲板上，一塊大篷布被狂風卷起，掛在船頭的圍欄上像一道高大的帆。漁船向一側傾斜，父子倆生命岌岌可危。

魯強急忙放下手中的魚筐，冒著狂風步履踉蹌走到船頭，雙手緊緊抓住篷布竭盡全力向後一拉，高大的篷布從空中落了下來，接踵而來的是篷布後的一個巨大海浪將他捲入大海。

魯俊即刻驚魂喪魄，心房劇烈悸動，他冒著狂風巨浪衝向船頭，由於漁船搖擺得厲害他幾次站立都跌倒，最後只好匍匐前進，爬到船頭，衣服全被海浪打濕了，他用右手捋一下臉上的水珠，只見父親漂在巨浪上面，一上一下像盪秋千似的。

他大喊：「爸爸，你要挺住。」於是魯俊抓住船舷上的欄杆站立起來，解下拴在欄杆上的紅色救生圈扔向大海，一共扔下三個。他目睹父親艱難地游了過來，抓住了一個套在自己的身上，這下魯俊總算鬆了一口氣。

這時海面上的狂風慢慢停了下來，空中的烏雲漸漸散去。

西邊的海面上露出夕陽的光照而泛著紅色的波浪，魯強正從百米外的海面上向自己的漁船游了過來。

Volume 3. 魯俊的故事

魯俊看到父親漸漸靠近自己的船，心裡充滿著期盼，他不顧自己痙攣的手指，咬牙從船尾拿來一付繩梯，準備掛在船舷邊讓父親爬上來。

　　驀地，魯俊發現海面上有四條白鯊魚向魯強方向游來，而魯強並未發現，魚人相向而來五十米、四十米、三十米……越來越近。

　　魯俊心急如焚！突然，他冷靜下來，將裝在筐裡的鮮魚一筐筐倒入大海。

　　一瞬間這四條鯊魚放棄對魯強的攻擊，轉而游向漁船邊尋覓從船上落下的海魚。

　　他大喊：「前方有鯊魚，爸爸快逃。」

　　魯強在游向漁船時沒有聽到兒子的呼叫，但當他看到兒子向海面拋扔鮮魚時，兩條鯊魚躍出海面張開大嘴，魯強才恍然大悟，他倏地掉頭向反方向游去。

　　「爸爸快離開，這裡有鯊魚。」魯俊反覆喊了幾十遍，只見魯強在海面上慢慢離他遠去，但是他仍然不停地向海面扔魚兒，四條鯊魚圍著從空中扔下的魚團團打轉。

　　大概一個小時以後，在海面上只見這四條鯊魚深邃的影，不一會慢慢沉入海底，魯俊預感它們吃飽了，但他還是本能地向海上拋魚，在心裡潛藏的焦慮仍襲擊他悸動的心房，即這些鯊魚還會去追父親嗎？父親還會遇到什麼不測？

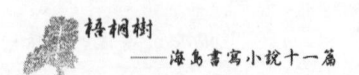

海面的風浪戛然而止，夕陽隱匿在霧氣迷濛的粉紅色雲層中，夜的帷幔徐徐合攏。

在這茫茫的海面上孤單地漂泊著一艘小船，魯俊呆呆地坐在甲板上，身體不寒而慄，唯有海上的月光給予了寬慰。

雖然恐怖已經離開，但鯊魚襲擊父親的一幕卻不斷浮現在他的腦海裡。父親暫時逃過這一劫，但他會不會被巨浪所吞噬？種種隱憂縈繞心頭使魯俊產生無盡的恐慌，他在迷迷糊糊中背倚桅杆度過了一個不眠之夜。

§

魯強頑強地經過一夜的海上漂流，在黎明前幸運地爬上一座孤島。由於他落入大海前沒進晚餐，再加上一夜的海上拼搏，身體疲憊不堪且饑腸轆轆。

當魯強一上島，發現沙灘的礁石上有十幾隻正在爬行的小螃蟹，他眼睛一亮，猛地撲了上去一手就抓住三隻，螃蟹的前爪緊緊鉗住他的手指，鮮血直流，魯強仍緊抓不放，並重重地將手向礁石一拍，螃蟹粉身碎骨，他大口大口地咀嚼手中的碎蟹。

早晨魯俊沒有吃飯便心急火燎的站在船頭用望遠鏡觀察廣袤的海面，急切地想尋找到父親的蹤影，他緊緊花了一上午時間也沒有發現任何蛛絲馬跡。

Volume 3. 魯俊的故事

魯俊仍然堅信父親應該在離自家漁船不遠的海面上或小島裡，如果能在船的桅杆上升起一盞燈，父親一定能夠找到自家的船。因此他萌發使用滑輪的想法：即在船的桅杆頂端拴上一個定滑輪，將船燈通過滑輪拉到桅杆頂部，然後把它固定起來，三個小時後燈油耗盡再更換一次。魯俊想，父親定能判斷這燈是有人所為且是從船上射出來的。於是他勇敢地爬到桅杆頂端，裝上一只定滑輪。

　　夜幕徐徐降臨，海面上萬籟俱寂。

　　魯俊一切都準備就緒，他將裝滿油的船燈點燃，這跳動的燈光，就像顫抖的靈魂在等待奇跡的出現。他把繩的一頭拴住燈，一手握住繩的另一頭，仰望桅杆頂上的滑輪，緩緩地將船燈升到桅杆的頂端，一絲希望之光同時在他心中冉冉升起。

　　傍晚，魯強在海灘邊岩石裡捉住了一條小海魚，當他正在狼吞虎嚥享用一頓蹩腳的晚餐時，驚喜地發現前方遠處黝黑的海面上有一顆燈光在閃亮，在茫茫的大海上突然其來的燈光使他對生的希望重新在靈魂深處熊熊燃燒。

　　他走到這座孤島的最高處，目不轉睛注視前方無垠漆黑的海面上出現的眩目之光。三個小時後，燈光突然熄滅了。魯強驚地一愣，心中忐忑不安。但十分鐘後燈光又重新燃燒，他百思不得其解，根據他幾十年航海的經驗，燈塔不可能這樣，難道是人為的？又過去三小時，前方海面上的燈光再次熄滅了，在這一不眠

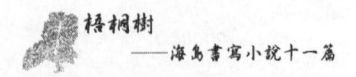

之夜一共重複了四次。最終魯強斷定，是兒子點亮的那盞船燈給他送來生的光芒。

經過一夜的煎熬，迎來鑽石般璀璨的黎明。雖然身體極度疲憊，但昨夜燈光的出現像是給他打了一針興奮劑。

早晨的魯強躊躇滿志投入新的戰鬥，他在海島的懸崖邊找到了幾塊鋒利的石塊，花了整整一上午的時間砍下十幾根與自己胳膊一般粗的樹枝，並在懸崖邊砍下八根十米多長的青藤捆成一個一米見方的木筏，配上兩根木槳和一根鋒利木箭，以備半途遇到鯊魚等兇殘海洋生物侵犯時與之一搏。

為了儲備能量，大約在下午四點光景，魯強在海邊的礁石間又捕獲了一些小魚充飢。突然，他發現一頂破網掛在海邊的岩石上，上面還有四個籃球般大的雪白浮珠繫在網繩上，他興奮地把它解下來拴在自己的木筏上，這將大大增強木筏的浮力，於是他信心倍增。

太陽慢慢西沉，魯強的心撲通撲通地跳著，他焦急地等著前方海面上燈光的出現。如果那盞燈重新燃起，那就意味著有生的希望，如果今晚這盞燈消失了，那將葬身於大海。果然在六點剛出頭，在昨夜同一方向的海面上又射出一道光。

魯強眸子閃亮，心情激動得渾身顫抖，孑然一身走到海灘邊，望著前方黑茫茫的海面泛著微波，果斷地把白天做好的木筏推向大海，坐上木筏後回頭看了一眼曾經挽救過他生命的那座黑越越

Volume 3. 魯俊的故事

的孤島。這時他用那把自製的木槳向後面沙灘使勁一推，木筏離開了小島，搖搖晃晃地向前方划去。

當魯強划了大概三個小時不到，那盞燈熄滅了，時間過去了幾十分鐘燈還未亮，他的心忐忑不安。又過去十分鐘，海面上仍然漆黑一片，他變得恐慌了。幸而大約不到三十分鐘，前方的燈光又突然亮起來了，這時壓在他心頭的那塊石頭終於放下了。而且根據他的航海經驗，這肯定是兒子又一次給他點亮了生命之光。雖然這時他的胳膊僵硬、身體發軟，但仍然機械地向前划動，前方小燈光隨著與之距離接近也越來越亮。

魯強心想：必須在天亮之前到達，如果海上太陽升起還未到達自家的漁船那將是前功盡棄，其後果不堪設想。

他知道，如果父親在大洋上經過一夜一天的漂泊還活著的話，那麼頭天晚上在海面上升起的燈光對父親的生還至關重要，因為他至少看到了生的希望，而且他確信父親還活著並且一定能回到自己的船上。

當第一次把加滿油的船燈升到桅杆頂部時，他特別興奮，身體躺在船頭的甲板上目不轉睛地仰望它的燃燒，一等船燈燃油耗盡便迫不及待地把燈放了下來加滿油點燃又立即拉升。這一個晚上他幾乎沒有合上一分鐘眼睛，在茫茫黑夜中望著頭頂燃燒的船燈，冥想著父親返回的喜悅。

對魯俊來說這一夜特別漫長，當黎明到來，他已經昏昏欲睡，東邊的海面上太陽徐徐升起時他酣眠在船甲板上，一直到中

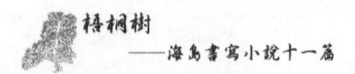

午十二點多他才甦醒過來，肚子餓得咕咕直叫，他鑽進船艙的臥室裡拿出媽媽一週前做的油餅像一塊風乾的木板，又在魚筐裡找來兩隻對蝦，完成了一頓簡單的中餐。

下午魯俊從船艙下提來一大桶油，以備晚上使用，接著他把船燈的防風玻璃罩擦得晶瑩剔透，好讓它在茫茫黑夜的海面上射出明亮的光。他想，如果父親昨夜看到了這盞燈，那麼今晚應該是他返回的最好機會。

當太陽快要沉入西邊海面之時，他已經把兩條繩梯分別掛在船的首尾船舷欄杆上，準備在父親接近漁船時可腳踩梯子爬上來。

大約六點左右，他點燃了那盞船燈，再一次仰望徐徐升起的船燈，渴望今晚奇跡的產生。兩個小時過去了，海面上沒有發現什麼動靜，由於經過昨天一整夜不眠的煎熬，他倦眼惺忪，九點左右當燃油快要耗盡時，他再也堅持不住了，瞌睡在桅杆底下。

魯俊做了個夢，夢見父親在海面上被一群海豹追逐，突然衝出海面飛向自家的漁船，父子倆人緊緊擁抱在一起，父親一手把自己托了起來以防海豹的攻擊，這時他一不小心摔落在甲板上，冰涼透心。驀地，魯俊驚醒了！原來自己睡在冰涼的甲板上，魯俊緊忙抬頭一看，桅杆頂上的船燈已經熄滅，他馬上把燈從桅杆頂端放下來，加滿燃油點亮後重新拉升到原來的位置，這時一看錶已經晚上九點半了，估計從熄滅到點亮足足過去了半個小時。他的心悸動著，這半個小時父親如果還活著不知是怎樣熬過去的？

Volume 3. 魯俊的故事

午夜海面上寒風習習、浩瀚蒼穹，閃爍著幾顆慘澹的星光，他雙腳跪在船頭的甲板上，望著前方黑魆魆的海洋默默祈禱：望爸爸平安歸來。

　　下半夜三點過後，他又開始發睏，於是把毛巾浸濕後掛在自己的肩上，以備當眼睛要閉合時馬上用冰涼的濕毛巾擦臉，防止自己酣眠，因為他深知這是父親生命攸關的一夜。

　　大概淩晨四點多，在東邊的海平面上露出一線淡淡微光。魯俊拿起望遠鏡向海面四處搜索，他驚喜地發現在遠處東邊海平面上好像有一個東西在晃動。

　　魯俊舉著望遠鏡凝神屏息細細觀察這個晃動的物體，隨著地平線上太陽徐徐升起，他已確信在這波光粼粼的海面上那個晃動的物體就是他的父親。

　　遽然間，他欣喜若狂，疾步從船頭的甲板上跑到船艙的臥室裡取出海螺，飛一般地奔到船頭的甲板上向前方呼號。

　　寂靜的海面上似乎被這一震天的號角喚醒了！他察覺到這個划行的物體頻率越來越快。

　　這時璀璨的朝陽灑滿廣袤的海面，魯俊清晰地看到父親坐在一個小木筏上不停地划槳，他心醉神馳，並站在船頭甲板上大喊：「爸爸！爸爸！」

　　只見父親緘口無言，他心想也許是兩天多的勞累以至他嗓子嘶啞，但是魯強不斷揮動手中的木槳向兒子致意。

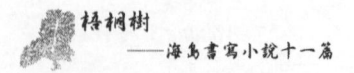

魯俊望著蔚藍的海面上父親使勁划動木筏接近自家的漁船，他向魯強呼叫：「爸爸，快向船頭靠近。」於是他又跑到船首的繩梯邊放下一根繩子。魯強看到之後，臉上露出了淡淡微笑，頻頻點頭，好像在說：你做的對！

　　大概早上七點，魯強終於划到了船頭。他用兒子放下來的繩子拴住自己的腰部，從木筏上站立起來抓住繩梯。

　　魯俊趕緊把繩子的一頭緊緊拴在船舷的欄杆上，只見父親順著繩梯一腳一腳的往上爬。終於魯強抓住了船舷的欄杆，他臉色蒼白、全身濕淋淋，用一種嘶啞的喉音說：「我是昨夜六點見到燈光划過來的。」

　　他喜極而泣，一把抓住父親的上衣，父子倆一起倒在了船頭的甲板上。魯強用那隻在海水中浸泡一夜僵硬冰冷的手撫摸兒子的頭，啜泣著說：「好孩子。」

§

　　魯強經過兩天海島上痛苦的煎熬和一個晚上在茫茫大海裡的英勇拼搏，體力透支，這簡直是劫後餘生，但心底卻充滿新生的喜悅。

　　翌日一早，當魯俊趁父親還在酣睡，他把甲板上幾十筐魚放進了船艙，唯有六個空筐放在船頭的甲板上，也正因為魯俊把筐內的魚扔下大海才使父親逃過一劫。

Volume 3. 魯俊的故事

當魯強醒來後走上甲板猛地一愣，對兒子說：「魯俊，甲板上的魚到哪兒去了？」

他抱著一隻海龜高興地說：「爸爸，我已經將魚進艙了。」

魯強感慨地說：「這麼多的魚，本來應由我來進艙，你居然一個人完成？」

魯俊一邊擺弄著手中的小海龜、一邊新奇地看著在甲板上尋覓殘魚剩蝦的海鷗心不在焉地說：「這算什麼，與你比起來還差遠呢？」

這時魯強欣慰地凝視著六個空筐和高高懸掛在桅杆頂端的船燈，是這兩樣東西才使自己今天能自傲地站在甲板上踏上返航之路。他望著前方遼闊無邊的大海，慢慢走到魯俊旁邊釋然說：「魯俊，你讀過司馬光砸缸救孩的千古名篇嗎？」

魯俊說：「我還沒有學到這一課。」

他心想：在這個暑假裡，自己兒子所表現出智慧和道德境界已超越古人，也許現代教育尚未達到。

早餐魯強煮了六隻對蝦和兩碗麵粉。用完餐後，父子倆走上甲板，他對兒子說：「今天我們就返航。」魯俊一聽高興得跳了起來。

魯俊神采奕奕對他父親說：「這次返航由我來駕駛，你站在旁邊給我指導好嗎？」魯強鏗鏘地說：「我完全同意。」

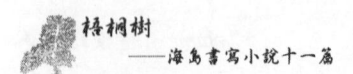

魯強走到船舷邊，一按電鈕，鐵錨慢慢露出水面。

這時海面上空有幾朵白雲，太陽光從雲的縫隙中穿過像一根巨大的白色光柱直插海面。魯俊機敏地跑到船的駕駛艙，打開雷達，他發現漁船、光柱和家的方向正好在同一直線上。魯俊把這一信號告訴父親，魯強說：「等會我再測一次，確定一下。」

魯俊站在船頭心潮起伏，心想這次跟父親出海所經歷的事比自己出生至今所有總和還要多，也是最有意義的。

這時魯強從船艙裡出來，走到兒子的跟前拍拍他的肩膀說：「你測出的返航路線與我剛剛看到的完全一致。」

魯俊豪情激越地說：「那太好了，爸爸什麼時候返航？」

「快了。」這時魯強看著海面上飛翔的海鷗一會直沖雲霄、一會俯衝海面，簡直出神入化。

驀地他對兒子說：「魯俊你知道嗎？下學期開學學校要授你『小英雄』稱號。」

魯俊驚訝地問：「爸爸聽誰說的？我有這麼了不起嗎？」

他笑容溫柔望著兒子說：「這是我們出海前一天學校通知你媽媽的。你不是在放羊時救了小胖墩嗎？」

「這是我應該做的。」魯俊說完後停頓一會，微微抬頭覷望父親的眼色，好像做錯了什麼事似的囁嚅說：「爸爸，我不配當小英雄。」

Volume 3. 魯俊的故事

「為什麼？」魯強好奇地反問。

魯俊靦腆地說：「因為我向媽媽撒了謊，把期末考試成績單中語文五十六分改成了八十六分，所以媽媽同意我假期與小胖墩一起去山上放羊。否則你也知道她的脾氣，我將被關在家裡，一個暑假也別想出家門，每天沒完沒了地做作業。」

聽完兒子這一談，魯強哈哈大笑說：「向媽媽撒謊與考試作弊是兩回事，後者是錯誤，前者是道德問題。」

魯俊反問：「道德不好的人難道能當英雄嗎？」

他摸摸兒子的頭委婉地說：「英雄也不是十全十美的，今天你又一次表現了勇敢認錯，以後改正就好了。」

魯俊低著頭緘口無言。

魯強望大海風趣地說：「要是沒有你的撒謊，待在家中不能與我一起出海，也許我早就葬身大海了，某種意義上講是你的撒謊拯救了我的生命。」

他聽了父親幽默一說，眸子一亮，捧腹大笑：「這倒也是，那是歪打正著了。」

魯強對兒子說：「我們準備返航。」魯俊一聽，雙手捧著小海龜，高興地在甲板上跳了起來。

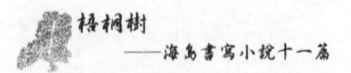

父子倆走進駕駛室，窗前是一片無垠湛藍的海面，在白色眩目的光柱上空飄浮著幾朵白雲，映射在海面上的天光雲影若隱若現。

　　突然，發動機的轟鳴聲喚醒了安謐而恬靜的海洋，船尾泛起滾滾的白浪。漁船徐徐離開這片刻骨銘心的海面。

　　魯強走近兒子身邊欣慰地說：「這次出海又一個收穫是我發現了你。」魯俊匆匆瞥上父親一眼微微一笑，仍然手把持方向盤目不轉睛地注視著前進的航向。

Volume 3. 魯俊的故事

梧桐樹
——海島書寫小說十一篇

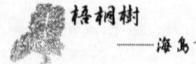

Volume 4.
荷花湖

每當半夜月琴家炊煙裊裊升起,使午夜的荷花湖煙霧朦朧,形成荷花湖的獨特景觀。有人把它譽為仙女散網,為了觀賞這一美景,各地遊客每到午夜蜂擁而至, 但無人知曉它的來龍去脈。

Volume 4. 荷花湖

椿桐樹
——海島書寫小說十一篇

荷花湖

　　在道光六年臘月十八的一天早晨，河南開封一片白雪皚皚。

　　兩輛馬車沿著蜿蜒低矮的山巒向下駛來，道路一側佈滿厚厚的積雪，道路的另一側是一條冰封的河道。

　　黃車夫和李車夫是結悉多年的朋友，每天從出車到回家形影不離。那天卸糧回來，黃車夫的馬車跑在李車夫前面，李車夫緊跟其後，因為下坡路面結冰，馬車疾飛而下。

　　當馬車經過轉彎處，突然發現一位六十歲出頭的老漢肩挑一擔木柴，見前方出現一輛馬車，老漢猛一愣！連人帶柴倒在靠山的路邊。黃車夫見馬車頃刻間要碾壓老漢，在這千鈞一髮間，他將韁繩用勁向右一拽，馬車衝出路面，轟隆一聲，黃車夫隨同他的馬車一起墜入冰河。李車夫和老漢目睹這驚險的一幕，無奈地望著黃車夫連同馬車緩緩從破碎的冰面沉入河底。

Volume 4. 荷花湖

那天李車夫呆呆地在寒風刺骨的冰河旁坐了四小時,直到太陽墜落在霧氣迷濛的山谷,他才悲傷地離開。

李車夫到家後背起家中僅剩的一袋麵粉,推開房門,在房前徘徊片刻,終於鼓起勇氣來到黃車夫家的門前。一眼望見屋內燈燭通明,但卻鴉雀無聲,他緩緩提起右手敲了兩下房門,只聽房內的腳步聲越來越清晰。

打開房門的是黃夫人,她驚訝地問:「我家老黃回來了嗎?」

李車夫緘口無語,把一袋麵粉放在靠牆的木桌上,自己坐在黃夫人對面的木凳上。

「這是什麼?」

「這是給你們的一袋麵粉。」

「你留著自己吃吧,老黃回家後他會去買的。」這時李車夫再也無語可答,眼淚已經從眼瞼地流了下來。

「李師傅,你怎麼了?」

李車夫眸子通紅盯著黃夫人囁嚅且哆嗦地說:「老黃已走了。」

「你說什麼?說什麼?」突然黃夫人臉色雪白,不省人事倒在地板上。

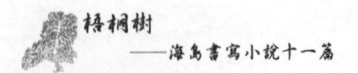

李車夫馬上把她扶到床上，他深知黃夫人此刻已悲痛欲絕，一時休克。

　　這時他趕緊倒了一杯溫開水，然後在房間內的食品櫥裡找到一瓶紅糖，往杯裡放了一羹匙，一匙一匙將糖水送入黃夫人的嘴裡。

　　大約半小時後，黃夫人醒了過來，嚎啕大哭、痛不欲生。這時兒子也被驚嚇了，緊緊抱住媽媽的大腿，不停地搖曳著大喊：「媽媽別哭，媽媽別哭。」可小孩的眼淚也撲簌簌滾下來。他就是黃車夫遺留下的唯一兒子，名叫黃六豐，當年只有四歲出頭。

　　在離黃六豐家不遠，有一個小麥加工作坊，它主要是將小麥磨成麵粉。由於作坊老闆出於同情錄用了黃夫人，從此母子倆有了生活的來源。

　　黃六豐的記憶中，幼年時不管外面是赤日炎炎的盛夏，還是北風呼嘯的隆冬，在媽媽的後背上總是掛著一個終年不落的竹籬，自己從早到晚坐在籬筐內，目視母親用鐵鏟不斷往麵袋裡裝麵粉，作坊內彌漫著麥糠的氣息，整天揮之不去，一天下來感覺鼻子與喉嚨好像被堵住似的。

　　終於在六豐五歲那年，他被贍養在舅舅家裡，因舅舅家沒有孕育後代，所以夫妻兩人對六豐疼愛有加。

　　由於舅媽出生在一個書香門第之家，對教育十分懂行，每天讓六豐熟讀四書五經，天天弄得他頭暈腦脹。

Volume 4. 荷花湖

但是六豐天資聰明，讀書過目不忘。還不到一年，舅媽只要說出古文的上句，他就能接上下句，對答如流，而且還練就一手秀美的楷書。

六豐就像他媽媽栽種在弟弟家裡的一棵花蕾，隨著歲月的流逝，他芳香四溢，越來越受到舅舅家的青睞。

日復一日、年復一年，六豐媽媽由於積勞成疾得了肺結核。

在六豐十二歲那年的正月十一，她病倒了。媽媽躺在舅舅家的一間獨立小屋裡，舅媽緊緊拉著他的手，從玻璃窗外看到屋內的母親咳血不止，他拼命用頭磕碰這冰冷的玻璃，好像要鑽進去似的，舅媽一把拉開他，這時六豐的眼淚潸然而下。

三天以後正好是正月十五，六豐的母親永遠闔上了眼睛。

元宵節的晚上開封城內外熱鬧非凡，但是對他們一家來說是悲哀的，那點亮的燈籠再也無法照亮六豐淒涼的心境。他與舅舅一家默默地坐在客廳裡，眼淚不斷從眼瞼邊滾滾而下。

自從黃車夫遇難以後，李車夫每逢週日便攜帶女兒前來探望六豐。在黃車夫去逝後的八年中，李車夫好像是受黃車夫生前的託付似的如約而至，每次來時總是帶上琳瑯滿目的食品。

李車夫的獨生女兒叫李月琴，她比六豐小兩歲，從小天真活潑，長相十分可愛。由於六豐的舅舅家與月琴家只隔一條馬路，你來我往親如一家。在他們童年時月琴養了一對白兔，六豐一旦

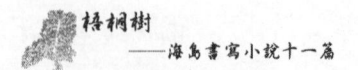

結束一天讀書離開書房，總要在他房後的草地上割上一筐青草，然後穿過馬路送到月琴家，當他們兩人目睹白兔咀嚼青草時，心中洋溢著同一種喜悅。還有春天時節，他們共同採摘桑葉養蠶，冬天一起伏在白雪皚皚的麥垛上，等侯麻雀落網。幼年時他們兩人幾乎形影不離。

§

十五年過去了，這好像是一眨眼，轉瞬即逝，童年經歷將成往事。

心靈純真又聰明的六豐已成一個文質彬彬的書生，活潑可愛的月琴變為亭亭玉立的姑娘。

六豐在他舅媽的薰陶下，學習突飛猛進，博古通今且國學造詣極深，尤其是書法在開封城內首屈一指，他臨摹趙孟頫楷書已達爐火純青地步，筆力深厚、古樸、瀟灑、流暢，與趙孟頫風格如出一轍，所以他的筆墨受到眾人青睞。

因此每當傳統節假日，開封城內外眾多文人為獲得六豐的墨寶或題字絡繹不絕紛紛登門拜訪。日積月累，他成了開封城內的一道風景線。

六豐每天滿足於枯守自家書齋一隅，閉門造車。

一天早上，月琴神采奕奕來到六豐處。她敲開六豐房門，只見六豐正在書架邊查閱書籍，他轉過身見月琴明眸善睞，笑容溫柔地說：「妳今天來的真早。」

Volume 4. 荷花湖

月琴對六豐說:「豐哥,我想與你商量一事,你看好嗎?」

「沒有關係,妳說吧。」

「我爸侍候的那家開封府大官請你上門揮墨題字,不知可否?」

「本人學識淺薄,恐怕難以勝任?」

「因你的書法在城內也是首屈一指,要不官老爺怎能知道你呢?」月琴不加掩飾地說。

「那好吧,我今天稍作準備。」當六豐話音一落,月琴臉上即露出甘飴的笑容。

第二天早晨,太陽從遠方薄雲後面徐徐升起,五月的開封城牡丹花蕾爭相鬥豔,空氣中彌漫著花的馨香。

六點多鐘,一縷柔和鍍金的光線灑滿在六豐的桌旁。由於長年苦讀,他臉色略顯蒼白,兩顆深邃的瞳孔,看上去有些疲憊。於是六豐站在鏡子前細細地洗臉抹粉、梳妝打扮。

不一會兒聽到「叮叮噹噹」的馬車聲,他推開窗戶即見月琴坐在父親駕馭的馬車上如約而至。她起身向站在窗戶邊的六豐高喊:「豐哥,準備好了嗎?」六豐頻頻點頭。

在舅媽陪同下,六豐來到大門口,月琴接過六豐手中的書箱,李車夫再一把將他拉上車。

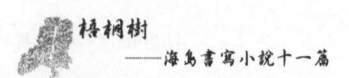

他們向六豐的舅媽揮手告別後，李車夫大鞭一揮，馬騰四蹄向開封城裡奔去。

六豐舅舅家和月琴家雖然相隔一條馬路，但都毗鄰荷花湖畔。每當夏天湖面漂浮著碩大碧綠的荷葉，一棵棵出水芙蓉像亭亭玉立的舞女，微風吹拂下在荷葉旁翩翩起舞。

黃昏的夕陽灑落在這片漣漪麟波的湖面上，波光閃爍。

突然有幾個小孩高喊：「馬車來了。」李車夫將車穩穩地停在六豐家的大門口。

六豐的舅舅和舅媽早早等候在大門口，當馬車一停，他們兩人笑逐顏開地迎了上去，分別把月琴和六豐扶下車。舅媽見月琴手提一箱東西，詫異地問：「月琴，這箱是什麼東西？」

此時月琴的父親從車上下來把六豐大誇一頓：「今天老爺非常高興，他認為六豐才藝高超、文筆流暢，尤其是書法在開封城內首屈一指，前途不可估量！這是臨走前宮廷送他的一箱禮品。」

這對長期服侍宮廷大官的馬車夫來說，也是很有面子的事情。但六豐並不以此一行為傲，因為他內心中還有更大的抱負，月琴卻站在一旁暗暗自喜。

時近黃昏，各家的煙囪冒出的一縷縷煙霧冉冉升起，落日餘暉的照耀下像一條條緋紅色的彩帶，在荷花湖上搖擺。

Volume 4. 荷花湖

六豐的舅母面帶笑容的站大門口對他們說：「今晚你們父女兩人與我們共進晚餐吧！」李車夫是山東人，說話豪爽，直言道：「好吧。」其實李車夫確實是他們家的稀客，而作為他女兒的月琴卻截然不同，幾乎每當早上父親一出車，她便整天泡在六豐舅母家打掃衛生、下廚做飯，樣樣家務嫻熟精煉，為舅母減輕不少負擔，從而間接地為六豐創造出一個靜謐的讀書環境。

　　當李車夫正在六豐舅舅面前誇六豐高超才藝而博得廣泛讚賞時，月琴與六豐舅媽也在廚房忙得不亦樂乎。

　　不一會月琴將一大盤熱氣騰騰的叫化子雞端到餐桌上，這香氣使人饞涎欲滴，舅媽插話說：「這是月琴的拿手好戲。」很快餐桌上擺滿了富有河南特色的美味佳餚，兩家人在歡聲笑語中共進晚餐。

　　六豐和月琴相鄰而坐，他們間孕育著純真的情誼。晚餐用了兩個多小時，這時六豐轉頭望向窗外，正是明月當空，他又把頭湊近月琴輕輕耳語：「我們一起去荷花湖畔散散步好嗎？」

　　月琴的臉突然一紅，停頓片刻說：「好吧。」於是他們向老人告辭後，沿著門口的長廊輕盈地來到荷花湖畔。湖邊的桃樹與柳樹相隔而栽，粉紅色的桃花與彎彎的柳枝像似一對對情人在歡迎他們倆的到來。

　　兩人仰望靜謐的星空，一輪明月一會鑽進雲層、一會又鑽了出來，光照大地，像是一個頑皮的小孩子與媽媽玩捉迷藏的遊戲變換莫測。

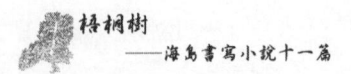

晚風吹拂著柳枝在桃樹邊輕輕擺動，在月光下投下搖曳的樹影。

「今晚的這道叫花子雞做得怎樣？」月琴瞥他一眼，找話茬道。「味美之極，簡直無與倫比。」六豐邊說邊看著她露出那種帶有滿足感的微笑。

兩人緩緩地行進在湖邊一條草木薈鬱的小徑上，六豐覷望到月琴臉頰緋紅，且在月光下更顯眩目。

突然六豐不經意觸碰到月琴的手，發現她的手心有點發燙，他貿然撫摸著她的手，兩人的身體幾乎相隔一紙，彼此能感覺到對方急促的呼吸。驀地六豐張開雙臂把月琴緊緊摟在懷裡，大約一分鐘後對著月琴耳邊細細低語：「等我進了宮殿，我們結婚吧！」月琴激動得無言可答，只是微微點頭。此時月琴深感自己是這個世界上最幸福的人。

而對六豐來說，卻是度過了一個不眠之夜。他憧憬著自己若一考成名進入宮殿的美好前景，到那時月琴和自己一樣均擺脫低微的貧民生活，能在一個更廣闊的世界去構築未來。

六豐清晰記得，剛到舅舅家安營紮寨時，舅媽那靈巧的雙手，用不了半月就能給自己織出一件充滿童趣的毛衣。這一晃十五年過去了，她那雙勤勞的雙手已經乾癟，自己現在身上穿的衣服多數是補丁綴補丁，很難找到一件體面的外套，就是這次上宮廷的禮服也是月琴夜以繼日針針縫製而成。

Volume 4. 荷花湖

那年的年底歲末，六豐家又降臨一個大厄運。他舅舅工作的鹽廠，因老闆賭錢負債累累，已無力支付勞工的酬金，大年三十前棄廠外逃，舅舅一年的辛勤勞動付之東流。

六豐的命運與他的舅舅家息息相關，他們都乘坐在同一艘船上，眼看這只船慢慢下沉，月琴看在眼裡、痛在心中。

月琴童年家居農村，長年累月跟隨母親下地幹活。在月琴十二歲那年母親去逝，那年冬天便跟著父親一起搬到現在開封的家。

在六豐的書房後面有一個用竹籬笆圍起來不到半畝地的後花園，由於無人管理，終年都是葳蕤的野草與灌木。月琴靈機一動：如果把這片雜草與灌木叢鋤掉，變成一個菜園，這將給兩家人的生活節約一筆不小的開支。

由於童年在農村長大，月琴對各種農活早就瞭若指掌。

這個菜園緊挨六豐書房的北窗。每逢夏天，六豐透過玻璃總能看到菜園的竹架上掛滿了黃瓜、豆角還有夜開花，一過仲夏，紫紅色的葡萄一串串沉甸甸地懸掛在竹架上，特別誘人。

菜園裡僅存下來的兩棵桂花樹，一到八月花香薰人欲醉。

每當日出就能看到月琴在菜園裡忙碌的身影，一直要到日落她才掛鋤。一般情況月琴不主動搭訕六豐，以免影響他讀書，只是等六豐推開窗戶向她說話時，月琴才緩步過來與他搭茬。

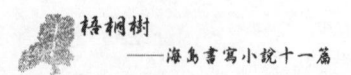

開封府每年有一次科舉會考，由於黃六豐才智過人，所涉知識已過舉人水準，經主考官確認可免去舉人考試，直接進入明年春季進士會考，如獲前三名，可進朝廷任職。這對黃六豐來講是天大的機遇，同時也迎來巨大的挑戰。

古人曰：「讀書破萬卷，下筆如有神。」雖然在六豐的書房裡已寫過文稿就有十幾箱之多，但等在他面前還有更廣闊的處女地需要耕耘。

月琴深知六豐壓力巨大，她包攬了兩家所有家務。由於經常出沒在菜園或市場，夏日光照使月琴皮黝黑、臉龐消瘦，看在眼裡的六豐陣陣心痛，有時他捫心自問：「我是不是妳的累贅。」

「不！我將娶妳為妻，我將成為妳的驕傲。」他自問自答。

為了準備明春進士大考，六豐夜以繼日、廢寢忘食閉門讀書，每天越過午夜才會熄燈就寢。舅舅、舅媽經一天勞累不到九點就上床酣眠了，只有月琴一人默默地守候在廚房裡。

午夜萬籟俱寂，月琴輕輕敲了六豐的房門。

「是誰？」六豐驚奇地問。

「是我，月琴。」

六豐打開門閂推開房門：「怎麼現在是午夜十二點了，妳還沒睡？」

Volume 4. 荷花湖

「看你書房的燈還亮著，我能睡覺嗎？」於是月琴把揣在手裡熱氣騰騰的一盤蘑菇肉絲炒麵遞給六豐。

六豐的眼眶裡含著激動的淚花說：「妳吃了嗎？」

月琴一本正經地說：「我已經吃了。」其實她家的麵粉也所剩無幾，自己晚餐只喝一碗麵糊，六個小時過去了，午夜的自己早已饑腸轆轆，但她寧肯自己熬著也不讓六豐挨餓。

冬去春來，將近半年多的時間，月琴天天如此。

每當半夜月琴家炊煙裊裊升起，使午夜的荷花湖煙霧朦朧，形成荷花湖的獨特景觀。有人把它譽為仙女散網，為了觀賞這一美景，各地遊客每到午夜蜂擁而至，但無人知曉它的來龍去脈。

冬天轉瞬即逝，荷花湖西面低矮的山巒上積雪在初春的陽光照耀下開始融化，晶瑩剔透的雪水沿著蜿蜒的山溝注入湖中。

一天上午，月琴從菜園手提一籃蔬菜經過六豐的書房。突然，一陣風把窗戶吹開，六豐起身準備關窗時但見月琴路過。

「豐哥，明天就要進城考試，今天我給你做幾個好菜。」

六豐詫異地對月琴說：「不是後天嗎？」

「我是聽你舅舅親口說的。」月琴話音一落，書房對門的舅舅聽到他們兩人的說話聲，走了過來對六豐說：「六豐，你明天吃完早飯，舅舅陪你進城考試。」

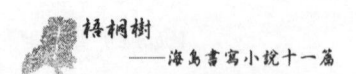

這時六豐才恍然大悟：「要不月琴提醒我，還以為考試是在後天。」

月琴馬上對六豐舅舅說：「舅父啊，我已經與父親說好了，他明天會送六豐進城考試的。」

「妳父親的腿不是受傷了嗎？」

「他的傷已經好了，明天可以出車，請舅舅放心。」月琴樂善好施之舉深深打動他的心，可他心中仍存耿耿隱憂。

翌日早上天氣晴朗，開封城外田野裡，農民們正在忙碌著播種麥子。

六豐那天起得很早，他把文房四寶整理好後放進一個精緻的書箱裡。用完早餐，經過簡單的梳妝打扮，穿上一件由月琴親手縫製的黃綢長袖漢服，在舅舅、舅媽的陪同下向月琴家走去。

李車夫一手拿著大鞭，另一手提著馬鞍，與月琴清早就等待在大門外。月琴一見他們三人便滿面春風跑了過去，從六豐手中接過木箱，六豐舅舅對著月琴父親歉意地說：「老李啊，你的腿傷真的好了嗎？」

李車夫踢踢腿樂呵呵地說：「你看我還有問題嗎？」

六豐舅舅微微一笑說：「那就勞駕你了。」李車夫上了馬車後，月琴把書箱遞給了父親，他把書箱穩穩地放在車後的架子裡，伸出粗壯的左臂對六豐說：「踩住下面的馬鐙、拉住我的手。」

Volume 4. 荷花湖

李車夫拉住他這隻細白的右手使勁往上一拉，六豐上了車，揮手向月琴和舅舅一家告辭後拉上車簾，李車夫大鞭一甩，馬車向開封府方向奔去。

馬車大概行駛了一個多小時趕到了考場。

考場大門口掛著六個紅彤彤的大燈籠，右側貼著參加進士考試人的名單，兩旁巨大的石獅子張開的大嘴好像要把這輛馬車吞噬進去。

六豐在李車夫的攙扶下下了車，把書箱交給六豐後說：「我的馬車停在大門斜對面的樹林旁等你。」

「好的，謝謝月琴爸爸。」他提起書箱邁進高高的門檻。經驗證身份確認後，在兩位清朝文官的陪同下穿過大殿步入考場。

當太陽漸漸西墜，六豐首先從考場出來。他邁著輕盈敏捷的步子，向大門斜對面的樹林走去。

這次進士大考要半月以後才能揭榜，屆時若金榜題名，這將是六豐生涯中最重要的一件事。對月琴來說，在自己有生之年能見證這偉大一刻更是莫大的幸運，因為她早已暗暗把自己的命運與六豐緊緊捆在一起。

李車夫左腿受傷雖已康復，但是肌肉日漸萎縮，不能適合長距駕車，府內安排他到宮殿養馬，收入卻與駕車有天壤之別。六豐的舅舅也因離開鹽廠後疲於打零工，心力交瘁，兩家人同命相憐。

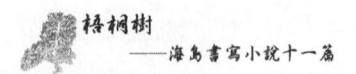

§

  時間一晃就是半月，在揭榜當天一大早，六豐辭別舅舅後一人徒步向開封府走去。大概七點多鐘，開封府大門口早已人流熙攘。黃榜貼在大門右側，榜單下人頭攢動，六豐拼盡全力擠了進去，只見黃榜上三位中榜進士的金色名字格外醒目。

  當他看到黃六豐三個金色大字，頓時眸色閃亮，激動的淚水從眼眶裡流淌出來。他深深吸了一口氣，擦去眼瞼邊那激動的淚水，繼續看了下去。榜上最後說：「凡錄取者，開封府將於農曆六月初一派車接納入宮。」

  隨後他花了九牛二虎之力，才從人群中擠了出來，雇一輛馬車急奔回家。

  一進家門，只見月琴剛從菜園出來，渾身都是泥巴，六豐緊緊把她抱住。月琴有點丈二和尚摸不著頭腦，只聽見他嘴上不停喊著：「我中了！我中了！」

  「真的？」月琴掙脫了六豐驚奇地問。

  六豐含著淚水頻頻點頭，月琴欣喜若狂地跳了起來。

  這時舅舅和舅媽從房間走了出來。舅舅睜大眼睛盯著六豐問：「六豐，考得怎樣？」

  六豐脫口而出：「舅舅，我中了。」

Volume 4. 荷花湖

「什麼？什麼？」舅舅聞言突然倒在地上，臉色蒼白、口吐白沫。月琴緊緊把他扶住，舅媽心急火燎對六豐說：「快去找隔壁的郎中醫生。」六豐三步並兩步跑了出去。不到五分鐘，郎中醫生急速趕到，他一摸脈搏已經停止跳動，扒開眼皮見瞳仁原封不動，郎中緩緩起身低著頭惋惜地說：「他已經去逝了。」

這簡直是晴天霹靂，頓時兩家人嚎啕大哭，原本是喜事卻成了悲劇。

翌日取消了原定的慶賀改為喪事。按六豐舅舅生前的遺願，把他的遺體葬在他母親毗鄰的墓地。

第三天將遺體入土後，六豐攙扶著舅媽的右臂，月琴拉著她的左手，從山上走了下來。月琴喃喃地說：「舅媽，您也別難過了，六豐走後我會照顧您的。」

月琴這撫慰心魄的一言，使六豐淚流滿面。他默默含情注視著月琴說：「我不知怎麼感激謝你。」

月琴的父親與他們一樣沮喪，跟在三人的後面一瘸一拐的走回家。

夜晚，六豐懷著憂鬱惆悵的心情獨自回到了書房，他無精打采地推開南窗，在淡淡的月光下隱隱約約見到馬路對面的荷花湖上一隻跛腳的鴨子繞著一片枯萎的荷葉在打轉。

他默默自問：舅舅你還能參加我的就位儀式嗎？想著想著，眼淚撲簌簌地流了下來。

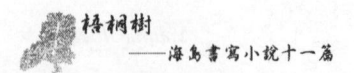

突然傳出一陣陣的敲門聲。

「是誰？」

「我，月琴。」

「請進！」

月琴推開房門，只見六豐從床底下移出一只紅木小箱，月琴好像心有靈犀。

六豐脫口而出：「妳來得正好，今晚我要送妳一件東西。」

接著從紅木小箱內拿出用綢布包裹的嚴嚴實實的一件玉器，他恭恭敬敬地遞給月琴。解開綢布一看，她驚呆了，原來是一件白玉荷花。月琴凝視著這件稀世珍品激動的說不出話來。

六豐看著她緋紅的臉，脈脈柔情地說：「這是我送妳的禮物，作為我們訂婚的紀念。」月琴一聽心醉神迷，似乎自己沉浸在無比幸福之中。

六豐開始滔滔不絕地說起這件傳家寶的來歷。「幾十年前，爺爺在新疆和田經營玉石生意，掙了一大筆錢，他買下一塊和田白玉料，這塊玉材玉質細膩、晶瑩剔透，經名家雕琢才獲如此精美的玉荷花。後來一代代傳下來，最後由我舅舅保管，前天他去逝後，昨晚舅媽把它移交給我。妳今晚來得正好，這朵玉荷花同時也是我們愛情的象徵。」

月琴聽完明眸一亮,她從口袋裡摸出一塊潔白的手絹把它包裹起來然後塞進懷裡,一股暖流湧上心頭。

六豐望著月琴一副迷醉的神情,他敞開心扉說:「幾年來妳辛勤的付出,終於使我們熬到了黑夜的盡頭,苦去甘來,當我在宮廷裡官職就位,再來娶妳為妻,讓我們共享榮華富貴。」

月琴聽後感動得緘口無言,眼珠裡閃爍著激動的淚水,他輕輕地把她摟在懷裡,此刻月琴對無限美好的未來陷入悠然遐想。

§

光陰似箭,終於等到六月初一的早晨,鮮紅的朝陽穿過湖邊的柳樹灑落在六豐家的前院。

大約八點光景,府上龐大的接迎車隊浩浩蕩蕩來到他家門前。早早等候在大門口的六豐和舅媽並排站著,舅媽也從昔日的憂傷中解脫出來,精神略有好轉。月琴和父親站在後面,衣裝均煥然一新。

開封府一共派來五輛馬車,頭車下來六人分列兩排單腿跪地,第二車為官車,下來一位清朝文官,他神態肅穆站在黃六豐前面宣讀開封府的聖旨,即:

經大清國開封府審定,黃六豐為三品官,從即日起生效。

大清河南開封府文告
道光廿八年

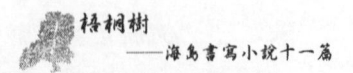

接著兩名文職人員從後車裡取出兩箱官服，呈遞給六豐手中，六豐接過箱子，脫下舊裝，在兩名文職人員的幫助下穿上官服、戴上紗帽。在一位文官指引下信步來到第二官車前，兩兵扶攙上了官車。

此刻月琴與兩位老人用一種依依不捨的眼光凝視著這別開生面的一幕，不由得淚水潸然而下。當馬騰四蹄車輪向前轉動時，月琴再也站不住了，她鬆開與舅媽緊握的右手，疾風般地向行進中的車隊追去。這時六豐拉開窗簾向親人們揮手告別，突然月琴飛快地追了上來，他把頭伸出窗外，雙手握住月琴的右手，坐在六豐後面的一位文官大喊：「大官危險，趕快鬆手。」於是把他拉進車內，歉意地說：「對不起，為了您的安全，我冒犯了。」六豐沒有理會，只能沮喪地透過窗戶望著站在路邊的月琴慢慢遠去。

車隊穿過熙熙攘攘看熱鬧的人群，沿著荷花湖旁的馬路向北面的開封府行進。

當府上接迎車隊到達開封府正大門，府內長官已等在門邊迎接，黃六豐在一位文官的引領下向前走去，他在府長官面前恭恭敬敬行了一個禮，兩人並排向大殿走去。此時宮殿兩旁旌旗飄揚、鑼鼓喧天。走進金碧輝煌的長官大堂互相禮讓後，六豐與長官分別坐在兩把鑲嵌翡翠和瑪瑙長背的花梨木椅子上，開始侃侃而談。

長官曰：「由於你今年進士考試全府第一，授予三品官，分管開封周邊十六縣。」

Volume 4. 荷花湖

六豐謙遜地說：「由於本人人地生疏、能力菲薄，請長官多加指教。」

「不用客氣，盡力而為，王府不會虧待你的。」

六豐遲疑一會說：「長官，今年下半年不知府上有何大事？請您吩咐。」

府長官瞥了六豐一眼激越地說：「請你記住：其一，雖然今年黃河洪水氾濫，造成糧食欠收，但今秋百姓向王府交糧一粒不少；其二，要在百姓中募集資金，今冬大修水利。」

六豐心想：長官明知黃河氾濫，糧作顆粒無收，哪裡來的糧食交府上？民不聊生，怎麼募集資金，巧媳婦也難做無米之炊。雖知這與自己良心背道而馳，但也不能與府上分庭抗禮，在長官面前仍彬彬有禮地說道：「請長官放心，全力照辦。」長官一聽心歡意暢。

翌日，六豐按府長官指令吩咐他下屬的十六個縣如數照辦。仲秋時節，一輛輛向開封府送糧的馬車絡繹不絕，從地方百姓處搜刮的各種賦稅像一股巨大洪流源源不斷流向府內，所有這些都成為宮廷老爺囊中揮霍之物。在隆冬裡，無數饑寒交迫的民眾還在黃河兩岸興修水利。

一天晚上，六豐做了一個夢。在夢中，他似乎看到自家的房屋被暴風雪吹倒了，月琴從厚厚的積雪中終於找到了她心愛的玉荷花。一個古董商正好經過他家的門口，他對月琴說：「姑娘，妳能否把這個玉荷花轉讓給我，我送妳一幢樓房，再加一千兩黃

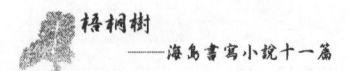

金，保妳一家三口無後顧之憂。」月琴執意不賣，那古董商只得掃興而去。於是月琴拉著兩位老人的手，離開自己心愛的家園朝著茫茫無垠的雪路去討飯。

驀地一聲驚叫，六豐從夢魘中驚醒，惘然若失，好像心頭在淌血。他把燈點亮，發現四周富麗堂皇，心想：難道我入錯門了嗎？慢慢地他清醒過來了，原來是一個夢。時過境遷，現在已在宮殿裡，一切都變了，唯有心靈的隱憂縈繞心頭揮之不去。

大年三十早上，他命令部下安排一輛馬車外出散散心。六豐推開宅邸高大紅木精雕的窗戶，只見宮殿上正在懸掛八只巨大的中國紅大燈籠，舞女們在一旁排演供晚上皇孫貴族觀賞的文藝節目。

六豐無心觀看，他穿上官服、戴上紗帽，穿過大殿，殿旁宮廷官兵向其鞠躬敬禮。他坦蕩走出大門，坐上部下安排的馬車，朝著開封最寬闊的大道朝南駛去。

冬寒歲底，開封府外的馬路兩旁都是皚皚的積雪，呼嘯的北風迎面撲來寒風刺骨，大水災過後一排排倒塌的民房瘡痍滿目。

馬車穿過大街小巷，滿是衣衫凌亂、瘦骨嶙峋的災民，拖兒帶女乞求救助。

經過拐彎處，六豐一愣，只見四隻野狗正在啃咬一個幼兒的屍體，令他毛骨悚然。車夫用大鞭拽向野狗，野狗慌忙逃竄，路上只剩下幾根鮮紅的骨頭……在馬車的行進中，路邊的屍體隨處可見。對六豐來說，這是他有生以來至暗的一天。

Volume 4. 荷花湖

馬車在城內兜了一圈,使他的心情更加抑鬱。這時太陽漸漸沉入西邊的山谷,馬車也到達開封府大門,宮殿內已是燈燭輝煌、高朋滿座。

　　六豐進了殿堂的大門,只見府長官與一位高官毗鄰而坐,他們兩人高談闊論。

　　他恭恭敬敬走上前去,向府長官及毗鄰的賓客鞠躬致禮。府長官向他介紹:「這位大人為京城的禮部尚書。」六豐又向禮部尚書鞠一躬並說:「歡迎大人光臨。」說完,按長官意願坐在尚書大人的左邊。

　　穿上華裳麗服的僕人殷勤地將瓊漿玉露斟滿各位高官杯子,滿桌都是珍饈佳餚,一邊看著舞女翩翩起舞、一邊是高官們談笑風生,宴會賓客斟酒舉觴開懷暢飲,一直到午夜鞭炮聲落才漸漸散去,此時六豐也向著自己的府邸踽踽而行。

　　正月初八早上,開封府長官召集部下發佈新年施政命令。

　　那天六豐很早就來到宮殿,長官坐在大堂正中的長背黃花梨椅上,一見六豐邁進高高的門檻,他一反常態站了起來,笑眯眯走下臺階與他寒暄一陣後在旁邊的椅子上坐了下來。

　　長官覷望他一眼,突然眸子閃亮說道:「大年三十晚上,我向京城禮部尚書呈報公事之後,他對你印象深刻,認為你睿智多謀,施政才三月就將開封下屬十六縣治理如此之好,真是年輕有為,其前途不可限量。」

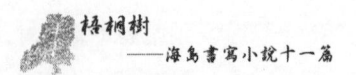

六豐謙卑地說：「哪裡？哪裡？我的業績多是長官的指引。」

長官說：「這你客氣了。我有一件事想與你商榷一下，京城禮部尚書有一千金，年齡與你相仿，姿色絕世，而你又是才貌雙全，若能娶她為妻，升官發財指日可待。」

六豐慌遽不安地說：「我……我……」

「你什麼了？」長官詫異地問。

六豐猶豫一會兒說：「讓我再考慮一下。」

長官瞥了他一眼，儀態高傲地說：「機不可失，時不再來。」

他忙說：「是，是。」

長官說：「你能否在正月十五前，給我一個確切的答覆？」

六豐頻頻點頭說：「長官放心，一定照辦。」

那天晚上六豐回到自己的府邸後，久久不能入眠。毋庸置疑這是一個兩難的選擇，一方面在臨別時與月琴一起定下的海誓山盟，另一方面來自長官的誘惑。他自己詰問自己：如果我回絕了長官的好意，也許長官怫然不悅，以為我不知好歹，以後甚至官職難保；如果我同意了，興許日後可飛黃騰達。這時他已經迷濛了。

正月十二早晨，霞彩柔輝，一會兒幾朵雲擋住了太陽，雲如藍色琥珀，太陽隱匿在它的後面，寒風在空中呼嘯而過，雲與太陽像在捉迷藏一樣，灑落在大地的光若明若暗。

Volume 4. 荷花湖

幾天來的靈魂騷動使他很難酣睡，早上六豐昏昏沉沉地來到開封府宮殿。

只見大門口停著一輛馬車，長官手提公事包跨過門檻匆匆向馬車走去。一見六豐迎面低著頭走了上來，長官在稠人廣眾面前對六豐直言：「你考慮怎樣？」

六豐抬頭一愣：「哦，長官我在考慮。」

長官驚訝地問：「這麼多天怎麼還未定論？今天正好我去京城向皇帝遞交呈文，如果你定下來，我就可與禮部尚書一錘敲定。」

六豐失魂落魄地問：「長官，您看如何？」

長官毫不猶豫地說：「我早就跟你說了，這是千載難逢的機遇。那就定下來了，你娶她吧。」

六豐顫抖著身體用嘶啞的嗓音說：「那好吧。」

長官馬上對著六豐說：「那就一言為定了。」說完他臉上露出一付詭譎的神色。

到了京城後，長官與禮部尚書談論六豐與其女兒的婚事，兩人一拍即合，並確定三月初六為婚慶大典。

三天以後長官從京城回府，首將六豐與禮部尚書女兒的婚事公佈於眾。不幾天，開封府下屬文武諸官為表慶賀紛紛獻上的禮品及金銀財寶不計件數，所有這些最後都成為長官的囊中之物。

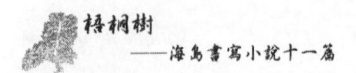

六豐的婚事很快傳遍開封城內外，月琴獲知後大為震驚，精神轟然崩塌。

第二天一早，她將兩位老人託付給鄰里的王阿姨照顧，孑然一身徒步百里來到開封府。

落日的餘暉給開封府宮殿大門上方的屋簷繡上一條光斑，空氣中彌漫著一種煙火的氣息。

月琴來到朱紅色的大門下，她欲跨過門檻進入殿堂裡面，卻被兩位清朝衛兵一把攔住，其中一兵說：「府內重地不得進入。」

「我要找黃六豐。」月琴激昂地說。

「妳是他的什麼人？」

「家人名月琴，請轉告。」

一兵疾步穿過大殿來到黃六豐的殿堂，單腿跪地說：「報告，大臣府外有你家人月琴要想見你一面，為何？」

六豐一驚，停頓一會說：「你轉告她，朝廷政事繁忙，無空接迎。」話音一落，順手從抽屜裡拿出廿兩白銀，裝在一個黃布小袋內遞給衛兵說：「你把這廿兩白銀交給她，朝廷特派一輛馬車送她回家。」

衛兵單腿跪地低頭說：「照辦。」

Volume 4. 荷花湖

衛兵到了大門只見月琴兩眼哭得通紅，那個衛兵小心翼翼將這個黃布小袋遞給月琴說：「這廿兩白銀是大臣送妳的，等會朝廷派車送妳回家。」月琴一聽，把黃布袋扔在馬路中間，嚎啕大哭：「我不要錢，我不要錢！我要人，我要人！」衛兵無奈之下把她拉到馬路對面的樹林旁，月琴的哭聲響徹宮闕上空。

一個衛兵將裝有廿兩白銀的布袋還給了六豐，又把剛剛發生的事向他複述一遍。

六豐心頭忐忑不寧，他起身走到門外漢白玉的臺階上，仍可聽到月琴隱約的哭聲，心像一團亂麻。

這時天色已黑，高掛蒼穹的月亮再也不會給予他寬慰，藏匿在靈魂深處的憂愁在隱隱作痛，他回到自己的宅邸後，心情久久不能平靜。

宮殿內外萬籟俱靜，六豐獨自一人穿過宮殿右側的長廊，透過邊門的縫隙，窺視到一個蓬頭散髮的女人蜷縮在府斜對面的楊樹林邊。他推開門凝視片刻，驀地那女人靈敏地抬起頭，像饑餓的狼看到一隻野兔似的猛地衝了過來，這時正好一輛馬車迎面而過，那女人視若無睹、不屑一顧繼續往前，頭撞在馬車的前轅上，幸虧車夫馬上煞車。她倒在地上，額頭鮮血直流。六豐飛快跑過去，吩咐衛兵立即找醫生搶救。

在忐忑不停中，他回到了宮殿內。一個小時後，一個衛兵向他報告：「大臣，此女人只是頭皮擦破出血，無損大腦，其他一切均安然無恙。」

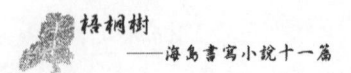

六豐命令衛兵道：「今晚找宮廷大夫精心照料，待明日康復後特用官車送其回家。」

衛兵答道：「照辦。」

開封府內三品大官黃六豐的婚事早已在開封城內外家喻戶曉。

三月初六那天晚上，禮部尚書與女兒齊步進入府大殿，六豐和長官也早就在漢白玉的石欄邊等候。大紅燈籠懸掛在殿堂屋簷下方的橫樑上，各種賀婚的長幅佈滿大殿內外。

婚禮開始，六豐與新娘站在殿堂正中繡有龍鳳的紅地毯上，在鼓樂聲和鞭炮聲中緩緩走向前方。按婚禮習俗，兩人要向長輩鞠躬三次，因六豐無長輩，所以由長官替代。

六豐在長官陪伴下走到新娘面前，揭開她的紅色繡花面紗，新娘臉色粉紅、姿色優雅，高高的髮結中鑲嵌名貴珠寶，兩耳懸掛兩只碩大的翡翠耳環，光彩炫目。兩人互相鞠躬敬酒後，臺下爆竹震耳欲聾。鞭炮停息後，在琮琮直響的箏樂下，宮廷舞女曼舞翩躚，宴會賓客個個笑顏逐開，開懷暢飲，魂銷神醉。

婚慶正在高潮時，突然一陣北風吹落了一只懸掛在屋簷下的大燈籠，頃刻點燃了旁邊的橫幅。不一會幾乎所有的橫幅都燃燒起來，殿堂裡的嘉賓驚慌失措、倉皇逃遁，六豐被煙薰得分不清南北跌倒在地。大火燃著了房頂，火光衝天，新娘大喊：「救命。」

Volume 4. 荷花湖

這時長官心急如焚衝進殿堂內，一把拉住新娘的右手，沿著長廊倉皇逃出殿堂。

京城禮部尚書的馬車已經停靠在大門外面，他四處尋找女兒均無音訊，突然在煙霧中看到長官拉著他女兒的手匆匆跑來，他一把抓住女兒的手，將她拉上馬車，痛罵一頓長官後馬騰四蹄如風雷閃電般向北駛去。

而六豐躲在石質的神龕裡逃過一劫。

翌日一早，府長官匆匆來到昨夜婚宴的殿堂，只見前後左右都是殘垣斷壁，他怒氣衝衝命令衛兵尋找黃六豐。「如果找到把他押到後宮，將他法辦！」然後兩袖一拂，揚長而去。

衛兵們尋找一天，均未發現他的蛛絲馬跡，長官氣急敗壞地說：「不抓到黃六豐，決不甘休。」

第二天上午，衛兵們發現黃六豐正在自己的宅邸裡書寫文稿，準備將前夜的大火前因後果寫成文稿呈報上級。

突然一對衛兵衝了進來，將他左右胳膊緊緊壓住，六豐怒氣沖沖地說：「你們膽大包天，胡作非為。」

衛兵神態嚴肅地說：「我們是奉長官的命令。」說完將六豐押到後宮長官跟前。

長官一陣獰笑說：「跑得了和尚，跑不了廟。」

六豐耿直地說：「我沒有離開過宮殿。」

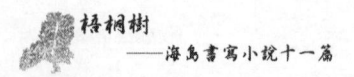

長官反問：「那你昨天到哪兒去了？」

六豐沉默不言。

此時長官臉色鐵青，轉過身從懷裡掏出一文稿，辛辣犀利地說：「你已經觸犯皇上的法律。」

六豐怒不可遏，心懷惴惴地說：「這簡直豈有此理？」

長官不予理睬，打開文稿，放聲宣讀：

> 經核實三品官黃六豐因私事公辦，在府內大擺酒席，玩忽失職，造成火災，給府造成巨大損失，為平民憤，皇上決定將三品官黃六豐革職法辦，服刑三年。特此通報。
>
> 大清國開封府

當長官讀到服刑三年時，六豐已經眼冒金花、天昏地轉，臉色雪白且身體慢慢向一側傾斜，旁邊的兩位衛兵緊緊挾住他的胳膊，六豐已完全處於休克狀態。

第二天開封府將此公告公佈於眾，城內外家喻戶曉。群眾義憤填膺，黃六豐聲名狼藉，當天下午即被壓往新疆開始服刑。

風信很快傳到月琴的耳邊，她獲知後一臉懵怔，對社會上流傳關於六豐的污言穢語嗤之以鼻，篤定六豐是個受害者，她一定要到開封府長官那裡去討個公道，假如見不到長官也要向六豐問個究竟。

Volume 4. 荷花湖

於是第二天凌晨，兩位老人還在酣睡，她在桌上留下一張字條後一人獨奔開封府。

大概中午，她趕到了開封府。對兩個衛兵說：「我要去見黃六豐。」

衛兵問：「妳是他的什麼人？」

「他家裡的人。」

「他已經到新疆服刑去了，昨天押走的。」

即刻月琴一時火冒三丈地衝進大門，兩個衛兵緊緊把她攔住，卻攔不住她大喊：「我要找長官，跟他拼個道理。」

驀地兩個衛兵乾脆把兩扇高高的朱紅大門緊緊關上，月琴用雙手不停的敲擊並疾呼：「你們是強盜，你們是強盜！」呼喊聲漸漸變成了哭聲。

月琴覺得待在開封已經無望了，她決定馬上返回家中。

在晚上九點半，她趕到了家。這一天月琴幾乎行走了將近二百里路，腳底都磨起泡了。

舅媽和她父親還守候在桌旁，等候與月琴共進晚餐。李車夫一見女兒走進房門，一塊壓在心中的石頭終於落了下來。

舅媽問月琴：「六豐還好嗎？」她點點頭緘口無言，怕傷了老人家的心。

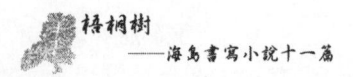

晚飯後月琴敞開心扉，將六豐赴新疆服刑向對父親說：「爸爸，我認為六豐是受害者，我有責任去拯救他。」

「妳一個女孩身單力薄，拿什麼去救他。」李車夫凝神屏息吐出這句話。

「我至少可以給他一些物質上幫助，使他熬過三年痛苦的牢獄生活。」

「妳這麼執著……」

「是的。爸爸，但這三年照顧舅媽的事託付給您了。」

「這個妳放心，我就是耽心這三年妳怎麼熬過去？」

月琴吸了一口氣，深情地望著父親這付略帶泪喪的臉說：「爸爸，您知道在我這本教科書內只存在兩個名詞『刻苦和快樂』，但卻找不到害怕。」父親聽後含著眼淚默默點頭。

到家後第二天，月琴就馬不停蹄地縫製衣服。她整整用了五天時間給六豐做了兩套冬裝和兩套夏裝，還自製了一雙布鞋和一雙棉鞋，用舊毛毯包裹起來，裝進一個自製的大布袋裡。

月琴準備取道甘肅直奔新疆。出發那天，舅媽再三叮囑注意路上安全，保護好自己的身體。

父親把家中僅有的十二兩白銀積蓄交給了月琴，作為三年生活的補充。

Volume 4. 荷花湖

§

去甘肅是搭李車夫的一個朋友車去的。

到蘭州的那天，天已經很晚，雪花迎面飄來，寒風刺骨，月琴獨自一人在貨物中轉倉庫裡坐了一宿。第二天打聽了五、六家運輸車隊，中午時獲知有一個車隊要向新疆和田運送糧食，糧已裝車，明天一早出發。約下午一點多鐘，她在一個大車店找到了這個車隊的領頭，那人年齡與父親相仿，五十多歲，頭戴一頂狗皮帽子，皮膚黝黑，毛孔粗得好像是被風沙吹打出來的，精神矍鑠，嗓音很大。

領頭驚奇地問：「姑娘，妳找我有何事？我們車隊是去新疆和田運糧的，妳去哪兒？」

月琴面不改色地說：「同路。」

領頭的摘下帽子凝視片刻說：「妳有什麼急事？」

接著她將事情的原委和盤托出。

領頭聽後十分同情，不平則鳴，並樹起大拇指用濃重的山東口音說：「妳真了不起。」然後他話鋒一轉：「妳今天晚上準備好要帶的乾糧和水，到和田要十幾天，特別是戈壁灘上沒有一點水啊，作好艱苦準備。」

話音一落，月琴從懷裡拿出二兩白銀遞給領頭說：「大伯，這是我的一點心意。」

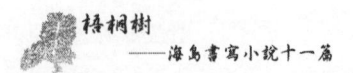

領頭瞥了月琴一眼皺皺眉頭說：「姑娘妳這是什麼意思？我能收妳錢嗎？能為妳助一臂之力算是對我心靈最大的安慰，快拿回去，三年的時間長著呢。」說完他戴上那頂狗皮帽，說了一句：「明早見」後朝大門外走去。月琴心想：在這個世界上總還有好人。

　　出車的那天，月琴揹著一個大布袋、手提一小袋乾糧和水，早早等候在大車店的門口。大概七點不到，領頭和四個小伙如約而至。

　　領頭走到月琴面前說：「這次去和田，我們一共出五車，車上都是糧食，妳坐在我的頭車上。」

　　月琴直爽地說：「好吧！」

　　於是領頭接過月琴肩上的大布袋放在車頭上，在馬車中間的麻袋縫裡留有一尺半寬、四尺長的空間，正好夠月琴一人位置，麻袋上面用厚厚的帆布蓋住，車尾還有一塊布圍帷，以防風沙進入，而且在這一空間裡還墊上厚厚一層舊棉花，以防車子劇烈晃動中損傷女孩的骨骼。

　　領頭的走到車尾拉開布帷，指著這一狹窄的空間說：「姑娘，這就是妳臨時的住所，上車吧！」

　　說完，這五輛車向西征發。

　　由於道路坎坷不平，馬車左右搖晃，一天下來月琴感到有點頭暈。黃昏時到了一個大車店，因店內沒有女臥室，領頭的對月琴說：「非常抱歉，因車店均為男臥，要不晚上妳就一人睡在車上。」

Volume 4. 荷花湖

月琴豪爽地說：「沒有問題。」

不一會領頭從大車店給月琴送來厚被子，還牽著一條狗，狗一見月琴「汪汪」直叫。領頭對月琴說：「妳扔給牠一塊乾糧。」狗咬完後擺動尾巴再也不叫了。

領頭對月琴說：「妳下車吧。」

月琴搖搖頭不敢下來。

「沒有關係。」

終於她鼓起勇氣跳下馬車，狗在月琴腳邊轉來轉去，開始她有點膽戰心驚，慢慢地當她摸摸狗的皮毛時，狗就乖乖地躺下了。

領頭看到這溫馨的一幕後，神態溫柔地對月琴說：「今晚我把這狗拴在車輪上，妳可高枕無憂了，假如有歹徒出現，這狗很遠就能發現，開始是狂叫，如果有人要靠近妳時，牠會撲上去的。放心睡吧！」說完他把狗拴在車輪上，自己向大車店走去。

月琴與領頭道別後，爬上馬車拉上布帷，她想這位大伯想得真周到，不是父親卻勝似父親，於是她蓋上厚厚的棉被很快入睡了。

三天後車隊行進在戈壁灘上。

早上一出車，滿天黃沙，路都被沙塵埋上了，兩個輪胎有落陷沙中的危險，為了減輕車的壓力，月琴從車上爬了下來。迎面吹來的風沙打在臉上，像一束束帶刺的玫瑰在臉上抹動。

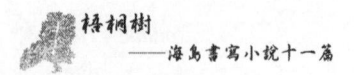

這時她回頭一看，只見尾車原封不動停在那裡，眼看它與行進中的車隊距離拉開得越來越遠，月琴冒著迎面吹來的狂風沙塵磕磕絆絆向後走。到了這輛馬車跟前，她發現右邊一個車輪深深陷在沙堆裡，年輕的車夫正用鐵鍬不停地鏟去卡在輪子上的沙土。他看月琴過來，放下鐵鍬對她說：「等會我甩鞭時，妳在車的右後方幫我推一下好嗎？」

　　月琴說：「沒有問題。」

　　車夫大鞭一甩，月琴用力一推，拉車的三匹馬猛力向前一衝，馬車終於從沙堆中慢慢拔了出來。

　　突然刮來一陣旋風，連車帶糧傾翻在馬路一側的壕溝裡，月琴被裝有糧食的麻袋緊緊壓住，動彈不得。車夫一看自己也無能為力，疾呼：「快來救人！」

　　這一呼，前四輛馬車頓時停了下來，四個年輕的車夫蜂擁而上，他們把傾倒的馬車又翻了過來，搬開壓在月琴身上的幾個麻袋，幸虧還好月琴沒有受傷。

　　領頭走過來一看月琴安然無恙，鬆了一口氣。怫然不悅地詰問月琴：「妳怎麼下車了，風大下來有危險妳知道嗎？」

　　「大伯，我想減輕車的壓力，以防車輪陷入沙土裡。」

　　「傻丫頭，妳一個人重量算得了什麼？妳看我這三匹馬多強壯，就是鐵打的馬車也能把它拉走，快上車。」

Volume 4. 荷花湖

月琴走出壕溝，拍掉黏在衣服和腳踝上的沙土爬上了馬車。

領頭將布帷拉上後溫柔地說：「姑娘，以後不要隨便下車，如有急事下車跟我打聲招呼。」

月琴委婉地說：「大伯請你放心。」

車隊又浩浩蕩蕩向西征發。

十八天後運糧車隊如期到達新疆和田。

那天朝陽朗照和田上空，除了一朵淡淡的白雲外一片晴朗，地面上卻沉重地映射著它那令人心寒的色彩。

領頭對月琴說：「姑娘下車吧。」

他把大包東西提給月琴，然後若有所思地說：「要不妳在這裡等著我，我卸完糧後再送妳要去的地方？」

月琴毫不猶豫地說：「大伯不用了，我自己找吧。您已經幫我這麼多忙，我不知道怎麼感謝你！」

「妳既然這麼固執，我也無奈，望妳自己多保重。」

「謝謝了。」月琴好像從心靈裡發出來。

她望著領頭漸漸遠去的背影，有一種說不出的心情。她形單影隻揹著大包站在路旁，感到空氣中彌漫著一種狂野的孤獨。

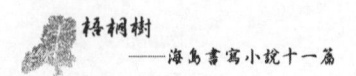

突然一輛人踏的三輪車在她面前停了下來，月琴從懷裡掏出一張紙條遞給車夫：「這個地方你知道嗎？」

車夫說：「這條去監獄的路我經常跑，妳上車吧。」

大約半小時後車夫說：「到地方了！」她順手從褲兜裡掏出兩個銅板，車夫一接後掉頭就走。

月琴呆呆地站在路邊，凝視著前面黑沉沉兩層高大的磚房，屋頂的圍牆上佈滿兩層鐵絲網，監獄的大門口站著四個清朝衛兵。

她在一個衛兵的陪護下走進光線黝暗的牢房。每個牢房不足三平方，均配有木桶用於拉屎撒尿，春天一過，臭氣薰天，牢房的水泥地上放著一堆稻草就是睡床了。

突然衛兵說：「到了，這一○七號牢房就是黃六豐。」牢房裡的囚犯聽到聲音從草堆上爬了起來，臉朝鐵門。月琴在鐵門外一愣，呆呆地凝視她前面站著的那個人，長長的頭髮像一團亂麻，滿臉褶皺，鬍鬚與鬢髮連在一起，顯得十分邋遢。

月琴囁嚅地說：「你是豐哥。」聲調中帶有哭喪。

六豐眼睛一亮，結結巴巴說：「妳怎麼過來的？月……琴……」突然他身體轉了過去，因為六豐已經沒有勇氣再瞧她一眼，於是把頭鑽進草堆裡。

Volume 4. 荷花湖

站在門口的衛兵大聲訓斥說：「有話快說，探望還剩兩分鐘。」月琴把自己縫製的兩套衣服和兩雙鞋連同一包開封特產裝在一個布袋裡，然後對六豐說：「豐哥，我走了，東西放在門邊，下月我再來探望你。」說完衛兵把她帶出獄外。伏在草堆中的六豐聽到月琴最後一句話，十分迷惑：難道她住在和田？

　　就在那天探望六豐後，下午月琴就在離監獄不到一里地的路旁租到一間四平方的小屋，它原來是一個倒閉雜貨鋪的小倉庫，現在成了她臨時的棲息地，又在一個星期後找到一份摘棉花的季節工。

　　秋風一起令月琴瑟瑟發抖，她想睡在地上的豐哥多麼寒冷。於是把摘棉時積聚下來的碎棉縫製一條厚厚的棉被，在一次探望中帶進監獄。

　　月琴隔著鐵欄對六豐說：「豐哥，我給你做了一條新被，你把它鋪在底下防止受冷。」

　　六豐站了起來無精打采地說：「我已經成了妳的累贅，妳主要精力應放在照顧好兩位老人，快回家吧。」

　　月琴說：「照顧舅媽的事，我已經托咐給我父親了，這你放心。因為在我的生活中不能沒有你，我們是一個整體。」

　　六豐一聽哈哈大笑口中念念有詞：「整體，整體……」接著慢慢地哭了起來顫抖著。站在一旁的衛兵瞅了六豐一眼，惡狠狠地說：「廢話少說。」月琴沮喪地把被子放在門口，眼淚汪汪跟著衛兵走出監獄。

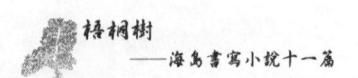

§

　　月復一月、年復一年，三年一共三十六個月的刑期一瞬眼過去了。

　　一天下午，月琴接到監獄告知黃六豐三年刑期已滿，明天上午監獄將用囚車將其押送回家。當天月琴將租房退還房東以後，第二天一大早就等候在監獄的大門外。

　　大約九點左右，兩個清兵將六豐押出監獄大門。由於這三年的一千多天都待在暗無天日的牢房中度過，所以刺眼的朝陽猶如一把鋒利的寶劍刺向眼球，他低著頭倦眼惺忪踉踉蹌蹌向前走來。

　　月琴在很遠的地方就看到鬍子拉碴的六豐向前走來，一陣心酸。她急促地向前跑去，在三個清兵面前停了下來，六豐在清兵後面，抬起頭看到月琴時一愣，馬上又低下頭，緘口無言。

　　她釋然說：「豐哥，我們一起回家吧！」

　　六豐慢慢抬起頭，微微睜開帶皺的眼皮望向無垠的藍天說：「家在哪裡？」

　　「你忘了，家在河南開封，那裡有我的父親，還有你的舅媽，他們住的對門就是你靜謐的書房，書房後面有我親自培育四季常青的菜園，書房旁邊就是我們兩人經常散步的長廊。」

Volume 4. 荷花湖

六豐歎了一口氣說:「哦,是嗎?」他帶著憂鬱的情調,好像若有所思。

一個清兵推了他一把說:「快上車。」月琴也接踵而上,另一位清兵問六豐:「她是你的什麼人?」月琴直言不諱說:「他是我丈夫。」六豐聽後只是流淚。

押囚車經過十幾天日夜兼程,在一個寒風呼嘯的傍晚到達了自己的家,一個清兵下車後拿出一張黃紙經黃六豐親筆簽字後,囚車調頭就走。

在月琴的引領下,六豐懷著一種恐懼的心情慢慢靠近了昔日的家。

由於去年洪水氾濫,長廊的圍牆已經倒塌,只剩斷垣殘壁,兩人踩著地上破碎的瓦礫推開搖搖欲墜的大門。

李車夫一看女兒走進大門,立刻步履蹣跚地迎了上來,父女倆相擁而泣。

當李車夫一見六豐惋惜地說:「六豐,這三年還好嗎?」六豐點點頭沒有說話。

突然月琴說:「舅媽在哪裡?」

李車夫說:「她現在有病,躺在後屋。」

六豐搶在月琴前面推開房門喊了一聲「舅媽。」一聽這熟悉的聲音,舅媽頓時眼睛一亮,爬了起來突然又倒了下去。他上前

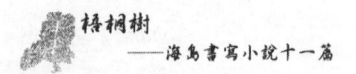

把舅媽的後背緊緊扶住，舅媽不經意地摸到了六豐那隻粗糙而又乾癟左手眼淚潸然而下。

月琴說：「豐哥，我們到你的書房去看看吧。」

六豐落寞地說：「那也好。」於是跟在月琴後面緩緩步入書房。一進門就是瘡痍滿目，原來朱紅的木吊頂有一半已經塌下來，橫樑上結滿了蜘蛛，破舊的地板和床上佈滿厚厚一層灰塵，地板上都是打碎的玻璃，一扇北窗被狂風吹落，窗外菜園上的枯枝爛葉一目了然。

不一會月琴拿來一把掃帚和提了一桶水，把床上、地上的灰塵和碎玻璃都打掃乾淨，再從隔壁房內拿來一套舊被褥對六豐說：「豐哥，今晚你可安然入睡了。」六豐兩眼通紅點點頭。

大概晚上七點，月琴端著一盤飯菜悄悄走進六豐的房間。

她坐在對面的方桌旁說：「豐哥已經一天沒吃，你快吃了吧。」

「我現在有點噁心。」

月琴安慰道：「可能是坐車的原因吧，那你等會身體舒服一些再吃吧。」說完，她從懷裡拿出那尊用白手絹包的白玉荷花遞給六豐說：「豐哥，這尊白玉荷花你把它保存起來，這樣你會有好運。」「這是我送給妳的。」六豐皺眉說。「不，這是我們愛情的象徵，它是我們共同的財富。把這尊玉荷花放在這裡，你會美夢成真。」

「我早就沒有美夢了，只有惡夢。」

Volume 4. 荷花湖

月琴說：「今晚就不一樣了。」

六豐聽後一陣訕笑。

月琴站立起來又重複一遍：「等你身體舒服些再吃晚飯，我走了，晚安！」

六豐也回了一句：「晚安。」

話音一落，他後悔不迭，如果能再談一會該多好啊，因為這將是他有生以來最後一次與月琴道別了。

月琴走後，他呆呆地坐在床邊回憶自己那苦難的童年。十年寒窗苦讀，短暫且荒誕無恥的宮廷生活，緊接著是三年牢獄之災，簡直像坐過山車，但始終有一人與他形影不離，這使他淚流滿面。

忽然他移開一個抽屜，發現裡面有一張發黃的舊紙，原來是他考進士時用剩的文稿紙，抽屜裡面還有一支舊筆和硯墨，他拿出來寫下寥寥幾行字，折疊後放在白玉荷花下面。

這時已近午夜，蠟燭已快燃盡，他起身以後深情地看了月琴端來那盤最後的晚餐，原封不動地放在床邊的茶几上。接著他走出門外，輕輕把房門關上。

六豐本想與舅媽道別，這簡直是白日做夢。他羞愧地走過李車夫的房門，當他接近月琴房門時已經邁不開步子，六豐把頭輕微地貼在她的房門上，流盡了最後一滴眼淚。

在朦朧的月光下穿過走廊，朝荷花湖走去，他來到與月琴初戀時的那棵桃花樹下。三月的開封桃樹還是光禿禿，在寒風下撫摸著冰涼的枝條，六豐望著這黑沉沉的湖面，身體微微前傾，突然湖面上只聽見「撲通」一聲。

凌晨五點鐘，月琴從夢魘驚叫中醒來。她匆匆敲了六豐的房門，沒有動靜，推開房門發現被褥沒有打開，還是放在原來地方，飯菜也一口沒動，心裡有一種恐懼的感覺。驀地，月琴發現桌上的那尊白玉荷花下壓著一張舊黃紙，她打開一看上面寫著：

月琴，

  這幾年來我背負著巨大的精神債務，現已無法償還給妳。我是一個不值得妳愛的人，所以我痛苦地選擇離開妳，不過還有一件事請妳幫我一下忙，可否？即照料一下我舅媽。建議把那尊白玉荷花賣掉，用這些錢作為妳照料我舅媽的物質補償，因為妳已經沒有保留它的價值，看到它只會給妳帶來悲傷。自己多保重，別了。

黃六豐。

月琴雙手捧著這尊白玉荷花瑟瑟發抖，淚水從眼瞼一直流到破舊的地板上。

Volume 4. 荷花湖

梧桐樹
——海島書寫小說十一篇

Volume 5.

小 屋

　一艘遊船離開湖邊的碼頭飛速向彼岸駛去。快到中午了，遠方蘆葦叢中高聳的瞭望臺輪廓越來越清晰。工作人員指著這座高大的建築對阿芬說：「妳父親就住在這瞭望臺下的小屋裡」……

梧桐樹
——海島書寫小說十一篇

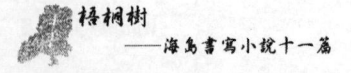

小 屋

　　夕陽照耀著西邊逶迤的群山,西山上空一片片淡淡的白雲給太陽蒙上一層白紗,如同水晶葡萄。連綿群山下方是清澄見底的湖泊,如果遇到風平浪靜的日子,隨處可見湖水中游動的魚兒。與湖泊毗鄰是一片廣袤的濕地,每到春秋,大片候鳥在此棲息,天天嘰嘰喳喳,熱鬧非凡。如今夏日濕地上萬籟俱靜,唯有邊緣的一間銀白色小屋在盛夏的烈日下特別醒目。

　　一艘遊船離開湖邊的碼頭飛速向彼岸駛去。快到中午了,遠方蘆葦叢中高聳的瞭望臺輪廓越來越清晰。工作人員指著這高大的建築對阿芬說:「妳父親就住在這瞭望臺下的小屋裡。」阿芬瞥了他一眼,點點頭,巴不得自己馬上進入小屋。微風吹拂,濕地邊的蘆葦在風中向一側傾斜,好像要親吻自己在水中的倒影。小船在風中輕微地左右晃動,慢慢向濕地靠攏。

§

三年前，老張從企業退休，他的老婆在女兒結婚後一年溘然離去，女兒結婚後也住在男方家中，只是每逢週末或節假日才來探望老人。每當女兒到家中，十有八九父親不在家，不是給A家去通管道，就是給B家人修電器，而老張分文不收，從不閒著，不顧誰家有事，只要給他一個電話，並且是力所能及的，他從不推諉。

老人性格憨直，他的樂善好施早已家喻戶曉。

他姓張名偉達，由於樂於助人且從不為己，所以社區裡的人一碰到這位和藹可親的老人時總幽默地稱呼他叫「真偉大」。

今年六十三歲，退休不到三年，一米六十公分的矮個子，但身體特別結實，寬闊的肩膀、紅潤的臉，只是兩鬢略添幾根銀絲，說話聲音宏亮，簡直能穿透一堵牆。

在老人居住社區的城外五十公里處有一塊廣袤的濕地，那塊濕地與一個湖泊緊緊相連，由於湖泊的西面是纏綿的群山，這裡山清水秀、藍天白雲，在望不到邊際的濕地裡生長著幾十種水生動物和上百種野生植物。

每年春秋兩季大批候鳥在這裡棲息，那年晚春正逢大批候鳥向北遷徙，社區組織了幾十位退休老人去那裡觀賞濕地的景觀。

早晨，東邊的太陽隱匿朦朧的雲彩中，馬路兩旁鮮豔的花卉散發著迷人的馨香驅散睡意，使人心曠神怡。

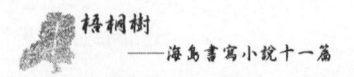

社區三十位老人驅車來到毗鄰濕地的湖邊，湖面覆蓋連綿的荷葉，粉紅色的荷花脫穎而出，在微風吹拂下在湖上翩翩起舞。

遊船停靠在荷花邊的碼頭上，當老人們上了船，馬達的轟鳴聲使小船左右輕微搖晃，很快遊船就像脫韁的野馬快速離開湖邊駛向前方。

大約經過半小時的航行，一位濕地負責人指著前方一望無際的蘆葦興致盎然對老人們說：「前方就是我們今天參觀的濕地公園，那裡就是候鳥的棲息地。」

遊船緩緩地靠近濕地邊緣，在一個高聳瞭望臺下方停了下來，濕地的兩位工作人員把船安全地拴在岸邊木樁上，在他們的攙扶下，老人們一個個愉快地上了岸。

瞭望臺共有一百個臺階、三十米高，從臺頂俯瞰濕地公園的概貌，那沼澤地灌木叢、小湖泊和隨風飄晃的蘆葦叢一目了然。

張偉達老人捷足先登，第一個來到瞭望臺的頂端，其他老人也接踵而上，大都看了不到十分鐘，一個個有秩序地走下了瞭望臺，唯有他一人凝眸貫注，久久不能離開。

忽然他通過望遠鏡發現沼澤地邊上，七、八隻受傷的候鳥一瘸一瘸在移動，不是腿有毛病就是翅膀受了傷，已經不能飛翔。此刻耿耿隱憂襲擾老人怔忪的心房。

Volume 5. 小屋

張偉達急不可待地從臺頂下來，諮詢了濕地的負責人，從他們的口述中獲知：「這些受傷的候鳥是一大批鳥群在遷徙中受惡劣氣候所致，牠們頑強地飛到了這塊濕地，使得暫時倖存下來，但不久都會死亡，因為牠們已經慢慢喪失捕食的能力。」

　　濕地負責人無奈地望著老人沮喪的臉說：「寬闊的濕地從南到北就有二十多里，受傷的候鳥降落在哪裡很難被發現，即使找到了，也沒有較好的辦法使牠們傷癒後重新起飛。」

　　負責人這一談就像一盆冰涼的水澆在張偉達的心窩裡，老人固執地說：「辦法總比困難多。」

　　此時他無精打采坐在被風吹乾長滿苔蘚的石凳上，微風吹動濕地上的草木不停地搖擺。他透過蘆葦的空隙看到沼澤地旁燈心草邊兩隻受傷的候鳥不停地哀叫，也許牠們有好幾天沒有捕到食物了⋯⋯

　　張偉達心情窘迫，他不忍心讓這兩隻候鳥在此罹難，倏地穿過蕨草纏繞的灌木叢，沿著沼澤邊緣來到受傷的候鳥旁邊。他發現一隻候鳥的翅膀折斷，另一隻候鳥腿也受了傷，不能在濕地邊行走，他伸手撫摸這兩隻候鳥的軀體，乾癟得簡直像鳥的標本。老張從包中掏出半塊麵包撕成碎片，散落在鳥的旁邊，受傷的候鳥狼吞虎嚥地將麵包屑落入肚中，牠們抬起頭一瘸一瘸向他走來，好像還想得到老人的恩賜。

　　這時已近黃昏，突然哨聲響起，到濕地公園一日遊的老人們

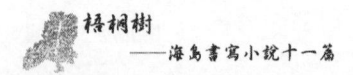

準備集合返回城市，老張將包內所有食品放在候鳥旁邊，戀戀不捨地離開牠們，向遊船方向走去。

遊船緩緩地離開濕地公園，向湖的彼岸駛去。

夕陽猶如一顆熾熱鐵球被冷水澆灑後變成了粉紅色，慵懶地落入蘆葦叢中。遊船上的老人興致勃勃地談論這天愉快的旅遊，唯獨張偉達老人沉默無言。早晨來時他精神盎然，現在卻是無盡憂慮。

為了拯救這些受傷的候鳥，老張那天夜裡徹夜未眠，他思忖著怎樣使這些受傷的候鳥康復後重返藍天，從而不至於使牠們闃然葬身在這片廣袤的濕地裡。

翌日早上，張偉達老人急不可待給濕地負責人通了電話。

「您是濕地負責的陳主任嗎？」

「是的，您是哪位？」

「我是霞光社會區的張偉達。昨天參觀了濕地公園頗有感觸，尤其目睹受傷的候鳥在濕地上苦苦掙扎，心情十分沉重。主任，我有一個想法：希望可以在濕地搭建一個小屋，在那裡定居，從而達到拯救這些受傷候鳥的目的。」

「哦，陳師傅您這是一個很了不起的想法，我們濕地管委會得開會討論一下，在明天中午前給您一個答覆，您看好嗎？」

Volume 5. 小屋

「好的，主任先生，多謝了。」說完後老人的心情豁然開朗。

翌日大概在上午十點半，老張接到了濕地陳主任的電話。

「喂，您是張偉達老先生嗎？」

「是的，您是陳主任吧。」

「是的張師傅，我們開會決定原則上同意您的意見：即您在濕地建一小屋，並在那裡居住從而拯救受傷的候鳥。但必須滿足幾個條件：首先您得提供一份體檢表，身體合格；其次您在濕地上的伙食及建房材料均由您自理，我們僅能提供運輸。」

張偉達用他那大嗓門直言不諱地說：「我完全贊同你們的意見。」

「張師傅，那我們就一言為定了。」

「陳主任，您放心吧，我不會辜負你們的期望。」

從接到陳主任的電話以後，張偉達老人猶如注入一支興奮劑。接下來的關鍵一步是要學會怎樣使受傷的候鳥經過醫治重上藍天。

如果說要在濕地上搭建一個小屋，對於一個高級工程師出身的張師傅可謂是小菜一碟，但是對於鳥類方面的生物學知識，張師傅卻一無所知。

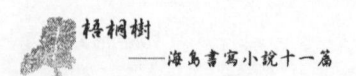

一天早晨，老張望著這陰霾的天空，心裡一片茫然，昨天看了一整天關於候鳥的書籍，腦袋好像在雲裡霧裡。突然他靈機一動，原來張偉達有一個讀生物學的侄子，去年剛從大學畢業，現在在市動物園工作，如果登門請教他也許會有不少收穫。

老張匆匆吃完中飯後，乘公交來到郊外的市動物園。從門衛獲知他的侄子正在開會，叫他在休息室稍等片刻。

大概下午兩點半，一個胖乎乎的年輕小伙疾步向休息室跑來。

「大伯，讓您久等了，今天天氣真好，我等會陪您遊動物園。為什麼您不和桂芬姐姐他們一家一起來呢？」小伙子興致盎然地說。

「列平，你別誤會，我是有事來請教你的。」

「大伯，您這也太客氣了，我有什麼可幫您的？」

然後張偉達老人把自己的所有想法全盤托出，這下他的侄子肅然起敬。

「大伯，濕地冬天比較寒冷而夏天十分悶熱，您身體受得了嗎？」

「沒有問題，你看我的體檢報告。」

老張伸手從衣袋裡掏出一張體檢報告給他的侄子說：「列平，你看看大伯的這份體檢報告怎麼樣？」

列平看完了他大伯的體檢報告後輕輕地點點頭，卻默然不言。

　　靜默片刻後，列平溫柔地對老張說：「大伯，那我先陪您去參觀一下鳥的標本陳列館。」

　　張偉達一聽欣喜若狂，他跟隨列平的腳步來到鳥類陳列館。館內展示著從雲南西雙版納的金絲鳥一直到西伯利亞的雪鳥，種類多達數百種，琳琅滿目。

　　列平不厭其煩給他的伯伯講述各種鳥的休憩地、捕食種類，最後還演示了幾種受傷鳥的救治。總之，這一下午老人收穫匪淺。

　　兩人臨別時老張叮囑：「列平，關於我上濕地的事，你千萬不要向桂芳透露半點風聲。」只見他的侄子無奈地微微點頭。

　　列平懷著十分敬慕的心情將他的大伯送上公交車。

　　從侄子處回來後，老張躊躇滿志，對於救治受傷的候鳥似乎已胸有成竹。剩下的事就是要設計一座小屋，對於這一項他得心應手。

　　老張將小屋分成兩個部分：工作室和生活休息室。工作室又分成手術間和康復室，休息室則分成三部分，即臥室、洗手間及廚房。這兩大塊加起來的小屋實際面積大約十六平方米。正當他伏在桌子上準備設計太陽能電板時，突然聽到一陣敲門聲：「砰砰砰」！

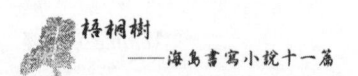

老張心不在焉地問:「外面誰敲門?」

「爸爸是我桂芬。」女兒急切地說。老張馬上把圖紙折疊起來放入抽屜,快步走到門邊把房門打開。

老人忽有所悟說:「哦,今天是星期六,國富怎麼沒有來?」「他加班去了。爸,這兩天我打了十幾個電話怎麼沒有回覆?」「不可能吧。」老張滿腹狐疑地說。

「爸,你把你的手機給我。」

老張從桌子到茶几,從廚房到衛生間均未找到,最後外甥女琳琳終於在外公的枕頭底下找到了。

「媽媽,外公的手機在這裡呢。」

桂芬從女兒的手中接過她父親的手機。打開一看,手機的電量已經耗盡,處於停機狀態。

桂芳抱怨說:「怪不得這兩天你一直沒有回覆,真把人急煞了。」

老張無奈地說:「我忘記了。」

其實老人心知肚明,自從與濕地的陳主任通話後,他豪情激越,將自己的全部精力都投入到去濕地的準備工作,其它一切均束之高閣。

Volume 5. 小屋

桂芬一見堆在沙發上一大堆邋裡邋遢的衣服，還有污跡斑斑的床單，她統統把它們塞進洗衣機。然後從自己的包中取出已經洗淨的蔬菜魚肉，經簡單烹飪後，一桌豐盛的中餐做好了。

三人其樂融融共進午餐。當中餐吃到一半，老張終於憋不住向女兒傾訴心事，他找了一個藉口：「桂芬啊，一週後爸要給鄉下的一個老同事家去幫忙。」

桂芬心一愣說：「怎麼這麼急？去要多長時間？」

「現在不好定，到時再看情況。」

「爸，你已經上了年紀，在社區給人家幫幫忙還不夠，還要捨近求遠。」

老張有點不耐煩地說：「人家求我，我沒有推卻的理由。」

女兒知道父親的倔脾氣，凡是父親定下要辦的事八匹馬也拉不回來，她只好順水推舟了。「那你自己身體要顧好。」桂芬語重心長地說。

「那當然了，這你放心。」老張暗暗自喜，終於擺脫了女兒的羈絆，心裡一塊石頭終於放下了。等女兒走後，張偉達有條不紊將自己下週工作日程安排得滿滿的：

星期一：根據小屋設計方案，把組裝小屋的所有材料購入後存放在一個朋友家的車庫裡。

星期二：採購太陽能發電裝置，照明設備，燃氣灶和燃氣瓶（以防無陽光時使用）和糞便無公害處理裝置以及零零碎碎的傢俱和生活用品。

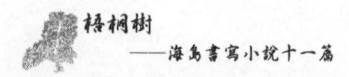

星期三：按照他侄子的要求購入（給受傷候鳥動手術用的）刀具、鉗子、繃帶、消毒劑、麻醉劑等等，還有候鳥康復吃的飼料。

星期四：去濕地管委會接洽所有物件運往濕地的事宜，並提交本人的體檢報告，在經得同意後返回自己駐地。

老張經過四天馬不停蹄的準備，終於迎來了星期五早晨一個鑽石般的璀璨黎明。濕地管委會派來的一輛大車和兩名工作人員，在早晨六點剛出頭如約而至。

在兩名工作人員的幫助下，很快將滿滿一車的物品卸到停靠在湖邊的遊船上，遊船不停地在湖面上晃動，漣漪讓連排荷花向前搖擺，似乎在向他們致敬。

這時地平線上升起的紅日像一團火球，它俯瞰湖面且暢飲荷葉上那晶瑩剔透的露珠。驀地，遊船的馬達隆鳴聲打破了清晨的寂靜。船航行在清澄的湖面上，在陽光的照射下能清晰地看到一群群魚兒在水中游蕩，濕地邊緣茂密的蘆葦就像一道莊嚴的圍牆把濕地與湖面分開。

忽然從遠處的蘆葦叢中飛出幾隻水鳥，一會兒直衝藍天、一會兒緊貼水面飛翔，虎視眈眈注視水中游動的魚群，以便覓找到牠們合適的早餐。

裝著滿滿一船物品的遊船在靠近瞭望塔不遠的蘆葦叢邊停了下來。

老張興致盎然地下了船，穿過茂密的蘆葦向他事先選好的地址走去。

Volume 5. 小屋

在蘆葦出口處有一條人工修建的鵝卵石小徑，幽徑兩旁用梔子花和淡紫色石竹鑲邊，它的盡頭那棵碩大無朋的熱帶大樹參天聳立，裸露的根緊緊懷抱著一塊巨大開裂的岩石，地下的泉水順著岩縫淙淙噴湧而出，順著鵝卵石堆砌小溝流向湖中。

小屋就準備搭建在大樹旁的一塊空地上。

兩位工作人員協助老張把船上的物品卸在大樹邊的這塊空地上，其中一位走近老張面前懇切地說：「我們兩人一起幫你搭建這個小屋好嗎？」

老張推心置腹說：「你們兩位今天已經幫了我很大的忙，小屋的搭建還是我自己來吧。」

「你一人能幹得過來嗎？」其中一位工作人員驚奇地問。

「我退休前就是搞工程這一項的，對於搭建這麼一間小屋游刃有餘，這你們放心。」

另一位工作人員插話說：「大叔啊，你的能力我們心知肚明，不容小覷，但是我們怕累壞你的身體。」

老張風趣地說：「你們兩位可能還沒有看到過我的體檢表吧？那裡可找到我身體的答案。今天要特別感謝你們兩位，回去後代我向陳主任問好。」

兩位工作人員看到老人這麼執著，無奈地說：「那你要照顧好自己的身體，回去後我們會代你問候陳主任的。」

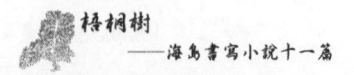

「那就好了。」老人臉上露出帶有欣慰的微笑。

兩位工作人員無奈之下懷著崇敬的心情依依不捨離開了老人，向蘆葦邊的遊船走去。

在中午的烈日下，老張站在安謐而恬靜的蘆葦邊目送載著兩位工作人員的空空遊船向湖的彼岸駛去。

憑著老張的嫻熟的技術，不到兩個小時，一座潔白如玉的小屋搭建完成了。這是一個不到十六平方米的兩小間組合體，前面的工作室分成兩部分，候鳥的康復室要比手術室略大點；後間的生活室三個部分中廚房間和洗手間較小，而臥室相對大一些。

下午兩點鐘，老張在屋頂上覆蓋了太陽能發電板，日落前已經裝上了糞便無害處理裝置。此刻，小屋的基本生活和工作設施安裝完畢。

太陽漸漸西墜，突然老張想到明天就是星期六，以防女兒前來探望撲空，他敏捷地拿出手機，倏地又放回口袋，他思忖著怎麼跟女兒說呢？他終於鼓起了勇氣撥通了女兒的號碼。老張聽到了從女兒手機裡傳來熟悉的音樂聲。

「爸，你好嗎？你現在在哪裡？」

「桂芬啊，爸今天已經到了那個朋友家，咱家房門鑰匙放在門衛保安室老王那裡。」

「爸，你走怎麼不告訴我一聲，我可以用小車把你送去。」

Volume 5. 小屋

「我朋友提前接我去了，這個請你放心。」

話說到這裡，桂芬說話音調低沉、怫然不悅：「爸，你什麼時候回家？衣服都帶了嗎？」

「都帶了，回來時我會用電話告訴妳的。」

這時電話裡響起「吱吱」的聲音，訊號斷了。老張索性把手機放在桌子上，拿起水桶準備到大樹下去接泉水。

突然手機的鈴聲又響了起來，但老張沒有聽見，孑然一身走出房門。

太陽落到遠方連綿群山之後，晚幕降臨了。小屋裡的太陽能電燈亮了起來，老人提著一桶泉水返回小屋時，看到這一幕令他十分欣慰。

如果要把這間小屋放在繁華的都市，人們路過時就會視若無睹，如今夜晚來臨，在這茫茫漆黑的濕地上空出現這盞明亮的燈，如同一艘迷失方向的航船在漆黑無際的大海上看到燈塔一樣，使人心醉神馳。

這一景一物交織在一起，老人感到無限欣慰。

那天晚上，老張在太陽能的燈光下孜孜不倦閱讀了一本關於候鳥飼養和保護的書籍，一直讀到午夜才酣然入睡。

次日一早起床後，老張想到的首要任務是建一間鳥屋，以便

日後尋覓到受傷的候鳥集中在同一巢窩裡，然後再考慮怎樣治療。

早餐後老張拿著一根長繩和一把砍刀，穿過臨門一塊面積不大的沼澤地進入枝葉繁茂的灌木叢。灌木叢中夾雜著看不清的帶刺野玫瑰被藤蔓纏繞著，他帶上一雙膠皮手套也被刺破，老張咬牙砍下了廿多根木條，捆成一捆背了回來。

回到小屋後他才察覺到雙手血痕累累，他用清水沖洗掉血跡，然後用紗布包紮起來，接著用木鋸將木條鋸成長度不等的木棍並鑽好孔。不到兩小時，一個長方形且分上下兩層的鳥窩搭成了，鳥屋的頂是用蘆葦做成的，既保溫又防雨，小巧玲瓏。

下午風和日麗，他沿著滿是小花的幽徑來到濕地上的一個小小湖泊旁。這個湖泊離小屋不到一里，湖邊有幾塊碩大的岩石被蕨草覆蓋著，顏色豔麗的蜥蜴在上面爬行，一排排紅彤彤的雞冠花和野薔薇在午後的微風中輕輕搖擺，湖面上綠油油的水草中青蛙喁喁低語，打破濕地的寂靜。小小的湖泊散發出一股股宜人的馨香。

在社區時，日復一日、周而復始地為他人服務，使他很少有空閒的時間，今天可以稍微放鬆一下，他準備到湖邊去垂釣。

午飯後他帶著魚具來到波光粼粼的湖邊。湖泊呈橢圓形，東西徑長約八十米、南北不足五十米，湖邊草木蓊鬱。

每當春秋兩季，湖泊四周佈滿棲息的候鳥嘰嘰喳喳、熱鬧非凡。如今到了盛夏，寥廓濕地鳥飛人散、萬籟俱寂。老張坐在湖

Volume 5. 小屋

邊的樹蔭下向湖中泡了兩杯窩料，心情特別愉悅。一個小時後開始垂釣，幾乎竿竿有魚，每次提竿總是沉甸甸的，雙手應接不暇。當夕陽西墜時他開始收竿，老張提起放在湖裡的網兜，感到兩手發軟，目睹大半網袋的活魚喜悅的心情油然而生，這不僅可以改善自己的伙食，而且把較小的魚切成碎塊後可讓飢腸轆轆的受傷候鳥美餐幾頓。

第三天早晨，太陽隱匿在霧氣迷濛的燈芯草與蘆葦中間，直到九點多鐘，朝陽高掛在空中時濕地才露出清晰的面龐。

早飯後，他興致勃勃地帶著望遠鏡登上了瞭望臺，居高臨下。濕地上大小不等的湖泊星羅棋佈，像似一塊塊藍寶石，湖泊的旁邊野花爛漫，還有一排排密密的灌木叢被綠色的常青藤和蕨葉纏繞著，像是給藍寶石繡上花邊，瞭望整個濕地使人目眩神迷。

突然在望遠鏡中看到遠處一棵大樹枝上掛著一隻乾癟的候鳥，心想這可能是候鳥受傷後落在樹上，再也不能飛翔，成了一個風乾鳥的標本。

老張把望遠鏡轉換一個角度，凝視片刻便發現沼澤地旁有六隻受傷的候鳥一拐一瘸地在濕地上覓食。這時他再也不能無動於衷了，立刻心急火燎地從瞭望臺上下來，跑進小屋，從衣櫥裡掏出一套厚厚有褶皺的粗布工作服，揹上一只竹筐，筐內放著砍刀、繩索和一包麵包，準備去找回沼澤地旁邊受傷的候鳥。

從瞭望臺上用望遠鏡發現的六隻受傷的候鳥,距離小屋大概有三里多遠,首先要穿過二里地長的沼澤地,再經過灌木叢,才能到達受傷候鳥所在的湖邊。

從小屋出發經過彎彎的幽徑後展現在老人面前是廣闊的沼澤地,上面覆蓋著一層綠油油的藻類植物。當老人一踏上沼澤地,雙腳就深深陷在濕地裡,沼澤底下佈滿枯樹爛枝,一不小心全身就會趴在泥潭裡,成了個泥人,每前進一步都要使出渾身力氣,行進了兩個多小時終於到達沼澤地的邊緣。此時他發現了一個大水泡,馬上跳進去洗掉黏在身上的泥巴,再爬上沼澤地旁草木蔥鬱的草地。草地上歸然屹立著一棵有五層樓高的榆樹,在幾根倒垂的枝條上,幾隻豚鼠一見人的動靜便敏捷地爬到樹的頂部。

離開沼澤上了草地,好像頓時卸下拷在腳上沉重的鐵鍊。此刻呈現在老人面前是一片枝葉繁茂的灌木叢,這種落葉的灌木呈藍紫色,枝上多刺,在叢林行進中如果不加謹慎就會被埋伏在地上的匍匐莖絆倒,後果不堪設想。

老張拿出砍刀不斷的砍掉前方荊棘叢生的灌木,邊砍邊進。忽然,他不小心砍掉了枝條上的一個野蜂巢,巢內的野蜂傾巢而出,向老人臉上撲來,弄得他失魂落魄,他一邊用一塊濕毛巾緊緊把頭捂住、一邊撲打,十幾分鐘後野蜂漸漸消散才慢慢揭開蒙在臉上的濕毛巾,但滿臉的腫塊使他頭暈目眩。他拿出望遠鏡發現自己與湖邊只有咫尺之間,幾隻受傷的候鳥淒慘地嗚咽著,一拐一瘸艱難地尋找食物。

Volume 5. 小屋

老人忍痛走出灌木叢，沿著湖邊緣慢慢接近這些受傷的候鳥，發現牠們已經皮包骨頭。他放下竹筐，從包裡掏出一些穀子散在地上。不一會功夫，候鳥們飢不擇食、爭先恐後地把散在地上的穀物吃的一乾二淨。

　　當老人用手輕輕撫摸這些候鳥時，牠們紋絲不動，好像等待救命恩人到來。他把這六隻受傷候鳥一隻隻安放在竹筐裡，蓋上竹蓋。

　　此刻老張一看手錶快到下午五點鐘，太陽已經掛在西邊的樹梢上，務必要在夜幕完全降落時到達小屋，否則就會迷失在茫茫的濕地上。

　　老張順著湖邊到達了灌木叢，沿著出來時開拓出的一條小路到達沼澤邊，就在他準備穿越沼澤地時，發現前方的小道上橫躺著一條眼鏡蛇，昂頭虎視眈眈注視著老人。他開始有點毛骨悚然，鎮定後揹著竹筐原地站立著，眼鏡蛇見老人無傷害之心，對峙一陣後蛇向另一側溜去。

　　這時老張發現沿著沼澤地旁的草地也能到達自己的小屋，就是要多走一里多地，他背著竹筐疾速前行。當他到達小屋時，月亮已經出現在空中。打開門前的太陽能燈，老張又從大樹下提回一大桶泉水，將這六隻渾身是泥瘦骨嶙峋的受傷候鳥清洗得乾乾淨淨，然後給牠們餵上一大杯穀物飼料和切碎的小魚。隨後把受傷候鳥放進鳥籠——牠們臨時的家。

首戰告捷對老人來說特別欣慰，很少喝酒的老張，今晚為了慶賀自己的勝利，他打開朋友贈送茅臺酒喝了一小盅，由於一天的勞累，老張很快酣眠了。

下半夜好像聽見嘰嘰喳喳的鳥叫聲，他從睡夢中驚醒，打開手電筒走出門外，只見鳥籠中一隻候鳥血淋淋的，已經死亡，其餘幾隻蜷縮成一團，躲在籠子的一隅安然無恙，老張心想肯定是黃鼠狼把那隻候鳥咬死的，他趕緊把五隻活著的候鳥連同鳥籠一起拿到了小屋內。

第二天一早，老張把這隻死去的候鳥埋葬在自己屋前的那棵大樹底下，心情十分沉重。

一個星期過去了，剩下的五隻受傷的候鳥在老人精心的照料下，已經在豐滿的羽毛下長出胖乎乎的肉。每當旭日東昇，關在籠子裡的候鳥總想躍躍欲飛，老人看到這一幕，心情特別快樂。

這天下午陽光明媚，老張走出小屋準備去登瞭望臺，忽然聽到湖面上傳來了遊船的汽笛聲，他興沖沖向湖邊碼頭走去。

當老張到達碼頭時，距碼頭五十多米遠的一艘遊船慢慢向他駛來，站在船頭的一對父子情緒激昂，突然從船上傳來熟悉的聲音：「大哥，我們來看望你了。」

開始老張有點不信自己的耳朵，這難道是他的堂弟貴榮的聲音？！隨著遊船慢慢接近濕地邊緣，老張凝神觀察，臉上露出了久違的微笑，果然是堂弟和他的兒子列平。

Volume 5. 小屋

在濕地的兩名工作人員協助下，遊船靠了碼頭，貴榮在一名工作人員的攙扶下上了岸，老張緊緊握住貴榮的手，豪情激越地說：「貴榮啊，你們從這麼老遠來看望我，太辛苦了。」

　　列平插話：「大伯哪裡的話，您為了受傷的候鳥重返藍天，孑然一身堅守在廣袤的濕地上，您是我們的楷模，我們算得了什麼？」

　　接著列平把一隻碩大的獵犬牽到跟前，對老張說：「大伯，我把這隻獵犬送給您，牠會幫助您尋覓散落在濕地上受傷的候鳥。」

　　老張凝眸觀賞這半米多高棕色的獵犬驚歎道：「牠真有這麼大的神通？」

　　貴榮點點頭說：「本來我早就想來探望您了，列平為了訓練這隻獵犬緊緊花了三個月時間，在這片廣袤的濕地上有牠與您作伴，我們就放心多了。」

　　老張聽了堂弟一席話如沐天恩。

　　他拉著貴榮的手，兩名工作人員分別揹著一袋大米和提著兩大桶食用油，一起穿過蘆葦叢來到陽光下雪白的小屋旁。

　　列平牽著這隻棕色的獵犬走進小屋，屋內的候鳥發出嘰嘰喳喳的驚叫聲，大概受到昨夜黃鼠狼的攻擊，驚魂未散。

　　老張看到後沮喪地說：「昨夜裡我睡著時，黃鼠狼咬死了我的一隻候鳥。」

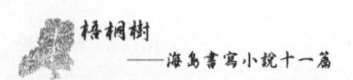

列平撫摸著這隻獵犬的棕毛鏗鏘地說:「大伯,有牠在,就是狼來也不怕,從今後您可高枕無憂了。」

「還是列平想得周到。」

「大伯,現在起這條獵犬歸你了,那麼您給牠起一個名吧!」

老張想了一會脫口而出:「就叫它『忠忠』吧。」話音一落,大家齊口同聲說:「這是一個絕妙的名字。」老張快步進入自己的臥室,拿出一包牛肉乾放在自己腳邊,直喊牠的名字「忠忠」,這時獵犬一躍來到老張的跟前,搖搖尾巴咬著牛肉乾乖乖地趴在老張的腳背上。

幾個多月來,老張殷殷期盼列平的到來,今天終於如願以償。

老張突然懇切地對他的侄子說:「列平,能否給我演示一下治療受傷候鳥的手藝?」

列平不加思索地說:「當然可以,我與父親此行的一個主要宗旨是幫您醫治受傷的候鳥,使牠們重返藍天。」

「那太好了。」老張愉快地說。

老張指著關在籠子裡的幾隻候鳥對列平說:「籠子裡有三隻腳傷,還有兩隻候鳥翅膀折斷。」

列平望著關在籠子裡五隻受傷的候鳥對老張說:「大伯,我先給受傷的候鳥做兩個手術,然後您再動手,您看怎樣?」

Volume 5. 小屋

老張釋然說：「這太好了。」

說完列平坐在前屋的木凳上，打開鼓鼓囊囊的工具箱對老張說：「大伯，請您從籠子裡先抓一隻翅膀折斷的候鳥給我，好嗎？」

「當然可以。」

接著老張把一隻翅膀折斷的候鳥從籠子裡抓了出來後，鳥發出「嘰嘰」的驚恐叫聲，他知道治療必須迅速。列平敏捷地拿出自己隨身帶來的工具，用一塊很大的白布將候鳥包裹起來，只伸出一隻受傷的翅膀，然後拔掉受傷部位周邊的羽毛，經過消毒處理後敷上藥，用一塊特殊的材料將折斷的翅膀固定起來，再用繃帶包裹起來。

老張站在一旁目不轉睛注視著列平給候鳥動手術的每一個細節。

貴榮站在兒子邊，此刻臉上露出略帶欣慰的微笑。

列平做完手術後抬頭對老張說：「大伯，斷翅接活手術做完了，您再給我抓一隻腿部骨折的候鳥好嗎？」

老張對列平的手術讚不絕口，且頻頻點頭說：「好好，就是要辛苦你了。」接著他掃視了關在籠子裡的候鳥，其中在籠子一隅有一隻候鳥特別炫目，皮包骨頭，幾天來都縮在同一地方，老張確信牠的腿出了毛病。他伸手把牠抓了起來，果然右腿像鐘擺一樣晃動──腿部骨折了。

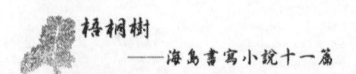

他把這隻候鳥提給列平，廿分鐘後手術結束。

列平將這隻術後的候鳥交還給老張，酣暢地說：「大伯，您把這兩隻術後的候鳥關在另外一個地方，半月後可解開繃帶，讓牠們自由活動，幾天後就可重返藍天。」

老張笑容盈面，一時說不出話，恍若自己獲得新生。

他輕輕拍拍列平的肩膀說：「列平啊，大伯今天不知用什麼方式來重謝你？」

「哪裡的話呢？這是我分內的事，理所應當的。再說去年隆冬，我蓋樓房準備結婚之時，您為了幫我，在我家泡了一個月，手都凍裂了，我還沒有謝您呢。」

貴榮神態肅穆地走到老張跟前殷切地說：「大哥，只要你滿意，我們所做的一切都是值得的。」

「這算不了什麼，不過有一件事我想提醒你。」老張心無芥蒂地說。

貴榮驚奇地問：「大哥，什麼事？」

「你回去後碰到我女兒時，千萬別說我在這裡。」

「難道您出來時沒跟阿芬說？」這使得貴榮始料未及。

老張緘默無言，站在他的旁邊微微點頭。

Volume 5. 小屋

貴榮經一番斟酌後，囁嚅地說：「我會照您說的辦。」但是他心想女兒有這麼多天沒有見到自己的父親，一定思念殷殷。

　　仲夏即將來臨，成群北飛的候鳥已漸漸離去，濕地上只留下那些受傷的候鳥在叢林邊詠鳴，好像在向北飛的候鳥呼叫，期盼牠們早日歸來、共度歡悅。

　　父子倆及兩位工作人員步出小屋，在老張的陪伴下向瞭望臺方向走去。

　　落日的餘暉映紅整個濕地，小屋邊的紫羅蘭和伏牛花特別豔麗，在夕陽下潔白的小屋銀光閃閃。老張牽著「忠忠」沿著清幽靜穆的小徑來到蘆葦邊的碼頭，老張與忠忠安然若素站在岸上依依不捨送別了他們。

　　水面畫出一條漣漪，遊船向湖的彼岸駛去。只見父子倆站在船尾，面向老張，遊船很快消失在茫茫的湖面上。

　　夜幕降臨後，老張在小屋內做了一個簡陋的狗窩放在鳥籠邊，心想今晚一定高枕無憂了。

　　翌日上午，老張拿出一個鼓鼓囊囊的工具箱（主要是給候鳥治傷的醫療器械和藥品）坐在門口的大樹底下，帶上一副黑邊的淺度老花鏡，按昨日侄子示範給剩下的三隻受傷候鳥進行手術。

　　當老張把手伸進籠子抓住一隻翅膀折斷的候鳥時，鳥發出了嘰嘰喳喳的驚叫聲，為了防止手術時鳥的顫抖，先給牠打了一

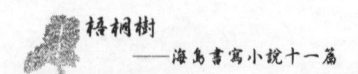

針麻醉。過了幾分鐘，他按侄子操作的步驟動起手術，大概半個小時後終於把斷裂翅膀接上了，用繃帶包紮起來，小心翼翼放進另外一只鳥籠。後面兩隻受傷的候鳥均為腳骨裂開，手術相對簡單。老人有條不紊的完成三個手術後摘下了花鏡，有種如釋重負之感，他坐在蔭涼的樹葉下凝視前方風光綺麗的濕地，只見一隻松鼠在草地邊上沙沙地啃著紫色的苜蓿，心情十分愉悅。

十天過去了，經列平手術的兩隻候鳥一出籠就不停地拍打翅膀躍躍欲飛，老人出於保守，沒有解開它們的繃帶。再過兩天，他實在等不住，一天早晨當他給這兩隻候鳥解開繃帶時，候鳥先後一躍而起，飛越了一個直徑約一百米的濕地湖泊，在湖另一頭覓找它們合適的早餐，老人笑逐顏開。

又過了兩天，老人迫不及待來到屋外的鳥籠邊，他解開了經自己手術的三隻候鳥的繃帶，當打開籠門時，候鳥立刻衝出籠子展翅高飛，老人凝視著藍天心中有種不能言語的喜悅。

偶然的一個中午，五隻候鳥不期而遇同時飛到老人小屋前的鳥籠邊，「嘰嘰喳喳」叫個不停，好像前來向老人道別。老人聽到鳥叫聲疾步走出小屋，只見這五隻候鳥整齊地站立在鳥籠上，他心潮湧動，眼瞼邊流下激動的淚水，他又走進小屋，從木箱裡拿出一勺穀物散在鳥籠前，一瞬間候鳥把散在地上的各種穀物吃得顆粒不剩，然後又跳到鳥籠上站成一排注視著老人，似乎在向他說：「謝謝您——我們的救命恩人。」

Volume 5. 小屋

驀地這五隻候鳥騰空而起,在小屋上空盤旋幾圈之後直衝藍天,老人目送牠們消失在一望無垠的天宇。

一天下午,濕地上萬籟俱寂,他領著忠忠登上了瞭望塔,在望遠鏡中偶然發現離小屋不到二里的灌木叢邊,一隻豚鼠正在追逐一隻瘸腳的候鳥,候鳥發出「咕咕咕咕」的求救聲,老人心急火燎地從塔上下來,帶著忠忠向目的地征發。

當他到達灌木叢邊時,狡猾的豚鼠已經逃得無影無蹤,只見這隻瘸腳的候鳥陷在叢林邊的泥潭裡。老人到了以後把牠拉了出來,但發現這候鳥渾身是泥動彈不得,他把鳥放入旁邊的水泡中清洗掉黏在羽毛上的泥巴,這才發現候鳥左腳骨裂。當他將候鳥輕輕地放入自己的竹筐裡,總算鬆了一口氣。

老人帶著忠忠進入枝葉繁茂的叢林,候鳥因驚恐未散,翅膀不停地拍打竹筐,以至於從老張背著的竹筐裡掉了下來。忠忠上來一口叼住候鳥一隻翅膀,候鳥更恐懼地發出「嘰嘰」的驚叫聲,以為這隻獵狗要把它吃掉。只見忠忠沿著出發時走過的印記向小屋方向跑去,這時叼在忠忠嘴裡的鳥再也沒有發出什麼聲音,似乎知道忠忠是牠的保護神。

當老人到達小屋時,這隻受傷的候鳥趴在鳥籠邊,忠忠則在一旁忠厚地守護著它,老人看到這一幕,臉上露出欣慰的微笑。老張放下揹在肩上的空竹筐,緊忙從屋裡拿出兩根豬骨頭放在忠忠面前,忠忠津津有味地啃著這骨頭,並不停地搖動尾巴,也許它明白這是主人對自己的褒獎。

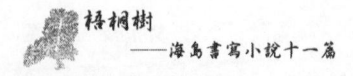

從此老人每天一早，給忠忠餵完狗糧後輕拍兩下牠的屁股，這隻忠實的獵狗就會馬不停蹄地向濕地的四面八方奔去，一天下來總能給主人送上六、七隻受傷的候鳥，當然有時也會叼來已死的候鳥，這樣老張再也不用冒著生命危險，磕磕絆絆、長途跋涉去尋找失落在濕地四周受傷的候鳥。

一天濕地上空烏雲密佈，不一會大雨如注，老張從小屋出來，嘴裡不停地喊著：「忠忠……忠忠……」但始終不見這隻獵狗的蹤影。

一個小時後雨過天晴，濕地上野花爛漫。

遽然間，忠忠從蘆葦叢鑽了出來，嘴叼著一隻碩大受傷的候鳥，搖搖晃晃地慢跑過來，老人從忠忠嘴中接過這受傷的候鳥輕盈地把牠放入鳥籠內。這時被暴雨澆透的忠忠像一隻落水狗，模樣十分可憐，蜷縮在小屋邊的大樹一隅。

老張走過去把牠抱在懷裡，發現忠忠的左腿上紮進一根帶刺的枯枝，老人心房悸動，他疾步走進小屋，從抽屜裡拿出一把鉗子把帶刺的枯枝從忠忠的身上拔了出來，紅通通的血從腿部流了出來。老張馬上給忠忠的腿敷上消炎的藥粉，然後用紗布包紮起來。他摸著忠忠濕漉漉的身體，又打開電吹風從頭到尾吹了十分鐘，此刻忠忠才從疲憊不堪中恢復過來，兩眼目光炯炯注視屋外的鳥籠。

Volume 5. 小屋

盛夏快要逝去，小屋前又增添了三排鳥籠。忠忠幾乎每天都會給主人找回五、六隻受傷的候鳥，現在屋前的鳥籠裡已經聚集著六十多隻受傷的鳥兒，這還不包括傷癒飛回藍天的候鳥……

老人每天馬不停蹄地給受傷的候鳥做手術，幾乎很少考慮自己生活上的瑣事。

§

轉瞬即逝兩年過去了，兩年前張偉達剛到濕地紅光滿面、神采奕奕、躊躇滿志，而今他臉面黝黑、皺紋滿面、兩鬢斑白，但是唯有激情不減當年。

每逢春秋兩季，大批過往候鳥中曾經受過老人救助的受傷候鳥總要在小屋上空盤旋數圈，鳴叫致謝，有時這些候鳥還會在小屋邊的那棵大樹枝上停留數天，直到大群候鳥遷徙，牠們才最後離開，也許是對老人昔日的恩惠並未遺忘殆盡。

老張來到濕地的第三年暮春，大批從南向北遷徙的候鳥降落在這片廣袤的濕地。其中有一隻經老人治好傷的雌性候鳥在遷徙中與一隻雄性候鳥戀愛了，不久這隻雌鳥產下了六顆鳥蛋。

當候鳥向北遷徙時，這隻雌性的候鳥留了下來，照看著牠的未來孩子。初夏時，六隻雛鳥破殼而出來到這個世界，小鳥的媽媽每天披星戴月穿梭似飛翔在濕地上空給自己孩子覓食，風雨無阻，天天如此。

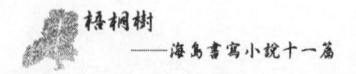

一天早晨天空佈滿厚厚的雲層，天色晦暗，這只雌性的候鳥天剛亮就飛向佈滿烏雲的天空，直到上午九點多才飛了回來，嘴上銜著鼓鼓囊囊的小蟲，牠先在屋前的大樹上停了一下，只見小屋前的一塊空地上六隻雛鳥嘰嘰喳喳叫個不停，似乎在向這隻雌鳥發出呼叫，鳥媽媽箭一般地從樹上直衝到地上的鳥窩邊，張開大大的嘴巴，六隻小鳥七嘴八舌一會兒工夫把雌鳥覓來的美食清洗一空。

這時雷聲震耳欲聾，眼看大雨就要傾盆而下，儘管母鳥自己已經飢腸轆轆，仍帶著乾癟的肚皮衝向昏暗浩瀚蒼穹，去為孩子覓尋食物。

老張站在小屋外目睹這隻雌性候鳥的偉大母愛，感動得潸然淚下。

突然雷鳴電閃，瓢潑大雨劈面而來。老人隱憂縈繞心頭，心情焦急站在屋簷下等待小鳥媽媽歸來。

快到中午了，這時雨過天晴，強力的陽光把小屋照得光彩炫目。五個小時過去後還不見母鳥的返回，他斷定這隻高貴的母鳥已經葬生在暴風雨中，老人懷著憂傷的心情從屋裡捧一把穀物放在這六隻雛鳥面前，呆呆地站在一旁，雙目凝視這茫茫的藍天，心想：從今起我就成為牠們的母親。

當秋風一起，濕地上楓葉色彩斑斕，小鳥已能在風姿秀逸的蘭花邊尋找牠們喜歡的昆蟲，一蹦一躍姿態十分逗人喜歡。

Volume 5. 小屋

老張唯一的宿願是這六隻小鳥能在大群候鳥到達濕地後,與牠們共同飛向溫暖的南方。

§

在重陽節前一天老人遽然病倒了,大概是昨天雨淋後身體受涼發燒了。

重陽節那天,濕地管委會的領導前來拜訪這位德高望重的老人,發現小屋四周鴉雀無聲,沒有見到昔日那個忙碌的身影,當他推進老人臥室的房門,只見老張平穩地躺在床上,臉頰通紅且呼吸略有急促,馬上將此情況報告他的家人。

當天下午,老張的女兒和女婿在濕地管委會工作人員的引領下乘坐遊船來到濕地,小船停靠瞭望塔邊的碼頭後,老人的女兒便急不可待地向小屋奔去。

阿芬一進房門,只見她的父親由兩位管委會工作人員攙扶著坐在床頭,目光炯炯注視著屋外六隻活潑可愛的小鳥。

「爸爸你病得嚴重嗎?」女兒焦急地問。

「沒有什麼大病,就是昨天被雨淋後,身體略有不適。」

女兒撫摸父親的額頭後心情沉重地說:「爸爸你發燒了,快躺下吧。」

這時坐在床頭的老張凝眸觀望窗外尋覓食物的小鳥,惘然若

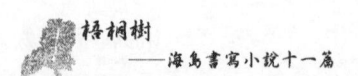

失地說：「外面草地上的小鳥怎麼只有五隻了？」

靜穆地站在一旁的女婿敏捷地走到他岳父的跟前耐心地說：「爸爸你先躺下睡，我到外面去找找。」女婿疾步走了出去。

不一會女婿走進小屋，喜形於色對他的岳父說：「爸爸，我找到了，還有一隻小鳥在大樹後。」此刻老張才放下心慢慢躺了下來。

女兒凝視著躺在床上父親那張黝黑的臉龐還多了一個傷疤，佈滿皺紋的臉上且鬍子拉碴，根本找不出昔日臉色紅潤與意氣奮發模樣，完全是一副老邁龍鍾的感覺，不由得催人淚下。

她坐在床邊略帶傷感地抱怨說：「三年多來，為什麼沒有告訴我們你所在的地方？」

「我怕你們耽心，所以就不驚擾你們。」話音一落，老人用被子緊緊把臉摀上。

女兒心想：雖然歲月的長河慢慢地侵蝕掉父親的外形，但是露出的卻是他閃光的靈魂，為此她感到十分欣慰和自傲。

老人吃下了女兒帶來的一片退燒藥後終於安然入睡了。

這時他們走出小屋，坐在大樹下的岩石旁，只見幾十隻經老人治療後重上藍天的候鳥在小屋上空盤旋，他們對老人高超的技術讚歎不絕。

Volume 5. 小屋

黃昏時老人漸漸甦醒過來，阿芬輕盈地走到父親的床邊，發現父親出了一身汗，高燒暫時已退，老人望著大家的臉露出了淡淡的微笑。

阿芬對她的父親說：「爸爸我們回家吧。」

老人窘迫地說：「那六隻小鳥誰管？」

濕地管委會的一個工作人員指著關在籠子裡的六隻小鳥對老人說：「請你放心，我們準備把牠們帶回去哺養，當它們羽毛豐滿，讓牠們重上藍天。」

壓在老人心頭的一塊石頭終於落了下來。

老張又詫異地問工作人員：「那麼已後濕地上的受傷候鳥由誰來治療？」

其中一位工作人員說：「大伯，這個請你放心，我們會有專人負責的，反正你得回家，這是管委會的決定。」

另一位工作人員也補充道：「陳主任叫我代他向您問好，對您三年多年的付出表示衷心感謝。」

老人無奈地在阿芬和她的丈夫攙扶下走出小屋，忠忠與他形影不離。

他站立在大樹旁，樹蔭下的岩石已經被藤蘿覆蓋，老人凝視著風中搖曳的蘆葦和小屋上空飛翔的候鳥，心裡久久不能平靜。

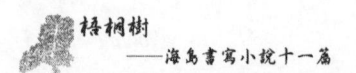

老張被攙扶上遊船後與女兒一起坐在中間,隨著遊船一聲鳴笛,他魂飛魄散。三年多來他與濕地的一草一木還有朝夕相處的候鳥和小屋已經難捨難分,如今卻要分離,老人憂傷地低下了頭,淚流沾襟。阿芬從口袋裡摸出一張手紙遞給父親,老張輕輕抹去沾在眼瞼邊的淚水,目視遠方的濕地,只能模模糊糊看到瞭望塔的輪廓。

隨著夜的帷幕慢慢合攏,唯有小屋上方的太陽能電燈熠熠生輝,它照得小屋銀光閃閃。

梧桐樹

——海島書寫小說十一篇

Volume 6.

贗品

　　拍賣會由一位身材修長、風姿綽約、神態肅穆的女士主持。頭幾件是一些名氣不大的民國和明清時期的書畫家作品。直到最後一件北宋畫家范寬的山水畫出現在大螢幕前，全場鴉雀無聲、凝眸觀賞……

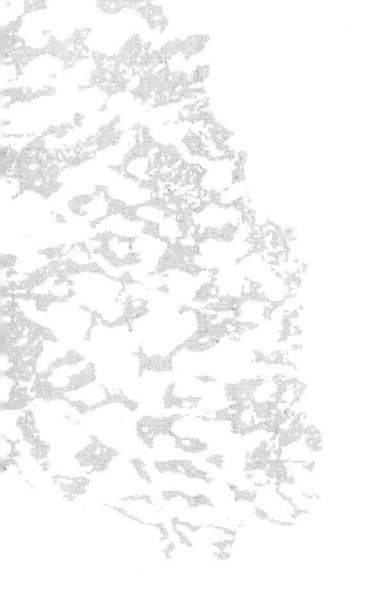

椿桐樹
——海島書寫小說十一篇

贗品

　　秦傑繼承父親遺留給他的一棟別墅,這棟別墅位於城市的邊緣,房前有一條小河,潺潺流水自西流向東方。

　　房後小山坡上草木終年葳蕤,在別墅旁有一條直通山頂的幽徑,山頂上有一石砌的涼亭,從那裡可以隱約看到山下這棟古樸的別墅。

　　在這棟別墅二樓的一個大房間裡存放著各種收藏品。

　　但是用他女兒秦瑩麗的話來說「父親的藏品無一真品,均為仿品」!可秦傑對女兒的評估半信半疑,也並未因此對收藏失去信心,反而更激發起他求得真品的欲望。

　　由於秦傑對收藏的興趣歷久不衰,幾乎花光了家中所有的積蓄。但是生活畢竟要靠柴米油鹽,而不是藏品,更何況是贗品。所以每次購得一件藏品,秦傑總是繪聲繪色向妻兒敘述獲得的藏品多麼多麼值錢,一旦轉讓,價格能翻數倍等等,以打消妻子的懷疑。

而瑩麗並未將父親獲得藏品的真偽和盤向母親托出，以防家庭不和。但女兒由衷希望父親能早日購得像樣的真品，以增強他的收藏信心，從而間接地減輕家中的經濟負擔。

　　幾年前，秦瑩麗從一所南方名牌大學歷史系畢業，爾後以優異成績考取本校考古專業研究生，今年夏天也將畢業。

　　她對中國文化情有獨鍾，尤其對中國古代繪畫、書法更勝一籌。

　　那年五一長假她回到家中，秦傑喜出望外地對女兒說：「瑩麗，明天東方藝術拍賣公司有一場大型拍賣會，我想與妳同去好嗎？」

　　「爸你這還用問我，這是我求之不得的事。」

　　「聽說有蘇東坡真跡字畫。」秦傑補充說。

　　「這麼高檔次，真是難得一見。」

　　「這次拍賣會還是我的一個藏友告訴我的。」秦傑補充說：「我這個朋友家的藏品可不得了，他的名字叫金藏。」女兒哈哈大笑，接著好奇地問：「以後我們能否登門拜訪？」

　　「那要看人家是否願意。」他停頓一會兒說：「他家的藏品按自己說法均為真品，無一贗品，而且都經過專家的鑒定。」

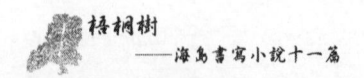

瑩麗思索片刻態度嚴肅地對父親說：「交朋友就要交這種貨真價實的朋友，你說對嗎？」

「當然是這樣，那還用說。」

翌日正好是五一假期，秦傑很早就甦醒，他心情特別舒暢，打開窗戶天穹因晨曦出現而欣喜。

秦傑神采奕奕地坐在一把單人沙發上，撥弄著手機尋找昔日藏友金藏的電話號碼，以便在拍賣會上舊侶重聚。

就在這一瞬間，手機鈴聲響了。他拿起手機：「喂……哦你是老金啊，我還在找你的電話號碼，真是心有靈犀一點通，今晚東方藝術公司的那場大型拍賣會你去嗎？」

「我當然去了，有東坡真跡字畫，這難得一見。」

秦傑委婉的說：「你想去競拍嗎？」

金藏直截了當地說：「是的，我想去試試。」

「願你心想事成，不過對我來說是可望而不可及，但長長知識也非同不可。」

「我們會場見吧。」

「那就一言為定。」說完秦傑把電話掛斷，走出房間與迎面而來的女兒高睨大談。

大約在晚上七點，秦傑帶著女兒如約而至，在拍賣大廳的走廊上遇見他的藏友金藏，秦傑向朋友介紹了身邊姿色超群的女兒瑩麗，金藏滿面春風與父女兩人一一握手，然後三人從容不迫步入大廳。在大廳的左右兩邊走廊上人流熙攘，能容納一千人的大堂座無虛席，真是滿堂生輝。

他們幾人按預購的入場券分別坐在前五排的不同位置上。

晚上八點拍賣會準點拉開帷幕，一個衣冠楚楚、風姿綽約的年輕女子首先登臺，緊隨其後是一位穿著一身黑色西服的男士，他配戴橙色領帶，在衣領下方佩著東方藝術公司的司徽，深邃明眸，帶著淺度金邊眼鏡，儀表堂堂。經站在幕前小姐介紹，他就是東方藝術公司副總經理兼高級拍賣師樂活，今晚這場拍賣會由樂活親自主持。關於他的簡歷在臺上的大螢幕清晰可見，只不過報幕小姐重新宣讀一遍。

起拍的第一件藏品為清乾隆官窯酒杯一對，起拍價為五十六萬人民幣，由於杯子胎體渾圓豐盈，一直追拍到二百六十萬，最後被一位其貌不凡的太太拍得。

緊跟其後是明香爐、清竹雕筆筒、唐觀音圖、金銅像……均一一被藏家收入囊中。

最後大螢幕上顯示了本次拍會的最後一件稀世珍品——蘇東坡畫官女像加填詞立軸一幅，全場頓時鴉雀無聲，此品以二千五百萬起拍，每次樂活以一百萬加價。開始時舉牌的人此起

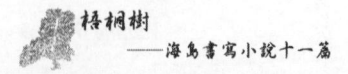

彼伏，當加到五千五百萬時，只剩下老金與另一個三十出頭的小伙。當加價到六千五百萬時，這個三十出頭的小伙再次輕靈地舉起牌子，樂活目光炯炯，掃視會場四面八方言語犀利地說：「第一次、第二次、第三次」均無反應。樂活把錘子落下。小伙如願以價拍到這幅東坡作品，接著小姐宣佈拍會到此結束。

由於樂活思維敏捷、言詞簡練、妙語連珠，使得這次拍賣會成功率達百分之九十五，廿件藏品只有一件流拍，這給秦瑩麗留下深刻印象。

因為金藏沒有拍到東坡畫作，情緒十分沮喪，仍然坐在座位上，久久沒有起身。秦傑與女兒走了過來，金藏見到老朋友才緩緩站立起來，秦傑拉住金藏的手拍拍他的肩膀說：「不要灰心，下次再來。」

這時樂活從後臺走到拍賣大廳，看到金藏、秦傑這兩位東方藝術公司的常客，他興致盎然地走了過來，握住金藏的手說：「老金不要灰心，來日方長，我公司還有許多名貴藏品，機遇多多。」金藏聽到樂活這撫慰心靈的言語後，總算鬆了一口氣。

驀地，樂活發現站在秦傑身後是位光彩炫目的女子，金藏瞟了他一眼敏捷地說：「她就是秦傑的千金秦瑩麗。」樂活上前一步握住她的手意氣奮發地說：「歡迎瑩麗小姐光臨。」

秦傑補充說：「我女兒今年可獲得考古專業碩士。」

「爸爸你不要言過其實。」瑩麗不好意思說：「我還沒有獲得此專業的文憑呢。」

Volume 6. 贗品

樂活不以為然地說:「您這麼聰慧的女孩應該不成問題,到時我們有許多鑒定問題要請您指導了。」

瑩麗脈脈柔情地說:「樂總您客氣了,屆時有問題我們共同探討吧。」

這時樂活從口袋裡摸出一張名片,用雙手恭恭敬敬遞給秦瑩麗,顯得繾綣多情。

瑩麗接過名片後輕輕說了一聲:「謝謝。」

§

初夏時節,秦瑩麗如願以償地獲得了考古專業碩士文憑,她第一時間將此喜訊告訴父親,秦傑如獲至寶。

這個時期各路公司紛紛到大專院校設攤招人,其中有兩家博物館和三家賣拍公司向秦瑩麗投去橄欖枝,經她三思後選擇了南方一家大型拍賣公司擔任技術顧問,暑假後就任。

經過數年不懈的努力,如今她望著這片藍天如釋重負,能在自己喜歡的領域施展才華,她躊躇滿志。

回家的第二天,秦瑩麗接到了樂活的電話:「瑩麗,不知您是否放暑假後回家了?」

「是的,我昨天剛到家。」

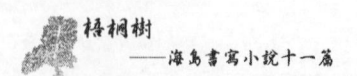

「不知您近日是否有空來我公司走走，公司老總渴求已久。」樂活忠言道。

瑩麗心想：毋寧說總經理渴求已久倒不如說你自己更想見我。

「那好吧，我明天上午前來拜訪。」

「不勝歡迎！」說完樂活快樂的把手機放進衣袋向總經理辦公室走去。

樂活辦公室的玻璃窗正對公司大門。

第二天早上金色的朝陽灑滿公司大樓前空曠的廣場上。

大約在上午九點，樂活從窗臺向下俯視，發現一輛櫻紅色的轎車停靠在大門右側。打開車門，一個豔姿非凡、儀態高雅的女子風度翩翩向大樓正門走來。

樂活起身後急忙向電梯口奔去，當他到達自己所在十二樓的電梯口時，電梯門一打開，笑容溫柔的瑩麗即從電梯裡走了出來，看到樂活已站在電梯口，開始她一愣，不一會便氣定神閒地說：「不好意思，我來晚了。」

樂活臉一紅說：「本來理應我們來接您，現在還要您親自駕車來，勞您駕了，歡迎！歡迎。」

在樂活的引領下步入總經理的辦公室。

一進門,總經理春風盈面地說:「請進、請進,像您這樣才貌雙全的靚女能親臨我公司,我們不勝幸運。」於是總經理將已沏好的一杯龍井新茶親手遞給了秦瑩麗。

瑩麗雙手接過老總的茶杯溫柔地說:「謝謝老總,您過獎我了。」

「我從不言過其實。」說完他把話鋒一轉:「您現在已經畢業了吧?」

「已經畢業了。」

總經理喝了一口茶後,相見以誠地說:「到我們公司來吧,我聘您為高級顧問,您看如何?」

這貿然一問使得秦瑩麗十分尷尬,她猶豫一會兒赧然地說:「總經理,我真有點不好意思,我已與南方一家公司簽約了。」

總經理一聽惘然若失,他略帶悔意地問:「那怎麼不跟我早說呢?」

樂活敏銳地插了一句:「那時候瑩麗還未畢業,拿不定主意,對嗎?」臉朝著她,好像有點為瑩麗辯護的韻味。

「是的、是的,十分抱歉。」在她的臉上暴露出一副無奈的表情。

然後總經理喝了一口茶,皺皺眉頭說:「幹過我們這一項的

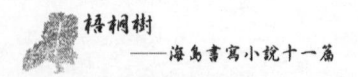

人都知道，現在社會上流傳的藏品中贗品多於真品，作為一家專業的拍賣公司，求得一個把關的人刻不容緩。」

秦瑩麗坐在一旁緘默無聲，但頻頻點頭。

總經理看到強烈的陽光透過落地玻璃窗照在瑩麗的身上，樂活敏捷起身把窗簾拉上。

他看了瑩麗一眼後說：「妳讀書人知道『只有真才可能美，美必須是真的』。」

秦瑩麗驚歎於一位拍賣公司老總居然對真與美的關係說得如此簡單明瞭，此時她猶如再次啜飲一杯沁心良藥。

總經理思索片刻後說：「既然妳已經與別的公司簽約了，那就這樣吧，我公司聘妳為兼職高級顧問，報酬與在職一樣，妳看怎樣？」

「總經理，這報酬倒無所謂，反正我有空就會來貴公司走走，因為我家與你們公司不遠。」接著瑩麗風趣地說：「俗話說，父母在不遠遊嘛。」大家哈哈大笑，其樂融融。

「快到十一點了，我們到公司對面凱旋大酒店共進午餐吧。」總經理釋然對瑩麗說。

「不用了，下午一點我父親的一個朋友要到我家來，聽說他在一家拍賣公司競得一件隋朝佛像，要我鑑別真偽。」

總經理耿爽地說：「既然有事，我們就不留妳了，待日再聚。」

「謝謝總經理的厚待。」秦瑩麗揹起天藍色的小包。

三人朝電梯口走去，下了電梯一直送到大門口，秦瑩麗與兩位經理一一握手。

當瑩麗握住樂活手時，感覺他手心發燙，羞的她臉頰緋紅，鬆開手後靦腆地走進自己的轎車。

兩人目送這輛櫻紅色的轎車向林蔭大道駛去。

這時總經理對站在他身旁的樂活說：「像這樣睿智溫和、風姿綽約的姑娘，你值得一追。」

「對我來說也許是可望而不可及。」樂活帶有點無奈的樣子。

「努力吧！只要功夫深，鐵棒磨成針。」說完總經理拍拍樂活的肩膀，回頭朝大樓走去。

下半年秦瑩麗兩次回家，回家後都先去拜訪這位在拍賣界稍有名望的東方文化藝術公司老總，而這兩次拜訪，樂活均出差了。

她每次到達東方文化藝術公司時，總是看到總經理帶著金邊老花鏡，右手握著放大鏡，在每件藏品面前細細觀察。一見瑩麗登門拜訪，老總喜形於色。她對每件藏品的解釋，他洗耳恭聽。除此之外，她還與老總探討拍賣界的各種問題，古今中外、天南海北，無所不談。談著談著老總很快把話題轉向了樂活，在她的面前滔滔不絕誇樂活如何善解人意，如何思維敏捷，他的拍賣業

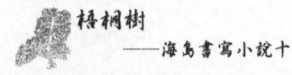

績如何光彩炫目,言下之意是衷心渴望他們兩人能喜結良緣。

而對老總繪聲繪影的描述,坐在一旁的瑩麗靜靜聆聽,顯得彬彬有禮,有時點頭微微一笑。老總覷望到她臉頰緋紅,其實她從靈魂深處對這位老總深表敬意。

秦瑩麗所在的那家大型拍賣公司與世界各國大型拍賣公司均有業務往來,他們所拍的藏品均為世界級,如梵高的抽象畫、拿破崙情婦的鑽石項鍊、元清花大瓶。總之,凡經他們公司拍賣的藏品件件真品、無一贗品,公司業績蒸蒸日上,從而使公司的業務很快向周邊省市拓展。這一切與秦瑩麗孜孜不倦的敬業精神無不相關,隨之而來的是各大拍賣公司向她發出的邀請函紛至遝來。

中秋節前一週,秦傑接到女兒的電話,說她回家過節。

為了使女兒能度過一個愉快祥和的節日,秦傑攜妻子提前去超市購物,他興致勃勃走進超市,滿載而歸。出了超市大門,秦傑一手提著物品、一手拉著妻子的右手,當夫妻兩人正準備沿人行道過馬路,一輛摩托車闖紅燈撞到行進中的秦夫人,造成秦夫人左手骨折,雖然騎車小伙承認自己違反交通法規,承擔全部責任,但痛苦留給了老人。本來女兒回家過節是喜事,現在卻使全家處於窘境。

未避免驚憂女兒,關於妻子車禍之事對女兒閉口不提。

第二天醫院給秦夫人動了手術,手術後秦傑晝夜陪伴著妻子形影不離。

一天下午,正當秦傑疲憊不堪在妻子病床旁酣睡,突然電話鈴響了,他一接聽原來是藏友老金從香港拍賣現場打來的電話,說是他競拍到一幅清代名家書法立軸,邀請他前來觀賞。從電話裡聽出金藏興奮不已,秦傑回話說:「十分欣賞你獲得如此珍貴藏品,因我妻子車禍住院,暫不能前來拜訪,非常歉意。」寥寥數語使老金十分驚訝,他回話道:「獲知你妻住院,痛心萬分,送上誠摯問候,願她早日康復。」

　　在秦夫人術後的第五天,秦傑的身心疲憊略有緩和。那天早上,他剛給妻子餵完飯,一位青年手拿一大束康乃馨,另一手提著盛裝著時令水果的藤籃走進病房。

　　秦傑抬頭後一愣說:「您怎麼知道我們在這裡,謝謝樂總了。」

　　「我是從老金口中翔實您夫人因車禍住進了醫院。」

　　秦夫人一見這位相見以誠朋友,感慨萬分。

　　秦傑接過鮮花放在她的床頭櫥前。

　　「你真有心,不勝感激。」秦夫人誠摯溫和地說。

　　秦傑從床底抽出一把木凳子連喊:「請坐,請坐。」

　　樂活從盤問秦夫人車禍後的手術情況,又問術後康復,無不細緻周到。

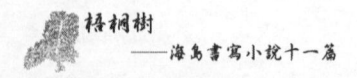

尤其是談到他女兒所在公司如何蒸蒸日上，特別顯示他對瑩麗的敬佩之心。

當談及古董收藏時，兩人興致勃勃，一拍即合。樂活給秦傑的印象，好像是一個能洞見心腹誠摯的好友。

不一會當護士準備給秦夫人打吊針時，他才依依辭別離去。

秦傑送別樂活後回到病房後，他俯身湊近夫人耳語：「如果我女兒能與樂活喜結良緣，那該多好，他不僅豁達大度、體貼老人，而且睿智多謀，能為我今後的收藏保駕護航。」

秦夫人瞥了他一眼，神態矜持地說：「這要看兩人的緣分。」

中秋放假，女兒到家後只見房門緊鎖，她敲了幾下房門，房內沒有反應。當她正準備打電話給父親時，隔壁鄰居打開房門對她說：「瑩麗，妳媽因車禍已進入本市的醫院。」一聽到「車禍」二字，她開始有點失魂落魄。

「怎麼車禍，嚴重嗎？」她語無倫次的拉著鄰居張大娘的手問道。

「從那天離開家後，他們一直沒有回來。」

張大娘無奈地對瑩麗說。

瑩麗一聽悵然若失，她火速駕車來到母親住院的醫院，一進病房大門只見父親瞌睡在椅子上。

秦夫人聽到有人進病房，立刻睜開眼睛。一見女兒進來，她眸子閃閃發亮，瑩麗走近母親的床邊輕輕地說：「媽媽妳還好嗎？」

她凝眸注視著女兒愁悶的臉龐微笑地說：「我現在很好，妳放心吧。」

瑩麗含著眼淚，默默地點點頭。

秦傑醒來後突然發現女兒站在妻子的病床旁，他驚奇地說：「瑩麗妳什麼時候到家的？」

「我剛到家，是隔壁張大娘告訴我你們在這裡。」女兒詰問道：「爸爸，出車禍這麼大的事你怎麼不通知我？」

「就怕妳在外面擔心我們。」秦傑倦眼惺忪地說：「現在斷骨已經接上了，早晨查病房的主刀醫生說恢復良好。」

此刻壓在瑩麗心頭的耿耿隱憂終於煙消雲散了。

她望著病床旁，茶几上擺放的各種時令水果和一大束色彩豔麗的康乃馨榮榮孑立詫異地問：「爸爸，這些都是誰送的？」

秦傑感慨道：「這些都是東方文化藝術公司的副總樂活送來的。」

瑩麗驚奇地問：「他怎麼知道媽媽出了車禍？」

「是我們收藏界的同行老金告訴他的。」

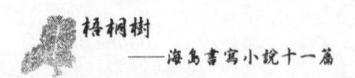

秦傑補充說：「這位副總真有心，隔兩天就來探望，每次都帶上很多禮品，出手闊綽，當今社會素質如此之高的人屈指可數。」

瑩麗站在媽媽的病床邊，默默聆聽父親的敘述緘口無語。心想：毋寧說關心我母親的健康，還不如說為我在賣好討俏。

中秋後的第二天，秦夫人的病情經醫生們匯診後認為可以回家康復。秦傑獲知後總算鬆了一口氣，一週多來沒有回家，今晚總算可在家裡的床上酣睡了。

出院的那天早上天空晴朗。

秦傑攙扶著妻子，瑩麗手提一大包物品出了病房向電梯口緩緩走去。

他們站在電梯口準備下樓，當電梯的門一開，迎面卻正好碰見樂活手提一大箱高檔營養滋補品走了出來。

樂活看到他們三人站立在電梯口驚訝地問：「阿姨今天就出院？骨頭癒合了？」

秦夫人感慨地說：「是的，醫生說可以出院在家康複，您真有愛心，謝謝了。」

突然他又把目光轉向瑩麗，愉快地問：「瑩麗妳什麼時候到的？」

「中秋節上午。」瑩麗見樂活翩然而來，又不經意地覷望到他左手提著的一大箱禮物，赧然臉紅溫和地說：「禮品不要再買了，我們收下您的心意已滿足了。」

樂活爽朗地說：「朋友有難，作為小輩盡一臂之力理所應當。」

秦傑也直爽地說：「樂總您已不止一次來探望我們了，我不能說聲謝謝一了此事，現在已經中午十一點了，下電梯後一同到我家共進午餐吧。」

樂活也欣然接受了秦傑的邀請，高興地說：「受您邀請，不勝幸運。」

說完四人分坐兩輛轎車，向秦傑家駛去。

到家後，秦傑和樂活將秦夫人攙扶到房內的沙發上。

瑩麗敏捷地對她父親說：「我到喜悅大酒店定桌飯菜，你們先隨便聊聊。」說完拿起小包向門外疾步走去。

秦傑與樂活坐在沙發對面的兩把籐椅上，秦夫人望著樂活感慨地說：「樂總啊，我這次住院讓您費了不少心思，不勝感激！」

樂活委婉地說：「阿姨您客氣了，我的一點心意不值誇讚。」驀地他站了起來，眺望北窗外花草爛漫的山坡，又回頭凝視南窗下芳香四溢的前花院，酣暢地說：「你們家的環境真美！」

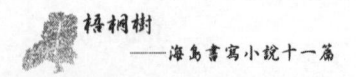

秦傑心無芥蒂地說：「這座別墅是我父親做木材生意賺了第一桶金後買下的。」

坐在沙發上的秦夫人瞥了丈夫一眼略帶感觸地說：「我們家的所有財產除了這棟別墅外都演變成老秦的藏品。」

樂活一聽，舒眉展眼激動地說：「下次把你們的藏品拿到東方文化公司來拍賣，價值連城。」

秦夫人一聽心花怒放。

突然門口的轎車到了，送菜師傅在瑩麗的引領下，提著一籃子珍饈佳餚向屋內走來。

樂活起身後春風滿面地迎了上去，看到瑩麗翩然而來，他溫婉地說：「瑩麗，一頓中餐讓您花費如此大的精力和金錢，實在有些不好意思。」

瑩麗聲調鏗鏘地說：「我媽住院，您來了多次，我感激不盡。」

「瑩麗說得對，我們快坐下品嚐這佳餚。」於是秦傑從箱子裡拿出一瓶窖藏五十年的茅臺酒斟酒舉觴，興致盎然。從談秦夫人車禍後入院，手術及手術後康復，再轉到瑩麗所在公司及她的事業，最後觸及收藏的方方面面，無所不及。

兩人暢飲茅臺快一個小時了，一瓶酒喝得精光。

樂活臉頰緋紅，他們有一種相見以誠、無所不談的感覺。

貿然地，秦傑對樂活說：「樂總您今天的到來真好，我要讓你看看我的藏品。」

當即樂活心中激動雀躍：「那我現在就去觀賞您的藏品？」

「當然是現在。」

在秦傑的帶領下，樂活上了二樓藏室，瑩麗緊跟其後。

別墅的二樓共有三室一廳，其中最大一間是朝南，面積約三十多平米，以前為秦傑父親的臥室，時從他父親去世後，秦傑便將其改造成文寶收藏室。

一進藏室門，一陣檀木幽香撲鼻而來，原來在室內擺放著一張名貴紫檀木架，架子上擺放有春秋戰國時期銅鏡、唐三彩馬俑、元青花扁瓶，琳琅滿目。藏室中間有一明式風格的紅木長桌，上面有各種玉雕、清朝竹雕筆筒、明朝銅爐，其中最引人注目的是和田白玉的觀音像。而在靠近窗戶的左側牆上，懸掛著明清時期中國名家山水畫。

樂活一進秦傑的藏室，欣喜若狂，他一一過目後興奮地對秦傑說：「叔叔，在我耳目所及的森羅萬象中，你家藏品首屈一指。」

秦傑不相信自己的耳朵對樂活說：「你說我家？」

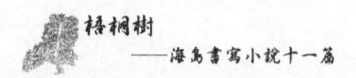

「是的，你可以隨便挑幾件參加我公司的秋拍會。」

此刻秦傑有種如沐天恩的心境，心想如果自己的藏品能在東方文化藝術公司舉辦的拍賣會上賣出幾件，十幾年來的心血沒有白費並能為妻療傷提供濃厚物質保障。

瑩麗神態肅穆站在父親的身後，緘口無語。他對父親的藏品心知肚明，基本都屬仿品，但是樂活居然邀父親藏品參加拍賣，這難道是他的專業知識欠缺？還是向自己討好賣俏不得而知。

當父女倆將樂活送出自家別墅大門時，瑩麗再一次對樂活在他母親住院期間的關愛表示感謝。

樂活緊緊握住瑩麗的手，時間足有一分鐘，瑩麗低著頭赧然臉紅，心想他今天中午喝醉了。

§

中秋假日結束後瑩麗回到單位便馬不停蹄鑒別全國各地收藏大家的藏品，為公司的秋季拍賣會做準備。

秦瑩麗的專業知識深廣，她能從太平洋或印度洋海底打撈起的中國古代沉船中瓷器確定海上絲綢之路的年代和航線。

由於她通曉六國語言，能鑒別歐洲許多名畫家，如梵高、莫奈等作品的真偽及創作年代，甚至她可以藉由大西洋海底的沉船古器物，來辨別這些物品出自哪個歐洲國家、何年駕船駛向北美哪個海岸。

瑩麗的論文經常在世界各大考古文獻上發表，猶如一顆璀璨明珠受世矚目，各大拍賣公司向她發來的請柬像雪花一樣紛紛向其飄來。

　　中秋節後一個月，瑩麗所在的公司召開全體大會，會上公司董事長親自宣佈秦瑩麗為總經理助理兼高級顧問。

　　她想這是公司的領導層對自己兩年多不懈努力的肯定。

　　瑩麗很淡定地將這一消息通過電話第一時間告訴療傷中的母親，秦夫人聽了後猶如啜飲沁心良藥，她欣喜若狂把這一喜訊告訴丈夫。

　　對秦傑來說，女兒獲得大型拍賣公司的高級顧問這是一個石破天驚的消息，他滿腹懷疑：一個剛從學校畢業不到三年初出茅廬的女孩獲得如此高的稱號，這簡直比登天還難。為了翔實這一消息，他拿起手機對女兒說：「瑩麗，今天我從你媽的口中獲知你被公司董事長任命為總經理助理兼公司高級顧問，這消息是否確實？」

　　「爸爸，是這樣的，我已被任命身兼這二職，我認為這不僅是對我專業知識的肯定，更重要是為公司把好關，當好合格的參謀。」

　　「瑩麗呀，這樣的話，在我以後的收藏路上可少走甚至不走彎路。」

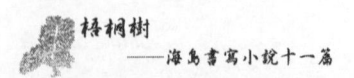

「這當然是小事一樁，對我來說更重要的任務是不使贗品通過我公司流入社會。」

「爸爸祝妳事業步步高升，好事則能成雙。」然後秦傑掛斷了電話。

瑩麗對父親在電話中的後半句百思不得其解，好像還在雲裡霧裡。

她被任命高級顧問一事很快傳到樂活的耳邊，樂活通過電話對瑩麗的溢美之詞滔滔不絕，弄得她十分靦腆。他以個人的名義向她發出了邀請，瑩麗愉快地接受了，並說在一個合適的時機與樂活見面。

元旦前十天，瑩麗接到家中電話有急事，所以請了兩天年休假。到家頭天先把事情辦完，翌日她與父親一起到了東方文化藝術公司。

公司的老總一見瑩麗與她的父親光臨辦公室，馬上起身且甘美溫馨地對瑩麗說：「妳什麼時候到的？」然後他把一支中華牌香煙遞給秦傑說：「請抽煙。」

「謝謝總經理，我不抽煙。」他委婉地謝絕了。

「我聽樂活說，妳被公司聘為高級顧問，恭喜妳啊！」總經理樂呵呵地說。

「總經理，謝謝您的誇獎，其實這並沒有什麼了不起。」

「哪裡的話，妳是公司的把關人。」他把話鋒一轉：「樂活原想請妳到南天大酒店去聚聚餐，可惜他昨天就去參加北方的一場拍賣會，今天我請你們倆。」

瑩麗脈脈柔情地說：「總經理，您的心意我們已經收下了，因我下午一點半就要坐飛機返回公司，聽父親說你們下周要舉辦一個拍賣會，現在我就去看看你們藏品好嗎？」

總經理豪情激越地說：「那太感謝妳了。」話音一落，在總經理引領下走進了藏品室。

藏品室內的長桌上井然不紊地擺放著十二件珍貴藏品，其中兩件特別珍貴。瑩麗神態肅穆、專心致志細看每件藏品，突然拿起一面唐朝銅鏡凝神查看後皺皺眉頭說：「總經理啊，您看這個銅鏡，且不說它的製造工藝，單從它外表的銅銹就可斷定是現代人造假所為，它屬贗品，你看如何？」然後與總經理在一旁切磋琢磨藏品，總經理頻頻點頭並說：「毫無疑問，專家的鑒定毋庸置疑。」

「總經理，我只是代表我個人的觀點，並非不可撼動。」瑩麗謙虛地說。

「妳客氣了。」總經理補充說：「今天瑩麗要急返公司，那我就不留你們了，下次瑩麗回家請提前告訴我，我派專車來接你們一起到南天大酒店聚聚。」

說完他把父女倆陪到樓下的大門口，一直目送這輛櫻紅色的轎車消失在林蔭大道。

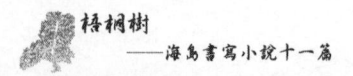

瑩麗從這次離開家後有半年多沒有回家,由於她所在公司拍賣的藏品檔次極高,有的還是稀世珍寶,而且絕無贗品,因此深受收藏者的青睞,每次拍賣會座無虛席。

因而公司的業務如火如荼,由於瑩麗的加盟更是如虎添翼。

為了拓展業務,公司領導決定在全國南北兩地增設兩個拍賣點,並將調研的任務委派給瑩麗。她走南闖北,從春天開始至整整一個夏天像穿梭似的奔走在南北兩地,皮膚變得黝黑了,額頭上多了一絲皺紋,但憑著她嫻熟的專業知識和踏實的工作精神,經過近半年的努力,南北兩地的拍賣點如期而立。

而東方文化藝術公司經過了春夏兩場拍賣會,積存了一些疑點的藏品,本想請瑩麗前來鑒定,但將近半年始終未獲知她回家的音信。後來總經理從樂活口中才知道秦瑩麗的工作十分繁忙,因為樂活每週都與瑩麗電話聯繫。

秋風送爽、丹桂飄香,樂活與總經理從香港坐飛機回到國內。在機場樂活收到了從紐約來的國際長途電話,這是他中學時期一位至交同窗,現已定居在美國紐約。從電話中獲知這個同學的叔叔六〇年代來到紐約從事房地產經營,發了一筆大財後定居長島,由於他叔叔愛好收藏,將房產經營的大部分收入均投入收購中國古代藏品中,但因年邁保管不便,所以想將所有藏品一併轉讓給國人。

樂活如實將此消息向總經理彙報。

Volume 6. 贗品

老總獲知這一重大喜訊,興來神往地對樂活說:「你是否問一問秦瑩麗,不知她近來忙嗎?在不影響她工作的情況下,公司邀請她去美國考察一週不知可否?」

　　樂活欣然接受了總經理的意見,當即拿起電話撥通了瑩麗的號碼。

　　「喂,瑩麗妳好!」

　　「你是樂活吧。」瑩麗馬上分辨出這一熟悉的聲調,「三天前我有急事返家,翌日與父親一起來到你公司,你正好外出。」

　　「是的,我就在你們父女倆光臨我公司的前一天,按老總吩咐去北方參加一場拍賣會。會場上展出藏品種類繁多且時間跨度大,按這家拍賣行經理說,所有藏品均經國家級專家鑑定,件件真品無贋品。」樂活言之鑿鑿。

　　瑩麗若有所思地望著窗外隱匿在霧氣迷濛雲層中那只粉紅色的太陽,停頓一會說:「你有事嗎?」

　　「是的,我有一件事想與妳商量一下。」

　　瑩麗心無芥蒂地說:「好吧,你直說吧。」

　　樂活聽瑩麗這麼一說,他情緒激昂,像是打了一針興奮劑,開始在電話裡與瑩麗侃侃而談:「公司老總有一個想法讓我轉告妳,我有一摯友的叔叔六〇年代移居美國,在紐約經營房地產生意發了一筆財,由於他愛好收藏,幾乎把掙來的全部投入收藏中

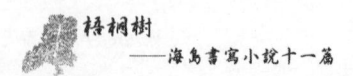

國古代珍品,現在他準備把這些藏品轉讓給我公司,為了不至於購入贗品,老總邀妳與我們同行,妳看如何?」

瑩麗聽後猶豫片刻,深思熟慮地說:「對於總經理的邀請,我不勝感激,但是不能保證我的鑒定準確性百分之百,另外近期還有公司業務上的事情尚未了結,待半月後給你一個確切的答覆。」

樂活的回話是這樣的:「關於妳的業務水準不容置疑,那好吧,我們等待妳的回覆,謝謝了。」

從香港回來後,東方藝術公司的老總被一大堆瑣事纏住了,由於前幾次的拍賣因藏品的檔次不高,成交量岌岌可危,甚至不到去年同期拍賣的三分之一,再加上贗品充斥市場,公司缺少一錘定音的鑒定專家,使得他們公司在拍賣領域裡裹足不前、愁雲慘霧,突然從紐約的一個藏家中射出一道光,使老總又對公司的明天充滿希望。

半個月過去了,樂活仍未收到瑩麗的電話,他心情忐忑不定。

星期一的早上,樂活一進辦公室的大門,陽光已經灑滿東窗邊的地板上,他推開窗戶,辦公室樓下的桂花馨香撲面而來,突然他的電話鈴響了,當他聽到瑩麗的聲音,一時精神矍鑠。

「樂活,你好!忙碌了半年的公司業務總算落下帷幕,由於領導十分滿意,特從明日起給了我十天的帶薪休假。」

樂活一聽大喜過望說:「那妳可以與我們同行去紐約考察了。」

Volume 6. 贗品

瑩麗爽朗地說：「可以。」

樂活懇切地說：「時間妳看怎麼定？」

「這個無所謂，只要在假期內就行。」

樂活將此消息通知了老總。

公司總經理獲知這一喜訊後樂得手舞足蹈，高興程度簡直難以描摹。

「你現在就可以在網上訂三張去紐約的機票。」總經理對樂活吩咐道。

翌日一早樂活興奮地走進老總辦公室，信誓旦旦地說：「老總啊，我已訂好三張後天早上八點半從浦東機場起飛到紐約的機票，你看怎樣？」老總鏗鏘地回：「就這麼定了，馬上通知瑩麗。」樂活點點頭說了一聲「好的」，喜形於色的走出老總辦公室。

金秋十月的早晨，馬路兩旁銀杏葉落，鋪滿一地碎金，每一步都踏出了秋的韻律。

飛機起飛那天早上七點，樂活和總經理穿著一套深綠色的西裝、戴著橙色的領帶，神采奕奕走進候機大廳。

不一會只見秦瑩麗穿著粉紅方格上衣，湖藍色大花苓的領子配上一條青色綢緞褲，肩揹天藍色鱷魚皮包，儀態高雅、雍容自在地朝大廳走來。

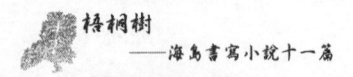

他們兩人一見瑩麗風姿綽約的迎面而來,於是都朝她走去一一親切握手。

總經理的第一句話是:「終於把妳給盼來了。」

瑩麗略帶害羞地說:「與你們兩位領導同行十分高興。」

八點半飛機準點起飛了,樂活坐在機窗邊,總經理與瑩麗坐在旁邊。中午用餐時,飛機已過白令海峽,晚上進入美國國土(這時正好是美國東部時間早上)。樂活透過機窗看到底下是白雪皚皚的阿拉斯加山峰喃喃低語:「聽說一百多年前沙皇俄國以不到一千萬美金的價格將阿拉斯加轉讓給美國,如果當時我在,我會用兩倍的價將其購入,那該多好。」他感慨地說:「阿拉斯加地底下有豐富的天然氣和礦藏,價值連城。」

「那麼按你的說法,沙俄與美國人做了一筆賠本的買賣。」瑩麗驚奇地說。

樂活俯瞰底下掠過的雪峰犀利地說:「這是肯定的。」

瑩麗又好奇地問:「那你哪來的二千萬美金使你有能力去購買這片土地?」

樂活詼諧地說:「用阿拉斯加的地下資源做抵押向銀行貸款,穿越時空的隧道,將購地的二千萬美金交給沙皇俄國,那麼現在我就成了這片土地的主人,然後再以數千億美金轉讓,我便變成了這個世界上屈指可數的富翁。」

Volume 6. 贗品

樂活這繪影繪聲的言談引來一片笑聲。

「你真不愧為富有想像力的幽默商人。」

本來在椅子上瞌睡的老總倏地精神閃爍地說:「要是我公司有你們兩人一個會核算、一個會鑒定,那麼我們公司就會蒸蒸日上。」總經理停頓一會兒幽默地說:「你們這一對真是珠聯璧合。」

樂活一轉頭覷望到瑩麗低下頭一陣臉紅。

中午飛機平穩地降落在紐約肯尼迪機場,驅車來到預先訂好的紐約最繁華的曼哈頓第五大道旁的一座五星級大酒店八十一層。

從窗戶向外眺望恢宏的中央公園一展眼下。三人租下兩個套房,瑩麗一人一間,共計一夜六千美元。

下午經過短暫的休息,五點多早早來到賓館的大酒店,三人被安排在水晶吊燈下的座位,燈罩是水母形狀,淡紫色的光線略顯晦暗,但使人感到十分溫馨。

一位標誌的美國服務小姐彬彬有禮走了過來,用標準的美式口音笑容溫柔地說:「晚上好,你們需要什麼?」然後她把菜譜放到玫瑰紅櫻桃木做成的餐桌上。他們要了兩瓶法國紅葡萄酒、一份土豆牛肉沙拉、一盤三文魚、半隻火雞、一塊義大利陷餅再加三份北海道壽司。談笑風生持續了兩個多小時,快到八點了。

總經理因年歲已高,經長時間空中旅途後身體稍有些疲勞,他喝第二杯酒便已經醉了,在樂活與瑩麗的攙扶下提前返回臥室。

當老總坐在臥室的沙發上時，眼睛直直地盯著他們兩人心神恍惚地說：「由你們兩人扶我回家，我倍感幸運。」

瑩麗輕輕地說：「總經理，您早點休息吧。」

老總情緒激昂，醉醺醺地對樂活說：「樂活，你今晚要好好招待一下客人，我失陪了。」

樂活懇切地說：「好的，好的！您早點休息。」說完把房門一關，朝著餐廳方向走去。

離開了總經理後，樂活的心靈有一種騷動，而瑩麗的心也砰砰地跳著。

回到燈光昏暗餐廳一隅，瑩麗站在桌邊，樂活親切地說：「我們坐下吧。」瑩麗把那只天藍色的鱷魚皮小包放在右邊的空椅上。

樂活伸手打開第二瓶葡萄酒。

瑩麗懇求地說：「樂活，我不想再喝了。」

樂活調侃：「妳看我已經臉紅了，而妳還沒有臉紅，妳的酒量在我之上。」

說完，他先將瑩麗的酒杯斟滿，舉起酒杯心歡意暢地說：「為瑩麗的媽媽早日康復，為我們合作愉快乾杯。」

瑩麗一聽這句祝酒，心情十分激動，明眸一亮，心想身在大洋彼岸的一位同行還能想起我母親的健康，這種相見以誠實屬少

見。她舉杯喝了一半,只見樂活一飲而盡杯底朝天,她也果斷的把半杯剩酒倒入肚中,由於喝得太猛,嗆得一陣咳嗽,眼瞼邊流出了一滴激動的淚水。

樂活溫和地說:「怎麼樣?妳還好嗎?」

瑩麗靦腆地說:「沒有關係,謝謝你。」

一陣暢飲以後,兩人無話不談,從藏品、公司的經營情況一直到各自家庭生活方方面面。

快到晚上十點了,兩人都有點心醉神迷,在樂活的提議下,他們兩人走到窗臺前俯瞰第五大道上車水馬龍。中央公園內一對對情侶隱隱約約在遊蕩,忽然揹在瑩麗肩上的那只鱷魚皮小包掉在地上,當瑩麗俯身撿包時,樂活也不約而同彎腰伸手貿然摸住瑩麗的手。瑩麗赧然臉紅,但沒有掙脫。

驀地她腳一滑,身體失去平衡倒在樂活的懷裡,樂活把她緊緊摟住,他的下巴碰到了她的額頭,兩顆心在劇烈地跳動,過了一會慢慢平靜下來,瑩麗微微地抬起頭輕輕地說:「我們回去吧。」

樂活望著臉頰緋紅的瑩麗繾綣多情地說:「那好吧。」

這時兩人才依依不捨向各自的臥室走去,瑩麗似乎有點魂銷神醉的感覺。

第二天一早總經理很早就醒來了,他起身推開窗戶,見到晨曦出現的天穹,心情特別愉悅,因為今天也許會實現他的一個夢想。

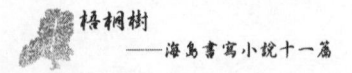

簡單的早餐後，他們三人驅車穿過整個皇后區，來到紐約東邊大西洋上一個風景綺麗小島——長島。

　　主人獲知客人遠道而來，早早在自家門口的一棵巨大榆樹底下靜靜等候。

　　大概上午九點半，一輛黑色轎車在主人的草坪外銀灰色的鐵門邊停了下來，主人面帶微笑緩緩走了過來。

　　這位愛好收藏的老人今年已年過八十，臉色紅潤，帶著一副金邊眼鏡，微笑著連連說：「歡迎，歡迎。」

　　在老人的引領下向他家門口走去。通往他家門口的幽徑兩旁鮮花爛漫，散發出濃郁的紫羅蘭香氣，正門兩根挪威紅大理石砌成的立柱十分粗壯，立柱上方的弧拱扁平，上面加上一個飛簷，顯示歐洲文藝復興時期的建築特徵。

　　當主人打開大門，裡面卻是另外一種情景。小橋流水，明軒樓亭，蘇式風格的庭院似乎使他們有賓至如歸之感。

　　他們在一個蘇式的亭子坐了下來，主人早早擺好的精緻茶具和一瓶龍井新茶，賓主一邊細細品茶，一邊暢談藏品問題。

　　主人坦言：「本人年歲已高，現在只有一個心願，讓這些國寶級藏品早日落葉歸根，自己才能在異國他鄉高枕無憂。」

　　快到中午了，陽光燦爛，深藍色的大西洋上空飄著幾朵白雲。老人家前的這一片小小的湖泊像一面鏡子，那白雲深邃的影子在晶瑩剔透的湖水中移動，水中游動的魚兒清晰可見。

Volume 6. 贗品

老人陪著他們穿過湖上的長廊,來到他的藏室。藏室有兩道門,第一道門是鐵鑄的,門框中間鑲嵌著金色的密碼鎖,固若金湯。打開第一道門後,第二道門直通藏室,它是一道月筒門,用中式鎖鎖著。

他們進入藏室,只見各種藏品分門別類裝在十幾個紅木箱內。

有戰國時期銅鏡、唐三彩人物像、元青花賞瓶,還有一箱極其珍貴的國寶,它是趙孟頫、文徵明書畫,以及琳琅滿目的小件藏品擠滿了其它五個箱子。

瑩麗對每件藏品專心致志、細細觀察,最後她語重心長地對老總說:「總經理,根據我的經驗,老人收藏的物品無一贗品。」

聽瑩麗這一說總經理心感踏實。經雙方商定,東方文化藝術公司準備分兩次全部購回所有藏品,老人欣然贊同。

這一次紐約之行終於畫上了一個圓滿的句號。

§

從紐約回國後,樂活與瑩麗的關係更加密切,幾乎要到談婚論嫁地步。

但是東方文化藝術公司的業績卻每況愈下,老總孜孜以求本想把瑩麗挖來,現在成了泡影,人家已經遠走高飛了,像這次去紐約偶然幫上忙已是上上大吉了。

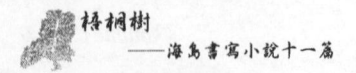

遠水總是救不了近渴，日常的藏品鑒定拍賣還得靠這幾人苦苦支撐。

總經理由於操勞過度，血壓上壓接近兩百，在深秋季節他終於病倒了。

日常事務由樂活副總經理暫時兼任。

一天上午，樂活的堂兄領著一位客人來到辦公室，這位客人帶來了中國古代名畫家的作品，按他所述，這是從新加坡一藏家那裡購得的一幅北宋大家范寬山水畫，他想通過東方文化藝術公司向外拍賣。

樂活戴上雪白的手套，從畫盒中取出三平尺山水立軸，展示在一張碩大的書畫桌上，灼灼眼神掃視畫面的角角落落，無論色顏、用筆與范寬風格十分逼真，有種炫目銷魂之感，看後樂活讚不絕口，連連稱讚難得一見。

這位客人還從包裡拿出專家鑒定的影本，樂活看後眉頭一皺說：「你鑒定的原件帶了嗎？」

堂兄補充說：「在他家，我見到過。」說完卷起畫卷，三人坐在桌邊品茶。

樂活豪情激越地說：「你知道范寬的名作『雪景寒林』嗎？」

這位客人緊跟說：「見到過。」

樂活喝了一口茶繼續說:「它曾經過多次轉手,最後才被一位中國藏家收在囊中,五十年他贈給了天津博物館,現已成該館鎮館之寶。」

客人連連點頭:「我知道。」

其實這客人並非瞭解范寬其人,聽樂活講後他茅塞頓開也隨聲附和。

樂活激動地說:「今天你拿來這幅范寬山水畫,這將為我公司的拍賣史上增添光輝一頁。」

「你過獎了。」那位客人笑嘻嘻地說。

最後樂活一直把他們送到大門口,目視轎車遠遠離去。

由於范寬的作品將進入東方文化藝術公司的書畫拍賣專場,這一消息引起海嘯般的巨大震動。

名不虛傳,在元宵節過後的那場書畫拍賣會上人山人海,連過道也站滿了人。

這次拍賣會樂活沒有出現在拍賣現場,拍賣會由一位身材修長、風姿綽約、神態肅穆的女士主持。

頭幾件是一些名氣不大的民國和明清時期的書畫家作品,直到最後一件北宋畫家范寬的山水畫出現在大屏幕前,全場鴉雀無聲、凝眸觀賞。這時拍賣會達到了高潮,從八百五十萬起拍,價格每次二百萬提升,拍錘像敲鼓似輪動。

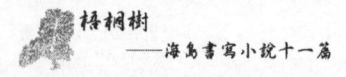

當價格升到七千五百萬時，全場只剩下一位四十出頭中年女士和金藏兩人，又當價格定在八千三百萬時，金藏再次把牌子高高舉起，當主持人讀出「一、二、三」三聲鏗鏘有力的聲音後，再也沒有看到其他舉牌的人。

此刻，那位神采超凡的女主持人宣佈：「一百二十號（金藏）以八千三百萬的出價拍得這件稀世珍品。」整個過程勾魂攝魄。

拍賣會結束的那天晚上，那位客人在附近的一家五星級酒店設宴招待樂活。

客人對東方文化藝術公司成功拍出他的藏品深表謝意，在酒桌上三人談笑風生，歡樂不羈。

大概八點多，樂活的堂兄因家中有事，向他們兩人告辭後回家了，酒桌上只剩下樂活與那位客人。

當天晚上九點多，他們兩人都有點心醉神迷，從酒店磕磕絆絆地走了出來，在一個燈光晦暗的大樹下，那位客人上氣不接下氣地對樂活說：「樂總，今天能拍出范寬的作品，全靠你前期的宣傳。」

然後他從衣袋裡摸出一個信封塞到樂活的手中爽氣地說：「這是我的一點心意，請你收下。」

樂活明眸一亮笑納了。那人囁嚅說：「樂總請放心，明天一早，原件就到你手。」

燈光昏暗的路燈下，樂活把客人送上了出租車。

在初春令人瑟瑟發抖的寒風中，他從衣兜裡摸出那只信封。他驚呆了，裡面共有十張銀行卡，價值二千萬，他望著漆黑茫茫的穹蒼，心想這不會是一幅贗品吧？！

那天晚上樂活回家已經晚上十點多了，他失眠了，迷迷糊糊直到凌晨兩點才睡著。

早晨樂活很早就來到了單位辦公室，大概八點光景有一位女秘書走進樂活的辦公室，興高采烈地說：「樂副總，聽說總經理身體已經好多了，再過一週他就來上班了。」

樂活心不在焉地說：「好，好。」

大概十點左右還不見那位客人的蹤影，他心情忐忑不寧，拿起手機給他的堂兄打電話。

「二哥你好，昨晚你的那位客人說今天一早給我送這幅畫的專家鑒定原件，可現在還沒到，你能否告訴他快點送來？」

「好的，我馬上打電話給他。」

經過痛苦的煎熬，在下午三點終於接到了他堂兄的電話，他說：「從上午十點後，我總共打了十個電話，始終無人接聽，後來我到了他住的旅館，服務總臺的小姐說：『那人中午前已經退房了』。」

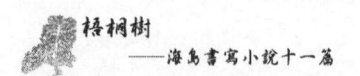

樂活一聽，臉色鐵青，把手機狠狠的扔在沙發上。

三天以後總經理身體康復提前上班，在走廊上碰見了樂活。

樂活一見總經理猛一愣，像失魂落魄似的詫異地問：「總經理呀，你身體好了嗎？聽說你還要四天才來上班。」

總經理一聽哈哈大笑說：「人逢喜事精神爽嘛。聽說幾天前我公司拍出了北宋大畫家范寬的作品，社會反響強烈，我公司信譽大幅提升，一夜之間血壓恢復了正常，經醫生檢查各項指標均達到了出院的要求，所以提前出院的功勞應歸於你啊。」

樂活聽總經理的誇獎後緘口不言，神態木然、惶遽不安。

在總經理上班的第二天，樂活向他提出辭去公司副總經理的請求，這對總經理來說像是晴天霹靂，他怫然不悅，不管樂活滔滔不絕說了一大堆理由，總經理還是悶悶不樂，一支接著一支不停地抽煙。這始料未及的事使他頭暈目眩。

過了一會總經理對樂活說：「既然你已經想清楚了，我再留你毫無意義。」

樂活假裝無奈的樣子。

翌日樂活終於如願以償地離開了東方文化藝術公司，到另一家大型拍賣公司當上總經理的助理。

五一假期前瑩麗又接到樂活的電話。

電話中說：「瑩麗妳好，上週我給妳來電時，妳說五一肯定回家，就是不知妳什麼時候到家，屆時我想陪妳去看一套別墅，坐落在桃花湖邊風景綺麗，妳一定會一見鍾情。」

瑩麗經一番斟酌後說：「好吧，到家以後再聯繫。」

「好的，到時候等妳回話。」

瑩麗心想：去紐約時他尚未有這一設想，難道不到一年他有那麼多資金？

五一長假瑩麗回到家中，秦傑對女兒說：「瑩麗，明日我一藏友約我到他家去觀賞一幅名畫，妳來得正好，我們一起去看怎樣？」

「這太好了，因為我對中國繪畫情有獨鍾。」瑩麗高興地說。

「就是我的老朋友金藏從東方文化藝術公司拍得一張北宋名家范寬的山水畫。」

瑩麗聽父親這一說，突然一愣！以前東方文化藝術公司的每次拍賣會樂活總是第一時間告訴她，而這次如此大的拍賣卻與她隻字不提，因此滿腹懷疑。

「那好吧，明天我們同行。」心想屆時就能見到廬山真面目。

第二天父女倆如約而至，金藏一見秦傑和他的女兒心情十分高興，因為他知道藏友的女兒是一位鑒定專家，所以他信心滿懷。

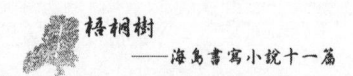

金藏把早已沏好的兩杯茶遞給客人，轉身從藏室的保險箱內取出這幅名畫放在桌上。

　　瑩麗將手中小包交給了父親，戴上白手套後將畫平穩地展開在長桌上。她拿起放大鏡照遍了畫中每個角落，然後用右手握住畫軸，朝著窗邊的陽光舉了起來，對著畫的正反面足足看了五分鐘，用左手指撫摸了畫紙，然後輕輕放回桌面，長長地歎了一口氣，神態嚴肅地走到金藏面前說：「叔叔很抱歉，你拍得的這幅畫是贗品。」

　　金藏一聽頓時眼冒金花，人倒向一側。幸虧秦傑在他身邊，緊緊把他扶住，父女倆把他攙扶到沙發上。

　　秦傑將一杯熱茶遞給了金藏，他用那隻顫抖的右手接了過來喝了兩口，眼睛微微睜開。秦傑將頭湊近他的耳邊低語：「我女兒的鑒定只能做參考，還需進一步確認。」他的目的無非是想安撫藏友而言。站在父親身邊的瑩麗進一步追問：「叔叔，你有沒有這幅畫的專家鑒定書。」

　　「我有影本。」金藏清晰地說。

　　「我指的是原件。」

　　「原件沒有見到過！」金藏又喝了兩口茶說：「昨天我打電話給東方文化藝術公司，是一位女秘書接的電話，她說：『樂副總已調離本公司，總經理對這次拍賣的具體細節尚不清楚，他正在聯繫相關人士。』」

Volume 6. 贗品

這時瑩麗才恍然大悟,他拍拍坐在沙發上的父親肩膀,秦傑心領神會對藏友說:「老金你好好休息,我們走了。」金藏搖搖晃晃地站立起來。

父女倆望著他受驚呆滯眼神十分寒心,秦傑心想這與他競拍時生龍活虎的模樣判若兩人。

在回家的車上瑩麗怒不可遏。

秦傑詫異地問女兒:「這幅畫是贗品妳確信無疑了?」

「這是肯定的,別的不說就說紙質他絕非是北宋工藝造出來的,它完全是現代工藝,通過作舊,就連民國都搆不上。」瑩麗怒氣衝衝地說:「樂活原來是一個偽君子。」

秦傑低著頭緘口不言。

到家後瑩麗把包往沙發上一扔,從抽屜裡拿出一張紙坐在寫字臺前用辛辣犀利的語言寫道:

樂活,

　　原來你所呈現的道德風貌與我今天見到那張北宋贗品根本是背道而馳的,曾被你為人正直誠懇、風度翩翩所迷惑,如今我很難過,是因為我現在看見了廬山真面目。如果說一個人的幸福是建立在別人痛苦之上,那是多麼卑鄙,這就是我最終決定不與你同去桃花湖畔的原因。

　　　　　　　　　　　　　　　　　　　　　　　秦瑩麗

　　附上 1200 元,作為你對我母親住院照顧的補償,謝謝。

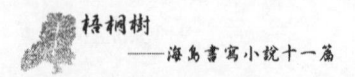

然後他將這錢連同寫的那張紙條塞進信封，用膠水封口，信封寫上樂活的手機號碼交給了父親，失意地對他說：「爸爸等我返回單位後，你把這封信交給樂活。」

　　第二天，雖然五一長假還剩三天，但是瑩麗覺得再待在家裡已經毫無意義，她決定搭乘下午四點二十分的快車提前返回自己的公司。

　　正當瑩麗離開家半個小時，樂活也接踵而到。一進大門口，秦傑臉色陰沉站在門檻裡，面對樂活說：「瑩麗剛走，這是她給你的信。」

　　突然樂活情懷抑鬱、心境茫然，他呆滯地接過信封詫異地問：「她去哪裡啦？」

　　「她搭下午四點二十分的快車回自己公司去了。」秦傑有氣無力地說著。

　　樂活一看手錶，現在離開車還有四十分鐘，估計到車站還能碰上。

　　他說了一句「再見」後調轉車頭風馳電掣般向車站駛去。

　　當他到火車站已經四點多了，只聽見車站的大喇叭迴圈不停地呼喊：「乘坐下午四點二十分開往Ａ市的快車開始進站檢票」的聲音，他心急火燎地向候車大廳跑去，因他沒有車票，被車站大門口的服務員攔住了。他只得無奈地站在大門口邊目睹一個個

乘客通過檢票口，突然他看到一位女子肩揹一只天藍色小包，頸上繫著方格的長圍巾，步履匆匆走向檢票口。

樂活大聲疾呼：「瑩麗妳等等！瑩麗妳等等！」只見那位女子停了兩秒，將圍巾往上一拉，把頭部緊緊裹住，頭也不回地向前方檢票口走去。這時他打開信封，看完以後頓時心頭好像落入了一塊冰。他用僵硬的手從口袋裡摸出手機撥打瑩麗的號碼，話筒裡傳出：「電話暫時無人接聽，請稍後再撥。」他撥打了五次，女播話員傳出的聲音一成不變。

轟隆一聲火車開動了，樂活的心也碎了，他望著徐徐離去的火車惘然若失。

樂活感到有點頭暈，眼冒金花，他朝著大廳昏暗的一隅踽踽獨行，終於找到了一把鋼製椅子坐了下來。他看到窗外是灰濛濛的一片，而大廳內的燈光若明若暗猶如曼哈頓大酒店裡的水晶燈，但是再也看不到她那可愛的臉龐，聽不到她脈脈溫情的言語，心情頓感極度的失落，眼瞼邊流出了淚水，雙手緊緊環抱著椅背，嘴裡念念有詞：「我不要贗品，瑩麗妳回來吧。」

突然他右手握著的信封從椅背上滑了下去，十二張百元大鈔散落在地上，一位衣衫淩亂的婦女一手環抱嬰兒、一手將地面上的錢一張張撿了起來，一數是十二張，疊成一遝放在樂活的椅子上，瞥上他一眼說：「先生掉在地上的錢是一千二百元對嗎？你快收起來。」

樂活眼睛一亮，好像發現金子似的，望著這女人信口說道：「這些錢都給你吧！」

那位抱著嬰兒的女人拘謹地說：「先生這是你的錢，我不要。」

樂活一聽哈哈大笑說：「你以為這十二張百元是假鈔嗎？」樂活的笑聲越來越大，幾乎響徹了整個大廳，慢慢笑聲演變成哭聲。圍觀的人以為那人是瘋子，漸漸離他遠去了。

三天以後金藏從北京回來，再一次經專家鑑定確認，這幅北宋范寬的山水畫屬於贗品，與秦瑩麗的鑑定如出一轍，於是將東方文化藝術公司告上法庭。

最後法院判定原告勝訴，被告東方文化藝術公司必須向原告金藏交付八千三百萬元。第二天法院執行人員進入東方文化藝術公司，經法院工作人員清點資產後，因該公司資不抵債，進入破產程序。

翌日，公司大門貼上了法院的封條。

Volume 6. 贗品

椿桐樹
——海島書寫小說十一篇

Volume 7.
田螺姑娘

正當阿青準備回家換衣服時,神奇的一幕出現了。只見一隻黑乎乎碩大的東西緩緩從河底升起,慢慢靠近長滿苔蘚的石階,接著又貼著石階爬了上來……

梧桐樹
——海島書寫小說十一篇

田螺姑娘

在江南的一個小鎮，鎮西有一座高山湖泊，湖的四周翠竹環抱。

湖水清澈如鏡，涓涓流水沿著一條裂罅深邃的山溝落入百丈之深的水潭，猶如一條條從天而降的銀帶撞擊到谷底的巉岩上，揚起一絲絲清霧，灑落在朝陽的南坡上，喚醒每一朵芳香的蓓蕾。

在水柱的撞擊下岩石磨光了棱角，潺潺流水沿著蜿蜒崎嶇用卵石堆砌的山谷流向下方，匯成一條自西向東的河流。

每到毛竹採伐期，大批竹農將高山上伐下的毛竹編成竹筏推入河道，順著自西向東川流不息的流水駛入河流東面看不到盡頭的毛竹市場。

小河的北面是陡峭的高山，小河的南面有一條由石板鋪成的羊腸小徑，道旁零星分佈著一間間竹編的小屋，這裡居住著祖祖輩輩以毛竹為生的竹農。

Volume 7. 田螺姑娘

在離高山湖泊不遠的小河邊住有一位家喻戶曉的竹農，他的名字叫葉竹青，人們親切地叫他阿青。

阿青從幼年起一直住在自家祖傳的竹屋裡，這一單間竹屋除了脊檁用木頭外其餘取材均為當地山上的毛竹，整個竹屋堅不可摧，只是狂風來襲時門窗會發出「嘎吱，嘎吱」的響聲，但卻安然無恙。門前的苔蘚一直延伸到河邊的石階，路過他家門口的人得十分小心，如果一不留神可能會摔個人翻馬仰。

八年前他的最後一個親人——母親離開人世，阿青孤身一人。他繼承了父親遺留下高山湖邊三十畝竹林。

竹子對江南人來說是不可缺少的生活必需品，除一年四季均可在餐桌上品嚐到不同時令的鮮竹外，竹子還能加工成各種生活用品，因而它具有極高的經濟價值。

每當天濛濛亮，阿青家的炊煙繞裊。

阿青對於竹子的活兒顯得嫻熟敏捷，但是遇到做飯卻變得笨手笨腳。每當狼吞虎嚥吃完早飯後便將中午的飯裝進飯盒放入竹筐內，於是手拿鐮刀身背竹筐沿著河旁的石板小徑向山上的竹林進發。

在石板小徑的盡頭，只剩唯一一條通往高山竹林且由亂石組成的小道。小道兩旁灌木叢生、野花怒放，絢麗斑斕得令人陶醉，在夏日的陽光下它那蔥蘢的枝葉成為路人息涼的好地方。

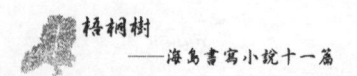

阿青早晨從家出發時，露水籠罩著山野顯得暗淡。到旭日東升時，小徑兩旁的蔥翠的草木就散發出誘人的芳香。

行走在這林木蓊鬱的幽谷中經常會碰到受驚的布穀鳥從草叢中一躍飛向無垠的蒼穹。

每當遇到布穀鳥騰飛，阿青總有一個吉祥的預兆——今天會有好運。

經過兩個多小時行程終於到達高山湖邊的自家竹林。

到達竹林後，他首要的任務是將頭天伐下的毛竹捆綁起來，用自家的牛車將毛竹拉到山腳下的河道邊，再將毛竹編成竹筏，等到大雨過後高山湖泊傾瀉巨大的水流時將竹筏推入河道，借著湍急的流水竹筏自西向東駛入遠方的毛竹市場。

在自家的竹林裡，不管一年中哪個季節，他總能挖出時令竹筍。雖然紮根在肥沃黃土裡的鮮嫩竹筍其表面被雜草和枯葉遮蔽，但憑著他十幾年竹林耕耘的經驗，獨具慧眼能尋覓到時令竹筍的生長位置，不到一個小時就能挖掘出滿滿一筐的竹筍。

中午時阿青來到湖邊，背倚一塊長滿苔蘚的巨石，一邊眺望碧綠的湖水上偶爾跳躍的鯉魚、一邊享受自製中餐。

午飯後他在兩根竹子間拴上網狀的睡床成了他休憩的好場所，阿青躺在睡床上，左右搖擺，享受悠然自得的魅力。

Volume 7. 田螺姑娘

落日的餘暉掠過竹林，灑滿回家的小徑。阿青背著滿滿一筐竹筍，沿著下山的羊腸小徑走去。

　　當他路過石板路邊的惠玲婆婆家時，總會卸下扛在肩上的竹筐駐足。

　　惠玲婆婆矮矮的身子，黝黑的臉孔上佈滿皺紋，在下巴右邊有一褐色的黑痣，每當她露出和藹的笑容時會神奇地消失，笑容停止黑痣重現。

　　她與阿青的奶奶是同輩人，因此她目睹阿青家祖輩三代在竹林裡辛勤耕耘，她與他們家結下了深厚的恩緣。

　　阿青把筐內新鮮的竹筍放在惠玲婆婆家門口時，她好像心有靈犀似地打開了房門，親切地說：「阿青你來得正好，我有一碗紅燒肉要給你。」

　　「那您自己呢？」阿青含情脈脈地問。

　　「我的大女兒給我送來兩碗，一碗是給你的。」

　　這時阿青將最鮮嫩的一包竹筍遞給她：「惠玲婆婆，這包竹筍給您。」

　　她接過後笑眯眯地說：「阿青啊，這是我最喜歡吃的，不客氣了。」

　　竹屋周邊人皆知之，惠玲婆婆素來以和善馳名，在丈夫早年去逝後，她獨自撫養兩個女兒直至她們成家立業。

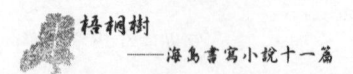

梧桐樹
——海島書寫小說十一篇

老太太把阿青視作自己的外甥，阿青身上衣服綴的每一塊補丁都是惠玲婆婆縫接的，每當日落還未見阿青的蹤影時，她總是主動為他做好飯菜，靜靜坐在家門口的石階上等侯阿青的歸來，望著這碧綠的河水默默為阿青祈禱——願阿青有位理想的情人悄然走進他的竹屋。

§

這天傍晚，阿青迎著西邊緋紅的落日，從高山上的一條小徑往下走。一對戀愛中的布穀鳥，因受驚從葳蕤的灌木叢中雙雙衝入藍天，使他心情十分愉悅。沿河走來，水面上飛翔的白色水鳥驀然一頭衝入水中，當牠鑽出水面時嘴上叼著一條小魚，清澈的河水連水下游動的鯽魚和蝦也一目了然，偶爾也能看到碩大的鯉魚衝出水面做了精彩的翻滾後落入水中。

一天早上阿青背著竹筐上山時，他目睹河邊有三個小孩在釣魚，忽然兩個正在垂釣的男孩目睹自己的一個夥伴落入河裡大聲疾呼：「快來救人啊！有人落水了！」

阿青聽到求救聲馬上扔下竹筐跳入河中，正當岸上兩個孩子惶遽不安時，阿青將落水小孩從水中高高托起，這時岸上圍觀的人們才鬆了一口氣。他將落水小孩帶到河邊的石階上，岸上的兩個釣魚的小夥伴心境總算平靜下來，圍觀人群都對阿青捨己救人的高尚品質讚不絕口。

Volume 7. 田螺姑娘

正當阿青準備回家換衣服時，神奇的一幕出現了。只見一隻黑乎乎碩大的東西緩緩從河底升起，慢慢靠近長滿苔蘚的石階，接著又貼著石階爬了上來。

　　阿青十分驚奇，好像這個生靈對他情有獨鍾。他彎下腰從河邊的石階上把牠撿了起來，原來是一隻田螺。

　　一般說田螺被人抓住後，牠的頭會慢慢蜷縮到殼內，然後殼外的一個蓋模緊緊蓋住，不讓人們去觸碰，以防被人傷害。

　　可今天拾到的這個田螺卻與眾不同，牠把頭伸到了殼外，似乎要看清阿青那憨厚的臉龐，阿青篤定這隻田螺一定有靈性。他脫下自己濕淋淋的上衣，把牠輕輕地包裹起來，回家以後將牠放入家中一只祖傳的乾淨小水缸裡，用房後純淨的山泉將缸注滿，再從河邊找來幾株碧綠的水草放入缸內，給這隻富有情感的田螺有一個溫馨的家。

　　和往常一樣，早餐後他背上竹筐沿著草木蔥鬱的羊腸小徑向高山竹林征發。

　　當他到達高山湖邊看到陽光下湖面漣漣鱗波浮想聯翩，回想起幾天前目睹一對布穀鳥展翅飛翔，內心充盈著吉祥的徵兆。

　　今日下午惠玲婆婆的二女兒要來探望她，阿青獲知後想送給她們一些竹筍。

　　午後飯，他在鬆軟的黃土上挖出一大堆竹筍，在傍晚前早早離開了竹林。

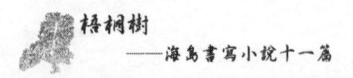

當他到達惠玲婆婆門口時，發現屋內外沒有任何動靜。於是把一袋嫩筍放在她家的門檻邊，揹上竹筐向自家走去，到家後將剩餘的半筐竹筍放在屋簷下。

這時他聞到了從屋裡冒出誘人的香氣，懷著新奇心情輕輕推開房門。抬頭一看，一臉愕然！他慢慢走近桌邊，只見桌上放著四菜一湯美味佳餚，揭開鍋蓋，熱氣騰騰的大米飯歷歷在目。

阿青想，這一定是惠玲婆婆為他做的特別晚餐，於是他把門一關疾奔婆婆的家。當到達她家時，惠玲婆婆和女兒正從後院的菜田回來。

惠玲婆婆一見阿青，心中激昂雀躍地大喊：「阿青你怎麼又給我送竹筍來了，這麼下去你家的竹林明年沒有竹子了。」

「婆婆，您別開玩笑了。」阿青把話鋒一轉：「擺在我家桌上的飯菜是您剛做的吧！」

惠玲婆婆一頭霧水瞠目結舌，過了一陣子她氣吁吁地問：「你⋯⋯說⋯⋯什⋯⋯麼？」

阿青又重複一遍原話。

惠玲婆婆言之鑿鑿地說：「今天下午我未來過你家。」

聽她一說，阿青迷惑了，這到底是哪位好心人給自己送來一頓免費的晚餐？

Volume 7. 田螺姑娘

惠玲婆婆喜上眉梢地對她女兒說：「我們到阿青家去看看。」

傍晚夕陽隱匿在西邊的薄雲裡，像一只巨大的水晶燈籠。惠玲婆婆和女兒緊跟阿青興沖沖來到他的家，一推開房門被一桌豐盛的菜肴驚呆了，惠玲婆婆喜極而泣興奮地說：「阿青你有福了，這是仙女給你做的飯菜。」

惠玲婆婆望著這一桌佳餚，喜形於色地對他說：「阿青啊，你現在可以盡情享受。」說完又與他道別後在女兒陪伴下走出小屋。

她自言自語道：「還是好人有好報啊！」

自從阿青最後一位親人——母親去世後，有種百無聊賴、心靈空漠之感，如今見到這桌菜肴頓時消失了。他透過窗戶望著霞彩柔輝的西下夕陽，一種對未來美好憧憬在靈魂深處悠然而生。

他從自家後院的地窖裡取出一瓶祖傳的百年陳酒自斟自飲，慢慢地魂銷神醉進入了夢幻。他夢見母親在河邊洗菜時撿到一個田螺，把牠帶回家，放入水缸中，第二天這隻田螺悄然變成一位靚女。

驀地他甦醒過來，悄悄地走到門檻旁，打開房門不見母親的蹤影，只聽見颯颯春風吹拂竹門發出「嘎嘎」的響聲。

他關上房門，點亮蠟燭走近水缸旁，打開缸蓋見到田螺靜靜

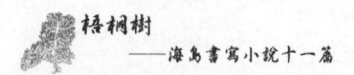

地在缸底酣眠,又輕輕蓋上缸蓋,回到自己的床上,很快地再次進入甜美的夢境。

半夜裡雷聲轟鳴,頃刻間暴雨如注。

翌日早晨湍急的流水自西向東滔滔不絕,阿青本想把幾天前伐下的毛竹順著這湍急的流水運到河道東面的市場出售。

但是由於頭天晚上那頓從天而降的豐盛晚餐,使他萌發一個念頭:一定要弄清它的來龍去脈。於是他決定放棄上山,將自己隱藏在後院的竹林裡,屆時能看到廬山真面目。

午飯後,他打開後窗,並且藏匿在後院的竹林裡,透過竹子間縫隙對屋內發生的一切就能一目了然。

待到夕陽快要西沉時,他驚訝地看到家中的水缸蓋在晃動,突然田螺掀開缸蓋,屋內冒出一陣煙霧。

此刻阿青眸子閃亮,當煙霧消散後,一個靚女亭亭玉立現身了。她高聳的髮髻下鑲嵌一對圓圓的眼睛、臉頰緋紅、櫻桃小嘴,十分誘人,看得他頓時魂飛魄散。接著親眼目睹了這位姑娘嫻熟的烹飪技術,將一桌香美佳餚以極短的時間端上桌子。

阿青從後院的竹林鑽了出來,來到門前輕手輕腳地打開房門鑰匙。

這姑娘察覺到門口的動靜,迅速走向缸邊,想讓自己瞬間變回田螺沉入缸底。

Volume 7. 田螺姑娘

阿青以迅雷不及掩耳之勢衝了進來，用他粗壯的右手緊緊壓住缸蓋以溫柔親切的目光注視著這姑娘說道：「我能否稱您為田螺姑娘。」

　　姑娘默不作聲，那靦腆的臉上顯得緋紅，輕輕點點頭。

　　阿青語重心長地說：「我要對您做的這兩頓美味佳餚表示由衷的感謝，懇求您再也別離開我的家。」

　　這時田螺姑娘胭紅的臉上露出迷人的微笑。

　　阿青慢慢移近到田螺姑娘的身邊，緩緩伸出他粗厚的右手握住田螺姑娘潔白光滑的手。她顫抖著。突然他們擁抱在一起，兩顆年輕的心怦怦直跳。

　　碰巧惠玲婆婆手拿一件給阿青釘上鈕扣的舊衣，向他家走來。

　　一推開房門，只見田螺姑娘依偎在阿青身旁，惠玲婆婆一驚，馬上調頭想退出房子。

　　不料阿青把她叫住了，心無芥蒂地將田螺姑娘介紹給惠玲婆婆。田螺姑娘羞赧著站在一旁，惠玲婆婆笑容溫柔看著田螺姑娘渾圓豐盈的體態說：「姑娘妳找對了地方，妳與阿青是天生的一對。」說完她把上了扣的舊衣遞給阿青，伸出她一雙乾癟的手握住田螺圓潤且潔白無瑕的雙手激動地說：「明晚就是中秋之夜，我的兩個女兒要回家，我想請你們二位也到我家共進晚餐。」

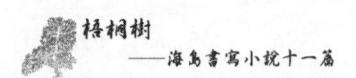

阿青望著田螺姑娘微微一笑，欣然接受了。

中秋節那天，惠玲婆婆兩個女兒攜著家人下午就來到他們的母親家。

大概六點光景惠玲婆婆倚門而立。

不一會阿青牽著田螺姑娘的手如約而至，惠玲婆婆見到他們後笑得合不攏嘴。

她拉著田螺姑娘的手說：「歡迎光臨！」接著滔滔不絕地說：「多少個夜晚，我在夢裡都想給阿青找一位姑娘，今天妳的到來真是美夢成真了。」

這時田螺姑娘明眸燦若秋水，甜美嫻靜地站在阿青身旁，露出了甘飴的微笑。

在惠玲婆婆的引領下來到餐桌前，她一看正好是十人，至臻完美。她高興地說：「今晚我們相聚在一起正好十人，真是十全十美。」兩個女兒為她們的母親有如此快的敏察力而歡欣，大家在這一桌珍饈佳餚前紛紛為田螺姑娘和阿青斟酒舉觴。

當惠玲婆婆舉杯說道：「為田螺姑娘與阿青喜結良緣——乾杯！」時，聚餐達到了高潮。

阿青經數輪敬酒後已心醉神迷，田螺湊近他輕輕耳語：「青哥你好像已經醉了。」

Volume 7. 田螺姑娘

迷濛中，阿青微笑著說：「那我們回家吧！」

這時惠玲婆婆和她的家人一同把兩人送出門口。

一輪明月懸掛在湛藍的夜空中，他們互相攙扶著，沿著銀光熠熠的河邊青石板路向自家的小屋走去。

第二天，天剛濛濛亮阿青和田螺姑娘就揹起竹筐向山上竹林征發。

日出之前他們已經到達高山自家園林，田螺姑娘一見這片茂密的竹林，心情頓感喜悅。

在阿青的陪伴下，田螺姑娘來到高山湖邊。她望著廣袤清澈如鏡的湖面感慨萬分，就是這湖水哺育了她的生命，今天見到了它，猶如見到自己的母親。

突然阿青對田螺姑娘說：「今天我還得把幾天前伐下的毛竹裝車後拉到山腳下。」

「那好吧！我們一起去。」他們順著湖邊小徑走回自家的園林。

驀地田螺姑娘發現，從湖面溢出的湖水順著溝道流向一個罅隙。

她機敏地對阿青說：「青哥你快來看，我們山腳下形成的瀑布就是從這罅隙傾瀉而成。」

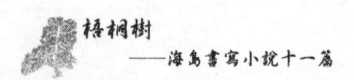

阿青聽她一說，匍匐來到罅口，側耳就能聽到瀑布撞擊山腳下岩石發出巨大的響聲。

他驚歎自己從童年至今尚未發現，而今天卻被田螺姑娘發現了。

「青哥，我們的毛竹可通過罅隙順著瀑布流水滑到山腳。」

「姑娘妳說得很對，我們馬上行動。」田螺姑娘說：「那我先到山腳下去，等你毛竹到來。」

「好吧，注意下山安全。」阿青親切地說。

等阿青話音剛落，田螺姑娘就已踏上下山小徑，很快地到達了山腳下了。

她看著又粗又長的竹竿順著湍急的流水漂到自己的腳下，內心洋溢著喜悅。

沒過多久阿青坐著牛車從高山下來。

當他到達田螺姑娘面前時，目睹前方河面上一排排竹筏驚呆了。

阿青對她說：「姑娘，這竹筏是誰編的？」

田螺姑娘低著頭靦腆地說：「我編的竹筏可以嗎？」

「太好了，在這麼短促的時間裡，編成如此精緻的六個竹筏，連我都望塵莫及。」

Volume 7. 田螺姑娘

田螺姑娘羞澀地說：「以前你幹活時，我從河底一直游到山腳下，在水下的岩石間靜靜觀賞你精湛的手藝。」

阿青心想：這麼多年來不棄不離，原來田螺姑娘對自己早已情有獨鐘，能喜結良緣應該是水到渠成的事。

編竹筏的活畢竟阿青沒有手把手教過她，因而感慨地對田螺姑娘說：「您無師自通，實在讓人佩服。」

「青哥，您過獎了。」她回頭微微一笑。

翌日一早，太陽像小河東面盡頭的一顆明珠冉冉升起，很快把東面地平線上一條帶狀的白雲染成緋紅。

橫躺在他們房前那條清澈的小河在晨曦照耀下流光溢彩，猶如一把巨大的青銅寶劍直插天邊。

經昨夜雨水沖刷，早上豔陽高照，竹屋顯得彌久如新。早飯後阿青拉著田螺姑娘的手離開了家，坐上漂浮在門前河面上的竹筏，駛向東面的毛竹市場。

河道左側陡峭的懸崖上方被楓葉染紅，懸崖下方是一片枝葉葳蕤的灌木叢，它的中間夾帶著顏色各異的罌粟花，野薔薇芳香沁人心脾，色彩令人百看不厭。

在河面上他們笑聲礫礫，很快地竹筏行駛到了毛竹市場。

阿青家的毛竹生長在高山湖泊旁邊，終年氣候溫和濕潤，陽

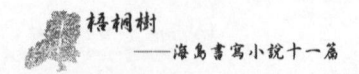

光充足、土質肥沃，所以長成的毛竹又粗又長，深受顧客的青睞。

因此等到竹筏一靠岸，就被早早等候在岸上的顧客搶購一空。

阿青提著沉甸甸的一袋錢幣興高采烈地對田螺姑娘說：「姑娘我們上街去逛逛好嗎？」

「好吧！我們一起去。」

他們來到人流熙攘的馬路上。

多少年來，田螺姑娘總是在這條長河裡孤獨地遨遊，如今能同自己心儀的人喜結良緣，不能不說這是天賜的恩惠。

當他們兩人路過鴻運金樓店時，被屋內眩目的燈光所吸引。阿青對田螺姑娘說：「我們進去看看！」

田螺姑娘欣喜萬分，目不轉睛注視櫥窗內每一件黃金飾品。

當她看到中窗內一對耳環時，久久不能離開，阿青輕輕靠近田螺姑娘身旁說：「姑娘，妳喜歡這對耳環嗎？」

田螺姑娘默默地點點頭。

阿青對營業員小姐說：「小姐，能把這對耳環拿出櫥窗讓我夫人觀賞一下可以嗎？」

「當然可以。」小姐面帶微笑將這耳環遞給了田螺姑娘。

Volume 7. 田螺姑娘

田螺姑娘接過耳環發出一聲「啊！」的驚歎。

在金光熠熠的耳環上鑲嵌一對圓鼓鼓粉紅色瑪瑙，在燈光下像兩顆晶瑩剔透的葡萄，田螺姑娘拿在手中身體激勵得發抖，她從來沒見過如此漂亮的寶貝，真有點愛不釋手。

阿青看到田螺姑娘對這對耳環情有獨鍾，便把手中的錢袋往櫃檯上一放，對營業小姐說：「小姐，我把這對耳環買下了。」

田螺姑娘倏地推了一下阿青的手說：「青哥，我不要這耳環。」說完她把這副耳環恭恭敬敬地交還給營業員小姐說：「對不起。」

營業小姐豁達大度地回敬說：「沒有關係。」

這時田螺姑娘把阿青拉到金店的一隅。

阿青詫異地問：「剛剛看妳的表情，對這副耳環還欣喜若狂，轉瞬間怎麼突然不要了？」

田螺姑娘囁嚅說：「把這錢留給我們孩子吧！」

「我們有孩子嗎？」他驚奇地問。

「是的，我已懷孕了。」

此時阿青簡直不相信自己的耳朵，田螺姑娘靦腆地拉著阿青的右手，讓他輕輕觸摸自己的肚子。

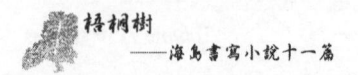

阿青幸福地敏感到田螺姑娘的肚子裡有一個生命在鼓動。

他輕輕摟住田螺姑娘的脖子，兩人緩緩走出金店。仰頭望著色彩絢爛的天穹高喊：「我們有孩子啦。」

翌日阿青將田螺姑娘懷孕一事告訴惠玲婆婆，老人聽了喜極而泣，她高興地說：「阿青，我早就預見到你有福氣。」

五天後的一個傍晚，惠玲婆婆手提一筐嬰兒衣服步履跚跚來到阿青家。

她一進家門即笑顏逐開高聲地說：「恭喜，恭喜。」與阿青正在共進晚餐的田螺姑娘靈敏地放下飯碗，起身迎了上去說道：「婆婆，您吃晚飯沒有？」

「我早就吃了，就是想來看看妳。」

她笑眯眯看著田螺姑娘圓鼓鼓的肚子，將一筐自己親手縫製的嬰兒服裝交給了她：「這是給妳孩子的。」

田螺姑娘頓時臉頰緋紅，激動得說不出話來，她用雙手緊緊握住惠玲婆婆那隻乾癟的右手含情脈脈說出：「謝謝！」二字。

阿青站在一旁語重心長地說：「從我母親去逝後，惠玲婆婆就把我當做他外甥。」說到這裡，阿青的眼淚從眼瞼邊流了出來。

惠玲婆婆謙恭地說：「今天打擾你們了，你們快吃飯吧！好事還在後頭呢。」

Volume 7. 田螺姑娘

於是她推開房門，兩人恭恭敬敬地把惠玲婆婆送到河邊的青石板路上。

這時月亮已經高掛天穹，銀光灑滿大地，青石板路猶像一條銀色的綢帶通向西邊黝黑的崇山峻嶺。

他們目送惠玲婆婆沿著這條青石板路向著西邊自己家中踽踽而行。

§

冬去春來，萬物開始甦醒。

可是這個漫長的冬天對惠玲婆婆來說卻是一種煎熬。老人得了一種不能名狀的疾病，一個冬天臥床不起，神志不清。平日分別由兩女兒輪換照顧。

按當地名醫郎中說法，惠玲婆婆的病可用這裡附近高山上一種叫百靈草的中藥治好。

為了找到百靈草，阿青不知爬過多少個數不清的山峰，最終均無功而返。

聽當地的一位老農說：「百靈草在盛夏的早晨長得最豔麗，也就最容易被人發現。」

一天早晨，阿青在朦朧中告別田螺姑娘，孑然一身向大山征發，準備再去採摘百靈草。

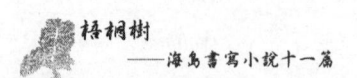

阿青一出門，田螺姑娘的肚子就隱隱作痛。當太陽一出，肚子更痛得使她難以忍受，她大喊：「阿青快來！」有一種撕心裂肺的感覺。

　　當田螺姑娘聽到嬰兒「哇哇」的啼哭聲時，她已經昏厥了。

　　這時，一道晨光穿過古老竹屋的窗縫照射在床上，嬰兒仍然啼哭不止，田螺姑娘從昏迷中慢慢甦醒起來，她緩緩側過頭，好像在聆聽來自天堂的聲音。她感到有一隻小手在觸摸她的大腿，田螺姑娘微微睜開眼睛，只見一個胖乎乎的嬰兒偎依在自己身邊，那烏黑的頭髮、紅潤的臉蛋，又圓又大的瞳仁……她把他輕摟在懷裡，嬰兒的哭聲戛然而止。

　　快到中午了，陽光灑滿了整條石板小路，微風吹拂，沿河一帶的竹屋前後都能聞到翠竹青香。

　　阿青手拿從高山採摘來的百靈草，心急火燎沖進了惠玲婆婆的家。

　　「阿青，你找到百靈草了沒有？」坐在惠玲婆婆床前的大女兒焦慮地問。

　　「找到了，找到了。」阿青馬上將手中的布袋放在桌上，從布袋裡掏出用一塊濕毛巾包裹的三株新鮮的百靈草。

　　兩個女兒目光炯炯凝視著這三棵顏色豔麗的靈丹妙草。

Volume 7. 田螺姑娘

大女兒從濕毛巾上抽出一棵,放進一杯調製好的綠油油液體中。很快地,水的顏色消失了,清澈見底。

　　惠玲婆婆的小女兒將母親從床上慢慢扶起,大女兒一匙一匙將百靈草溶液送入她的口中,當她喝入第三口時,惠玲婆婆從暈迷中慢慢甦醒起來。她一睜開眼,目睹阿青彬彬有禮地站在床前便親切地問:「阿青,田螺姑娘生小孩了嗎?」

　　阿青聽到惠玲婆婆的說話聲,內心有種說不出的高興,這三個多月跋山涉水尋覓百靈草的努力並未付之東流。他激動得哽咽了,並結結巴巴地說:「還沒有,您好好康復,我先走了。」

　　惠玲婆婆兩個女兒緊緊握住阿青的手,大女兒脈脈柔情地說:「你把我媽媽從危難中拯救出來,我們不知怎麼感謝你?」

　　「哪裡的話?都是自己人。」

　　說完,阿青拔腿就向自己家走去。

　　阿青一進家門,屋內悄然無聲,只見田螺姑娘摟著嬰兒在酣眠。

　　他邁著貓步輕輕接近床邊情不自禁的發出「啊」的一聲驚歎。

　　田螺姑娘甦醒了,秋波流盼地望著阿青脈脈溫情地說:「青哥你回來了。」

　　「是的,真沒想到孩子這麼快就誕生了?」他驚喜地問。

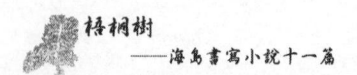

田螺姑娘默默點了一下頭說:「是的。」

「是女兒還是兒子?」

「是兒子。」

「真可愛,胖乎乎的。」

「那你準備給他起什麼名字?」

阿青猶豫一會說:「我想給他取名叫『鼓鼓』好嗎?」

田螺姑娘笑盈盈地說:「這個名字很好聽。」

於是兩人一拍即合。

從鼓鼓出生後,每天天剛濛濛亮她就起床做飯,餵孩子又要給丈夫預備中飯,偶爾還要幫助惠玲婆婆幹些家務活,簡直馬不停蹄。

這孩子從出生六個月後就能行走。還不到一週歲時,田螺姑娘把鼓鼓放在河裡,鼓鼓便能在河上漂流,鄰居孩童悠然出神望著河面上漂流的鼓鼓十分羨慕,甚至有點忌妒!

鼓鼓在他媽媽的薰陶下很快掌握了蛙泳和潛泳。

有時他「撲通」一聲鑽入水中,從水下就能穿越這湍急的河流,不一會在對岸的水草邊露出黑乎乎可愛的小頭。只要媽媽一個手勢,他又能心靈神會游到母親的身邊。

田螺姑娘對兒子真是愛不釋手,整天母子倆形影不離。

在鼓鼓三歲時,有一天牽著爸爸給他做的一個小木車在自家門口玩耍,幾個調皮的小男孩走過來趾高氣揚對鼓鼓說:「小田螺,把你的小木車借我們玩玩。」

他一聽這帶有傲慢的侮辱言詞,並不理睬,目不轉睛拉著小木車向前走。

這三個小孩惱羞成怒,其中一個男孩追上來在小木車上狠狠踩了一腳。

鼓鼓一回頭,只見小車已四分五裂,幾個木輪子在路面上滾動,鼓鼓大聲哭了起來,撿起輪子憤憤地向那個小孩扔去。

那幫小孩見勢不妙,哈哈大笑向四處逃去,嘴上還不停地大喊:「小田螺活該!」

鼓鼓手拿一根沒有小木車的空繩,哭喪著臉回到家裡。田螺姑娘一見兒子詫異地問:「鼓鼓,你今天遇到了什麼傷心事。」

他將一根空繩往桌上一扔,把剛剛發生事情的來龍去脈向媽媽複述一遍。田螺姑娘望著兒子的臉坦然說:「孩子,不要難過,要堅信一切生命都是平等的。」說完,她用右手溫柔地摸摸鼓鼓的頭親切地說:「媽媽明天再給你做一個新車。」鼓鼓抬頭凝視媽媽的臉露出了微笑。

由於這裡山清水秀，吸引許多外地人在這河流附近建房落戶。河邊垃圾慢慢堆積如山，大雨過後，河面上更是漂浮著各種生活廢棄物及垃圾，久而久之，河水發臭且慢慢變得渾濁，河邊的水草發黃、乾枯，河面上漂浮著死魚，再也看不到水上飛翔的水鳥和野鴨。

田螺姑娘雖然孑然一身脫胎換骨成為人類一員，但是目睹自家門前被污染的河流，心懷憂傷，也許她再也見不到生活在河底的親人和朋友了。

因此她再三叮囑鼓鼓，再也不要到這條河流中嬉戲，生怕兒子被發臭的河水吞噬他的生命。

當鼓鼓五歲那年，惠玲婆婆又一次病倒了。她獨自一人躺在床上，阿青雖然又從高山上找來了百靈草，但是效果甚微。惠玲婆婆深感自己已經病入膏肓，她決定對女兒守口如瓶，讓自己走完生命的最後一段歷程。

田螺姑娘除了每天做完自家活外，幾乎大部分時間都在照料惠玲婆婆，老人發病一週後開始斷食，三天後壽終正寢。

惠玲婆婆的離去使田螺姑娘一家浸沉在無比痛苦之中，阿青整整一天沒有吃東西。

隨著鼓鼓慢慢長大，他那活潑可愛的模樣漸漸填補了他們心靈的空缺。

由於大量的人員進入他們的竹鄉落戶，為了建房，周邊山上的木材幾乎採伐殆盡。

原來山腳下的灌木叢和山頂上的樹木終年常青，而現在整座整座大山光禿禿的，它的表面露出了黃土和沙石。晴天一刮風，沙塵籠罩整個山區；而一到下雨天，一股股黃泥水從四處流入小河，原本清澈的河水變成了黃河。

一天早晨，天下著濛濛細雨。早飯後阿青拿著一只竹筐呆呆地站在自家門檻的外側，望著門前這條混濁的河水，再加上惠玲婆婆離去，所有這些滄桑變幻，使他心情十分不悅。

突然鼓鼓跑上來對他說：「爸爸，今天我想和你一起上山。」田螺姑娘聽到兒子的話音，緊忙從屋內出來拉著鼓鼓的手軟言相哄：「下雨天，上山路滑，等晴天我們再一起去。」

鼓鼓淚汪汪望著父親。阿青摸摸他的小腦瓜說：「你媽媽說得對，今天下雨，爸爸不能帶你了。要不我今天晚上回家給你捉幾個大蚱蜢來。」鼓鼓圓乎乎的臉上終於露出了微笑。

田螺姑娘抱著鼓鼓站在門口望著自己的丈夫消失在青石板路的盡頭。

初夏以來有將近一個月天天都是陰雨綿綿，不見天日。可是今天的雨非同往常，越下越大、雨水如注。不一會河水漫上了路面，慢慢地看不清石板路徑，成群的小魚在石板路面上游動。

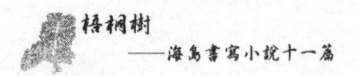

鼓鼓興奮地拿著一個小竹筐在水中四處追逐魚群。

這時房後的山腳下有兩股黃色的洪流向河邊撲來，田螺姑娘見勢不妙，放下餐具跑到屋外，一把將鼓鼓抱在懷裡向自家竹屋奔去。這時突然傳來一聲驚叫：「不好了，山洪爆發了。」

黃色的泥漿越過青石板路直泄河道。

很快地，混濁的河水漫過路上石階，沿河邊的一排排竹屋都浸泡在污水中。

田螺姑娘抱著鼓鼓衝進自己的房間，只見屋內的地面上進水了，碗筷等餐具都漂浮在水上。她把鼓鼓放在床上，又打開箱子把衣物等必須的生活用品塞進箱內。一手抱起鼓鼓、一手提著箱子，準備逃到西山腳下一個地勢較高的寺廟中避險。

突然，鼓鼓大喊：「媽媽不好了，門被洪水堵住了。」

田螺姑娘回頭一看，一股巨大的洪流向他們小屋沖來，透過窗戶可看到河面上漂浮的竹屋向東面流去。

他們家的竹門已被湍急的流水緊緊擋住，怎麼用力也推不開。

這時屋裡的水位越來越高，漫過了她的腰部。竹屋在洪流沖擊下搖搖晃晃，田螺姑娘追悔莫及，如果早晨讓阿青把鼓鼓背上山，他們母子倆就不會同時葬生於這屋內。

突然屋內的水面上漂著一個大球，這是田螺姑娘給鼓鼓初學游泳時買的。

在這極度無奈中，她靈機一動，讓鼓鼓抱著這顆大球從唯一的逃生窗子鑽出去，而自己因無法鑽出窗口，所以只能還原成一隻田螺從屋縫中鑽出重新回到自己的老家——河底。

此刻，屋內水位已升至田螺姑娘胸口，到達窗戶的下限，她把母子分離的痛苦抉擇告訴了鼓鼓。

鼓鼓聽後雙手緊緊抱住他媽媽的頭大哭：「媽媽，我們不能分離。」

田螺姑娘撕心裂肺地說：「孩子，只有暫時的分離，我們才能在兩個不同的世界裡生存下來。」

此時屋子已搖搖欲墜，田螺姑娘忍痛割愛讓鼓鼓抱起大球朝窗戶向外使勁一推。

鼓鼓「哇」的一聲嚎啕大哭，他抱著媽媽給他的最後一件禮物——球，在流水湍急的河面上向東漂去。

他回頭一看，自家的小屋漂浮在河面上。

想著媽媽已經回到河底，自己有種痛不欲生的感覺。

鼓鼓抱著大球在河面上望著蒼天默默祈禱：「媽媽，您要堅強地活下來，我們一定會來拯救您。」

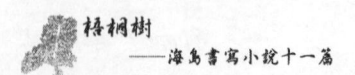

當山洪暴發時,阿青正在竹林裡清理雜草。「轟隆隆」巨大的山洪聲猶像晴天霹靂,他驚恐失色扔下手中鐮刀,疾步向山下奔去。

這時下山的小路已經被洪水沖毀,眼下已無路可循。他雙手抓住路邊帶刺的灌木叢,踩著從山上直沖而下的黃泥水一步步向下走。

阿青緊緊走了兩個多小時才到達山腳下,比平時多用了一倍的時間。他的雙手流著鮮血,可自己幾乎沒有疼痛的感覺。

望著前方已經分不清哪裡是河道,哪裡是河旁的石板小路,整個山底下都是一片茫茫無徑的流水,只有零星露出水面幾間房子的屋脊。

看到這一幕,阿青頓時失魂落魄,精神突然崩塌。

人搖搖晃晃倒了下來,幸好被一棵小樹擋住沒有落入水中,倖免一難。

從昏厥中他慢慢甦醒過來,心靈不斷地在呼喚自己:「快去尋找自己的兒子和妻子。」可是望著前方滾滾洪水心境茫然。

忽然,阿青隱隱約約看到上游水面漂來一堆雜物,他凝眸細看,原來是一個竹筏,當竹筏漂過身旁時,他一躍而上。驚訝地發現原來這個竹筏做工十分精緻,竹筏有兩層,下層是毛竹,上層用的是細竹,這兩層用黃麻繩緊緊捆在一起,筏上有一把固定

Volume 7. 田螺姑娘

的雙人竹椅,椅子後面備有一個竹筐,竹筏前方的毛竹微微上翹,整個竹筏有八尺見方,十分精緻。當阿青爬上竹筏時渾身發軟、手腳冰涼,他唯一的念頭就是儘快找到自己的妻兒。

竹筏在茫茫的水面上順著自西向東的湍急流水向下游漂去,他目光炯炯注視右側沿河一排的竹屋,但遺憾的是所剩無幾。

驀地,阿青發現河道右側水面上一棵碩大的樹,他凝眸觀望,驚訝地發現這就是惠玲婆婆家的樟樹。竹筏緩緩駛了過去,樟樹的根部已淹沒在水中,他一手抓住樹枝爬到樹上,發現一個燕窩還原封不動掛在一根樹叉上,但搖搖欲墜,抬頭一張望,已經燕飛巢空,俯視底下婆婆的竹屋亦蕩然無存,心境十分淒涼。

這時天近黃昏,雨漸漸地停了下來,西邊黑沉沉的天空中烏雲開始慢慢散去,露出血一樣的夕陽照耀著洪水翻滾的河面,而河上漂浮著破碎的竹屋以及各種生活用品令人眼花繚亂。

竹筏在河面上已經漂過三華里,他發現前方蘆葦草邊有一個綠色大球似曾相悉。

當竹筏緩緩靠近,阿青驚奇發現這個大球就是妻子給鼓鼓買的。他雙手抱起大球時,躺在蘆葦旁的鼓鼓突然驚醒了。

原來鼓鼓抱著大球在水面上漂遊了五里多,已經筋疲力盡了,所以放下大球在蘆葦草上酣眠了。

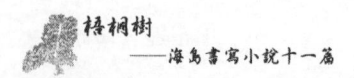

當鼓鼓醒來後看到父親的臉龐，突然從草叢中一躍而起。

阿青緊緊抱住兒子淒然地說：「你媽媽在哪裡？」鼓鼓的眼淚撲簌簌地流了下來悲衷地說：「媽媽把我送出小屋，她人不見了。」

一聽到這一說，阿青悲痛欲絕，抱著兒子相擁而泣。

父子倆待在一個八尺見方的竹筏上，鼓鼓依偎在父親的懷裡嘴上不停地呼喊著：「我想見媽媽。」

阿青輕拍拍鼓鼓的肩膀溫柔地說：「只要山洪不再暴發，長期維持河道乾淨，媽媽就可獲得新生。」

鼓鼓以詫異地目光盯著父親說：「有什麼辦法能阻止山洪暴發？」

「只要在我們家後面著一大片光禿禿的山坡上種上樹木，覆蓋植被，那麼山上的水土就不會流失，當然山洪也不可能暴發。」

「好哇，那我們以後天天要種樹。」

「鼓鼓你說得對，今後我要按這一設想一步步來實現這一宏偉計畫。」阿青躊躇滿懷地對兒子說。

夜的帷幔徐徐合攏，在西邊的蒼穹上殘留幾朵黑雲，孤獨的月亮緩緩鑽出黑雲射出淡淡的光，天邊幾顆星星一閃一閃像似調皮的小姑娘在眨眼，諷刺月亮姍姍來遲。

Volume 7. 田螺姑娘

洪水慢慢退去，沿河的房屋只剩斷垣殘壁，滿目瘡痍。

由於經過將近一天河面上的漂流，鼓鼓感到精疲力竭了，很快進入了睡眠。

阿青將竹筏緩緩駛向河邊的石階。洪水退去後，只見石階上沾滿了淤泥和雜草，他將竹筏拴在石階旁的一個木樁上，抱起躺臥在竹椅上沉睡的鼓鼓，小心翼翼踩著泥濘臺階往上走。

他驚訝地發現前方有一個小水缸，他篤定這就是自家舊址。他的初戀情人就從這裡回到人間，現在缸內積滿了污水⋯⋯阿青將胳膊浸入水中，一摸缸底都是黃泥，不由得眼淚從眼瞼邊流了出來。

一陣涼風吹來，鼓鼓從睡夢中醒來，嘴上念念不斷呼叫著：「爸爸，我要回家！」阿青囁嚅地說：「到家了。」鼓鼓一聽兩眼閃爍，倏地從爸爸懷裡跳了下來，只見月光下黑越越的一片，沾滿淤泥的一扇竹門緊緊卡在石凳下，頓時眼淚潸然而下。

鼓鼓光著腳踩著泥漿跌跌撞撞走到石凳旁，雙手不停地捶打那扇竹門。

阿青詫異地問：「鼓鼓你幹什麼？」

鼓鼓氣憤地說：「就是這扇門擋住我與媽媽逃生的路。」

阿青一把將鼓鼓抱了過來，走到缸旁溫柔地對他說：「相信媽媽會回來的。」

就在這慘澹的月光下，父子倆度過了一個令人心寒的不眠之夜。

阿青抱著鼓鼓坐在濕漉漉石凳上苦苦等待東方發曉。

黎明前，一陣仲夏的涼風吹過，他在倦眼惺忪中突然想起父親臨死前對他叮囑的一句話即：「當你生存無路時，可翻開進門的第六塊石板。」

早晨朝陽朗照，一眼望去昔日鄰居的房屋早已被洪水沖毀。在他們房屋的遺址上只剩下金屬的器物，如挖筍用的鋤頭、砍毛竹的斧子和鋸。

阿青在河邊被毀房屋的遺址上尋找撬開石板的工具，而鼓鼓在地上的小水泡裡捉魚。不一會阿青終於在淤泥中找到了一根鐵棍和一把錘子。

他信心滿懷回到自家舊址上，從門口的第一塊石板起一直數到第六塊。第六塊石板上面正好是一口小缸，他謹慎地移開小缸，發現缸下的這塊石板與眾不同，質地特別細膩，方形的青石板四角分明，他用錘子在與之相鄰的石板邊緣上敲開縫隙，插入鐵棍，雙手用勁將鐵棍下壓，這塊比旁邊厚一倍的石板終於被阿青撬開，他發現石板下是一層砂石。

阿青感到十分失望，難道父親與自己開玩笑？於是他趴在地上用右手拔開砂石，大概挖到半尺深突然發現一個小小的銅盒子。一陣驚喜像一股暖流湧上心頭，他用盡全力把銅盒從砂石中拔了出來，然後再蓋上石板，恢復原狀。

Volume 7. 田螺姑娘

在遠處玩耍的鼓鼓跑了過來，拿起一個裝著兩條小魚的玻璃瓶對阿青說：「爸爸，你看我抓到了小魚。」

阿青也舉起手中的銅盒對鼓鼓說：「你看這是什麼？」

「一個銅盒。」鼓鼓瞥了一眼詫異地問：「爸爸，你哪兒撿的？」

「自家的地底下。」

「你怎麼知道有這個玩意兒？」

阿青不以為然地說：「何至玩意兒，這是爺爺送給我家的禮物。」

這時他掃視四周空無一人，安恬靜謐，於是小心翼翼打開銅盒子，驚地父子倆不約而同地發出「啊！」的驚歎聲，銅盒內的三枚金幣在陽光下金光閃閃。

望著這三枚金幣，阿青躊躇滿志。

首先，他想用掉一枚金幣重建家園，其次也是他的重中之重，即用一枚金幣購買樹苗，讓廣袤荒山綠樹成蔭、草木蔥鬱，山洪永不發生。

接著將最後一枚金幣等待奇跡的出現，一旦田螺姑娘重返人間，阿青要將這枚祖傳的金幣親手交給她，以示他對愛情的虔誠恪守。

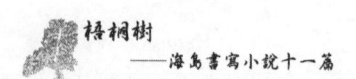

翌日，阿青馬不停蹄地準備建房的材料，幸虧洪水來襲時他的唯一運輸工具一輛牛車拴在山頂上逃過一劫，這回建房，牛車從山上拉回毛竹又將空車返回山頂，不知奔赴多少回合。

由於阿青精湛的手藝，經他一週的不懈努力，一間色澤青翠的竹屋重新屹立在青石板路旁。

雖然洪水過後，有部分竹農離鄉背井去外地謀生了。一個月後，在青石板路旁新建的竹屋又先後拔地而起，可是已不像昔日那樣鱗次櫛比，而是留下了許多空缺。

一天阿青從鄰居處獲知，在天仁寺旁有一家苗圃店準備轉讓。

第二天一早，阿青興致盎然來到這家苗圃，當他靠近苗圃的大鐵門時，一隻看門犬汪汪直叫，接著從裡面走出一個六十開外的老人，他臉色紅潤，兩鬢略帶幾絲白髮，個頭不高但說話聲音洪亮。

他打開鐵門，臉帶微笑地對阿青說：「你來我處有何事？」

阿青直言不諱說：「聽說你的苗圃欲轉讓？」

「是的，你想經營花木？」

「不。」

接著阿青將購苗圃的初衷原原本本向老人敘述一遍。

Volume 7. 田螺姑娘

當阿青話音一落，老人眸子閃亮感慨地說：「你就是我要找的人，我將這個苗圃贈送給你。」

這寥寥數語令阿青一臉懵怔，他詫異地問：「贈送給我，為什麼？」

老人哈哈大笑，驀地他神色自若地說：「這場洪災沖毀了我們的家園，究其原因就是覆蓋山坡上的植被被破壞，要讓大地披上綠裝，我年歲已邁，力不從心，今天你的光臨使我重見希望。」

他吐露的衷曲令阿青十分激動：「我不知道應怎樣感謝您。」

「我信奉佛教，積德為民是我的初衷，今天這苗圃由你來接任，使我十分欣慰。」

阿青顫抖著從口袋裡掏出一枚金幣遞給老人說：「大伯，這枚金幣作為留給您的一個紀念。」

「不，我不能收你的錢，還是留給你自己吧。」老人婉言謝絕了，說完老人領著阿青巡視整座苗圃。

苗圃坐落在朝陽坡上，早晨陽光灑落整個苗圃，地面上的花卉和苗木有紅的一塊、綠的一塊、黃的一塊，從坡頂俯瞰就如一幅色彩艷麗的水墨畫，令人嘆為觀止。

阿青細細聆聽老人的介紹諸如各種苗木和花卉的名稱，最佳的栽培時間及適種的土質要求，以及植後的護養等等。

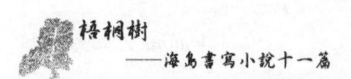

大概經過兩小時的巡視後，老人帶阿青來到一棵百年榆樹蔥綠的蔭影下，在一長條的石凳上坐了下來。老人對阿青說：「後天我兒子陪我到城裡去了，走時我把大門及南面庫房的鑰匙放在門口的石碑底下，從此你就是這裡的主人。」

阿青抑制不住內心的激動，不知用何言語道謝老人佑護著他那溫婉慈惠的恩賜。他顫抖著說：「謝謝伯伯，我不會辜負您的恩惠。」

兩人道別後，阿青就離開這草木蔥蘢的苗園。

洪水退去，在這悠悠的長河裡漂浮著各種生活的垃圾以及破碎的竹屋。一天，鼓鼓對父親說：「爸爸，河面上漂浮的垃圾腐爛後會危及媽媽的生命。」阿青一想說：「你有辦法嗎？」「我想駕著竹筏去撿垃圾。」阿青毫不思索地說：「好主意！」於是第二天鼓鼓便駕著父親留給他的小竹筏不停地在河面上拾垃圾，好像一個忙碌的冰球運動員在冰面上滑行。

阿青躊躇滿志行走在覆蓋著淤泥的青石板路上，心想：我一定要讓這荒山披上綠裝來告慰老人的恩賜，從而讓自己的妻子——田螺姑娘早日回到家的懷抱。

每天淩晨雄雞未鳴之時阿青就起床了，他悄悄做完早飯，將鼓鼓要吃的飯菜放入兩只密封的陶瓷罐裡，再用毛毯包裹起來以防冷卻。

在兒子酣眠之時，他小心翼翼離開家，踏上去苗園的路。

Volume 7. 田螺姑娘

路的前半程與去高山竹林相同，半程以後突然往北一拐，變成一條只能一人通過的山間小徑，小徑兩旁是密不透風的灌木叢，每當他到達苗圃的時候，心情特別愉悅，一塊塊鱗次櫛比苗圃依次排列在朝陽的山坡上，坡頂栽著兩排柑橘樹，在下面排布著大小不等的十幾塊苗圃，裡面的樹苗主要是四季常青的冬青、柏樹、水松以及月桂樹和常青藤。

　　山坡底下種著四排櫻花樹，每當春天一到，粉紅色與白色的櫻花交相呼應，遠處望去，仿佛在苗圃底下掛著四條粉白相間的彩帶。

　　櫻花樹旁有一座歷史淵源的涼亭，亭旁栽有棵百年以上的樅樹，涼亭中間有一張漢白玉石桌，周邊有四把做工精緻的石椅，雖然桌椅已過百年，卻彌久如新。據說這些均為苗圃主人的爺爺遺留下來的。

　　涼亭四周花草茂盛、芳香四溢，阿青想：一旦妻子重返人間，一定要陪她來此感受人間美景。

　　從阿青接管苗圃後，每日黎明之前在這隻毛色棕黃的狗引領下到達了苗圃，將頭天下午挖起的樹苗一捆捆裝上牛車，駕著牛車顛簸著向荒山腳下駛去。

　　不管是狂風呼嘯、大雨傾盆，還是炎炎烈日，在這面朝陽的荒山坡上總能發現一個肩揹樹苗、手拿鋤頭、頭戴竹帽的人的蹤影。

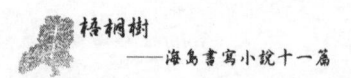

鼓鼓每天早上從睡夢中甦醒時，屋內總是空無一人，只有窗前桌子上的陶瓷罐內放著父親給他做的早飯和中飯，而父親與那隻黃毛小狗早就在這片廣袤的荒山上。

對鼓鼓來說，唯一的夙願就是要在門前的這條悠悠的長河裡尋覓到自己的母親。

因此他狼吞虎嚥似地吃完早飯，帶著瓷罐跳進竹筏，鎮日漂泊在這條長河裡。

當阿青披星戴月回到家時，常常不見兒子的身影。

他只好獨自坐在門前的石階上默默等待鼓鼓的到來。作為父親，阿青深知兒子失去母親的痛苦以及渴望母親重返人間的強烈欲望。

每當黃毛小狗「汪汪」直叫，離開他沿著河邊飛速向前奔去時，阿青才察覺到兒子快要到來。他起身眺望東面黑越越的河面上，一艘滿載垃圾的竹筏在淡淡的月光下緩緩駛來，他終於鬆了一口氣。

平時鼓鼓坐在竹筏上，每當看到岸邊的孩子穿著漂亮的新衣服在他們父母陪同下旅遊時，內心有一種說不出的落寞，偶爾還會遇見一些不懂文明的人往河裡扔果皮或紙盒，鼓鼓總是忍氣吞聲地駕著竹筏將這些垃圾撿起來放入自己的竹筐內，以防垃圾污染河水。長期以來，他漠然無感於塵世歲月的侵擾，篤定一信念：保持河水純淨，願媽媽早日回到人間。

Volume 7. 田螺姑娘

一天晚飯後，阿青對兒子說：「鼓鼓，你有沒有想過一旦山洪爆發，你清潔河道的勞動將前功盡棄？」

　　鼓鼓敏捷地說：「爸爸，你的意思是不是叫我放棄清理河道垃圾，與你一起上山栽樹？」

　　「鼓鼓你很聰明，爸爸不是叫你放棄，而是暫時擱置一下，因為當下河道已經被你治理的清澈如鏡，當務之急是要防止再次山洪爆發，這樣才能把你媽媽從河底拯救出來。」

　　鼓鼓細細聆聽父親委婉的勸導，他覺得言之有理，於是斬釘截鐵地說：「爸爸，明天我與你一起上山。」

　　自此每天天剛濛濛亮，父子倆便趕著裝滿樹苗的牛車搖搖晃晃來到荒山腳下。

　　阿青將裝著樹苗的竹筐背在肩上，一手拿著鋤頭，刨一坑、栽一棵，從山腳一直栽到山頂。

　　當他到達山頂時，鼓鼓只要一聽到父親的呼喊，就知父親竹筐裡的樹苗已經栽盡了。他會順應父親的召喚，將準備好的一捆樹苗揹上山頂，有時碰到下雨天，山地上佈滿沙石、坡面路滑，一不小心摔跤就會弄得人仰馬翻，而鼓鼓從未向父親發洩半點怨氣。

　　荒山坡從山底到山頂有百丈之遙，一天栽樹下來，父子倆要走上十幾趟來回。

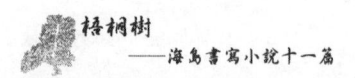

一天傍晚，當太陽隱匿在霧氣迷濛的灰褐色山脈之間，阿青栽光最後一棵樹苗，起身俯瞰坡下，鼓鼓又背著一捆樹苗一拐一瘸走來，突然他摔倒在一塊岩石旁，阿青惶遽不安地跑了下去，把他抱了起來揹到山下。他把鼓鼓放在一塊蕨草覆蓋的石板上，脫去他的鞋發現雙腳紅腫，有一隻腳底的血泡已經破裂，鮮血染紅了鞋底，阿青憐恤地問鼓鼓：「孩子，腳疼嗎？」

鼓鼓用炯炯的目光望著父親，咬著嘴唇搖搖頭，緘默無言，眼眶充滿著激動的淚花。

經過父子倆兩年多的植樹造林，河道兩側的荒山上幾乎都栽上樹苗。

初春時節從遠處眺望這兩岸上的山坡，翠綠蔥鬱，春風一吹樹葉搖曳，彷彿像一片綠色的海洋。父子倆站在樹木蔥蘢的幽谷望著眼前這一人間仙境，感到無限欣慰。

他們的精神也深深感動河邊的竹農，甚至連遠道而來的遊客也加入他們植樹的隊伍。

從那以後再也沒有山洪爆發。

夏天大雨過後，晶瑩剔透的淙淙泉水沿著山間的鵝卵石山溝直奔河道。

在泉水的入口處能看到大批魚群騰空躍起，好像在爭搶從山上流入河中的瓊漿玉液。阿青站在自家的門口，望著雨後河面上

清澈的流水，長長地歎了一口氣對鼓鼓說：「孩子，現在我們可放心地等待你媽媽歸來了。」鼓鼓不以為然地說：「不，爸爸，為了保持河道的清潔，我還得駕著竹筏在河面上拾垃圾。」

阿青用右手輕輕撫摸鼓鼓的小腦袋，親切地說：「好樣的。」

§

自從那年山洪爆發至今，鼓鼓與媽媽分離已有三年多了。

暮去朝來，這個江南的竹林又到了深秋季節，小河一側原來那光禿禿的山坡已披上綠裝，從河邊眺望那山坡，一排排柏樹、松樹在秋風中搖動著他們繁茂馥鬱的枝葉。而沿河的青石板小路旁丹桂飄香，濃香薰人欲醉。

鼓鼓又駕著竹筏漂流在這條生命之河上，今非昔比，他已經不用像昔日那樣精疲力竭地迎著晚霞返回到自家門口的石埠，等卸完竹筏上的垃圾後才能與父親共進晚。

如今他每天悠然自得，駕著竹筏回到家時，坐椅後背的竹筐內大部分時間都是空無一物。

白天竹筏順著水流漂向東方，鼓鼓仰臥在竹筏上，清澈的天空投下松柏深邃的影，任憑竹筏自由漂流。側視河流的北岸，高聳的山麓春日時還是靛藍色，等到秋風一起被滿山遍野的楓葉染成紅色。

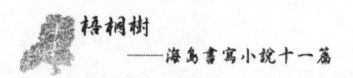

而河流一側已非三年前洪水過後的淒涼景象，一排排竹屋後面的山坡上再也不是遍地黃沙亂石，而是樹木林立、草木葳蕤，山腳下的民宿等八月一過，風搖桂樹香氣撲鼻，沙沙灑落陣陣芬芳的花雨。

鼓鼓目睹這般人間美景，心醉神馳。

突然幾隻白色的蒼鷺和水鳥從他頭頂掠過直沖河面，河邊的燈芯草的和蘆葦向水面傾倒，好像在洞察水中的秘密。

鼓鼓用手撥動青翠的水草，透過清澈的河水，他驚訝地發現河底裡兩隻田螺與幾條小魚在嬉戲，於是他怦然心動——媽媽要回來了！

不一會遠方傳來「嘰嘰喳喳」的鳥叫聲，他忽然從竹筏上站立起來，發現南岸邊一梧桐樹的頂端被夕陽繡上光斑的一隻鳥巢中有七、八隻雛鳥在鳴叫，一隻母鳥從遠處飛來，嘴銜滿口小蟲站在巢口，當母鳥張嘴時，小鳥們立刻把母鳥口中的小蟲吃個精光。母鳥又展翅遠飛，大概過了十幾分鐘時間再次銜著滿口食物飛到自己的巢窩邊重演上一幕的情景。

看著、看著，鼓鼓眼淚潸然而下，他心想：「媽媽，妳什麼時候也能像這隻母鳥一樣來看我啊？」

半個小時、一個小時……過去了，鳥巢內的雛鳥「嘰嘰喳喳」叫個不停，好像是在呼喊：「媽媽，你快給我們送食來吧。」可是久久不見母鳥的蹤影。

Volume 7. 田螺姑娘

鼓鼓驚恐失色,是不是母鳥被老鷹吃掉了?還是撞在樹上了!他懷著憐憫的心情將竹筏划到岸邊,將竹筏拴在岸邊的一棵枯木上,帶著自己中午吃剩的乾糧,小心翼翼爬上樹頂。

　　小鳥見到鼓鼓沒有害怕,好像似曾相識,他從口袋裡掏出吃剩的半個饅頭,搓成碎粉末放在鳥巢內,不一會這群雛鳥把它吃得顆粒不剩。

　　大約過了一會鳥又開始鳴叫,這時他再無東西可使這群雛鳥黯然無聲。在鳥兒鳴叫聲中,鼓鼓頭腦開始發暈。

　　突然眼冒金花、兩腿發軟,身體在樹梢上開始晃動,「哞」的一聲鼓鼓從樹上掉了下來。

　　這時田螺姑娘緊緊把兒子抱住,鼓鼓臉色蒼白、兩眼緊閉。她不停地搖曳孩子的身體,仍然不見反應。

　　田螺姑娘痛不欲生、放聲大哭。一會鼓鼓從昏厥中慢慢甦醒過來,睜開眼睛發覺自己在母親的懷裡,迷迷糊糊覺得自己還在夢裡,他用手捂捂眼睛,這下終於看清了母親,投以纏綣多情的眼神。母子倆緊緊擁抱在一起,喜極而泣。

　　即刻這棵大樹上鳥巢內雛鳥的鳴叫聲也戛然而止,鼓鼓抬頭一看,原來那隻母鳥終於回來了。

　　鼓鼓對田螺姑娘說:「媽媽,你看母鳥回來了。」

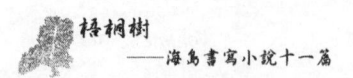

田螺姑娘無限欣慰地說：「這是多麼溫馨，鳥兒和我們一樣都團聚了。」

夜，那深藍的天明月當空。

田螺姑娘將鼓鼓安頓在自己身邊的竹椅上，她用槳觸碰岸邊的石頭，竹筏緩緩向西駛去。

鼓鼓回頭仰望樹梢上的鳥巢，只見六、七隻雛鳥在月光下悄然無聲酣眠在母鳥的羽翼下。

田螺姑娘用十分溫柔的目光側視躺在身邊的兒子欣慰地說：「鼓鼓，你坐穩，我們準備回家。」鼓鼓一聽欣喜雀躍。

這時寧靜的河面上揚起波浪，在皎潔的月光下，整條河流像一條跳動的光帶。

Volume 7. 田螺姑娘

梧桐樹
――海島書寫小說十一篇

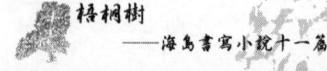

Volume 8.

孤獨人生

他望著波光粼粼大海深情地說：
「世界以痛吻我，要我報之以歌。」

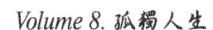

梧桐樹
——海島書寫小說十一篇

孤獨人生

　　朝霞穿過乳白色的雲層，直射在波光粼粼的海面上，海岬一隅兩個帶著寬邊草帽的小伙子在海邊垂釣，金色的沙灘與湛藍的海水相得益彰。海岸邊是兩排終年常青的水松和菠蘿蜜樹，好像要將陸地和海洋永遠分隔開來。海岸上是一片翠谷青山，清幽靜穆，其中山嶴上一座紅瓦白牆的建築特別醒目——「衛山樂院」，它是鎮政府新建的一座孤兒院。

　　「衛山樂院」外有一個心形的花壇。花壇四周是用中國紅大理石砌起來的，左右直徑足有三十米多，花壇周邊一圈佈滿色彩各異的玫瑰花，再往裡一圈是粉紅色的石竹和開白花的香蘭，在中間的一圈是鬱金香，而心形花壇的正中心是十六朵盛開的牡丹花。從山頂俯視這色彩斑斕的花壇，猶如一塊令人饞涎欲滴的奶油蛋糕。

　　花壇的正面有一清澈見底的小池，池水由山頂的一潭清泉順著山嶴直奔而下，涓涓細流彙集在心形花壇旁邊的一個池裡。水

池中五顏六色的金魚在遨游,每當陽光明媚之日,那些孤兒在他們的老師陪伴下來到池邊一覽無遺,心曠神怡。

在「衛山樂院」前種了兩排果樹——杏樹和櫻桃樹。五月正是櫻桃成熟的季節,孤兒院的老師把採摘下來的櫻桃洗淨後放置在一個竹編的小筐裡,等到下午兩點孩子們醒來後前來品嚐。

院內有一對孤兒分外引人注目。雖然不是出身同一家庭,但是他們情同手足,朝夕相處且形影不離,那就是現在坐在活動室內緊靠雕花玻璃窗下正在品嚐櫻桃的范偉和金谷。金谷比范偉大三歲,范偉叫金谷為金哥。范偉是一個十分調皮且略帶晦澀的小孩,當老師將紅彤彤的櫻桃放在每個孩子的桌前時,他一瞬間狼吞虎嚥似地進了肚子,連果皮都沒有吐出來。「阿偉,你這樣吃當心拉肚子。」金谷耐心地對范偉說,但是范偉連頭也不抬,眸子閃亮凝視著放在金谷桌上那裝著滿滿一小盤的櫻桃。等金谷一上廁所,范偉就將老師分給金谷的櫻桃統統裝進自己的褲兜,拔腿向門外跑去。當金谷從廁所回來不見范偉的人影,擺在金谷面前筐內的櫻桃也不翼而飛,聰明的金谷心知肚明,又是弟弟范偉佔了自己便宜。其實金谷是一個心地善良、樂於助人的孩子,每次老師分給他的食品,他總要讓范偉吃過夠,而寧可自己少吃點,甚至不吃。此時他擔心范偉不知跑到什麼地方隱藏起來,會發生意外不測之事。

「老師你看到范偉沒有?」

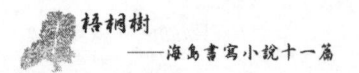

「剛才還在，不知道又跑到什麼地方去了。」老師把頭朝向操場的假山旁。

金谷心急火燎地衝出門外，站在活動室的門檻外，大聲疾呼：「阿偉！你快回來，我等你。」范偉像一隻受驚的螳螂忐忑不安站在假山的背面透過石間的縫隙窺視到金谷的焦憂的神情，當他把最後一個櫻桃吞下肚裡，雙手在褲兜邊捋了一下，才低著頭慢慢地從假山旁邊走了出來。金谷看到範圍出現在假山旁，步履匆匆走了上去，他用右手撫摸著范偉的小光頭：「你跑什麼啊，坐著吃吧，不是金哥不給你。」

「金哥，不好意思我偷了你的櫻桃。」范偉稍帶沮喪地說。

「你要吃我這份櫻桃，給我說一聲不就解決了嗎？何必偷著跑，萬一從假山上摔了下來，後果你想過沒有？」

「金哥下次我不會了，這次請你原諒。」范偉略帶羞愧地說。

金谷拉著范偉的手緩步向活動室走去。「你以後有什麼想法直接與我說，只要我能幫助的一定盡力而為。」范偉頻頻點頭，卻緘默無聲。

一年前，那時金谷剛過四歲，他記憶猶新。在一個雨濛濛的上午，一位老太太手抱著嬰兒，在一位中年男子的攙扶下，從一輛小轎車上出來，步履蹣跚地走進「衛山樂院」。經過一個多小時的短暫交接後，只見老太太眼淚汪汪，又在中年男子攙扶下依依不捨地離開。

Volume 8. 孤獨人生

原來范偉的親生父母均為小學教師，在一次暑假活動中不慎因車禍雙雙身亡，當時不滿周歲的范偉只能贍養在奶奶家中。范偉的爺爺早已去世，再加上奶奶因糖尿病雙目幾近失明，在艱辛地護養半年後，因老人家體力不支，只能將自己的孫子送進「衛山樂院」。范偉本人並非知道自己的身世，金谷只是在范偉面前佯裝不知，免得刺痛他那幼小的心靈，總像親哥哥一樣愛著他。

而金谷的身世與范偉截然不同。

六年前一個隆冬的下午，一位中年婦女提著竹筐，急匆匆走進「衛山樂院」。她向院長介紹：「院長，這是我在衛山超市裡貨架旁撿到的。」院長把這個竹筐放在辦公室的桌臺上。竹筐內包裹著一層棉襖，打開棉襖就見到一個頭髮烏黑、臉色蒼白、目光炯炯的小男嬰，一隻手還攥著塊餅乾。框內的一個自製布袋內放著還未拆封的餅乾盒和一袋光明牌嬰兒奶粉，旁邊一遝尿布。小孩上身穿著黃色小棉襖，棉襖內是一件高領細羊毛衫，在羊毛衫的左上角縫著一個用藍印花布做成的小口袋，尤為醒目。院長從口袋裡抽出一張小紙條，紙條上彎彎扭扭地寫著：「男，一九八六年三月八日生，姓名金谷，屈指一算，小孩已滿周歲。」

§

幾年前，金琴和陳衛從河南的一個偏僻鄉村來到東海之濱的小鎮打工，他們在同一工廠的同一條流水線上。金琴是一位任勞任怨、甜美嫻靜的女子，而陳衛看似樂善好施卻自詡聰明。很快，兩人相互青睞、墜入愛河。經過半年交往，準備進入談婚論嫁之

際,有一件事使金琴迷惑不解,就是每月工資發下,陳衛就身無分文,成了月光一族。一天金琴下班回來路過陳偉的宿所,發現門無上鎖。她輕輕敲了兩下,屋內沒有反應,透過門縫她看到陳偉和三個男人正在打牌,在每人的桌前放著一遝百元大鈔,這恍如噩夢。金琴使出了全身力氣狠踩一腳,門被踢開了。三個男子緊忙把錢放入褲兜,鬼頭鬼腦向門外溜去。陳衛跪在金琴面前哭訴說:「請你原諒我,我保證這是最後一次。」金琴怒氣沖沖離開了,三天沒有與陳衛說話。後來在陳衛的軟言相哄下,又慢慢重歸於好。但好景不長,不到半月舊戲重演,最後金琴終於下定決心——離開這個賭棍。

離開陳衛後,金琴又在東海之濱的鄉鎮找到了一份薪酬不菲的工作。而對陳衛來說就像大海中一艘迷失方向的航船,他四處尋找金琴的蹤跡均無功而返,電話又無法接通,自己也知道從染上賭癮後仿佛被一個魔鬼攫住,但他始料未及會發展到今天這地步,真是追悔莫及。

金琴心想,剛從河南農村出來時,陳衛還是白璧無瑕的青年,不到短短一年就墮落到如此地步。開始時她百思不得其解,到後來她慢慢明白了,就像人生活在自然界一樣,自然中到處充滿了細菌和病毒,但是為什麼有人會得病,而有些人卻安然無恙?這個道理很簡單,即一部分人對細菌和病毒做了防禦外,且自身的免疫力強,而另一些人卻不然。

不顧怎麼樣,金琴已從先前的痛苦中解脫了。

Volume 8. 孤獨人生

半年後金琴收到了陌生的電話,她打開手機一聽原來是陳衛的聲音。

「你有什麼事?」金琴詫異地問。

「妳現在生活得好嗎?」陳衛裝模作樣問。

金琴緘默無言。

「老實告訴你,我現在已對賭博不感興趣,因為我承包了一家賓館的飯店,不到半年賺了五百多萬,不信我開車來接妳,妳到賓館考察一下。」

「我再考慮一下。」金琴把電話掛斷了。

翌日同一時間金琴手機的鈴聲又響了。

「金琴妳想好了嗎?」陳衛急切地問。

「那好吧,既然你這麼有誠意,還是我親自光臨,你把賓館名稱、地址及碰面日期發了一個短信過來。」

「那也好,就是妳辛苦了。」這時陳衛欣喜若狂。

不一會在金琴的手機裡收到了陳衛發來的短信:迪安鎮啟偉大街一二六號霞光大酒店,下週日下午三點大堂見。

金琴想,寧可自己親自上門也不能暴露自己的住址。

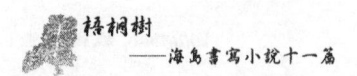

週日下午風和日麗。

陳衛早已衣冠楚楚，坐在大堂的真皮沙發上等候昔日的情人到來。快到下午三點十五分了，還未見金琴的蹤影，他心裡有點騷動，起身透過高高的落地窗向外望去，一輛黑色的轎車緩緩駛入賓館正門臺階上，打開車門，金琴手提一只銀灰色的精緻小包，落落大方走進大門。陳衛彬彬有禮地迎了上去。

「等妳好久了。」

「迪安鎮打車難，我等了很長時間。」

「遠道而來妳辛苦了，先喝點飲料好嗎？」

陳衛把金琴領到大堂一隅靠窗的茶桌邊，兩人相對而坐，他目睹昔日女友還是那麼綺麗迷人，對金琴奉承的話滔滔不絕，並對以前自己的行為深表懺悔，金琴細細聆聽，緘默無言。

這時已是下午四點半了，到賓館飯店就餐的人絡繹不絕。

「金琴，現在我陪你到二樓賓館餐廳去逛一下好嗎？」陳衛懇切地說。

「好啊！」金琴露出了淡淡的微笑。

陳衛陪著金琴從容走進二樓餐廳，大廳頂部各種色彩的水晶燈光輝熠熠，還不到下午五點，已坐無虛席。

Volume 8. 孤獨人生

「我這個大廳共容納了五十桌,在西側的走廊旁還有八個包廂,光裝修就花了一千萬。」

「你哪裡弄到這麼多錢?」金琴驚奇地問。

「銀行貸款。」陳衛不加思索地說。

「誰擔保?」

「賓館總經理,他是我的密友。」

「那你何時能還清銀行貸款?」金琴詫異地問。

這時陳衛哈哈大笑,「你看看今天用餐大廳就知道了,這不是一天,天天如此人流湧動,我不到半年就還清了貸款,扣去各種費用,還淨賺了五百多萬。」

聽陳衛這麼一說,她的防範心理頓時瓦解了,還對他的睿智多謀暗暗佩服。

陳偉把金琴帶到一個包廂,一位服務員接踵而至。「陳總,你想來點什麼?」她畢恭畢敬地把菜譜送到陳衛手中,陳衛順手把菜譜交給金琴:「今晚的菜由你來定。」聽服務小姐對他的稱呼,似乎更堅信了對陳衛身份的認可。「隨便來點什麼。」金琴興致盎然地說。經兩人的一番客套,最後在桌上擺滿了琳琅滿目的各種美味佳肴。

「你想喝點什麼?」陳衛溫和地看了金琴。

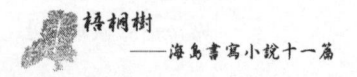

「來點飲料吧。」金琴輕輕地說。

「妳遠道前來看望我，我深為感動，我們今晚應喝點上檔次的名酒，法國葡萄酒之類。」

「那少來一點。」金琴靦腆地說。

「妳今晚反正回不去了，我已經給妳準備了單人套房，明天一早我派人送妳回去。」

「那倒不用，我自己回去。」金琴執拗說。

在陳衛的再三規勸下，金琴的防線終於失守了。他打開一瓶名貴的法國紅葡萄酒，先將金琴的酒杯斟滿，她靜靜聆聽陳衛對賓館的美好憧憬，似乎她對他的昔日怨恨轉瞬間煙消雲散。很快時鐘已到了晚上九點，第二瓶酒也已瓶底朝天。金琴的兩頰粉紅，在燈光下顯得格外秀美，她向陳衛做了一個停止的手勢。這時陳衛心知肚明——金琴已被他灌醉了，便將她從椅子上攙扶起來，金琴那溫暖的身體緊貼著陳偉的手臂，一股性欲的衝動在陳衛心底猶然而生。兩人跌跌撞撞經過燈光灰暗的走廊，他把她送進先前訂好的三〇六客房。當陳衛把金琴放在床上時，她已酣眠了，他把門鎖上，閉了燈與金琴同床而寢。凌晨五點左右，金琴從昨晚的醉酒中慢慢甦醒，發現自己一絲不掛、全身赤裸，她一臉懵怔，驚恐地坐在床邊。穿上衣服後，發現床頭邊那只銀灰色的小包內只剩下一串鑰匙和一只身份證，三千元現金不翼而飛。她拿起手機撥了陳衛的號碼，手機關機了。

Volume 8. 孤獨人生

這時她火冒三丈，步履匆匆來到大堂的總服務臺。

「小姐，你有什麼事要我們幫助嗎？」那個總臺的服務小姐很有禮貌地問。

「請把你們餐廳的總經理陳衛給我叫來。」金琴情緒激昂地說。

「你說什麼？小姐，你再重複一遍好嗎？」總臺的服務小姐一頭霧水，詫異地問。

金琴又重複一遍。

「小姐你弄錯了，我們餐廳的總經理是李玉鳳女士。」服務小姐慎重地說。

「什麼？昨天晚上飯店服務員不是還將陳衛稱作陳總嗎？」

「小姐，對不起，我們賓館沒有陳衛此人。」

當金琴聽到這話，猛一愣，情緒轟然崩塌，臉色鐵青，孑然一身走出賓館大門。她一摸褲兜裡還剩一百五十元正夠回去的路費。

早晨六點左右，天氣陰沉，在這愁雲慘霧中，金琴叫了一輛出租車向自己的住處駛去，她思忖著：如果現在能把這個衣冠禽獸逮住，她就會將他一刀捅死。

在週日下午一點，金琴到達了住處。此時宿舍還有三個師姐

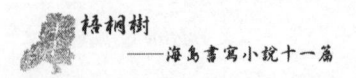

妹尚未返回,她趴在床上嚎啕大哭,痛不欲生。

由於沒有找到撫慰心靈痛苦的良藥,在一週多的時間裡金琴總是心神恍惚。

一個月以後,她慢慢從悲痛的經歷中掙脫出來。這天早上起來,金琴發現自己身體不舒服,到醫院經醫生診斷是懷孕了。這時在她的靈魂深處發生激烈的碰撞——是墮胎?還是生下來。畢竟是自己血肉不可分割的一部分,再說金琴本人是一個虔誠的天主教徒,良心不允許她去殺死一個鮮活的生命。她含著淚水在八六年三月八日那天,讓一個雄性的生命呱呱墜地了。當金琴抱起這個頭髮烏黑、滿臉通紅的男嬰時,嬰兒的哭聲居然停止了,炯炯的目光盯著母親慈祥的臉龐,露出淡淡微笑,此時金琴的淚水順著兩邊臉頰簌簌地流了下來。

工廠的老闆從旁人口中獲知金琴的不幸遭遇,大發慈悲,允許金琴將兒子帶入工廠,並按排她倉庫保管。但由於工廠的訂單每況愈下,在兒子出生還不到一年,她被辭退了,加入了失業大軍,在暫時生存無路的情況下,她橫下一條心——母子分離。

在一個風雪交加的早上,金琴含著淚水把自己的親骨肉包裹在新買的竹筐裡,放上頭天晚上買來的一包餅乾、一袋奶粉和一遝尿布,走進超市,趁人不備時把它放在兩個貨架之間,自己在超市內較遠的地方窺視這個竹筐的動向。直至一位中年婦女撿起後把它送到「衛山樂院」,這時壓在金琴心頭的一塊石頭終於落下,但是自己的靈魂好像被割了一刀,時時隱隱作痛。

Volume 8. 孤獨人生

§

　　為了能經常見到兒子，金琴絞盡腦汁，終於在離「衛山樂院」不到二里的地方找到了一份薪資不高的工作。

　　每天下班順著濱海大道回宿所，都要路過「衛山樂院」外的心型花壇，她總是向左一拐來到院外的櫻桃樹下，在櫻桃樹的東側就能目睹院內的小操場，一覽無遺。

　　五年轉瞬即逝，金谷從一個竹筐裡的嬰兒變成一個活潑可愛的兒童。在這五年中的每個週日下午，「衛山樂院」外的一排長長櫻桃樹旁總會出現同一女人的身影，她的面容顯得格外焦慮，而兩顆眼球就像兩顆燃燒的火焰，炯炯的目光注視著院內發生的一切。

　　一天早上天色陰晦，金琴起得很早，她知道今天星期天早上八點孩子們要到操場做廣播體操。為了親自目睹兒子的風采，金琴只吃了幾片麵包，不到七點就出發了。可是一到「衛山樂院」外，天空下起了濛濛細雨，而且雨越下越大，看來她早上見到兒子的身影將成泡影，只好躲在櫻桃樹下等待下午奇蹟的發生。

　　快到中午，金琴因早上出來只吃幾片麵包早已饑腸轆轆。不一會烏雲漸漸散去，刺眼的光芒把整個衛山照得分外的清晰，她今天唯一的願望是──下午三點後在孩子們自由活動的時間內能目睹自己兒子，其餘一切早就拋到九霄雲外。

　　下午三點「衛山樂院」自由活動的鐘聲敲響了，伴隨鐘聲響

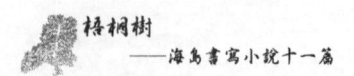

起大批孩子蜂擁進入操場。金琴從櫻桃樹的縫隙中親眼看到自己的兒子第一個爬上假山，假山上佈滿苔蘚，金谷因不慎從假山上摔了下來，身體倒在衛欄邊的濕漉漉的地面上。金琴驀地從樹縫中鑽了過去，來到衛欄外，大聲疾呼：「來人啊！小孩摔倒了！」這時躺在地上的金谷微微地抬起頭來，看到衛欄外一個女人窘迫的神情，忽而四目相對。金谷的眼淚從眼瞼邊流了出來，大喊「媽媽，媽媽。」此時金琴驚愣了，遽然間她暈倒在地上，腦子一閃：「難道所有生靈都有識別自己母親的能力？」

　　這時院裡的老師跑了過來扶起金谷問：「誰是你的媽媽？」金谷用手指著衛欄外倒在地上的女人，「我要到媽媽那裡去。」「孩子你弄錯了！」老師拉著金谷的手勸道。這時在假山後面的范偉跑了過來：「金哥，你怎麼了？」而在衛欄外的金琴已經哭得不省人事。

　　不久，金琴所在的廠與總廠合併，搬遷到離孤兒院有一百多公里外的郊區，她便很少來這裡了。但每到下午三點多戶外自由活動時，金谷總時拉著范偉的手，在假山周圍玩捉迷藏的遊戲。他一邊照看著范偉從一個洞鑽進去又從另外一個洞鑽出來，而自己卻默默地站在衛欄旁等候著媽媽從櫻桃樹旁出現，可是奇跡一次也未光臨。一直到范偉對金谷說：「金哥，鑽洞捉迷藏的遊戲我已經玩膩了，我們能否換一換地方去別處玩？」金谷才無奈地點點頭。

　　金谷思忖著：「如果說母親是這個世界上唯一能照亮心靈的一道光，那麼也許有一天自己的心靈將會閃亮；而范偉呢！如果

Volume 8. 孤獨人生

他找過蒼蒼穹宇也不會發現這樣的光,而且永遠不會出現,啊!這是多麼可怕。金谷心想——我的光如果借給他一點,那怕一點點,使他的心靈也充盈溫暖的陽光,那該多好。可是現在幼稚的范偉並不懂沒有母親的悲哀,只知道玩和吃,整日無憂無慮,這倒好,他不會痛苦,只是每逢週日院外的孩子在他們父母的陪伴下來到心形花壇觀賞奇花異草時,看到這一幕幕情景,他難免在靈魂深處也顯露出淡淡的憂傷。

由於范偉出生不久父母雙亡,祖母又身單力薄,沒有得到無微不至照顧,從幼年起就體弱多病,進孤兒院後感冒發燒是常事。

七月的一天上午,天空中霞光柔彩,范偉和幾個孩子互相追逐在操場上。倏然天空佈滿了烏雲,頃刻間雨水如注,很快這雨把范偉澆得像落湯雞。金谷緊忙從活動室跑了出來,一把將范偉拉到屋簷下,脫去濕透的外套,用乾毛巾將他擦乾後,叫老師給他換上了新衣。誰知午睡醒來後,金谷發現范偉全身發燙。他心懷惴惴地叫來了院內醫生,一測體溫,竟達到了三十九點五度,馬上送進了衛山衛生院,經醫生診斷是得了病毒性重感冒,需要住院治療。這座剛建成的衛山衛生院就在「衛山樂院」的後面,不過要翻過一座三百米高的小山,不管是炎炎烈日還是風雨交加,金谷總會在下午三點把老師分給范偉的一份時令水果連加上自己一份送到范偉的病房。

一週後范偉康復了,「衛山樂院」用專車把范偉接送回來。在金谷的要求下,院長同意讓兩人同住一間,便於年長的哥哥對

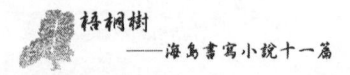

弟弟的照料。回院後的范偉臉色蒼白,而金谷卻由於每天下午送餐,被烈日暴曬變得皮膚黝黑。在金谷八歲的那年,一個仲夏的上午,孤兒院準備了一塊碩大的蛋糕,因為秋天開始金谷就要進入衛山實驗學校。在這個告別的歡送會上,院長對金谷大加表揚,尤其是他樂善好施的行為得到全院老師的肯定。

對范偉的關愛備至更使得離別時難捨難分。

在院長告別演講結束,由金谷吹滅了每一根燃燒的生日蠟燭,然後每人分得了一塊蛋糕。

平時不管吃什麼東西,范偉總是捷足先登,今天只是呆呆地坐在金谷旁邊,在金谷的催促下才慢慢提起叉子,眼睛卻是淚汪汪的。

告別會結束後,金谷與范偉緊緊擁抱在一起:「金哥,你什麼時候再回來?」范偉悲哀的耳語也使得金谷十分難過。

「我會來看你的。」金谷鏗鏘地說,並用右手拍拍范偉的背部。

金谷坐上了「衛山樂院」送他去學校的專車,他推開車窗沿途向大家揮手告別。車穿過心形的花壇,駛入濱海大道,往學校方向開去。

兩年後范偉也告別了「衛山樂院」跨進了「衛山實驗學校」,兩人成了校友,更勝似兄弟。

Volume 8. 孤獨人生

在他們分開的兩年中,范偉的自立能力更強了,就是學習跟不上,幾個學期下來,成績總是倒數第一或第二。

金谷卻是品學兼優,還擔任起他所在班級的班長。他幾乎每週日總要抽出半天時間給范偉輔導功課,功夫不負有心人,終於把范偉從留級的邊緣拉了回來。那年的期末考范偉成績排名全班中流,這樣更堅定他勤奮學習的信心。

對金谷來說,九年的義務教學,一瞬眼快要結束了,他準備報考技術高中,以便學到一技之長,為將來謀生做好技術儲備。但哪兒去弄到這筆學費呢?金谷望著靜穆的天穹默默地思索著。最後他決定暑假期間出去打工。

一天下午金谷剛給范偉輔導完功課回到宿所,只聽見「呼呼」兩聲敲門聲。

「是誰?請進。」

一個四十歲左右的中年男子,穿著一套灰色的牛仔杉褲,頭戴一頂黑色的禮帽,濃濃的眉毛下一雙深邃而明亮的眼珠,臉色白裡透紅,神采奕奕地走到金谷面前。

「你是誰?」金谷詫異地問。

「你在『衛山樂院』時我就認識你了。」那個中年男子摘下禮帽,露出一幅和藹的笑容。

「聽說你今夏就畢業了。」

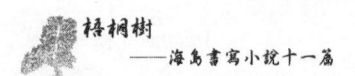

「你怎麼知道？」

「我是聽人說的，但絕對不是道聽塗說。」

「這人是誰？」金谷疑惑地問。

「你熟悉的人。」那個中年男子笑眯眯地說。

「那你畢業後有何打算？」

金谷明眸一閃，「我準備報考汽車中專。」他心無芥蒂地說。

那位中年男子拉開上衣，從懷裡的口袋裡抽出厚厚一遝人民幣，往金谷身邊的桌子上一放，溫柔地說：「孩子，叔叔為你讀高中助一臂之力。」

金谷一臉憮然，他拿起這一遝人民幣往那位中年男子的懷裡塞，赧然地說：「叔叔，我不能收你的錢。」

男子用粗壯的右手將錢又推回到金谷的手上，左手拍拍他的肩膀：「自己人，別客氣。」然後他戴上那頂黑色禮帽向外走去。金谷悠然出神地望著那寬大的背影慢慢消失在學校的大門外。他清點這一遝人民幣正好兩萬元，內心為之一振，因為這兩年的學雜費和生活費搞定了。這瞬間金谷被那位男子慷慨舉動所感動，而昨天還是憂心忡忡，今天卻如沐天恩。但有一點使他百思不得其解，那位中年男子為什麼用「自己人」來稱呼他？

那天晚上皎潔的月光耀如流銀，灑遍了廣闊的大地。金谷趴在桌上酣睡了，他又一次在夢裡見到了母親，熱淚盈眶。

Volume 8. 孤獨人生

兩年的中專學習轉瞬之間就要結束了。金谷由於平時省吃儉用，果然在畢業的那天，他一查銀行卡，卡裡還有四千二百元的餘額。

金谷獨自一人躺在宿舍的木床上，驀地聽到有人敲門，他下床打開房門。范偉揹著書包，手提一只小箱，孑然一身進了金谷的宿所。「金哥，我畢業了。」他從書包袋裡拿出了畢業證書，畢恭畢敬地遞到金谷的手中。「好樣的！」這是范偉第一次聽到金哥的表揚，內心充盈生存的幸福。

現在擺在兩個孤兒前是無路可遁的茫茫世界，只有一條生路，那就是「闖」。

金谷想，照顧好范偉是他義不容辭的職責，於是他在衛山鎮邊緣租下了一間八平方米的車棚，這就是日後兩人唯一可以棲息的巢窩。金谷還在他們的住處不遠處租下了一間空置的雜貨鋪，準備開設一家早餐店，兩間房子合計租金每月不到一千五百元。於是兩個孤兒結束了悠悠的學習生涯，開始走上自食其力的謀生之路。

由於金谷心靈手巧，很快把這個早餐店佈置的小巧精緻，不到一個月便生意火紅。

范偉成了金谷的得力助手，早餐店的所有食品糧油採購均由他統包，雖然范偉對學習並不擅長，但在生意場裡他睿智多謀，表現得淋漓盡致。三個月過去了，早餐店純賺了一萬五千元，這

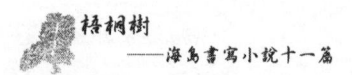

也是兩個孤兒在人生路途上賺得的第一桶金,更增強了他們拼搏的信心。

一天晚上回到住處,范偉對金谷說:「聽說我們小店對馬路的拐角處有一家叫『湘楚人家』的大酒店準備轉讓。」

「那好,我們明天去瞭解一下。」

翌日上午,金谷在范偉的陪同下來到這家酒店,但大門緊閉。根據轉讓告示,金谷很快撥通了酒店老闆的電話,經雙方約定於當日下午三點洽談轉讓事宜。

下午三點金谷與酒店老闆如約而至。

那位女老闆看上去快近五十了,但是打扮的卻十分時髦,黑色絲綢上衣的領子和袖口繡上金邊,頸上掛著鑲嵌著緬甸紅寶石的金項鍊,風姿綽約。當她一見到金谷似乎就知道他是一位不諳世事的厚道青年。

她陪著金谷在店內巡視一遍,總共有十六張大圓桌和三個包廂,最終以三萬六千元轉讓,先付一萬二千元,其餘等新店開業後分期付清,這筆轉讓體現了老闆那顆寬厚與溫柔的心。

由於金谷對各種電器維修技術嫻熟,酒店經過半個月的翻新裝修,終於七月六日開業。飯店起名為「谷偉酒店」,這一名稱意味深長,它將兩個孤兒名字合為一體。

Volume 8. 孤獨人生

七月六日下午五點,「谷偉酒店」張燈結綵,鞭炮聲震耳欲聾。四個服務小姐身穿旗袍站在大門兩側恭候顧客到來,范偉成了金谷的左膀右臂,待人接物得心應手。

　　不到下午六點,大廳內已座無虛席。

　　金谷親自掌廚,並且聘了兩位烹飪大師,一盤盤珍羞佳餚通過幾名服務小姐轉到餐桌的角角落落,飯店內笑聲碟碟,盛況空前。

　　開業那天一直忙到晚上十點,顧客才依依惜別。

　　從最初開始的早餐店到今日「谷偉酒店」的開業,范偉已對餐飲業有所領悟,再也不像當初那樣均需金谷指點迷津。從食品採購到菜肴的搭配,直至大廳內餐桌的調派等等變得得心應手,顧客有種賓至如歸之感。

　　三個月過去,金谷還清了飯店轉讓餘款,不僅收益豐厚而且馳名衛山內外。

　　一個深秋的晚上,涼風嗖嗖。

　　一輛白色的賓士轎車突然停靠在「谷偉酒店」大門外,一位舉止嫻雅的中年女士,領著個七、八歲的女孩從後座的車門走了出來,帶著黑邊太陽鏡,身材魁梧的中年男子接踵而來。

　　那個女人凝視著「谷偉酒店」的四個大字,若有所思,站立

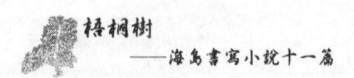

片刻。一位迎賓小姐態度和藹面帶微笑地說：「小姐，你們想用餐嗎？」金琴微微一笑說：「是的」。

在飯店服務員的引領下，一家三人在飯店最後一排靠窗一角餐桌前坐了下來，服務員殷勤地將菜譜遞給金琴：「小姐，請您選擇。」金琴轉手將菜譜遞給丈夫，然後心不在焉地對女兒說：「陸霞，今晚你想吃什麼？跟爸爸說。」

這時父女倆趴在桌上興致盎然地選擇今晚他們心儀的菜肴，金琴起身走向前臺四處尋找兒子的身影，但是沒有發現任何關於他的蛛絲馬跡。這時女兒跑了上來：「媽媽菜快上齊了，爸爸叫妳快去。」她剛在桌邊坐下，驀地聽到前面櫥窗裡喊出：「十五號桌的烤鴨好了。」此刻范偉和幾位服務小姐正在包廂裡清除前客剩下的殘羹冷炙，以便為下批來客提供清潔舒適的環境，均沒有聽見呼喊聲。

金琴一聽到櫥窗裡的呼喊聲，疾步走向櫥窗，雙目緊盯著櫥窗內黑髮濃眉的男孩，這廿年的靈魂騷動無不與他相關，這使她情不自禁緩緩向櫥窗靠近，好像母親邁著貓步生怕驚醒搖籃裡酣眠的嬰兒。

「小姐，你是十五號桌嗎？」金琴輕輕說了一聲「是的」。目光卻注視著這隻又黑又粗的手，她用細嫩的右手接過一盤烤鴨，再將另一隻手慢慢地伸進櫥窗內，想去撫摸他油呼呼的左手。他一愣，以為這女人的行為有些放浪，當他正想把自己的左手縮回來時，男孩忽而明眸閃亮，竟然大喊「媽媽」。

Volume 8. 孤獨人生

金琴如同聽到一聲驚雷，頓時全身發軟，手中的盤子掉在地上，一地都是散落的鴨肉，她顫抖著，臉色蒼白，結結巴巴地喊出：「金……谷……」金谷急步從櫥窗裡衝了出來，緊緊抱住全身發軟幾乎要倒地的母親，用一雙油乎乎的雙手抓住金琴的絲綢上衣，嘴裡吐出藏匿在靈魂底處多年的肺腑之言「媽媽」。此時兩人的熱淚像是剛開閘的急流。

　　餐廳被這突然其來的一幕弄得鴉雀無聲，人們緊緊圍在這兩人的外面，目瞪口呆。這時范偉和兩名服務小姐也從包廂裡走了出來。范偉肅穆地站立在一旁，緘默無言，兩個女服務員將散落在地上的鴨肉撿到一個垃圾袋裡。

　　陸霞飛快地跑了上來，雙手抱住母親的大腿，不停地搖曳著，嘴裡滔滔不絕地哭喊著「媽媽，媽媽」，生怕她的母親愛情別移。金谷鬆開了雙手，低頭注視被他油呼呼雙手沾污的玫瑰色絲綢上衣，「媽媽對不起，我把你上衣弄髒了。」金琴哭泣著臉搖搖頭：「沒關係！」然後拉著女兒的手說：「叫他一聲哥哥。」陸霞差異地問：「媽媽，我有哥哥嗎？」金琴點點頭，但是小女孩還是叫不出來。金谷在小女孩面前蹲了下來輕輕地說：「好妹妹。」小女孩這才囁嚅的回敬了一聲：「好哥哥。」

　　此刻女孩的父親放下酒杯，邁著沉重的腳步從後排走到他們跟前，金谷抬頭一看，似曾相識。「叔叔是您給我二萬元錢對嗎？」女孩的爸爸溫柔地說：「自己人，不值一提。」他對「自己人」的真正含義如今才領悟。金谷哀傷地要服務小姐給他拿一遝餐布紙，然後他擦去手中的油污，緊緊擁抱女孩的父親，情緒

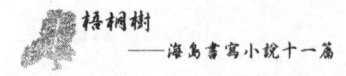

激越地說:「叔叔,如果沒有你這兩萬元,我無法走到今天這一步,我不知以何方式向您表達我的謝意。」

「你去謝謝你的母親,是她叫我送來的。」女孩的父親吐露真情。

金谷把身體轉向母親,想再一次撫摸她那溫柔的雙手。只見他的母親磕磕絆絆向後退,再也沒有讓金谷碰到自己身體任一部位。因為她想:作為母親,在兒子出生後的二十年裡給予兩萬元錢,猶如一根無足輕重的羽毛,因為孩子需要的是歷久不渝的愛。

這時金琴因憂傷過度胃有些不舒服,她向兒子告辭,金谷依依不捨地走到母親面前:「媽媽,你身體不舒服,今晚我給你們三人準備好了套房,明天再走吧。」

「你妹妹明天還要上學。」

金谷知道一切的挽留都徒勞了,於是吩咐服務小姐將兩隻剛出爐的烤鴨,和冰箱內四條鱈魚打包後通通裝入賓士車的後箱。這時他拉著母親的手惆悵地走出「谷偉酒店」大門,月光傾瀉,猶如融化的銀流,奔向靜謐的大地。

陸霞和她的父親先上了車,金谷還與母親在榆樹下依依不捨。在女兒不斷的催促下,金琴才步履蹣跚走向車內,這一刻金谷有種撕心裂肺的感覺。車子開動,在後座玻璃窗伸出陸霞的一隻手:「哥哥,再見。」金谷沉重地提起一隻好像是受傷的胳膊,向他們告別。

Volume 8. 孤獨人生

一輛白色轎車在一個深秋的夜晚就這樣憂傷地離開了「谷偉酒店」，沿著海濱黑鬱鬱的波羅蜜樹林帶向東駛去。

　　翌日一早，范偉來到金谷身邊躊躇一會說「金哥，昨晚與你擁抱的那位容貌秀麗的陌生女人是你母親嗎？」

　　「是的。」金谷確切地說。

　　「怎麼我們相處快廿年，你一直未提及你的母親？」范偉詫異地問。

　　這時金谷眼珠望著窗外那條看不到盡頭的馬路，默默流淚。范偉頓生悔意，不應繼續追問金哥，因為這一追問已經刺痛了金谷靈魂深處最傷感的一面。

　　「對不起，我不該這樣問你。」范偉沮喪地說。

　　金谷用右手輕輕撫摸范偉的膝蓋，親切地說：「沒關係，我們不談這些。」其實金谷心知肚明，「在這個世界上我至少能找到一個人向她傾訴感情，而阿偉內心的肺腑之言又能向誰傾訴呢？我的憂傷與他相比不值一談。」很快兩人又把話題轉向飯店的經營上。

　　由於「谷偉酒店」生意興旺，顧客從早到晚絡繹不絕，使他們應接不暇，最後又雇了八名員工。金谷和范偉兩人早出晚歸，雖然這一年收入不菲，但開支猛增，最終核算下來盈利不多。

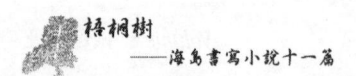

金谷痛下決心，準備將此店轉讓，重操本行——汽車運輸。范偉獲知金谷要從事汽車運輸，大喜過望。

酒店轉讓後，金谷購了一部東風五噸紅色貨車，業務掛靠一家民營貨運公司，范偉是他的一名助手。從金谷經營飯店開始，均按月付給范偉工資，且資薪為一般雇工的兩倍，從不拖欠。幾年下來他已有三萬多元的積蓄。半年後范偉也買進一輛二手的五噸貨車，從事平原地區的短途運輸。由於金谷對汽車維修技術嫻熟，在駕駛上又較范偉技高一籌，所以調度經常把路況較差的高山運輸任務分配給他。

金谷的任務是將東部的大米運送到西部的山區，回程時再將西部山區的毛竹拉到東部，單程就有三百多公里，一個往返就得一週時間，碰到雨天時間更長。

在五月的一個早上，金谷首次按調度員安排，向西部運送糧食。當汽車開出城市的馬路後，就進入鄉村的田野，早上露水籠罩著廣闊的大地，田野顯得有點灰暗。他車速較慢，目睹鄉間公路兩邊燕子嘴銜泥草穿梭於公路兩側，忙於築窩搭巢，綠油油的稻田裡發出嘰嘰嘎嘎的青蛙叫聲像是一場無休止的合唱比賽，這一切都使金谷心曠神怡。快到中午了，廣袤大地因受陽光親吻，露水消退，顯得一片生機盎然。

金谷把車停在路旁，吃了兩個麵包，喝了一瓶礦泉水後繼續向西征發。

在夕陽西墜時，他的車已經到了山下的一個客棧，晚飯後金谷給范偉打了一個電話，因為明天汽車進入高聳的山麓，手機通訊就會中斷。

「阿偉，今天你拉什麼貨？路途遠嗎？」

「都是市內，跑了五趟，單程只有十里，是煤炭短駁。」

「我明早要進入山區，估計要一週後我們才能通話。」

「金哥要注意行車安全，祝你凱旋歸來。」

「謝謝，晚安。」

第二天早晨金谷起得較早，他凝視著裝滿糧食的汽車，先專心致志檢查汽車每個環節，大概不到七點車子出發了。前方道路起伏，薄霧籠罩，汽車慢速行駛，等太陽一出，薄霧消散，能見度好的情況下再加快行駛。因為金谷明瞭——必須在夜幕降臨前將車上的一半糧食卸在山腰的一個中轉倉庫，汽車後天才能按時到達。

車子經過矮矮的山路後，開始進入較為陡峭的爬山公路。公路是螺旋型，從汽車左側俯視下方是一個萬丈深淵的谷地。

高山濕度很大，不一會天空灑落濛濛細雨，這翠谷青山頓時氤氳繚繞。突然一聲震耳欲聾的雷聲像要把大山劈成兩片，滴滴答答的雷雨從天而降，大雨傾盆從山頂向下傾瀉，湍急的流水把爬山公路上的沙石沖刷的一乾二淨。很快雷雨停了下來，太陽露

出了微笑,驀地在兩座高山間架起了兩條平行的彩虹,一條像粉紅色的紫羅蘭中夾著百合花和迷迭香,另一條像是鬱金香被色彩各異的罌粟花包裹著,兩條彩虹間形成了天河,在天河上方一堆乳白色的雲隨風翻滾,像是一塊調色板,太陽穿過色彩變幻的雲塊後,映射在彩虹上,絢麗多姿、光彩炫目。金谷被這一美景迷住了,他乾脆關掉發動機,欣賞人間仙景。此空中奇觀勝過巴比倫時期安美伊蒂絲的空中花園,前者是大自然的鬼斧神工,而後者卻是人工所為。

下午三點烈日高照,這一幻景瞬間消失。他順著繞山公路盤旋而下,對面山腰上一個個圓柱形的糧倉在太陽照射下熠熠閃光。

雷雨過後,山上許多岩石碎塊被暴雨沖到山間公路上,下山時如果車輪一不小心碰到石塊,煞車失靈,整車衝入山谷,就會車毀人亡。他小心翼翼沿著蜿蜒曲折的山路緩緩行駛,不到下午五點,汽車終於安全駛入糧庫,一塊壓在心中的石頭總算放下來了。然後將剩餘的半車糧食開進山腳下的停車場,晚飯後金谷感到精疲力竭,回到客棧的臥室酣然入眠了。

第二天早上,陽光破窗而入,他剛甦醒一看錶,已是七點多了,較往常晚起身一個多小時。

金谷狼吞虎嚥似的吃完早餐,將車上的一半餘糧分別運到三個不同的糧食銷售點。下午在炎炎的烈日下,當地的竹農幫他裝上了滿滿一車毛竹。

Volume 8. 孤獨人生

週四一早天氣晴朗,他駕車離開這風光綺麗的山區,駛上返程的路途。經過二天一夜的兼程,於週六晚上到達車隊。

　　那天晚上,金谷和范偉相聚在一家經常光臨的酒店。金谷拿出在「谷偉酒店」時一位老闆贈送給他的廿年茅臺暢飲起來,繪聲繪色將這一週的所見所聞向范偉講述,范偉洗耳恭聽,有種心醉神馳、躍躍欲試的衝動。

§

　　星期日早晨,空氣中籠罩著一層厚厚的霧靄,令人悵然若失的仲秋裡充盈著孤獨的氣氛。突然金谷的手機鈴聲響了:「金谷你快來一趟,你媽現已病危。」

　　「你是誰?什麼?什麼?」金谷急促地問。

　　「我是陸仁發,你媽叫我打電話給你,她馬上想見到你。」一個熟悉中年男子的聲音。

　　這突然其來的噩耗使得金谷情緒極度悲傷。他與范偉告別後,汽車風馳電掣般地沿著濱海大道向東駛去。

　　經過一個多小時的車上煎熬,金谷終於來到了他曾夢幻的地方,如今這裡卻變得十分淒涼。房後纏繞在一棵高大柏樹上的藤蔓被一陣狂風吹起,像是在空中飛舞的深綠色綢條。

　　遽然,一輛紅色的汽車停靠在淺灰色的別墅旁,一對父女心情窘迫站在大鐵門邊。

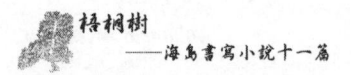

「媽媽在等你,哥你快進去。」陸霞惴慄地對金谷說。

陸仁發拉開了大鐵門,金谷步履匆匆走進母親的房門,只見臉色蒼白的母親躺在一張橡木做的單人床上,雙眼直直地盯著金谷,掛滿淚珠臉龐。金谷用雙手撫摸著母親顫抖著的右手,只聽到母親嘶啞地說:「金……谷……你……來……了。」臉上露出慘澹的微笑,結結巴巴地說:「我對不起你。」然後一陣急促呼吸後,突然聲音戛然而止,雙珠凝固不動,原本早已掛在金谷臉上的淚水撲簌簌滾了下來,此時只聽到他的嚎啕哭聲:「媽媽,媽媽。」呼喊聲撕心裂肺。

這是發生在十月中旬的一個陰沉的夜晚,外面的路燈已經亮了,別墅門外一棵榆樹黑魆魆的樹梢在淒風愁雨中低頭搖晃。在屋內的大廳裡,這三個人為他們的親人守靈。那天夜晚,他們沒有吃飯也沒有言語,只有一付付悲傷的臉面,還有一支在逝者腳後微光躍躍的蠟燭。

在金谷的記憶中,無論是童年在「衛山樂院」假山旁,還是在「谷偉酒店」的大廳內,與母親相會總是悲傷的,現在又一次目睹躺在靈柩裡駕鶴西去的母親遺體,不由得眼淚潸然而下。

三天後將母親的骨灰盒入土後,金谷告別了父女兩人,準備駕車返回自己的住處。臨別時陸霞緊緊與同母異父的哥哥擁抱在一起,繾綣而又哀傷地在金谷的耳邊輕輕低語:「哥哥,有空來看我好嗎?」

Volume 8. 孤獨人生

「好的。」金谷哽咽了,眼淚又從眼瞼邊流了出來。

金谷跳上了被夕陽繡上光斑的那輛紅色汽車,眺望馬路兩旁的波羅蜜樹孤獨地屹立著,唯有微風撫摸它的葉片發出沙沙的啁唽聲。他拉下車窗玻璃,再一次向站在路邊的父女兩人道別,汽車開始速度極慢,突然他加大速度,孑然一身向夕陽下落的方向疾奔而去,一路上他淚流不止,好像天要塌陷似的。

經過不到一個小時的煎熬,車子終於回到了自己的住處。金谷下車後發現房門還緊鎖著,他打開房門進去卻沒有發現任何有關范偉回來的跡象,金谷若有所思地在門口站了一會便向車隊的停車場走去。

當他跨進車隊的大門,一輛輛貨車整齊地停在場地的中央。唯有一輛灰色的五噸貨車停在修理車間的門口,車間的大鐵門緊閉著,在鐵門上一盞黝暗燈光下,發現車底下有一個人在蠕動。

當金谷靠近車旁,從車底下鑽出一個滿臉都是油污的范偉。

「金哥你回來了。」范偉一臉驚奇。

「你在幹什麼?」金谷沒精打采的問。

范偉沒有正面回答,只是囁嚅地問:「你媽媽怎麼樣?」

「去世了。」金谷呆呆地站在車邊沮喪地說。

「真的?」范偉突然把握在手中的工具掉在地上一臉愣然。

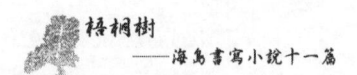

金谷用右手抒了一下紅腫的眼睛，默默的低下頭把話鋒一轉，「車子出了什麼問題？」

「煞車失靈了！」范偉心不在焉地說。

由於金谷擅長汽車維修，他很快找到原因，不到十五分鐘就解決了問題，經過試車一切安然無恙。第二天早上因為剛處理完母親的喪事精神恍惚，車隊調度安排他平地運輸，金谷欣然接受，於是每天與范偉一起早出晚歸從事市內短途的煤炭運輸。

經過一週短途運輸，金谷慢慢從喪母悲哀中解脫出來，調度又派他從事長途高山運糧。

幾個月過去後，兩人收入拉開了差距，雖然金谷在高山運糧中勾魂攝魄，體力透支大，但收入豐厚，工資足足是范偉的兩倍還多。

范偉總是悶悶不樂，三番五次向金哥請求一起上山運糧，卻回回遭到金谷的婉言拒絕。金谷認為范偉不能跟隨他一起上山運糧主要有兩方面原因：首先阿偉是一部二手車，一旦在高山上出了故障很難維修；其次是由於范偉駕齡不長，山路陡峭，如果碰到雨天，下山時一旦煞車失靈，汽車衝出路面跌入山谷，這就造成車毀人亡。總之是出於對范偉的愛。

范偉則認為：金谷自己跑利潤高的業務，卻把無利可圖的業務留給別人，有見利忘義之嫌。

Volume 8. 孤獨人生

一個隆冬的下午范偉接到一個電話。

「今晚六點我請你到『谷偉酒店』聚餐。」

「金哥，你已經回來了？」范偉驚奇地問。

「是的，因為沒有回貨，所以空車跑得較快，別忘了今晚六點在二樓十六號包廂見。」金谷語重心長地說。

「謝謝金哥。」

十二月的下午六點馬路一片漆黑，范偉穿著一套休閒服如約而至，當他推開十六號包廂一臉懵怔，餐桌上擺放著雙層的奶油蛋糕上面寫著「生日快樂」，蛋糕一周插著二十根色彩各異的生日蠟燭。

「金哥這是怎麼回事？」

「今天是你二十歲生日，我們慶祝一下。」

「你怎麼知道？」

「我在『衛山樂園』時，從老師口中獲知的。」說完金谷把打火機遞給了范偉。

「你把這二十根蠟燭點著吧。」

「我想在這個世界上也許只有你金哥會記起這個日子，連我自己都已遺忘。」這時他熱淚盈眶，用顫抖的右手點著了這二十根蠟燭。

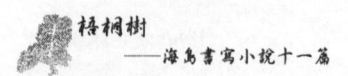

不一會服務小姐端上金谷預定的六個菜，這並不奢華，但卻甘飴溫馨。

廿年的朝夕相處同甘共苦，不是兄弟卻勝似兄弟。

金谷打開一瓶名貴的紅葡萄酒，在兩人的暢飲中無所不談。

「金哥讓我跟你一起上山運糧吧。」當范偉一出口，金谷醉醺醺的舉起酒杯。

「好吧，一言為定。」金谷原來堅守的防線轉瞬間就被攻破了，這時他已心醉神馳。

次日，范偉心高采烈地從調度室出來對他說：「金哥車輛調度已同意我與你明日上山。」他將調度單遞給金谷。金谷神態嚴肅地瞥了范偉一眼：「好吧，下午檢查一下你的車況，然後去糧庫裝糧。」出發前的頭天晚上，范偉因興奮，直到午夜才入睡。

早晨起來天色晦暗，由金谷領路向西邊行進。清晨的薄霧籠罩著廣袤的初冬田野，晨曦穿破薄霧若明若暗地照射著馬路兩旁的波羅蜜樹，打開車窗清晰可聞樹枝上鳥鳴啾啾，對於初入鄉間小道的范偉無不欣喜。

中午兩人分別在車上進食後又馬不停蹄地向西邊征發，當夜幕降臨前，兩車已到達客棧。晚飯後，金谷詳細地向阿偉介紹明天上山下山應注意的問題，范偉洗耳恭聽。

第二天早晨，東邊的太陽被乳白色的雲層擋住，天色陰沉。兩人匆匆吃完早飯後爬上自己的汽車。

當汽車剛進入山區，只見山頂上雲霧繚繞，天氣越來越暗，突然下起了雨，不一會暴雨傾盆。當范偉打開車上的雨刷，卻見方向盤前的那根刷子不翼而飛，透過被暴雨覆蓋的車窗前方一片模糊，他只得把車停靠在靠山的馬路一側，向金谷求助。

金谷從范偉打來的電話獲知他車上的一根雨刷失落了，幸好他帶有備件。金谷冒著傾盆大雨把范偉車上的一根雨刷及時裝上。當他回到自己的車上，人像一個落湯雞似的，換上乾衣後，兩車又繼續向山腰糧庫開去。

不一會雨停了，但不見彩虹。大雨過後路面上隨處可見從山上滾下的石塊，險象環生。范偉行車猶如蝸牛蠕動，比預計晚了一個多小時才平安到達山腰的糧庫，各自卸下一半糧食後回到客棧，這時天空已是晚霞滿天。

隔天上午豔陽高照，兩人把各自剩下的半車糧食井井有序地分卸到三個糧食銷售點，不到中午十二點，一次驚險的高山運糧總算告一段落。

這次運糧因沒有回貨，所以在週四早上返回時兩人心情特別愉悅，再加上天氣晴朗、視野開闊，只用了半天時間，兩車就翻越了崇山峻嶺，當天晚上即進入了平原客棧。翌日一早，東邊地平線上的雲如藍色的珊瑚遮住了太陽的光芒。

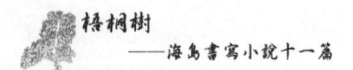

兩車的油箱加滿了汽油後，於上午九點才出發。

這回范偉不用金谷引路，他的車輕鬆地開在金谷前方。可是當車行駛到下午三點，眼看馬上要進入市區時車子突然停住了，原來前方堵車了。被堵的車輛首尾足足有三公里多長，直到下午五點多被堵的車輛才開始向前移動。

初冬的晚夜涼風颼颼，月亮沉溺在雲層之間，范偉望著前方城市燈光隱約可見。由於返城心切，范偉車速飛快，在經過一個轉彎處見地上躺著一個人，他一愣猛踩煞車，車子因慣性向前衝出十多米才停了下來，只見在鮮血中躺著血肉模糊的女孩，嘴裡發出痛苦的呻吟。

此刻范偉打開車門，他一臉怔忪，面對這一人間的慘狀經一番斟酌後「砰」的一聲又關上車門甩腿就跑。

在悲風呼嘯中金谷的汽車接踵而上，路過轉彎處驚見路面的一大堆血泊中躺著一個女孩，令他毛骨悚然。金谷馬上煞車，他發現鮮血已經染紅了女孩的全身，身邊的一個書包也浸泡在血中，嘴裡微微地呼喊著：「救救我」。他惆悵望著漆黑的夜空，從懷裡掏出手機呼求救護車，不到五分鐘一輛白色的救護車到達了。救護人員用擔架小心翼翼地將女孩抬上救護車，金谷也隨車來到衛生院，經簡單的消毒處理後，立馬將女孩轉入市內大醫院。這時已夜深人靜，醫院除急診室燈光通明外，其他科室均燈光晦暗，醫生下班了。這時女孩的生命就像風中殘燭，若不及時搶救，她的生命之光很快就會熄滅。

Volume 8. 孤獨人生

金谷心急如焚，在那個被鮮血染紅的書包中找到了女孩的學生證，從中獲知她叫張靚麗，是浩江實驗中學高三學生。

　　他與醫院達成了默契，不惜一切代價搶救女孩，並代表女孩的家屬在手術前簽了字。

　　這時萬籟寂靜，幾名專家醫生相繼從各處來到醫院。

　　經過CT確診，女孩的前胸斷了三根肋骨，腹部有腸子斷開，左臂粉碎性骨折，馬上需要手術。不一會手術室的大門一關，手術臺上燈火熠熠。

　　金谷一看手錶是晚上十一點半。

　　這時醫院的長廊安恬靜謐，唯有金谷一人坐在椅子上。他心煩意亂地拿出手機想與范偉通話，但對方的手機始終處於關機狀態，此刻他心境茫然。

　　凌晨五點左右，一個年邁的醫生從容不迫地從手術室出來，眼中閃著幸福的光芒和藹地對金谷說：「你是女孩的家屬嗎？」

　　憑藉手術前的簽字，他靦腆地點點頭。

　　「手術十分成功，現在已脫離危險，但人仍然處於昏迷狀態，需要好好觀察。」

　　暮去朝來，經過一夜的煎熬，壓在金谷心頭的一塊石頭終於落下了，他的臉色由昨晚的蒼白伴隨黎明的到來逐漸恢復紅潤。

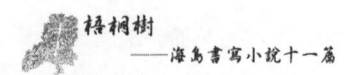

金谷靜靜地守護在女孩的病床旁邊。從早晨五點半開始，他就一直在撥打浩江實驗中學的電話，但始終無人接聽，不到七點電話終於通了，很快學校把這一電話轉給了張靚麗的家。

在女孩沒有回家的這一晚上，靚麗的父母失魂落魄、通宵無眠。父親從金谷打來的電話中獲知女兒已通過手術脫離危險，此時壓在家人心頭的一塊石頭總算落下了。很快地，靚麗的父母悻悻地坐上小車向金谷提供的醫院地址直奔而來。

按昨晚金谷與醫院達成的默契，金谷必須在今天內支付六萬元的手術押金。無奈之下，他將自己心愛的紅色五噸卡車按評估價的八折出讓，共計六萬八千元，對方當場支付六萬，等下午提車再付清餘款八千。

金谷將這六萬元押金全款交給了醫院，兌現了昨夜的承諾。

大概早上九點左右，靚麗父親駕駛的小車到達了醫院。兩人下車後直撲女兒的病房，一進病房大門只見金谷脈脈溫情地守在女兒床邊。

「你是誰？」靚麗的父親望著迷昏迷中的女兒怒氣衝衝對金谷說。

「你女兒昨晚在八角橋下的轉彎處發生了車禍，我當時路過就把她送到醫院。」

「誰作證？！」靚麗父親態度嚴肅地說。

Volume 8. 孤獨人生

「我的良心。」金谷高高地抬著頭,目光炯炯地望著他。

靚麗的父親一陣獰笑,「明明是你的車撞了我女兒,還說你救了她,你真會演戲。」他上前兩步,「劈啪!」給金谷兩個耳光將他打翻在地,鼻孔流出了血。靚麗的母親想用濕巾去擦掉金谷從鼻孔流出的鮮血,金谷用右手輕輕將她推開,沒有讓她的手觸碰自己的臉,他只用右袖擦掉臉上的鮮血,緘口無言。

一個星期過去了,女兒還未從昏迷中甦醒過來。

§

星期日的早晨,一道朝陽穿過病房的窗戶灑落在靚麗的病床邊。

金谷凝視著掛在她床頭的輸液袋中藥液快已耗盡,他用右手按了靚麗床邊的按鈕,護士聞聲而來,緊跟其後是靚麗的父母,像似兩朵被風追逐的雪花輕輕地飄落在女兒的床邊,金谷將頭移到她的耳邊輕輕低語:「靚麗,你爸媽來看你了。」這一聲像是神的呼喚,她的眼皮從昏迷中倏然睜開,又一次見到母親慈祥的臉,母女倆相擁而泣。

「那個救我命的大哥還在嗎?」這是她醒後的第一句話。

靚麗的父母被女兒這一問弄得目瞪口呆。她試圖起身尋覓那個大哥的蹤影,金谷按住了她的胳膊以防針頭滑落,這時她看清了金谷那高大的身影,頓時淚流滿面,開始用微弱的聲音傾訴事情的過程。

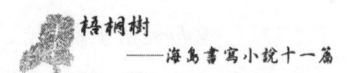

「那天放學天色晦暗，當我剛過轉彎處，被一輛白色的小轎車撞倒了，好像全身被撕裂似的，可小車並未停住，倉皇逃遁。過了一會一輛灰色的大卡車在我身邊停住了，下來一個人，他看了我一眼又驚恐地爬上司機室，也溜了。我痛得不省人事，感到我的生命馬上就要結束，在我絕望之際，一輛紅色的卡車在我身邊停住了，下來了這位大哥。」

靚麗把眼神轉向金谷，接著說：「他脫下上衣擦掉了我滿身的血跡，開始撥打手機，這時我什麼都沒有聽見，開始昏迷了。」靚麗的父母屏息細聽女兒發自肺腑之言，母親邊聽邊啜泣。當她的話音剛落，父親才恍然大悟，他用雙手緊緊握住金谷的手，「孩子，我實在對不起你。」他居然在金谷面前跪下，「對於上次的粗魯行為，我深感痛心，我真摯向你道歉，請你原諒。」此刻金谷把他扶了起來。

「在我女兒生死攸關之際，你完全拋棄了自己的利益去拯救她，我不知用什麼可以表達我心靈的致謝！」說到這裡他好像哽咽了。

一個月以後，經醫院檢查同意回家療養康復。

出院的那天早上，靚麗的父母來到了病房。金谷把靚麗請到病房外的醫院長廊上，她瞥了他一眼親切地說：「金哥你有何事？」

金谷瞟了她一眼猶豫一會後說：「靚麗，我可以走了嗎？」

Volume 8. 孤獨人生

靚麗突然一愣，臉色發青說：「你瘋了，你為了我把車也賣了，還想到哪兒去，你就跟我走吧！」

話音一落，靚麗拉起金谷的左手向病房走去。

但在這個月中，對金谷來說卻是煎熬，他幾乎從日出開始打電話一直到日落，尋找范偉的下落均杳無音信。

從靚麗昏迷中甦醒過來的病房敘述中，金谷獲知這起車禍並非范偉所為，但畢竟在一個人生死關頭卻見死不救、臨陣逃脫，這無疑是道德的坍塌。

金谷思忖著：范偉現在一定背負著沉重的精神枷鎖，藏匿在某個陰暗的角落，作為同命相連的哥哥一定要把他從精神的囹圄中拯救出來。

從靚麗被撞倒到現在快三個月了，轉瞬即逝。她已能在平地上慢跑，與常人別無二致。一個初春的夜晚，晚餐後靚麗來到自家後花園的長廊上，眺望高空，皓月灑落在花園安謐的幽徑上銀光閃爍。

遽然長廊的一頭有個人影慢慢向她移動。

她凝眸觀望，原來是金谷向她走來，她心中像是春潮湧動疾步上前：「金哥，你今晚臉色紅潤，顯得格外瀟灑。」靚麗脈脈柔情地說。

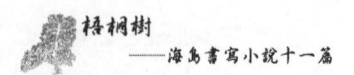

「你父親特別客氣，所以今晚我喝多了，有點目眩神迷。」金谷侃侃而談。

靚麗甘美一笑，溫和地望著臉頰緋紅的金谷說：「金哥，你就像在自己的家一樣，隨心所欲吧。」

這時金谷覥腆地望著靚麗。

「我有一件事想告訴你一下。」

「什麼事？」亮麗驚訝地問。

「我想去尋找我弟弟。」金谷鼓起勇氣發自肺腑之言。

「你從來沒有跟我說過關於你弟弟的事。」

「是的，從你車禍那天起便一直聯繫不到他，我有義務這樣做。」

此時靚麗緘口無言，默默地點點頭。

靚麗的父親獲知金谷要去尋找自己的弟弟，特將自己接待貴賓的紅色賓士轎車讓給他使用。金谷想：如果靚麗的父親知道范偉在自己女兒生死攸關之時的所作所為，他又會作何決定？他能寬恕嗎？

第二天，他暫時告別靚麗一家，煢然一身駕車去尋找分別百日之久的弟弟。

Volume 8. 孤獨人生

他想，如果順著范偉童年成長的足跡去尋覓，也許能發現他隱居的蛛絲馬跡。

早晨東邊的朝陽穿透了厚厚的白雲照射在平靜的海面上。金谷沿海濱大道駕車來到童年時的巢窩——「衛山樂院」的山腳下，抬頭仰望山頂教堂鐘樓上的十字架閃爍著鏽光的斑駁。

這時他沿著一條幽徑來到了「衛山樂院」外的心形花壇。昔日這個花壇百花爭豔、勃勃生機，如今卻是雜草叢生、荊棘滿園，再也聞不到五月鮮花的芳香。他穿過葳蕤並存的櫻桃樹與杏樹林，只見樹上的花早已凋零卻不見果實。金谷走到門衛處打聽范偉的下落，但門衛的回答是院內並無此人，他只好心灰意冷離開童年的棲息地。

當天下午金谷又駕車來到「衛山實驗學校」、「谷偉酒店」（只不過現在已改名「衛山大酒店」）及周圍的商鋪、社區均沒有獲得范偉的資訊。

三個多月前，他因賣車救人自動中斷與車隊的勞動合同，這次故地重遊，在車隊的調度室裡也未獲知范偉的去向，最後只得掃興而歸。

這近十天的尋找之旅已使金谷心力交瘁、心灰意冷。

一天早晨，璀璨的太陽從東邊冉冉上升，撫摸著青碧田園奕奕生輝。

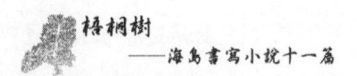

梧桐樹
——海島書寫小說十一篇

頃刻間天空出現一塊巨大的乳白色雲團，恍若朝輝被他攖住了，大地突顯晦暗。靚麗一早就發現在金谷住處的門口停著一輛紅色的賓士轎車，她懷著驚喜來到這裡輕輕敲了兩下房門。

「你是誰？」金谷打瞌後起身來到門邊。

「我是靚麗。」

他倏地打開房門，默默溫情地望著渾圓豐盈的靚麗說：「快進屋，我昨天半夜才到這裡。」

「找到你弟弟沒有？」她心無芥蒂地說。

「車行駛了二千多公里，仍一無所獲。」金谷沮喪地說。

「十天不見，你好像消瘦很多。」靚麗秋波流盼看著他眷戀地說。

金谷雙手向外一伸表示無奈的樣子。

靚麗悠然出神地望著他憨厚的臉龐說：「金哥，下星期我將返校，完成我中學階段的最後一個學期學習，兩個月以後我們將永遠在一起。」

金谷詫異看著她說：「妳在學校裡是出萃拔類，如此睿智多藝的學生，難道就不想考大學深造？」

「我早就想清楚了，我不想考大學，我唯一的願望是與你在一起。」

Volume 8. 孤獨人生

「如果說因為我的出現從而改變了妳的生活軌跡，那麼將來妳會追悔莫及。」金谷語重心長地說。

靚麗眸子閃亮凝視著他滿不在乎地說：「你剛才的話就像一陣風，我只想知道當我揹著書包回家時，你仍然等著我。」於是她用雙手緊緊握住金谷的右手。

這時金谷的心房好像湧入一股滾燙的熱流真誠地說：「我等妳回來。」

此刻靚麗露出了幸福的微笑。

這時天空中乳白色的雲團已散去，朝陽又一次射出鑽石般璀璨的光芒。

在靚麗返校一個多月後迎來了畢業考試。她在語文考試中寫了一篇題為〈一次車禍的啟示〉紀實散文，以自己親身的經歷寫下這篇催人淚下的範文，由於故事情節真實且感人肺腑，文筆流暢，使閱卷老師怦然心動，不僅給了滿分，還推薦到校刊。不久這篇範文在全校師生中引起轟動，學校又把此稿件寄到市報社。

一天早上，金谷與靚麗的父親正在辦公室探討一套傢俱的式樣。

此時門衛工作人員領著一位衣冠楚楚舉止文雅的女士來到辦公室，一進門她便問：「哪位是張經理？」

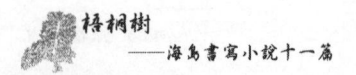

「我就是，請問你有何事？」靚麗的父親摘下眼鏡瞥了她一眼說。

「我是衛江日報記者，是來採訪一位名叫金谷的青年。」然後她將記者的名片恭敬地遞給他。

靚麗的父親笑顏逐開地說：「請坐，金谷就在我身邊。」他用手指著金谷：「他就是我女兒的救命恩人，他叫金谷，你們好好談談。」我到車間去一趟。

記者態度和藹地對金谷說：「你能否敘述一下在張靚麗生命垂危時出於何種動機去救她？」

金谷靦腆地說：「這已是三個多月前發生的事，時過境遷，我沒有什麼可以炫耀。」

「我想獲知你救人的動機。」記者酣暢地說。

「這是一種人的本能，良心告訴我要這樣做。」金谷心無旁騖說。

那個記者又追問：「在沒有目擊者和探頭記錄的情況下賴你為車禍製造者承擔主責，難道這個你當初沒有考慮過嗎？」

金谷搖搖頭。這時話音未落靚麗父親已走進了辦公室，一聽此話他郝然說：「記者，今天我痛定思痛，想當初我打了他一個耳光至今還內疚。」

Volume 8. 孤獨人生

金谷緊忙說：「過去的事情就讓它過去吧，不要老是糾纏不息。」

記者見這一尷尬的場面便中斷了採訪，敞開心扉說：「今天的採訪已臻完美，感謝你們的殷勤接待。」說完神采奕奕地向外走去。

翌日，衛江日報在頭版刊登了題為〈我們時代的精神楷模〉的文章，詳述了金谷救人的事蹟。日後毗鄰省市的各路報社記者也紛至遝來，金谷的名字很快家喻戶曉。

一個仲夏的下午，靚麗興高采烈從學校返回自己的家。心想：能與自己心愛的人在一起，這毋庸置疑是人生最大的快樂。

到家後，靚麗首先直奔金谷的工作室，只見他全神貫注在設計一套傢俱圖紙。

「金哥，我回來了。」靚麗親切地走近他的桌邊，激情奔放地說。

金谷一抬頭看到靚麗笑容溫柔，驚喜地說：「妳剛到嗎？」

「是的。」

「妳爸接到電話後就在門衛邊的接待室等著，妳看到他了嗎？」

「沒有，我一進廠直接就到你這裡來了。」說完靚麗從書包裡抽出一遝證書，除了畢業證外，還有一本特別醒目的紅色證書，

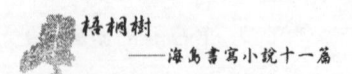

打開一看是「衛江市中學作文競賽一等獎」然後她拿出這篇題為〈一次車禍的啟示〉文稿。

金谷信手從靚麗手中接過文稿細細品嚐，突然羞怯地說：「妳簡直要把我捧上天了，現在我才領悟近日各地記者絡繹不絕到這裡來採訪的原因。」

「這是我心靈的語言。」她情有獨鍾凝視金谷略帶靦腆的臉，儀態肅穆地說。

那天晚上，靚麗的父親邀請他們的親朋好友總共有十幾人舉行了家庭晚宴。晚宴開始先由主人提議為金谷的到來乾杯，在宴會上，靚麗父親又繪聲繪影地介紹金谷拯救女兒的詳細經過，雖然在座各位賓客早已耳濡目染，但是親自聽到她父親的敘述尚屬首次。賓客個個洗耳恭聽，無不為之動感，只是金谷默默地低著頭。靚麗繾綣多情地倚靠著金谷的椅子，明眸含淚，好像聆聽來自天堂的聲音。

晚宴後靚麗約金谷到自家後院的幽徑上散步，小徑兩旁草木蔥蘢，濃香薰人欲醉。靚麗看了他一眼吐露衷曲。

「金哥，我們結婚吧。」

金谷被靚麗這突然其來的一問驚呆了。臉一紅囁嚅說：「不，我不配做你的丈夫。」

靚麗惶遽不安地說：「為什麼？」

「我必須孤獨,因為孤獨已是我終生的伴侶。我還想回去開車,以便在我生命的旅途中找到同命相連的弟弟。」

說到這裡靚麗的眼淚從眼瞼流了出來,傷心地說:「如果有一天你離開了我,我也馬上離開我的家。」

「你不能這樣做,因為妳是父母的掌上明珠,我與妳截然不同。」

「我們都是一樣的人,人生來就是平等的。」靚麗直言不諱地說。

金谷哽咽了,好像從虛構的夢中甦醒,望著朦朧的月亮,語重心長地敘述他的出生直至現在,猶如泉水潺潺、鳥鳴啾啾。

對金谷來說這是第一次敞開心扉,因為他想自己已經沒有什麼可以向她隱瞞了。而靚麗只是不停地流淚。

「如果你真想走的話,請你帶我同行,那怕是天崩地裂、海枯石爛,我們也不要分開。」靚麗苦苦哀求。

金谷看到靚麗這付悲傷的神態一定神爽快地說:「我不走了,我和妳在一起。」

一轉瞬,靚麗的臉上露出了燦爛的微笑,金谷輕輕地把她摟在懷裡。這時月亮從雲層中鑽了出來,它穿過樹梢的縫隙灑落在後花園的幽徑上,見證了這令人欣慰的一幕。

傢俱廠由於金谷的加入,生產銷售等各項指標蒸蒸日上,產

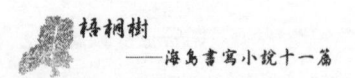

品月月售罄以致供不應求。

一年後的一天上午，靚麗的父親把金谷請到辦公室和藹可親地對他說：「小金我想與你商榷一件事？」

「請張經理說吧。」金谷爽快地說。

「小金啊，你也目睹從你來到我廠，我廠的面貌煥然一新，本人年歲已高、力不從心，不能適應形勢的發展，故所以將全廠的經營大權託付給你。」

金谷受寵若驚，猶豫一會說：「我懷疑我的能力。」

「年輕人要有敢闖的精神，我女兒也會配合你的。」他斬釘截鐵地說。話音一落，就將全廠經營大權移交給了金谷。

第二天早上，靚麗興致盎然走進金谷的辦公室笑著說：「金哥，昨天我爸已經把權力交給你了吧？你可以大展宏圖。」

金谷指著一遝的產品設計圖，財務報表對靚麗說：「妳來得正好，有些東西我還得請妳幫忙。」

「沒有關係，我們邊學邊幹吧。」

靚麗的雋語更增添了他的信心。

金谷睿智聰明，而且不顧做什麼事都有鍥而不捨精神，幾個月後他對全廠的生產、管理、銷售等各個環節瞭若指掌，再加上靚麗將銷售搞得如火如荼，這對金谷來說如虎添翼。

Volume 8. 孤獨人生

由於金谷名字已名揚四海，光彩炫目，隨之而來的訂單像雪片一樣，不到半年即產量翻倍。

　　這天金谷在報上看到一則消息，衛山福利院將擴建。金谷想：我們應該承擔一份力量，向福利院贈送家具。他把自己的心願告訴靚麗後，兩人一拍即合。根據靚麗與福利院負責人接洽，他們的工廠準備贈送一批餐桌和椅子給福利院，分三次運送。

　　一個星期天上午，工廠四周顯得安謐和恬靜，金谷親自駕車和靚麗一起將首批廿張餐桌運往福利院。

§

　　這個福利院坐落在山嶴裡，旁邊有一個巨大的水庫，高山清泉順著山溝亂石潺潺流入庫內。在水庫盡頭穿過一排楊樹林蔭有一幢白牆黑瓦的中式建築屹立著，正門上方「衛山福利院」五個大字特別醒目。金谷的車子停在院的大門外，福利院的院長攜兩名工作人員早早等候在院大門外笑臉相迎。

　　當他們卸完了最後一張桌子，金谷信步走進餐廳。這時已近下午一點，餐廳西北角還有一男子在用餐，金谷目不轉睛注視他，只見他用顫抖的手拿著羹匙往嘴裡送食，一次足足要兩分多鐘。他詫異地問院長：「這個人怎麼這麼晚才用餐？」

　　院長說：「他得有肌肉萎縮症、抑鬱症等多種疾病，所以用餐較慢。」金谷懷著憐憫心情慢慢向他走去。只見他慢慢抬起那憔悴蒼白的臉，遽然眸子閃亮驚叫：「你是金哥？」

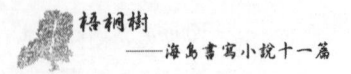

「你是阿偉？」金谷驚訝地問。

范偉緘口無言，忍著眼淚默默點頭，這時他渾身無力怎麼也站不起來。金谷彎下腰擁抱昔日的密友，二人泣不成聲。

「從離開你以後，這幾年我都是在恐懼中度過。有好幾個夜晚我夢見那個女孩血淋淋的臉，我總是在夢魘中驚醒過來。」

「阿偉，那個女孩還活著。」

「真的！你救了她？」

金谷怡然自得地說：「是的。」

「你真是個好人。」

這時范偉鬆了一口氣，好像從痛苦的泥潭中拔出了一步。

「金谷，院長請你去一趟。」靚麗剛跨步進餐廳的門檻向金谷招呼。

當范偉聽到這甜美嫻靜的女孩喊聲，回頭一看，愣愣地對金谷說：「那個女人好像就是那天倒在血泊中的⋯⋯」

金谷目光炯炯地望著范偉說：「你說得對，就是她。」

說完金谷朝靚麗走去，並與她輕輕言語。當他回頭卻見范偉持著拐杖磕磕絆絆走向自己臥室，金谷一轉身疾步向他走去。只聽見「砰」的一聲，范偉已把房門緊緊關住了。靚麗緊跟而來對金谷說：「他是你的什麼人？」

Volume 8. 孤獨人生

「他是我『衛山樂院』時的密友，不是弟弟勝似弟弟。」

「趕快叫你弟弟出來，我們一起回家。」

接著金谷不停地敲范偉臥室的門，卻毫無反應。

靚麗詫異地問：「他為什麼不開門？」

金谷哽咽了結結巴巴地說：「他已經得了抑鬱症？」

「這究竟是怎麼回事？」靚麗一頭霧水。

金谷一聲不吭，耿耿隱憂縈繞心頭，其實事情的來龍去脈他心知肚明，但他篤定「不能在人間播種仇恨的種子」。

一個月以後的一天上午，金谷接到福利院院長打來的電話，范偉已於當天早晨六點去逝，他聽到這一消息恍如噩夢，全身發涼，當即駕車奔赴福利院。

院長親自在門口等候。

當紅色的賓士剛在門口停下，院長懷著肅穆凝重的心情將金谷領到范偉的臥室。

這間臥室座落在餐廳旁邊，是一個八平方的單間，藍色的房門敞開著。

金谷心神恍惚、小心翼翼走進房門。

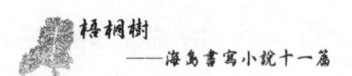

在靠窗邊的木床上好像躺著一個木乃伊，緊閉的雙眼鑲嵌在深邃的眼眶裡，雙頰突起，乾癟臉面白得讓人恐怖，兩隻胳膊就像兩根木棍平行地擺放在身體兩側。

他摘下了太陽鏡，眼淚已黏在眼瞼邊。突然他發現在枕頭旁邊有一信封，他俯身撿了起來，從信封裡抽出一張白紙，上面彎彎扭扭寫著：

金哥：

　　我錯了！如果當初我聽你的話，不去上山送糧，今天也許我們還在一起，我一生做錯的事不只是這一件。在這裡我特別要向那位女孩致以深刻的歉意，我衷心願你們幸福，一直到永遠。

你昔日的密友范偉

一個星期日的上午，金谷將范偉的遺體火化後，將靈柩放入紅色的賓士車內，下午與靚麗一起沿著濱海大道波羅蜜樹林帶向衛山墓地駛去。

當他們將范偉靈柩入葬後，發現這個墓地與下方的「衛山樂院」交相呼應。

在衛山頂上那座教堂塔頂在夕陽下反射出淡淡光，金谷想：那裡也許藏匿著自己母親的靈魂。突然教堂的塔鐘敲響了，他一看錶正好是下午三點，「衛山樂院」的孤兒們蜂擁跑到小操場，其中有一個小孩機靈地爬到假山頂上，金谷目不轉睛地注視他的

一舉一動,發現他與童年的范偉別無二致,恍若時光倒流。此刻他有點頭昏目眩,驚地用右手扶住了墳碑,目睹牌碑上「范偉之墓」四個黑色大字,心底一陣淒涼。

夕陽掠過這翠谷青山,照耀在金色的海灘上,停在波羅密樹林邊的那輛紅色賓士車,猶豫一堆鮮紅的血。

他們兩人沿著石階往下走,石階兩旁白色的櫻花開得多麼短暫,轉瞬間就像雪花隨風飄落。

靚麗以敬重目光側視身邊的金谷,感嘆地問:「是什麼造就你這偉大的人格?」

他望著波光粼粼大海深情地說:「世界以痛吻我,要我報之以歌①。」

靚麗凝視著金谷這慈憫的臉,眼淚從眼眶旁流了出來。他撫摸她的右手,十指緊扣,向石階下方走去。

註① 語出泰戈爾〈飛鳥集〉167 詩句,原文:
"The world has kissed my soul with its pain, asking for its return in songs."

Volume 8. 孤獨人生

梧桐樹
——海島書寫小說十一篇

Volume 9.

綠色穿越

這時肖翔倚靠著機艙內的椅背透過手機看到義大利南部及地中海的氣象節目,氣象報告說西西里島周圍的地中海明日天氣是「晴,東南風二級」。這種氣候非常適合太陽能飛機飛行,他望著浩瀚湛藍蒼穹,思考著明日飛向西西里島的路徑……

梧桐樹
——海島書寫小說十一篇

綠色穿越

航模比賽結束了,在露天頒獎臺下人頭湧動,等待宣佈比賽的名次。

肖敏與瑪麗亞心情激越的站在臺下的前排,當臺上航模競賽評委會主席宣讀到肖翔獲少年組第一名時,夫婦倆相擁喜極而泣。

此時一位黑頭髮、藍眼睛的中義混血男孩肖翔邁著矯健的步伐,走到領獎臺,臺下掌聲雷動。

§

九年前,肖敏從中國一所大學畢業後去德國留學。兩年過後剛從研究生畢業的那年夏天,他獨自旅遊去義大利,在羅馬的一次音樂會上邂逅義大利姑娘瑪麗亞。瑪麗亞也於同年從巴黎的一所音樂學院畢業回國,兩人一見鍾情,經六個月的交往於當年耶誕節前步入婚姻的殿堂。

婚後第二年他們的長子肖翔降臨，於是六年以後瑪麗亞告別父母和弟弟蒂尼離開西西里島迷人的海濱小城陶爾米納，來到東方大國——中國的一個西部城市定居。瑪麗亞成為了一名中學音樂教師，而他的丈夫肖敏在一家飛機製造廠從事航空設計。來中國後，他們家中又添一千金肖琴。

　　轉瞬間這十二年時光流逝，當今天一米七八的兒子高興地站在領獎臺上時，不能不使全家欣喜若狂。

　　晚飯後，瑪麗亞將兒子今天航模競賽及領獎的鏡頭錄製成視頻傳到萬里之遙的西西里。

　　「爸爸，您好！看見了嗎？」瑪麗亞向遠方的父親問好。

　　視頻裡出現父母燦爛的笑容，她的父親帶著威尼斯口音親切地說：「瑪麗亞，妳好，我們都看到妳了。」

　　突然瑪麗亞的母親插話說：「瑪麗亞，妳弟弟想與妳說幾句。」

　　此時視頻因信號發生故障斷開了。

　　肖翔在媽媽身邊焦急地等待著，想見見舅舅的身形。瑪麗亞輕輕的撫摸兒子的頭髮深情地說：「你三歲那年夏天，我站在露臺上眺望，你坐在舅舅的遊艇上，在蔚藍的海面上飛速奔馳，當時你還有點心驚肉跳，而現在今非昔比了吧？」

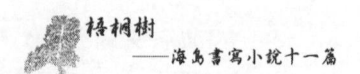

肖翔瞥了母親一眼靦腆地點頭說：「今天我不僅無懼大海，而且更願意翱翔藍天。」

正當瑪麗亞與兒子談笑風生時，肖敏目光炯炯緊盯著螢幕。

突然肖敏拍拍瑪麗亞的肩膀酣暢的說：「信號來了！」

這時螢幕上的蒂尼微笑地對他的姐姐說：「瑪麗亞妳好！」

「蒂尼，你好！」瑪麗亞回敬了一句。

「瑪麗亞，妳上次不是跟我說，肖翔要參加市裡的航模競賽，結果怎麼樣？」

「比賽已經結束，我現在給你放一段錄影。」

於是視頻上插放出比賽時瑪麗亞錄製好的一段視頻，在肖翔無線電操控下，一架他自己親手製作的航模飛機從操場一角很快爬升到二百米高空，盤旋兩周後驀地俯衝只離地面二十米低空，幾乎是從人頭頂上掠過，忽然又爬到了二百米高空。經三個回合後，模型飛機平穩的降落在操場的中心，四周觀眾掌聲雷動。最後還加上了一段肖翔上臺領獎的畫面。

這時在視頻中目睹蒂尼流下了激動的淚水，而瑪麗亞父親在一旁笑容溫柔的說：「肖翔，我們看到你的表演十分棒，向你祝賀。今天外公要送你一首曲子。」

肖翔畢恭畢敬地說：「謝謝外公。」

Volume 9. 綠色穿越

瑪麗亞的父親滿面紅光地從箱櫃內取出一把塵封已久的大提琴。原來他是當地一個樂隊的大提琴手，現已退休六年，這把伴隨老人一生的大提琴是他終生摯愛，瑪麗亞知道這是父親最快樂的時候。

　　老人用一塊潔白的毛巾抹去琴上的灰塵，神采奕奕地向瑪麗亞一家揮手致意，然後他坐在客廳中間一把用胡桃木做的棕色凳子上調好音，凝視遠方瑪麗亞的一家，一首〈乘著歌聲的翅膀〉沁人心脾的樂曲，從西西里穿越蔚藍遼闊的地中海和廣袤的歐亞大陸，傳到瑪麗亞的家，肖翔熱淚盈眶。

　　此刻相隔萬里之遙的一家人沉浸在無比快樂的音樂聲中。

　　第二天一早肖翔早早就醒了，他走到窗前，凝視擺放在書架上方那架自己親手製作的獲獎模型飛機，按捺不住內心的激動，肖翔拉開窗簾，霎時從東方射入一道絢麗的朝霞。

　　這時瑪麗亞聽到隔壁兒子房間有動靜，她起床輕輕敲了兒子的房門。

　　「誰敲門？」

　　「是我，瑪麗亞。」

　　「請進來，媽媽」

　　「你今天怎麼甦醒那麼早？」瑪麗亞疑惑地問。

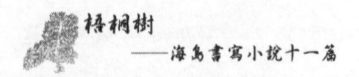

「媽媽，我有一件事與妳商量一下？」

瑪麗亞睡眼惺忪地問：「什麼要緊事？」

「媽媽，我想駕駛太陽能飛機飛往西西里島。」

瑪麗亞一臉懵怔瞧著兒子說：「什麼！駕太陽能飛機去西西里，你是不是還在夢裡？」

「不！真的。我老師說現在已經有太陽能飛機了。」

話音剛落，肖敏聽到母子倆在房間裡的說話聲，他也走了進來。

瑪麗亞當著丈夫面重複了兒子的想法。

肖敏一聽果斷地說：「肖翔的想法不錯。」

肖翔從窗前轉身，緊緊與父親擁抱在一起。

肖敏眸子閃亮地說：「這就叫綠色穿越，昨晚睡覺前我也想過這一問題，我們倆不謀而合。」

那天晚飯後，肖敏將白天從圖書館借來的厚厚一遝航空設計書籍帶進自己的房間，心潮翻滾、躊躇滿志。要讓兒子駕著自己設計製造的太陽能飛機，穿越廣袤的歐亞大陸來到他的第二故鄉──地中海上的一顆璀璨的明珠「西西里島」，這是多麼豪邁的故事。於是他心底悠悠再現迷醉的仙景⋯⋯

Volume 9. 綠色穿越

肖敏從資料中獲知從中國西部到西西里空中航線大概八千公里左右，如果太陽能飛機設計時速為每小時三百公里，按一天飛行三到四小時計算，最快也要一週時間才能到達，這還不包括不測天氣，如刮大風、雷暴等極端惡劣氣候，因此較為保守的講，整個航程大約八天左右。

　　經他反復計算，認為機體再加上一個人的總載荷重量要達到兩百千克，若設計採用最輕質的材料總載荷也要達一百八十千克，因此太陽能飛機配備的電動機功率至少要達到兩萬瓦，這樣就得採用大機身和翼展——鋪設更大面積的太陽能電池板以增加飛機動力。

　　種種錯綜複雜的設計難題使肖敏徹夜難眠，因為大機身和翼展將會讓飛機的控制變得更加困難，如果遇到極端天氣一旦操作不慎，就會造成機毀人亡。

　　一天晚上，瑪麗亞輕輕敲了肖敏房間的門，屋內沒有反應，

　　她悄悄推開房門，只見丈夫趴在厚厚一遝圖紙上酣眠，瑪麗亞心知肚明，為了設計這架太陽能飛機，丈夫已經有一個月沒有上床睡覺了，累的時候不是趴在辦公桌上就是倚椅而臥。

　　瑪麗亞不忍心去打擾他，默然地坐在一旁。

　　驀地肖敏動了一下，倦眼惺忪抬起頭猛一愣，發現瑪麗亞坐在自己旁邊，他驚訝地問：「瑪麗亞，妳什麼時候走進我的房間？」

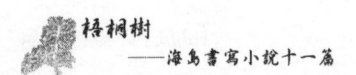

「有半個小時了。」

「為什麼不叫醒我?」

瑪麗亞笑瞇瞇地說:「看你很累,不想叫醒你。」

「妳有什麼要緊事?」

瑪麗亞謙虛地說:「我有一事想與你商榷一下,不知可否?」

肖敏驚奇地問:「什麼事?」

「能否在你設計的太陽能飛機上裝上一個逃逸裝置,一旦飛機發生險情,肖翔可以快速彈出飛機跳傘逃生。」瑪麗亞囁嚅地說。

肖敏側過臉瞥了她一眼好像老師注視一個不會解簡單數學題的學生,態度溫柔地說:「給飛機設計逃逸裝置,這是航空設計最基本常識。」

說完他拿起設計好的稿紙,湊近妻子殷切地說:「妳先看一下這個飛機設計圖。」

「我不懂航空知識,還是聽你給我解析吧。」

肖敏繪影繪聲向瑪麗亞說了起來:「飛機的機身長為二十米,最大翼展為四十米,機翼左右各有三個螺旋槳,機身和翼展可以收縮,遇到特殊情況致使飛機不能水準降落時,這時打開機翼收縮開關,將太陽能飛機縮成一團,此時機身上方會自動打開一頂

碩大的降落傘讓飛機安全著落。這樣除了逃逸裝置外，飛機安全又多了一個保險。」瑪麗亞聽後頻頻點頭，因為飛機的安全有了保障，掛在她心頭的一塊石頭總算落了下來。

為了大幅提高太陽能飛機配備的電動機功率，肖敏奮鬥了大半年，幾乎殫精竭慮，通過上百次的試驗終於獲得成功。

一天夜幕四垂，肖敏揩著公事包興高采烈走進家門，女兒迎了上去敞開心扉說：「爸爸，你今天怎麼這麼喜悅！」

瑪麗亞和肖翔從另一房間走了出來。

這時肖敏從包內取出一瓶香檳酒，眉飛色舞地說：「今天我們來慶賀一下？」

站在一旁的肖翔機敏地說：「爸爸的記性真好，今天正好是妹妹的生日。」

肖敏一愣，突然舒眉展眼地說：「哦，我徹底忘了，不好意思？我是……」

肖翔又疑惑地反問：「那你要慶賀什麼？」

瑪麗亞敏捷地插話說：「毋庸置疑，是你爸爸設計成功了！」

「對，但不能說大功告成，後面還有很長的路要走，今天巧遇肖琴生日，應該是雙喜臨門，我們慶賀一下。」於是他信手打開手中的那瓶香檳，一家四口其樂融融地享受一頓歡樂的晚餐。

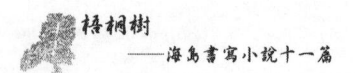

為了最大限度減輕飛機的重量，在設計上採用輕質結構。又為了獲得輕質材料，肖敏用了兩個多月時間走遍天涯海角苦苦尋覓，終於在那年冬至前備齊了所有製造太陽能飛機的材料。此番購買這架飛機的材料，幾乎耗盡了他的家全部積蓄，甚至瑪麗亞也變賣了結婚時父親送給她價值不菲的禮物——一把斯特拉瓦里小提琴。

　　說起這把小提琴，瑪利亞的父親可說用盡心計。這是老人隨樂隊在羅馬演出期間邂逅了當地的一位音樂同行，這把舊小提琴是同行家的祖傳珍寶，由於瑪利亞的父親孜孜以求，最終打動了他的心——同意轉讓。最後如願以償地獲得了這把由名人製作的提琴。

　　為了能讓兒子駕機飛到自己的家——西西里，瑪麗亞只能忍痛割愛，這使得她的丈夫十分欣慰。

　　肖敏的家是坐落在祖國西部邊陲的一個小城的郊區，他家後面是一片廣寬平坦的草地，冬天皚皚的積雪給大地披上銀裝，到春天才冰雪消融。

　　他將所有飛機材料堆放在自家後院八百多平方米的庫房裡，這個由他自己設計的庫房，同時也是他夜以繼日的工作場所。

　　肖敏經過冬季四個多月的不懈勞作，初春時，一架大翼展的太陽能飛機巍然屹立在自家後院的草坪上。

　　由於這架太陽能飛機的出現，在邊陲小城引起矚目，尤其到了週末更是招來大批市民前來觀賞。

Volume 9. 綠色穿越

而肖翔一放學就來到這架太陽能飛機旁,聆聽父親對飛機結構、功能用途以及操作要求的詳細描述,並且拿著筆記本認真記錄。

其實在寒假期間進行太陽能飛機組裝時,父子倆已形影不離。

肖敏在另部件製造中故意讓兒子動動手,他十分清楚,這將有助於飛機在長途飛行中出現故障時,對肖翔自行排除故障有所幫助。

西部地區這漫長冬季的凜冽天氣,伸出手指頭咯咯發抖,有時幹了不到一小時肖翔的雙手已凍得僵硬,可是他跟在父親身邊從未中斷一天,即使身體不舒服,他還是堅持到最後。

一個寒假過去了,肖翔對使用各種工具組裝飛機已經嫻熟幹練,而且關於機上各種配件的名稱也已能與父親對答如流。

如今每當放學回家,他更是細細聆聽父親給他講述各種航空知識,當肖敏講述一些晦澀難懂的航空術語時,兒子也盤根問底,直至弄到一清二楚為止。

肖敏對兒子那種打破砂鍋問到底的鍥而不捨精神十分佩服。

瑪麗亞對航空知識雖然一竅不通,但是偶爾看到父子倆敞開心扉專心探討,尤其目睹兒子對一個個問題像連珠炮似地向父親追問,站在一旁的她感到很是欣慰。父子兩經過一年多的奮鬥,這架太陽能飛機已經具備試飛條件。一天中飯後,肖敏把兒子叫

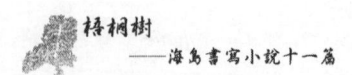

到自己的面前，神態肅穆的說：「肖翔，你對首飛藍天有沒有恐懼感？」

「爸爸，你知道駕駛飛機翱翔藍天是我夢寐以求的願望，怎麼會害怕？」

肖敏神態嚴肅地瞥了兒子一眼說：「駕駛飛機是有風險的，尤其是駕駛太陽能飛機。」

「你具體指的是什麼危險？」肖翔詫異地問。

「把你的筆記本拿出來好好記下。」肖敏像老師訓導學生一樣嚴肅地對兒子說。

肖翔步履匆匆走進房間，從書包裡拿出一本筆記本來到父親面前，目光炯炯地盯著他的臉。

肖敏一本正經的說：「關於飛機的操作和出現各種故障的排除，我已經講了許多遍，想必你也心領神會，今天要講的是關於飛機的逃逸裝置，這個裝置的彈出窗口在組裝時你也看到了吧？」

肖翔點點頭說：「是的，看到了。」

接著肖敏態度凝重地說：「如果發生下述三種情況，逃逸裝置將自動啟動，人會被彈出飛機跳傘逃生。第一：當飛行時發生飛機被雷電擊中或其他原因造成螺旋槳損壞致使飛機無法飛行；第二：碰到高空強氣流，飛行姿態失控；第三：飛行中的飛機被異國防空導彈命中。」

Volume 9. 綠色穿越

關於第三條，肖敏作了詳細說明：這次太陽能飛機超遠距跨州飛行已上報，國家航空管理部門已經得到批准，至於飛機設定的航線所經其他國家的空域，由國家空管部門與相關國協商得到解決。為了防止萬一，所以逃逸設計多加了這條。

肖翔目不轉睛細聽父親的敘述，並逐條記在本上，當他的父親解釋完第三條後，他釋然鬆了一口氣。

快到中午了，晴空萬里，在淨澈的天空下，可見他們的屋邊高大的橡樹晃動的樹影。

突然肖琴從屋子裡向他們跑來氣喘吁吁地說：「爸爸，媽媽已經把飯做好了，叫你們回家吃飯。」

肖敏委婉地對女兒說：「稍等一會，我還有一件事要與妳哥哥講一下。」

說完，肖敏將兒子帶到飛機的機窗邊，肖琴也跟了上來。

此刻肖翔內心有點騷動，肖敏用溫柔的目光注視著兒子說：「遇到第四種情況，即當飛機無法水平降落，而決定垂直降落時，按下機座右側下方綠色按鈕，翼展和機身同時收縮到極限位置，三秒鐘後飛機降落傘自動打開，人和飛機同時安全降落；如三秒鐘後飛機降落傘無法打開（這時飛機成自由落體狀態），需立即按下座椅左側下方的紅色按鈕，此時人立刻被彈出窗外跳傘逃生。」

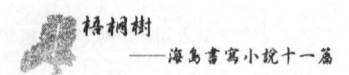

肖敏用右手指著這兩個綠、紅色按鈕的位置，語重心長地說：「只有需要飛機垂直降落時，才考慮使用這兩個按鈕。其它三種均為自動的。」

肖翔凝視父親的臉，一字一句記在本子裡。肖琴站在一旁瞪著一雙圓圓的眼珠，一頭霧水。

肖敏拉起女兒的手對肖翔說：「我們回家吃飯吧。」

這時瑪麗亞已經站在房後那棵高大橡樹的陰影下，笑嘻嘻地等候他們回來。

翌日一大早，天氣特別晴朗，只見東邊低矮的山坡上晨曦透過陰晦的薄霧露出樺樹林的斑駁。

肖敏腋窩裡挾著一遝資料，推開兒子的房門。只見兒子還躺在床上酣眠，他急促地說：「肖翔醒一下，快起床。」

肖翔打了一個哈欠，倦眼惺忪從床上坐了起來。

「今天天氣很好，我們去調試螺旋槳，測試一下飛機的動力系統。」肖敏懇切地對兒子說。

肖翔用手捂了捂眼睛說：「好吧。」

「你先把庫房裡的螺旋槳和緊固件拿來，我在飛機旁等你。」肖敏說。

不一會肖翔將六個螺旋槳及配件裝在一個塑膠框裡，推著一輛車來到飛機旁。

Volume 9. 綠色穿越

肖敏瞥了兒子一眼說：「今天我不動手，由你自己來組裝，這有助於你在以後長途飛行時對飛機的維護和保養。」說完，肖敏在離飛機二十米遠的草地上席地而坐，開始翻閱各種設計圖紙。

　　大概不到半小時傳來了兒子的呼喊聲：「爸爸，螺旋槳都安裝好了。」

　　肖敏一聽立即站立起來，興沖沖地來到飛機旁。他先從右翼開始逐個仔細檢查，肖敏感到十分驚訝，在這麼短的時間內六個螺旋槳均安裝得至臻完美。

　　上午九點多朝陽朗照，在寬大的翼展和機身上太陽能電池板獲得強光照射後產生電能，驅使飛機上的電動機高速轉動。

　　肖敏敏捷地爬到機艙內，看到儀錶上的輸出功率已超出設計要求。

　　這時他豪情激越地從機艙上走下來，與站在機旁的肖翔緊緊擁抱在一起大喊：「我們成功了。」

　　「爸爸，你的意思是現在馬上可以試飛？」肖翔驚奇地問。

　　「不！還有幾個儀錶沒有裝上，但是最大的難點已經解決了。」

　　此刻肖敏的手機鈴響了，他信手從口袋裡掏出手機：「喂，請問你是哪位？」

「你好！我是西洲日報的記者，聽說你設計了一架太陽能飛機，而且由你兒子駕駛，準備跨州飛行，不知有否此事？」

「是的，我們有這樣的打算。」

「我們能否前來採訪一下？」

「完全可以。」

「具體你看什麼時候合適？」

「現在就可以。」肖敏爽朗的說。

「那好一言為定，大概一個小時後，我們登門拜訪，打擾你們了。」一名女記者在電話中直截了當地說。

「不用客氣。」

肖敏接完電話近一個小時後，瑪麗亞攜女兒也來到了太陽能飛機旁，一家四口人彬彬有禮靜候記者的採訪。

大約十點多，一輛藍色的西洲日報社轎車緩緩向太陽能飛機駛來，大概在離飛機二十米處停了下來。

首先從轎車上下來的是一位穿著牛仔衫有二米高的男子，手裡拿著攝像機興致盎然向飛機走來，緊跟其後的一位穿著天藍色報社工作服的女記者，神采超凡。

Volume 9. 綠色穿越

肖敏迎了上去與他們兩位一一握手，親切地說：「謝謝你們的來臨。」

　　那位女記者從懷裡掏出一份的名片遞給了肖敏，同時賞心悅目地注視著他身旁那位金髮碧眼、穿一身新巴洛克風格杜嘉班納品牌服裝的女士。

　　肖敏目視記者介紹道：「她是我的夫人瑪麗亞，義大利人。」

　　女記者風度翩翩，伸出右手與瑪麗亞緊緊相握，並說：「見到妳十分愉快。」

　　瑪麗亞回敬道：「謝謝，謝謝妳的光臨。」

　　當女記者走到肖翔面前時，她眸子閃亮，雙手緊緊握住他的小手，沒等肖敏介紹，女記者就說出孩子的名字：「你就是肖翔。」

　　肖翔靦腆地點點頭，肖敏驚訝的問女記者：「你怎麼知道我兒子的名字？」

　　「因為去年西洲市航模比賽，肖翔獲得少年組第一名，我採訪過他。」

　　肖敏這才恍然大悟。

　　此時，金色的陽光灑落在綠茵茵的草地上。

　　肖翔一家四口人與兩位記者在太陽能飛機旁圍成C形坐了下

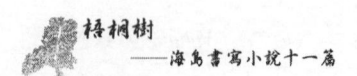

來。坐在Ｃ型頭上的女記者開門見山，提出了首個問題：「首先，我想問一下肖先生，你為什麼要造一架太陽能飛機？」

肖敏盯著太陽能飛機言辭簡練說：「首先太陽能是一種綠色能源，其次去年兒子在航模比賽以後就萌發一欲望，即想獨自一人駕機飛往義大利。」

女記者驚訝的問：「義大利，遙遠的義大利！這要跨越廣袤的中亞大地，是嗎？」

肖翔瞧著女記者點點頭，翔實了父親說的話。

女記者迷惑地問肖翔：「你第一次駕機為什麼就要飛往義大利？」

坐在肖翔旁邊的瑪麗亞補充說：「這次我兒子是要飛往義大利的西西里島的陶爾米納，那裡是我的故鄉。」女記者聽了釋然一笑。

肖翔用右手搔了一下頭皮，繾綣多情地說：「我出生在陶爾米納，記得三歲那年秋天乘坐舅舅駕駛的自家小飛機翱翔在西西里上空，俯視霧氣騰騰的埃特納大山，在紅彤彤的火山口下覆蓋著皚皚白雪，猶如西西里的心臟，歷經歲月滄桑仍屹立在高山之顛的古希臘劇場，還有坐落在山脊的中世紀氛圍小城和教堂在陽光下仍熠熠生輝，以及滿山坡的橄欖樹和金光閃閃的橙子，更使我垂涎欲滴的是外婆親手做的西西里風味的奶油巧克力。啊！西西里永遠是我夢中的天堂。」

Volume 9. 綠色穿越

女記者微笑地望著肖翔醰醰有味地說：「這就是你首次駕機飛往西西里島的原因吧？」

肖翔甘飴溫馨的說：「是的。」

這時一位拿著攝像機的男記者朝著大家說：「我們大家到太陽能飛機旁留個影吧！」

攝影後，一次愉快的採訪告了個段落。

翌日《西洲日報》在頭版頭條以〈人類歷史第一次的綠色穿越〉為標題記錄一位少年準備駕駛太陽能飛機飛向地中海的明珠——西西里島故事。很快，在全市以至在全國引起轟動。

每天從日出到日落，他家周圍人流熙攘，人們爭先前來觀賞這架太陽能飛機。

從飛機組裝成功後，肖翔每天早晨甦醒後第一件事就是要登上這架太陽能飛機的機艙，練習起飛、降落等各種操作。數週後，他已能不看飛行日誌便可敏捷的操控飛機，技術嫻熟。

每逢週末，如果遇到晴空萬里、日光高照的時候，肖翔就要在父親的指導下練習飛機起降與短距離的飛行。

當太陽能飛機騰空起飛或緩緩在草地上降落時，在四周圍觀的人群就會發出雷鳴般的掌聲。

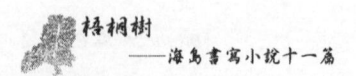

又一個星期天的清晨，肖翔懶洋洋從床上起來，倏地一個準備駕機起飛的念頭悠然神往，他推開窗戶卻見房後的草坪上煙霧繚繞，東方地平線上太陽隱匿在琥珀色的雲層後面，天色陰暗。他想這個初夏早上的飛行練習又要泡湯了，於是無精打采把窗一關，身體躺到床上又酣眠了。

大概早上七點多，籠罩在東方天邊的黑雲漸漸散去，陽光強烈地照射在草地上。

肖敏心急火燎走進肖翔的房間大喊：「肖翔快起來，今天天氣很好，是練習駕機的好機會。」

聽到父親的喊聲，肖翔像一隻受驚的野兔從床上跳了下來，神魂顛倒地說：「爸爸，是不是天快要下雨了？」

肖敏信手推開東窗，一道絢麗的陽光照射在房間的地板上，肖翔用右手捂了捂眼睛悠悠蕩蕩地說：「真奇怪，我六點起床時天空還是烏雲層疊。」

他看看兒子幽默地說：「春天的天氣像兒童的臉。」肖翔聽了微微一笑。

「你快到餐廳去用早餐，瑪麗亞在等你，我先去檢查一下飛機。」說完肖敏手提一箱工具向門外走去。

到了八點多鐘，整個草坪又更加亮麗，前來觀賞這架太陽能飛機的人群熙熙攘攘。

Volume 9. 綠色穿越

肖敏全神貫注地檢查每個螺旋槳及機艙內每只儀錶、儀器，半小時後肖翔一手拿著飛行帽、一手握著飛行日誌，神采奕奕向太陽能飛機走來。

　　瑪麗亞拉著肖琴的手跟在後面，想再次目睹兒子駕機起飛。

　　肖翔到達飛機旁時，父親已對飛機檢查完畢，他繪聲繪影向兒子再次講述飛機起降及空中飛行中的操作要領。

　　當肖翔心領神會後，便順著扶梯爬進機艙。

　　這時肖敏的手機鈴響了，原來是公司技術科打來的電話，由於公司生產的一架無人機明天要參加大型航展，在今天調試中出現了不明的技術故障，需要肖敏這位航空專家去解決。

　　肖敏放下手機後對兒子說：「公司有急事，估計一個小時內回來，等我回來後你再起飛吧。」

　　肖翔無奈地點點頭。

　　一個小時過去了卻沒有見到他父親的蹤影，又過了半個小時，再一個小時……

　　這時陽光強烈地照射在草地上，肖翔一看錶已經到了中午十二點。瑪麗亞與她的女兒站在門口的榆樹蔭蔽下心神恍惚地拿起手機，她撥通了丈夫的電話，可話筒中的報話員只重複著同一句話：「現在電話無人接聽，請稍後再撥……」

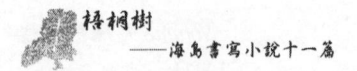

瑪麗亞抬頭發現肖翔打開機艙向她招手，她惶遽不安地跑了過去。

　　肖翔急切地對瑪麗亞說：「媽媽時間快到下午一點了，如果飛機再不起飛的話，返回時太陽西墜，飛機動力就不足了。」

　　瑪麗亞困惑地問：「兒子，你這話是什麼意思？」

　　「我想現在立即駕機起飛。」

　　瑪麗亞一愣說：「你現在技術夠硬嗎？」

　　「媽媽，我在爸指導下駕機已有一百多小時了，均安全起降，現在該放手了。」

　　瑪麗亞看到兒子如此執著且胸有成竹，囁嚅說道：「要注意安全。」

　　「請媽媽絕對放心。」說完肖翔關上機艙、戴上飛行帽。

　　太陽能飛機的螺旋槳開始轉動起來，轉速越來越快，不一會飛機離開了原地緩緩向前方駛去。

　　此刻場外圍觀的人群情緒激昂雀躍，而瑪麗亞心情卻是忐忑不寧。

　　隨著這架太陽能飛機在草地上滑行的速度越來越快，整個機身很快離開地面騰空而起，起落架慢慢收進飛機肚底下，飛機朝向西邊的天空徐徐上升，很快消失在人們視野之中。

Volume 9. 綠色穿越

飛機向上爬升到三百米、五百米、一千米、兩千米按照飛機的智慧化設計，他選擇在三千至四千米之間的一個最佳飛行高度。

根據頭天晚上肖翔與父親商定，今天如豔陽高照，他將單程飛越一百二十公里，在與中亞Ａ國的邊境處返航。

飛機在空中已飛了二十多分鐘，他注視到儀錶上顯示一百零二公里。肖翔目光炯炯俯視地面上的國境線，不一會在廣袤的沙漠上出現一條一望無際的圍欄，在圍欄的一處看到有哨兵站崗，這時他斷定飛機已經到達國境線。於是在高空中經一百八十度轉彎進入返程的航行，這時他清楚看到在邊境線上一個站崗的哨兵向他揮手致敬，肖翔心情十分愉悅。

在返程的航線上，他俯見地面上清清河流，兩旁是繁密的樹林，林木兩側綠油油草地上有兩、三位放羊的牧童，其中一牧童在吹笛，由於飛機上螺旋槳轉動的隆鳴響，讓他根本聽不清笛聲。

肖翔懷著好奇將飛機下降到一千米以下，瞬間在羊群上空掠過，他俯視底下，只見牧童高興得將草帽扔向空中。

遽然間，天空飄來幾朵黑雲，且慢慢聚集在東邊的天空，在烏雲間火光閃爍，耳機裡隱約地聽見雷聲轟鳴。

肖翔一見機上的儀錶顯示到家還剩五十多公里，按照現在飛行的速度再繼續水平航行，過不了十分鐘飛機就會鑽進雲層，若是遇到雷暴，人就會被彈出飛機，後果不堪設想。於是他一拉操縱桿將機頭抬高到極限的仰角，很快飛機向前方天空爬高到

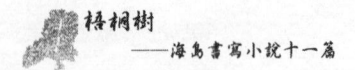

三千五百米、四千米……五千米以上。這時，瑪麗亞家上空被烏雲籠罩、漆黑一片，有數千名前來觀賞飛機起降的人群心驚肉跳。

肖琴用雙手緊抱住媽媽的大腿，似乎一旦鬆開人就會落入萬丈深淵。對瑪麗亞來說現在是痛苦的煎熬，她與女兒一起紋絲不動站在原地，從表情上可看出這位義大利女子惶恐不安神色。

不一會劈哩啪啦的雨點從空中落下，大雨如注，觀賞的群眾個個成了落湯雞，但他們仍焦灼站在原地等待奇跡出現。

十幾分鐘後雨滴慢慢停了下來，烏雲向四周退去，西邊的天空架起一道絢麗的彩虹。

在彩虹上方出現一個白色的光點。

一個小孩仰望蒼宇大聲疾呼：「飛機回來了！飛機回來了！」

原來地面上窒息般的靜謐，頓時被一陣歡呼聲打破。

只見亮錚錚的機翼穿過彩虹在人群上空盤旋兩周，似乎在向人們致敬。接著肖翔將機頭對準草坪，緩緩降落，兩分鐘後這架太陽能飛機穩穩地停在自家後面的草坪上。

掛在瑪麗亞心頭的一塊石頭終於落了下來，她與肖琴急匆匆向停在草坪中間飛機處跑去。

這時肖敏駕著轎車從公司回到了家，他從自家後門出來，疾步向草坪中間走來。

Volume 9. 綠色穿越

只見瑪麗亞給兒子搭好了扶梯，肖翔正神采奕奕從機艙裡走了出來。

　　周圍群眾的歡呼聲震耳欲聾，肖敏揮手向兒子致意。而肖翔低著頭從扶梯上一步步走了下來，他根本沒有注意到父親會來迎接他。

　　當肖敏緊緊摟住從扶梯上下來的兒子時，肖翔一陣顫抖，緘默無聲地低著頭，心想：今天未經父親同意，自己貿然駕機起飛，肯定會受到父親的犀利批評。

　　誰知肖敏拍拍兒子的肩膀盪氣迴腸地說：「今天你表現得很棒，值得稱讚。」

　　肖翔聽了受寵若驚，這完全出於他的意料。他面帶微笑愉悅地對父親說：「謝謝爸爸對我的鼓勵。」

　　肖敏迥乎尋常地對兒子說：「越是危險的地方越是要去，在那裡可顯現你生命的價值。」

　　肖翔眸子閃亮瞧著父親的臉說：「是的，我會讓你們看到我生命的閃光。」

　　陽光強烈地照射在大地上，雨後的草坪上散發綠草的幽香，剛剛還籠罩在西邊樺木林上迷濛的霧氣早已散去，可是圍觀在草坪四周人群並沒有離開，瑪麗亞對肖敏說：「我們應向觀眾致謝。」

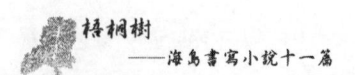

於是一家四口人在肖敏引領下，揮動雙臂繞場一周向前來觀賞群眾表示感謝。

這時草坪上歡騰的氣氛達到了高潮。

自從那次飛行後，肖敏對兒子駕機飛行更加充滿信心，而肖翔本人也更自信。

每到週末，肖翔總與這架太陽能飛機形影不離，並根據當天的天氣狀況，無需經父親的同意即可駕機起飛，具體航程與線路均由自己即時決定，而他的父親只是事後聽兒子的匯報，對其飛行中出現的問題指點迷津。

§

終於等到放暑假了，肖翔幾乎天天與這架飛機朝夕相處。

一天早晨，一縷柔和陽光穿過肖翔房間的窗縫灑落在地板上，肖翔起床後本能地打開窗戶，湛藍天空萬里無雲，陽光朗照大地。他心想：今天是飛行的好時光。

肖翔心馳神往地直奔廚房間，只見瑪麗亞正在為全家準備早餐。他對瑪麗亞說：「媽媽，我想早餐後駕機起飛，現在能否用早餐？」

瑪麗亞詫異地說：「爸爸在客廳裡，等會他想與你談一事。」

於是他心不在焉地走進客廳，只見父親正在整理一個旅行包，他憨直地問父親：「爸爸有什麼事要對我說？」

肖敏瞥了兒子一眼說：「幾天前我說服了你母親，在你駕機飛往西西里島前做一次生存訓練。」

肖翔迷惑地問：「爸爸，什麼是生存訓練？」

肖敏鏗鏘地說道：「就是把你流放到一個無可依的大自然中，在那裡闖出自己的一條生路。」

「好啊，你不是教導我越是艱險的地方越是要去，在那裡可以展現自己英雄本色，我會做到。」肖翔釋然地說。

「你看什麼時候開始生存訓練？」肖敏溫和地望著兒子的臉說。

「就在今天！」肖翔果斷地說。

肖敏一聽也坦然地說：「那就尊重你的決定，早飯後我帶你出發。」

飯後瑪麗亞把父子倆送上車，站在一旁的肖琴對瑪麗亞說：「媽媽，我可以和哥哥一起去野外嗎？」

瑪麗亞脈脈柔情對女兒說：「這次你不能去，等你哥哥從義大利回來，你們再一起去。」

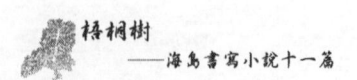

說完瑪麗亞將兒子的一個旅行包放在後車箱內，小車朝西邊樺樹林旁的一條小道開去。

　　車子很快穿過樹林進入茫茫的沙漠，在沙漠中一條人跡罕至的狹窄小道上艱難地行駛了五十多公里，來到了一座大山腳下。爾後小車又沿著蜿蜒曲折的爬山公路緩緩上行。

　　最終在山頂停了下來，俯視山下是一片沒有路徑的灌木叢林。

　　肖敏從駕駛室裡出來，並打開後車箱拿出旅行包，這時肖翔也從車中走了出來。

　　他的父親用手指著山下那片黑越越的灌木叢說：「兒子，這就是你今晚露宿的地方。」然後把旅行包遞給了他，拍拍他的肩膀深切地說：「祝你平安回家。」

　　肖翔肅穆地站在車旁敞開心扉地說：「請爸爸放心。」

　　話音一落，肖敏向兒子招手後把車門一關，調頭向山下駛去。

　　返程前，肖敏沒有對兒子所帶物品的用途作任何解釋，也沒有對今天行駛的里程給予說明，一切需要肖翔自己的理解。

　　下山的路上草木葳蕤，厚厚的植被上佈滿藤蔓，一不小心就會被它絆倒。

Volume 9. 綠色穿越

肖翔小心翼翼走到山腳下，一看錶是下午五點了，離開父親已有三個多小時。這時夜的帷幕徐徐合攏，眼前灌木林中的鳥鳴聲戛然而止，四周一片寂靜且顯得恐怖。他在一塊佈滿蕨葉的巨石下坐了下來，隨手拉開旅行包，裡面裝有一把匕首、一根十米多長的麻繩、一個指南針、一只打火機、一條毛巾毯、一瓶水、一盒餅乾和一只手電筒等八件東西，他從包中取出放在地面上。由於下山時出了許多汗，肖翔打開這瓶水一飲而盡，又背倚巨石拆開餅乾，不到五分鐘統統進了肚子，又把其餘六件東西放在岩石一個隱蔽的地方以備不時之需。

　　這塊三米多高的巨石向一側傾斜猶如一個巨大的飛簷，肖翔想在這塊石頭底下露宿也許可抵擋一下雨露的侵入。

　　於是他將匕首、繩子放入旅行包，打開電筒、提著背包走進灌木叢林。半小時後他揹著一大捆枯枝，一手提著裝滿枯葉的旅行包，打著電筒搖搖晃晃從樹林中走了出來。

　　這個夜晚沒有燈光，只有閃爍的星星隱隱約約分佈在深藍的蒼穹上。

　　他將旅行包中的枯葉鋪在巨石底下，這算是今晚最好的褥墊，然後將堆放在離巨石不遠處的一堆枯枝點燃，熊熊的火焰將夜空照亮。肖翔孑然一身靜坐在篝火旁，小心翼翼地注視四周動靜。

　　由於今天下午下山時身體有點疲勞，到午夜實在堅持不住，身體臥倒在枯葉上，蓋上毛巾毯酣睡了。

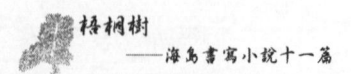

半夜裡，肖翔在朦朧中聽到狼的呼叫，他倏地從枯葉堆裡爬起來。一時間狼號聲越來越重，他知道狼群正在逼近，立即抱起腳下的枯葉放到早已熄滅的篝火堆上將其點燃，手上緊握著匕首。這時狼叫聲漸漸停了下來，他仍不斷地往火堆上扔枯枝，直等到東方地平線上露出一線晨曦才放下心來。

這時他已神疲意倦，旅行包內也沒有可供他吃的東西。肖翔將匕首放入旅行包中，一頭鑽進荊棘叢生灌木叢尋找野果，他發現一棵野杏樹上長滿琳琅滿目果實，顏色發青，大小像算盤子一般，於是信手摘下一個塞進嘴裡，使勁一嚼，果實裡流出發酸的液汁令他直閉眼睛。由於從下半夜起肚子早已饑腸轆轆，他一口氣吃了十幾個發青的野杏，雖然胃裡像翻江倒海一樣，直不舒服，但饑餓感總算得以減輕。他將這棵野杏樹上果實幾乎全部摘了下來，足足有兩小碗，放進包裡。

當他走出灌木叢時，一不小心左腳陷進了水坑。他驚喜地叫了出來：「哇！終於發現了水。」原來昨天下午太陽落山前因口渴他緊緊找了一個小時無功而返，早晨的意外發現勝過獲得一個稀世珍寶。

肖翔想：如要越過這廣袤的沙漠光靠這一小瓶的水是不能解渴的，他苦思冥想怎樣才能攜帶更多的水去穿越沙漠？突然靈機一動，肖翔快步向岩石走去，將所有物品放入旅行包中，一手提著毛巾毯，揹起背包返回水坑邊。他將毛巾毯投入水中，待浸透後，再把濕淋淋的毛巾毯塞進旅行包，拉上拉鏈，揹起沉甸甸的旅行包，準備向沙漠進發。

Volume 9. 綠色穿越

肖敏將兒子送到目的地後曾對肖翔說過：「家的方向應是東偏南十五度。」這時肖翔從口袋裡掏出指南針，按照父親給他提供的方位，一步一個腳印向沙漠進發。

　　夏日的陽光照射在沙漠上反射到人的臉部特別刺眼，他揹著沉甸甸的包在沙漠裡已經艱難地行走兩個多小時了，回頭眺望昨晚令他膽戰心驚的大山只剩下被太陽繡上光斑的一線墨綠色影形，他估計頂多也就走了十幾公里。

　　這時肖翔喉嚨乾渴，當拉開旅行包抽出毛巾毯時，驚訝地發現毛巾毯不再滴水了。他張開嘴巴將毛巾毯放在嘴唇上方，雙手緊緊擠壓，一滴滴混濁的水珠流入嘴中，擠壓了十幾分鐘，等毛巾毯再也無法出水時，他乾脆將毛巾毯鋪在被太陽熨斗得滾燙的沙漠上曬。由於肚子也有點餓了，他一口氣吃了廿多顆野杏，酸得他直皺眉頭，但不顧怎樣身體總算補充了能量。十幾分鐘後，他發現毛巾完全乾了，這是晚上睡覺時唯一可以禦寒的東西。

　　烈日當頭，肖翔一看錶已一點多了。

　　他拿出指南針對準東偏南十五度的方向趕路，如果能在太陽西墜時看到樺樹林，這將是莫大的幸運。整個下午他都一步一個腳印行進在炎熱的沙漠上，汗流浹背，半瓶水在下午三點時一飲而盡，行走到下午五點時他實在抬不起腿來，倒在一個沙包旁，肚子餓得咕咕直叫，於是又把剩下十幾顆野杏一掃而光，很快在沙包旁酣睡了。

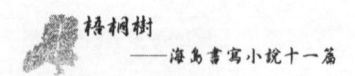

當他醒來時，只見頭頂上的星星鑲嵌在湛藍的蒼穹上，一度以為自己是睡在瑪利亞的床上，倏地右手抓起一把冰涼的沙土不由得全身瑟瑟發抖。

半夜裡沙漠開始刮起了風，而且越刮越大。飛沙走石劈面而來，他借助匕首在沙包旁挖了一個很大的坑，用毛巾毯把身體包裹起來龜縮在內，又迷迷糊糊地睡了三、四個小時。

凌晨四點，在倦眼惺忪中發現在自己的身體上壓著半尺厚的沙土，他起身發現東方已經發亮。

肖翔將一些必要的物品裝入包內，匆匆向東方征發。他十分明了，如果在太陽下山之前不能見到前方那片樺樹林，自己將葬身在廣袤的沙漠裡，最終可能成為老鷹的美餐。

在烈日下，他向東方艱難地行走了四個多小時，走到了一個像盆地的地方，他發現盆底部冒著熱氣，差不多有六十多度，心想現在有兩個雞蛋多好，馬上就能嚐到蒸雞蛋的美味。

他奮不顧身穿過盆地，腳底燙起泡，而身體已經沒有汗水。

到下午四點多實在是精疲力竭了，他咬著牙磕磕絆絆地爬過了一個沙丘，忽然驚喜地發現在夕陽照耀下前方一千多米處露出了樺樹林的斑駁，肖翔此刻像打了一針雞血，已經不知腳底的血泡疾步向前方走去，走到離樹林五十米的地方，撲通一下倒在草地上，就像癱瘓一樣，再也站不起來。

Volume 9. 綠色穿越

這時他聽到樹林裡傳來滴滴嗒嗒的馬車聲,順著他旁邊的一條小道駛來。

肖翔用嘶啞的聲音低聲呼喊著,車夫敏感地捕捉到肖翔求救的聲音,很快將馬車駛到他的身邊停了下來。

大鬍子車夫把肖翔抱到車上親切地問:「你要去哪兒?」

肖翔低聲地說:「中山東路六〇一號。」

馬車一掉頭飛快向前駛去。

當車子在肖翔家後院的大榆樹下停下時,肖琴最先發現。

她大聲疾呼:「媽媽,哥哥回來了。」瑪麗亞欣喜若狂地從屋裡跑出來與車夫一起將肖翔從馬車上扶了下來。

瑪利亞發現兒子走路一瘸一拐,她驚訝地問肖翔:「孩子,你腿怎麼了?」

「我倒在西邊樺木林外的一條小道旁,是這位伯伯把我救來的。」肖翔目視著車夫,脈脈柔情。

瑪利亞含著熱淚滿懷深情地說:「師傅,我不知怎樣感謝你?你等一等⋯⋯」說完她走進屋子。

車夫爽朗地說:「這點小事是我應做的。」於是他把肖翔安頓在榆樹下的一把高背籐椅上,對肖翔說:「孩子,你多保重,我走了。」

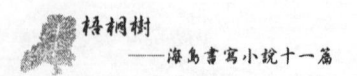

「伯伯，你不能走，媽媽還有事找你。」

「我還有事，再見。」

當瑪利亞提著一箱西西里島產的橄欖油從房間跑出來時，只見馬車已消失在西邊的一片樺樹林中。

這時瑪利亞將肖翔扶進屋內，懷著憐憫心情細細查看兒子帶血的腳底，經消毒後用紗布緊緊裹住。

突然肖琴衝進房間對瑪利亞說：「爸爸回來了。」

當肖敏一推開房門，只見瑪利亞正在給兒子的左腳包紮紗布，他一愣囁嚅地問：「兒子，你是怎麼回來的？」

肖翔眸子通紅慢慢抬起頭，淚珠從眼瞼邊滾滾而下，然後又低下頭默默無言。

肖敏緩步走近兒子雙手緊緊撫摸著肖翔的頭說：「爸爸知道這兩天你受的痛苦和煎熬是常人無法想像的，你已從這所極度孤獨的學校畢業了，並具備穿越亞歐大陸的智慧和勇氣。」

肖翔一聽爸爸這番語頗雋永，眸子一亮，豪情激越地說：「爸爸，我什麼時候可駕機飛往西西里？」

「等你傷口痊癒。」

Volume 9. 綠色穿越

大概不到一個星期，肖翔已經能在自家後院的草地上緩緩行走了。他總是要爬到這架太陽能飛機的機艙裡模擬操作飛機起飛的各項動作，有種躍躍欲試的衝動。

　　那天晚上，正當全家其樂融融共進晚餐時瑪利亞的手機鈴聲響了，她掏出手機一看，原來是她的弟弟蒂尼從遙遠的西西里島家鄉陶爾米納傳了訊息過來。內容是這樣的：「瑪利亞，你好。暑假前你告訴我肖翔要在暑假裡駕駛一架太陽能飛機飛往陶爾米納，我將這一喜訊轉告了父母親，他們老人家興奮得好幾個晚上都睡不著。很快這一消息就像埃特納火山噴射一樣在整個西西里家喻戶曉，好客的陶爾米納人將以空前的熱情迎接肖翔重返故里。我敢肯定其規模毫不遜色於中世紀羅馬帝國皇帝的到來！請你告訴我，肖翔飛往西西里的確切日期。」

　　瑪利亞看完了蒂尼的這條訊息後，好像是被地中海的海風陶醉了，頓時說不出話來。

　　肖翔瞥了母親一眼醺醺有味地問：「媽媽是什麼資訊使你如此心醉神迷？」

　　瑪利亞脈脈柔情地說：「是你舅舅的來信。」

　　「他怎麼說？」肖翔急切地問。

　　瑪利亞繪影繪聲將信的內容複述一遍。這時全家洋溢在無比激動之中。

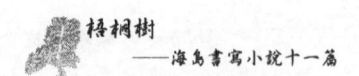

經全家反復商榷，決定在下星期天由肖翔駕機飛往西西里。

這一消息像雪花一樣灑落在祖國西部大地，全國各路記者紛至遝來準備採訪這一跨世紀航空盛事。

經過父子倆一年多的不懈努力，終於等到太陽能飛機起飛的日子。

那是一個風和日麗早晨，湛藍長空沒有片雲。一大早除了人山人海的圍觀群眾外，各地報社和電視臺的記者早早在太陽能飛機一側的東面綠草坪上架起長長一排攝像機，準備錄下飛機起飛的壯景。

大概七點多，肖翔所在小學的學生們在他們校長引領下摩肩接踵來到綠草坪。過了十幾分鐘，西洲市的一位領導也前來為肖翔這次具有歷史意義的「綠色穿越」送行。

八點十分，肖翔在父母親的陪伴下肩揹一個小包與前來送行的領導一一握手後神采奕奕向飛機走去。

突然，肖翔的班主任老師健步走到飛機旁對肖翔說：「我們等待你喜訊傳來。」

肖翔目光炯炯的盯著班主任老師說：「陳老師請您放心，我到達西西里會向您報告的。」

Volume 9. 綠色穿越

說完，他向四周前來為他送行的群眾揮手致謝，一步步爬進機艙。肖敏撤掉扶梯，站在左側的瑪麗亞拉著她女兒肖琴的手，神情略顯緊張。

肖翔將機艙蓋關上，並向瑪麗亞和他的妹妹敬了一個禮。

這時機艙內傳來肖敏的指令：「繫上安全帶、戴上頭盔，檢查儀錶，準備起飛！」

肖翔果斷地說：「明白！」

這時只見草坪西側的大鐵門徐徐打開。

肖翔按下了光電傳感開關，接著太陽能飛機兩翼上的六個螺旋槳慢慢開始轉動，而且越轉越快，在朝陽下光彩熠熠。

太陽能飛機的輪子徐徐向西滑動，速度越來越快，很快飛機離開地面，起落架收入機身內。

「現在飛行高度多少？速度多少？」耳機裡傳來父親的聲音。

「飛機飛行高度海拔二千八百米，雷達測相對地面高度六百米、飛行速度每小時一百八十公里。」肖翔言之鑿鑿向父親報告。

「加大速度，繼續爬高。」地面傳來父親的指令。

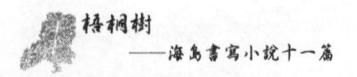

「知道！」肖翔用左手緊壓一下頭盔，右手拉起操縱杆，儀表上顯示飛機海拔高度三千米、四千米、五千五百米，速度最後定格在每時二百五十公里。

此時飛機已穿過西邊山脈連亙，飛翔在浩瀚長空。

肖翔從飛機上俯視大地，縱橫交錯的高速公路好像天女撒下一條條銀色的綢帶，令人目不暇接。

又經過十幾分鐘航行，飛機飛行在沙漠上空，突然他發現沙漠上屹立著排列錯落有致的巨石，他想這難道是大自然的鬼斧神工還是外星人送給地球的禮物。不、不，這絕不是，也許巨石底下蘊藏著一座古老的宮殿，這一排巨石就像它的守護神，在它底下沉睡一個永恆之夢，等待我們後人去發掘。

不一會飛機進入中亞的一個鄰國，在海拔六千多米高空以每小時三百公里速度平穩地向西航行。

肖翔一看手錶十一點半了，從起飛到現在已經飛行了三個多小時，儀錶上顯示飛過八百二十公里。

眺望遠方萬里無雲，他想這是用餐的好時間。肖翔從座椅左側的一個盒子裡取出瑪麗亞在起飛前給他加熱的中餐，兩顆去殼雞蛋、一小包去骨雞肉、半個義大利餡餅和一盒牛奶，雖然過去了三個多小時，但食品仍有微熱，他用了不到十分鐘時間狼吞虎嚥地進了肚裡。

Volume 9. 綠色穿越

他仰望蒼天,烈日當頭,飛機飛行速度已達到極限每小時三百五十公里,這個速度一直維持到下午兩點多,當太陽慢慢西墜時,速度才開始減慢。

突然前方出現了漩渦蕩漾的雲霧,他敏捷地將飛行方向微微右傾,不過半分鐘飛機有驚無險在漩渦旁邊擦肩而過。他一看儀錶飛機已航行一千八百公里,大大超出預期目標。於是他向遠方的父親報告說:「爸爸,現在飛行高度六千米,航程為一千八百公里。」

這時耳機裡傳來吱嘎吱嘎的噪音,聲音中斷了。肖翔焦躁不安等了五分鐘,突然耳機裡傳出父親清晰響亮聲音:「好的,現在馬上尋找飛機降落地點。」

「明白。」說完他俯視地面廣袤的草原,並將飛行高度從六千多米慢慢下降到離地面只有一千多米,他發現綠油油的草地上卻是連綿起伏的山巒。

忽然他眺望遠方有一條河流,兩側地勢平坦,左側有一片潔白的羊群,從飛機上俯視好像是撒落在草原上的一片白雪。

肖翔將飛機高度下降到離地面五百米時,清晰地看到三個牧童向他揮手致意⋯⋯

這時他右手緊握操縱杆,機頭對準河流左側平坦的草地穩穩地在離羊群一百多米的草地上降落下來。

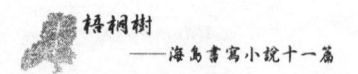

肖翔從飛機上下來後，三位牧童蜂擁而上，其中兩位牧童用俄語問肖翔：「你從哪裡來？」肖翔搖搖頭以示不懂他們的語言，有一個大概十歲剛出頭的牧童，由於去年剛從新疆回來，他在那裡與其家人度過了童年，於是用中文重複了一遍。

　　肖翔爽快地說：「中國。」

　　當那個牧童將中文翻譯成俄語時，另二位牧童樹起了大拇指表示由衷的欽佩。那位小牧童提著一把蓋上有松石的俄國茶壺對肖翔說：「喝點奶茶吧？」肖翔搖搖頭說：「謝謝，我在飛機上剛喝完。」

　　說完三個牧童在肖翔的陪伴下興致盎然地端祥了這架太陽能飛機，直至日落才離去。

　　晚飯後，肖翔試圖用手機向父親彙報今天的飛行狀況及明天的計畫，以便獲得父親的指點迷津，但始終接不通，於是他進入機艙用機上無線電通訊聯繫，可惜耳機上也只是發出「嗡嗡」的噪音，這下他徹底失望了。

　　他將座椅放倒與水準成十五度夾角，仰望茫茫無徑的蒼穹，心想：「我要豁出去了，爭取明天飛到地中海。」想著想著他恬然入睡了。

　　當黎明仍在黑暗之際，肖翔在朦朧中耳邊傳來河邊村梢上的嘰嘰喳喳鳥叫聲，於是倦眼惺忪看了一下手錶，已是凌晨四點了，他模模糊糊的地看到停在黑黝黝樹梢上的鳥兒展翅欲飛，心想鳥應該是自己的榜樣。

Volume 9. 綠色穿越

他驀地按下椅背的按鈕，椅背緩緩垂直於座墊，肖翔打開機艙，從飛機上爬了下來，坐在河邊草地上吃起早餐。

這時一線朝霞沖出東方的地平線，射向遠方山頂上殘存的一片皓雪，反射出耀眼的光芒。

他仔細檢查飛機的每一個部件。到早上八點，太陽灑滿整個草地，起飛的條件均已具備。

肖翔合上機艙蓋，六個螺旋槳很快轉動起來，飛機在河流左邊平坦的草地上滑動，倏地騰空而起。他目睹機下雄偉的雪松帶著下垂的枝葉摩肩接踵，穿越這片林海後緊接著是岩石峭立的山坡，飛機開始爬高到兩千米、三千米，一直升到五千米。在這山坡下黃金般的沙子一眼望不到盡頭。

忽然他發現沙漠上出現了仙人掌，而且形狀千姿百態，出於好奇他又將飛機從距地面五千米上空下降到距地面數百米，似乎這仙又掌伸手可得。突然機翼一晃，他一愣，為了安全起見又將飛機爬高到距地面三千五百米高度。一瞥儀錶總飛行旅程超過三千公里，已經超越原來飛行計畫，這時又來到中午十一點半了，他開始用起中餐，從座椅左側抽出一只盒子，上面有瑪麗亞細心地在盒蓋寫著的「七月二十五日中餐」，肖翔打開一看，是母親給兒子配置的精美午餐：四片醬香牛肉、兩條烤魚片、兩塊波羅蜜奶油麵包、一塊草莓蛋糕及一盒椰奶。

中午烈日當頭，六個螺旋槳飛速轉動。他將飛機速度調至每小時兩百六十公里的中等速度，這架太陽能飛機由東向西翱翔在無垠的藍天上。

肖翔心想：只要飛機保持這一速度，也許明天就能見到地中海。他悠然打開先前瑪麗亞給他錄好的音樂，是一首由捷克作曲家德瓦夏克創作遐邇聞名的交響樂〈致新大陸〉，由東京交響樂團演奏，那氣勢恢弘的樂曲，似乎能使他透過沙漠上空的輕風薄霧捕捉到西西里島熠熠生輝的影子。

正當肖翔暗自竊喜，突然前方烏雲翻滾，他將飛機急轉向右，不料機翼左側一個螺旋槳停止了轉動，飛機左右晃動！

飛機很快從五千米跌落到四千米⋯⋯三千米、兩千米，肖翔幾乎要失去對飛機控制，眼看就要機毀人亡，此時只要按下座椅旁的彈射按鈕，人就能跳傘逃逸。但飛機墜毀，以前一切努力便將付之東流⋯⋯這時飛機失去了平衡，上下翻滾，他的右手腕上好像繫著一塊石頭很難抬起。

此時飛機與地面不到五百米，嚇得肖翔失魂落魄，為了保住飛機，他咬牙艱難地舉起右手用力按下座椅右下方的綠色按鈕，很快一頂色彩豔麗的碩大降落傘在飛機上方打開。

眼看這次綠色穿越快要稍縱即逝，可現在目睹這架太陽能飛機拉著巨大降落傘慢慢勻速降落，燃燒在心底的夢想又一次悠然而生，不由得欣喜萬分。

Volume 9. 綠色穿越

正當飛機著地時,地面刮起大風,降落傘被掛在樹梢上。

肖翔從機艙裡取出一把鋼鋸,爬上樹將樹梢鋸掉,在呼嘯的狂風中,樹梢拖著降落傘垂落在機艙右側,他終於如釋重負。

這時天空烏雲密佈頃刻大雨傾盆,他穩穩地爬進機艙。暴雨一直下到晚上九點才慢慢停下來,機外萬籟俱寂,他坐在椅子上,身體已疲憊不堪。仰望這無垠的蒼宇只剩幾顆星星在閃爍,望著望著很快進入夢鄉。

天亮前肖翔被夢魘驚醒了,恍惚中他似乎察覺到在機旁的降落傘中有團黑乎乎的東西在蠕動,肖翔用手電筒一照,景象不由得令他毛骨悚然,原來是一條巨大的蟒蛇蜷縮在降落傘上。他想:也許是雨後草原上氣溫驟降,巨蟒為了獲得溫暖才找到了這頂降落傘。

一直待到東方發白,他覷望到躺在降落傘的巨蟒開始緩緩匍匐流向叢林,這條巨蟒首尾足足有十幾米長,他心裡充滿悸動。

當朝陽高照,肖翔謹慎地從機艙爬了下來,發現降落傘上充盈著蟒蛇的黏液。他將飛機降落傘從飛機上卸下,在附近的小水泡裡洗淨後平鋪在草地上等待烈日的曬乾。

突然前方樹林旁傳來一陣說話聲,從林中走出六個熊腰虎背的壯年男子,手拿伐木工具,看來他們是林場的工人,說著中亞的突厥語,向肖翔走來,他一時恐懼。

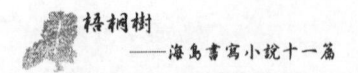

然而但這幫林場工人性格特別溫馴，他們懷著好奇恬然地接近了飛機，用手語詢問肖翔是否是這架飛機的主人。肖翔輕輕點頭。

這幫伐木工人個個露出了讚歎的神情。

在肖翔的請求下，六位中亞伐木工將這架飛機從靠近山谷的森林邊一直搬到前方平坦的草原上，足足行走了一華里。當工人們向肖翔揮手告別時，肖翔恭恭敬敬向他們鞠了三躬以示感謝。

快到中午了，烈日像一顆巨大的火球將鋪在草地上濕漉漉的降落傘曬乾，肖翔有條不紊地按父親的要求將降落傘折疊好後放入機頂的艙盒內以備下次出現不測事件之用。

然後他開始檢查昨天故障的原因，結果發現左翼的一個螺旋槳在高空氣流衝擊下，轉動軸與槳的固緊螺絲鬆開，導致螺旋槳停止轉動。他用金屬板將其緊固，接著重新檢查其它五個螺旋槳，在保證萬無一失的情況下才安下心來。

這時肖翔打開手機試圖再一次與父親通話，還是與上幾次一樣沒有對方的信號，他又重新爬上機艙用機上無線電設備與父親對話，仍然徒勞無功。可使他無比激動的是在無線電中聆聽到帶有地中海風情的斯拉夫舞曲，他冥想著自己離家已經不遠了。

此刻肖翔已經用完了中餐，他安祥地躺在機翼的蔽陰下，眺望後方昨日飛機降落的地方灑滿陽光，那繁密的樹林搖動著它們馥鬱且肅穆的枝葉，忽然目睹兩隻從棕櫚樹梢上騰飛的灰鷹直沖雲霄，他堅信不久自己將會超越它們。

Volume 9. 綠色穿越

他看了飛機上的儀錶，飛機已經飛越了將近七千公里，按預先設定的航線，再飛行不到一千公里就能到達他中海的東岸。

　　初夏的強光照射在機身的太陽能電池板上，中午十二點剛過，飛機在平坦的草地上慢慢開始向前滑動，機頭上六個螺旋槳越轉越快，很快便騰空而起。大概飛行半小時後，前方是一片高聳連綿的群山，他將飛行高度從兩千米爬升到五千米以上，俯視眼皮底下那山峰上淡淡的白雲，在風的助推下不停地翻出新花樣調和陽光色彩。飛機飛翔在群山之上，下面低矮的山麓呈紫羅蘭色，其山頂上夏花像粉紅色綢帶更是令人流連忘返。

　　肖翔把飛機的速度降到最慢，清晰地看到山崿裡僅剩的兩塊殘雪頑強地抵抗太陽的照射。

　　飛機穿越群山後翱翔在一片廣闊的平原上，為了在日落前最大限度靠近地中海，他將航速提升到時速三百二十公里。很快飛機掠過一個個小鎮的上空，鎮上的房屋色彩繽紛、造型各異，有方形結構與圓頂結合的典型伊斯蘭建築風格，還有門窗的立柱採用哥特式設計的教堂，在夕陽下小鎮顯得璀璨奪目。大概下午四點多空中漂浮的白雲增多、陽光忽亮忽暗，飛機慢慢失去了動力。

　　驀地他俯視到前方一個學校……操場上空無一人，只有兩排彩旗在一側迎風飄揚。

　　肖翔毫不猶豫將飛機下降到幾百米上空，機頭對準學校的運動場穩穩地降落了。

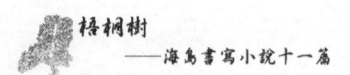

在落日的餘輝映射下，他目睹操場一側用木頭搭的平臺上方希臘文的橫幅。

「B市××中學第五十七屆夏季運動會」

正當肖翔從機艙出來踏上這所中學的操場時，手機的鈴聲響了。

肖翔詫異地問：「你是哪位？」

對方傳來一個熟悉的聲音：「我是瑪麗亞。」

「啊！媽媽。三天來我用好幾種方式都聯繫不上你們，把我急壞了。」肖翔欣喜若狂地說著。

瑪麗亞用義大利語焦躁不安對肖翔說：「兒子，你現在在哪裡？」

肖翔又爬回機艙看了一下雷達測位儀對瑪麗亞說：「媽媽，我現在降落在地中海東岸的一個中學操場上。」

這時瑪麗亞精神矍鑠地說：「兒子好樣的！你已經比原計劃提前一天到達地中海邊，如果明天風和日麗、陽光明媚，你也許明晚可以到達陶爾來納家中，聆聽外公的大提琴演奏。」

「媽媽，外公給我拉什麼歌？」肖翔急切地問。

「〈重歸蘇里托〉！」瑪麗亞確切地說。

Volume 9. 綠色穿越

肖翔大喜過望地說：「媽媽，我太喜歡這支樂曲了！」

正當肖翔話音一落，瑪麗亞將手中的手機遞給了丈夫。肖敏一拿到手機，神情激越地說：「兒子，對你提前飛到地中海邊向你祝賀，不過更危險的飛行還是在地中海上空，那裡氣候變化莫測，你必須作好各種準備。」

肖翔胸有成竹說：「我在中亞上空，飛行遇到過一次強對流天氣，最後飛機成功降落。」

「哦，你遇險過，那麼你經過了一次考驗。」肖敏思量片刻說：「不過陸地與海洋氣候不同，在海洋上空剛剛還是烈日當空，轉瞬即逝就烏雲密佈。」

「爸爸你放心，我會按照你說的海上飛行六點要求去做的，再說對地中海的氣候，我從小就經歷過，至今還記憶猶新。」肖翔望著西邊冉冉下沉夕陽對父親說：「現在你們已經是午夜，快休息吧！到達西西里我會給你們來電的，祝晚安。」肖敏回敬一句：「晚安！」

這時肖翔倚靠著機艙內的椅背透過手機看到義大利南部及地中海的氣象節目，氣象報告說西西里島周圍的地中海明日天氣是「晴，東南風二級」。這種氣候非常適合太陽能飛機飛行，他望著浩瀚湛藍蒼穹，思考著明日飛向西西里島的路徑⋯⋯

由於頭天晚上與父母接通電話後，肖翔心情尤為興奮，這種心情一直延續到午夜後才慢慢平息下來，入睡時已是凌晨兩點了。

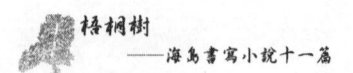

當早上七點多，中學生們陸陸續續進入學校的運動場準備參加夏季運動會，使師生們震驚的是運動場停放著一架巨大的太陽能飛機。

學生們蜂擁而上來到機旁觀賞這架飛機的雄姿，熙熙攘攘的聲音驚醒熟睡的肖翔。他抬頭一看，在朝陽照射下飛機四周圍觀著數不清的學生。

他深感歉意，因為飛機在他們學校操場上的降落而導致運動會延遲開幕，肖翔羞赧地從機艙爬出走到操場。

這時一位大約五十多歲身材不高、兩鬢略灰白、戴著一付寬邊眼鏡男士風度翩翩從人群中走到肖翔面前，原來他是這個中學的校長。

當肖翔用義大語說：「先生，對不起！我不應將這架太陽能飛機降落到你們學校的運動場。」

一聽到義大利語，那位校長感到十分親切，因為他是上世紀八十年代隨父親從義大利威尼斯移居到地中海東岸的，本想用希臘語瞭解這孩子的來龍去脈，一聽到母語倍感親切，於是校長用義大利語接茬問：「孩子你多大歲數？」

肖翔靦腆地說「十四歲。」

那位校長樹起了大姆指，情緒激越地說：「這麼小年紀就能單獨駕機，了不起！」肖翔緘默無言低著頭。

Volume 9. 綠色穿越

校長與肖翔交談中獲知，這位英俊的中義混血兒是從遙遠的東方古國——中國獨自駕駛這架太陽能飛機穿越歐亞大陸來到這裡，並即將飛越地中海到達他的第二故鄉——西西里島。

　　校長拍拍肖翔的肩膀，洞見肺腑地說：「我們為你的飛機降落到我們學校的運動場而自傲，願你今天能安全到達西西里，完成一次偉大的綠色穿越。」

　　「謝謝校長的關懷和鼓勵。」肖翔相見以誠地說。

　　時間已經快到早上九點了，本來應是這個中學校運會的開幕式進行時，由於肖翔駕駛的太陽能飛機遽然從天而降，使全校師生歡樂不羈。

　　校長臨時決定移遲開幕時間，隨即舉行一場為這位睿智勇敢的東方混血少年送行儀式。

　　他首先即興發言，對肖翔駕機降落到他們學校的運動場表達了由衷的歡迎，簡述了這次綠色穿越的大致路徑，並預祝肖翔平安抵達他的昔日故鄉西西里。

　　其實肖翔的性格是勇敢且內向的，他並不希望太受矚目。但在師生們的強烈要求下，他還是上臺發了言。首先他對自己駕駛的太陽能飛機降落到他們的學校，從而導致校運會推遲開始深表歉意，接著繪聲繪影地介紹了自己駕駛的太陽能飛機從祖國西部邊陲穿越歐亞大陸來到地中海的詳細過程。

在臺下聆聽他闡述的師生無不為肖翔的勇敢睿智所感動，他的講話不時地被雷鳴般的掌聲所打斷，當發言結束，一位穿著黃色上衣的女生手捧碩大的一束鮮花獻給了肖翔，他接過鮮花時似乎有些羞赧。

　　令肖翔驚喜的是，臺上即刻出現一排樂隊，一位身材魁梧的男學生，臉色紅潤、面帶微笑且彬彬有禮地走到肖翔面前與他親切握手，然後又走向臺中。

　　這時樂隊的伴奏音樂悠揚響起，那位魁梧的男生唱起了義大利歌曲〈我的太陽〉，嘹亮的歌聲響徹了整個運動場。

　　肖翔聽到歌聲激動得眼淚潸然而下。他輕輕抹去激動的淚水，緩緩走到校長面前，兩人親切道別。

　　校長握著他的手語重心長地說：「地中海氣象變幻莫測，一定要注意安全。」

　　肖翔目光炯炯看著校長說：「校長謝謝您，請您放心，我有多種準備。」

　　校長釋然一笑。

　　肖翔走下講臺，向全校師生揮手致謝，整個氣氛達到了高潮。

　　他再次仔細檢查飛機的各個部件後登上了機艙，戴上頭盔，仰望藍天陽光璀璨。

Volume 9. 綠色穿越

這時他按下光電連接按鈕，機翼上的六個螺旋槳開始轉動。

在運動場的跑道上空無一人，師生們站在操場一側凝神觀賞這架太陽能飛機的起飛。

很快飛機向操場一頭滑動，滑行大概五十多米後輪子脫離了地面，起落架慢慢收縮進機腹，飛機離地一百米……三百米……一直往上爬升，飛過低矮的山麓，令他始料未及的是飛機很快進入樹木蔥蘢的峽谷，俯視機底有湍急的流水從谷的西側滾滾向東流去，兩側是高聳的懸崖峭壁，而峽谷的寬度不到百米，太陽能飛機兩翼展開的寬度就有四十多米，如果在飛行中一不小心機翼觸碰到懸崖，離跳傘逃逸的時間都沒有，這就造成機毀人亡，整個綠色穿越將以悲劇告終。

肖翔凝神屏息，左手放在逃逸按鈕上，右手緊握操縱杆，使機身對準峽谷中線航道。時間一分一秒地過去，這分分秒秒對他來說都是煎熬，因為這是他從未經歷過的一次最危險飛行。

大約飛了六分鐘後，肖翔終於看到峽谷盡頭的海面，他才稍稍鬆了一口氣。

當飛機穿出峽谷時，驀地從峭壁的岩洞中衝出一隻灰鷹，他猛地一愣，立即將飛機右轉，從而避免了一次危險碰撞。

飛機有驚無險地飛入了地中海上空，從雷達上重新確定西西里島的位置。

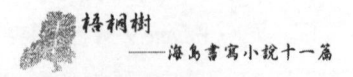

梧桐樹
——海島書寫小說十一篇

他眺望遠方湛藍的天海渾然一色，心底悠悠再現西西里飄渺的仙景。

肖翔離開了山巒疊嶂的海岸進入了地中海，俯視著波光粼粼的海水，好像自己的靈魂在跳躍。他飛行在離海平面不到兩千米的海面上，只見在平靜的海上有幾處揚起白色飛沫，肖翔好奇的將飛機下降到離海面不到一千米處，這時他清晰的看到是五、六隻白鯊在嬉水，心想要是八年前與舅舅一起在海上划水碰到這群傢伙，一定是凶多吉少。

肖翔一拉操縱杆飛機向上爬升，在到達海拔五千米高空時，從衛星導航圖中獲知距離西西里島還剩不到八百公里，正常情況之下再過三個小時即可到達。他一看錶現在是下午一點三十五分，從早上六點吃完早餐後一直沒有進食，肚子餓得咕嚕直叫，他順手翻開座椅左邊的食品盒，只剩最後的一片麵包，他抓起後一口塞進嘴裡，果然肚子不叫了。肖翔心想：今晚到達陶爾米納後一定能嚐到令人饞涎欲滴的海鮮，還有外婆的拿手好戲——格蘭尼它冰糕。這不由得使他心醉神迷⋯⋯

此時他將航速加大到極限，儀錶上指向時速三百五十公里。

飛著、飛著，突然飛機進入白霧瀰茫的雲層，空氣特別稀薄，儀錶上顯示氣壓遠遠低於標準大氣壓，飛機失速了！驟然從五千米高空垂直墜落，並且螺旋槳也停止了轉動，但他卻無比鎮定，不到最後一刻也不按下飛機降落傘按鈕，更不用說去接觸逃逸跳傘按鈕。

Volume 9. 綠色穿越

當飛機下落到距海平面六百米時，一股狂風把飛機托了起來，他抬頭一看陽光非常刺眼，於是倏地用左手按下光電轉換開關，這時機翼上的六個螺旋槳居然同時轉動起來，並越轉越快，令其爽心悅目。他再猛地將操縱杆向上一提，飛機即刻昂首沖入藍天。

飛機飛到一千米、兩千米、三千米，在三千六百米的高空上他開始水準向西推進。

這時已經下午三點半了，天空格外晴朗，從雷達上看距西西里島大約二百公里，不出意外的話，五點前就可在西西里島降落了。

在三千多米的高空上，肖翔與家人通了最後一次電話。

肖翔通過機上的無線電與相隔萬里之遙的父親通了話：「爸爸，我再過一小時就可到達西西里了。」

無線電信號中出現「沙沙」的聲音，突然訊號暢通了！「早上八點多還在地中海邊，真沒想到飛得這麼順利？」肖敏詫異地問。

訊號中出現瑪利亞的聲音，她激動得說話有點結結巴巴：「兒子，你……這次……綠色……穿……越總算劃上了一個圓滿的句號。」

「是的,媽媽。」忽然訊號又斷開了。

§

這時飛機已經飛到墨西拿海峽,他發現在飛機左右上方出現了兩架義大利戰鬥機前來護航,肖翔為自己能受到如此之高的禮遇暗自竊喜。

驀地,右上方一架戰鬥機的飛行員與肖翔通話,他用義大利語說:「孩子,我們全體義大利人為您的到來深感喜悅,祝您成功。」

「謝謝,叔叔」肖翔文雅的回答。

接著耳機上又傳來左上方飛行員的聲音:「孩子,當你看到前方山頂的篝火時,這就是陶爾米納,你就在山下海邊的紅地毯上降落。」

「明白,謝謝叔叔。」

他向前眺望只見純白的火山口噴出一股橘黃色煙霧,啊!這就是西西里的心臟——埃特納火山,為了越過它,肖翔將飛行高度上升至海拔五千米。

過了火山口後,前方的山頂上果然燃燒起一堆篝火,他想這不就是古希臘劇場所在地嗎?難道它為我的到來而燃燒?

這時飛機緩緩下降，只見山坡上橄欖樹和白房子鱗次櫛比，隱匿在山脊上的古老城鎮出現一面碩大的橫幅，上面醒目地寫著：「陶爾米納歡迎自己的孩子回家。」肖翔一側視心也醉了。

　　他已經目睹心形的海灘上人潮湧動，像是舉辦一次特大的音樂盛會，一條百米多長的炫目紅地毯出現在飛機下方，肖翔將機頭對準紅地毯，幾分鐘後飛機穩穩的降落在紅地毯盡頭。這次成功的綠色穿越終於在他的家鄉陶爾米納畫上了句號！

　　當肖翔打開機艙蓋，從天而降粉紅色的花瓣像雪花似地飄落下來。

　　他走下飛機，早早等候在紅地毯旁的歡迎人群與他一一握手，人們沉浸節慶般的喜悅之中。

　　在一位名人的陪伴下，肖翔來到十二位小姑娘面前，每位姑娘都面帶笑容送他一支鮮花，他靦腆的臉就像閃光燈一樣一紅一紅，將鮮花一一收入囊中。此時他驚訝地發現這十二支鮮花色澤造型各不相同，就連童年時跑遍翁貝托大街上各家鮮花店，也未曾見到像今天這樣千姿百態。為了肖翔的到來，姑娘們在歡迎人群的中間跳起西西里特色的舞蹈。

　　忽然人群中有位一米九十的英俊男子擠了進來且大呼：「肖翔，肖翔！」

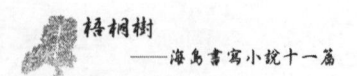

他抬頭一看，遠處從人群中擠過來的就是蒂尼，他也大喊：「舅舅，舅舅！」

肖翔向人群中跑去，兩人的呼喊聲此起彼伏，但他們的聲音很快被富有冥想和夢幻色彩的《西西里舞曲》音樂所淹沒。

Volume 9. 綠色穿越

梧桐樹
—— 海島書寫小說十一篇

Volume 10.

一箱黃金

三月的長春,早上朝霞與皓雪相映,遠處山麓邊莊嚴的雪松裏著白雪帶著下垂的枝葉摩肩接踵,好像在等待春光的撫摸顯露青翠的本色。

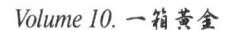

梧桐樹
——海島書寫小說十一篇

一箱黃金

民國初年長春市內有一家金店名叫「鴻寶樓」。歲末年底金樓老闆為答謝全體員工一年來的辛勤付出,特舉辦了盛大宴請。在宴會上金店老闆唯一的一次起身即是為張凡斟酒乾杯,因為老闆心知肚明「鴻寶樓」今年生意興隆,很大程度與張凡兢兢業業且手藝嫺熟密不可分。

張凡是位聾啞人,但他心靈手巧,是長春市馳名的黃金雕刻大師。他除了能製作出十二生肖金飾品外,還可以在各種掛件上雕出山水花鳥及各種人物造型,雕工細膩惟妙惟肖,深受市民青睞。

自從張凡進入「鴻寶樓」後,該店天天顧客盈門,生意興隆。為了能留住張凡,老闆對他關愛倍至。宴會結束時,金店老闆還把裏有半兩黃金的紅包贈給了張凡,輕輕拍拍他的肩膀,示意明年繼續為「鴻寶樓」效力。

張凡的妻子是一個胖女人，身高不足一米五十，走起路來晃晃悠悠，顯得臃腫。紅通通的臉下，肩上總是裹著一條黑色的圍巾，生怕人家看到她頭頸上黑色贅瘤。說起話來面帶微笑，笑容誠摯又和藹。

一家兩口人衣食無憂，但美中不足的是結婚六年不育，唯一夙願便是能使家中有個孩子。

§

民國八年正月十五那天早上，屋外一片白雪皚皚，天寒地凍。

張凡購物回家途中，偶見馬路一側的垃圾桶旁圍著一群人。他穿過馬路擠入人群去觀熱鬧，只見雪地上有一用紅布裹著的女嬰「哇哇」直叫，站在雪地上圍觀的幾個老人言語犀利地說：「這個女嬰的母親真沒良心。」

他擠過人群來到嬰兒面前，以一種慈祥的目光俯視女嬰，嬰兒的哭聲戛然而止，雙眸凝視他那溫柔的臉。

一個圍觀的老太太輕輕地說：「這人真像她的父親。」張凡瞥了老太太一眼，由於他是啞巴沒有出聲。於是彎下腰輕輕撫摸女嬰的身體，發現她手腳冰涼，又從女嬰的黃棉襖內摸出一張紙條，上面寫著：民國七年農曆十一月初五出生。

張凡一算，至今她才兩個多月。懷著憐憫心情，他脫下自己的棉襖把女嬰包裹起來，自己隻身單衣在風雪交加中一搖一擺把女嬰抱回家。

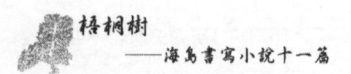

梧桐樹
——海島書寫小說十一篇

黃昏時他到了家。推開門，老婆正在燒炕。一見丈夫鼓鼓囊囊抱著一個龐然大物，她起身急忙走了上去說：「張凡你抱著什麼？」

「我在路旁的雪地上撿了一個女嬰。」

「哇！」老婆尖叫起來，「太好了，太好了，我家總算有閨女了。」

張凡抱著嬰兒走近爐子旁邊，他的老婆連忙說：「把嬰兒交給我，你先暖和暖和。」

「妳先燒點熱水，給孩子熱熱手腳，因為她現在手腳冰涼。」他哆嗦著說。

張凡的老婆從門外雪地上的大井裡打上一桶水，搖搖晃晃提著一桶水走到爐子前。

不一會爐板上的水開始冒出了熱氣。

張凡抱著女嬰，他的老婆不斷地用熱毛巾揉搓嬰兒的臉，張凡則彎下腰將嬰兒兩腳放入溫水中浸泡。

半小時後嬰兒雪白的臉龐開始紅潤起來，濃黑的頭髮下一雙明眸凝視著張凡慈祥的臉久久不願離去，升月似的小嘴微微抖動。

張凡對老婆說：「你來抱她，我去擠點羊奶給嬰兒喝。」

當嬰兒一換手，抱在他老婆懷裡的女嬰「哇哇」直哭。

無奈下，張凡又從他老婆手中接過嬰兒對她說：「妳快去擠點羊奶吧。」

於是老婆提著木桶，向門外雪地上的羊欄走去。

他們家一共養了六隻羊，一隻公羊兩隻母羊和三隻小羊羔。

當張凡夫人在一隻母羊旁蹲了下來，用她那雙冰涼的手攢住母羊的乳房時，母羊因受到刺激，兩隻後腳向後一蹬，把張夫人踢個人翻馬仰，她企圖再次接近，但這隻母羊總是溜走，最後只好無功而返。

張凡一見老婆提著空桶回來，心急火燎對老婆說：「嬰兒交給妳，我去擠奶。」

他不管嬰兒嚎啕大哭，徑直地走進了羊圈。

不一會，張凡提著裝有羊奶的木桶再次走進屋子。

他將羊奶倒入一只玻璃杯內，一匙一匙將新鮮的羊奶送入女嬰嘴中。十幾分鐘後，女嬰開始睡眼朦朧，她在張凡的懷裡安詳地入睡了。

夫人對張凡說：「我們給這女嬰起一個什麼名？」

張凡悠然出神俯視懷中的嬰兒深思片刻說：「因為我是從雪地裡把她抱回家，我看給她起名為『張雪』，你看怎樣？」

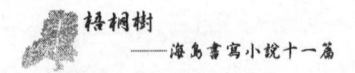

張凡夫人斬釘截鐵地說：「好吧，這個名字非常合適。」

於是他把懷裡的張雪小心翼翼放在床上，他的夫人用一條嶄新的毛毯蓋在張雪的身上。

張凡直盯著張雪粉紅的臉，一個慈父的心融化在一片溫柔與憐憫之中。

六年後，張雪從一個可憐的女嬰變成活潑可愛的小姑娘。

一天傍晚，張雪朝著媽媽大喊：「爸爸回來了，媽媽妳去幫他拿點東西。」這時張凡夫人突然感到有點噁心，拖著臃腫的身體，緩慢向門口移動。當她推開房門只見丈夫揹著一袋麵粉，手提一籃蔬菜慢慢向她走來。

當張凡一進屋，老婆便迫不及待走到他跟前酣暢地說：「張凡，我要告訴你一件大事。」

張凡詫異地問：「什麼事？」

「我懷孕了。」

「真的？」

「今天上午我已經找了大夫確認了。」她興奮地補充說。

這時張凡手舞足蹈，高興得簡直要跳了起來。他用啞語對老婆說：「我去買瓶酒，今晚要慶賀一下。」

Volume 10. 一箱黃金

那天晚上天氣特別晴朗，浩瀚蒼穹、明月當空，月光灑落在潔白的雪地上耀如流銀。

張凡坐在炕頭上，望著窗外皚皚白雪，打開一瓶二鍋頭自斟自飲醺醺有味，不一會就醉迷神眩，他的心陷入幽思遐想之中。

第二年仲秋，張老太太產下了一個男嬰。

張凡見人就手舞足蹈，用各種手語傾訴自己歡悅的內心。因旁人不懂啞語，只有張老太太明瞭丈夫十分快樂。

所以他們給兒子取名為張樂。

沒有孩子那時，張凡上班後，他的老婆總要等晨曦穿越東窗灑落在床前地板上時才緩緩起床。

現在截然不同，天剛濛濛亮她就起床了。做飯、餵雞、餵羊以及外出買菜，各種家務嫻熟幹練。兩年過去了，原本胖乎乎的身體像一隻碩大的燈籠，現在瘦了三十多斤身體顯得勻溜，先前圓鼓鼓的面龐現在變得眼眶深邃且臉色黝黑。

當左鄰右舍見面時，有人這樣說：「現在你們一兒一女，你家真有福氣。」

張老太太總是笑顏逐開。

歲月就像奔騰的松花江流水，時而平靜如鏡、時而波濤洶湧。在張雪十五歲那年冬天，張老太太肩扛一袋麵粉興沖沖趕回家，

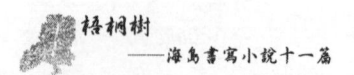

一腳不慎踩在冰塊上,倒在路邊,頭碰電杆出血不止。

當過往路人把她送進醫院時,她已壽終正寢。那年冬寒歲底,他們全家浸沉在無限的悲痛之中。

張凡痛苦地望著這無垠的蒼穹暗下決心,一定要把這個家支撐到兒女成家立業。

由於張凡手藝在長春市內也是首屈一指,「鴻寶樓」老闆對他尤為鍾情,獲知他老婆不幸離世,一天上午老闆對他說:「獲悉你妻不幸離世,我深表痛惜。由於你家境窘迫,本樓決議你可帶金回家雕刻,按時上交成品,你的工薪分文不扣。」

張凡用啞語對老闆的關懷深表謝意。

從此他白天在家幹活以頂替原來妻子的角色,晚上再在自己的房間精工細雕,有時甚至要工作到凌晨三、四點鐘。

女兒很會察言觀色,她知道父親已力不從心,準備休學與父親分擔家務,共同培養弟弟張樂。

一天中午吃飯時,張雪向父親傾訴自己心願,開始父親沒有同意,但在女兒的執拗下,最後只好接受。

張樂才智過人,他十八歲那年以全市第一考上了全國名牌大學。

為了培養兒子,張凡所有積蓄都投入兒子的學業上。

張雪在弟弟大二時與鄰居的一個木匠李可惠喜結良緣，次年為李家產下一名千金，雪白的皮膚、圓溜溜的瞳仁，十分逗人喜歡，張凡給外甥女起名李欣。在李欣三歲時，她就能正確無誤叫出外公雕塑十二生肖中每只金首飾的名稱，贏得家人一片讚譽，母親更是把自己女兒當作掌上明珠。

逢年過節走親訪友時，張雪總將女兒帶在身邊形影不離。

隨著歲月的流逝，李欣從一個懵懂的孩子慢慢成了懂事的小姑娘，張雪也把自己的不幸遭遇如實告訴了女兒。

在李欣的靈魂深處，外公的偉大無人撼動。

四年後，張樂以優異成績從大學畢業，並在長春市內找到一份教書的工作。一年後與同班的一個廣州同學妹妹結了婚，她是一位醫生，名叫韓英。結婚第二年從廣州調入長春一家大型私立醫院，成為一名內科醫生。

在李欣五歲那年，韓英產下了一個男嬰，一出生就有八斤重，濃濃的眉毛、黑不溜秋的皮膚和胖乎乎的臉，令爺爺十分疼愛，給他起了個名叫張金。

光陰似箭，一晃八年過去了，兩個天真活潑的小孩分別邁進中小學的大門。由於張金貪玩，學習成績每況愈下，他的媽媽為了提高自己兒子的學習成績動了許多腦筋也無濟於事。張樂自己雖是中學國文教師，俗話說「外來和尚會念經」對自己兒子學業下沉卻無能為力。

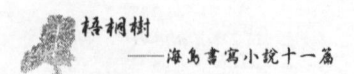

在張金的纏磨下，他的母親為了調節兒子的學習興趣給他買了一隻小狗，棕色的卷毛、兩隻碩大的耳朵擋住牠的瞳仁，奔跑起來兩耳左右晃動，十分逗人喜歡，大家給它起名叫「皮皮。」

　　每天放學回家，一打開房門，皮皮便迎面撲了上來，張金愛不釋手，整天把牠抱在懷裡。

　　每週日張金到他姐姐李欣那裡補習功課，總要帶上皮皮。後來被他母親發現，為了不影響兒子學習，索性把小狗關進籠子。

　　一次補課結束，李欣把弟弟送出家門，當他們一打開房門驚呆了，皮皮從門口的石階上撲向張金，張金樂呵呵地把牠抱了起來。

　　原來主人把皮皮關進窩內，小狗從狹窄的籠縫裡鑽了出來，跳過圍牆，順著張金的腳印來到李欣家的大門口。

　　張金抱著皮皮與李欣道別：「姐姐，再見！」

　　「別走，等等！」於是李欣疾步走進房間拿起一塊牛肉乾跑到門口。

　　當李欣呼叫一聲皮皮時，牠的頭猛的伸了過去，李欣驚恐地將手往後一縮。

　　張金詫異地望著李欣委婉的說：「姐姐，不用害怕，皮皮不會咬你的。」

Volume 10. 一箱黃金

小狗皮皮慢慢從李欣的手中叼起牛肉乾咀嚼起來，短短棕色的尾巴不停地擺動，以示對她致謝。

張金溫馨地看著姐姐輕輕撫摸皮皮柔軟的棕毛，並坦然地伸直右手讓牠舔舔她那細長的手指。從此張金去姐姐家補課，皮皮總是乖乖地緊隨其後，他的母親也未對張金有更多約束，只是要求聽課時要全神貫注。

冬去春來冰雪開始消融。

在一個星期天的早晨，張凡準備去地窖取菜，以備中午兒女們來家聚餐。由於窖口被冰雪覆蓋，久久沒有找到，突然張凡一腳踩在用玉米杆作蓋的窖口上，從窖口落入窖內，人仰馬翻，整個身體緊緊卡在兩根木柱之間，多處骨折，身體動彈不得。

快到上午九點了，冬日的陽光已經灑滿了整個院子。這時張樂全家興高采烈走進院子，只見皮皮一打開院子的大門便直奔窖口「汪汪」叫個不停。

張樂敏感到事情不妙，他慢慢沿著皮皮的腳印靠近窖口，當他往下一看，頓時驚呆了！原來父親跌入地窖被木樁卡住了，他大喊：「爸爸，你怎麼了？」

張凡氣喘吁吁地說：「兒子啊，我掉進窖裡了。」此刻張樂追悔莫及，如果今天他和姐姐不上父親處聚餐也許不會出現今天的這一幕。

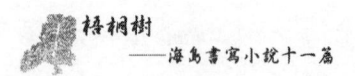

就在張樂驚愕間，張雪一家到了。李欣獲知外公掉入窖內，敏捷從隔壁鄰居家借來一把木梯，打算獨自下窖去拯救外公。

正當李欣準備下窖時，她的父親一把抓住女兒的右臂說：「妳上來，我與妳舅舅下去。」

李欣只得焦急地等在窖口。

不一會張凡被抬出了地窖，送入就近的一家醫院。經醫院檢查左胸三根肋骨斷裂、左膝蓋骨碎裂，左手中指、食指折斷，需手術，即使康復以後也無法從事黃金雕刻工作。

此刻張凡躺在病床上心身皆十分沉痛。

第二天鴻寶樓老闆知情後親臨醫院，獲知張凡可能終生殘廢，倘若醫生醫術高明，康復後也難以信任黃金雕刻工作。他心知肚明在張凡身上已無油可榨，心情十分懊喪。

老闆臨走時吝嗇地扔下廿大洋以示關愛，再也沒有去年歲底聚餐那麼闊綽。

張凡想：這一點錢對支付醫藥費來講只是杯水車薪，不禁憂心忡忡。

關於張凡的醫藥費用，姐弟倆互相推卸，張凡獲知後更是失望。住院不到一週，骨頭剛剛接上就出院了。

在張凡出院的第二天,張雪對張樂說:「我想將父親送進韓英的醫院去康復,你看怎樣?」

「那不行,她不是骨傷科的。」張樂執拗地說。

張雪詫異地說:「他們醫院不是有康復中心嗎?」

張樂有點不耐煩地回道:「我說不行就是不行,要不妳自己去問問韓英?」

由於張凡不能進醫院康復,家中又沒請專人照顧,經姐弟協商後輪流照管。

張雪是一家服裝廠的工人,勞酬按小時計算。每天早上上班前給父親帶來兩頓飯菜,晚餐由張樂負責。

北方冬天天寒地凍,早晨蒸出來的饅頭到中午凍得像塊石頭,簡直能打死一隻狗。但張凡自己不能起床,到中午石頭一樣的饅頭也只能硬啃。

晚上兒子送飯的時間不定,最早六點、最晚要到八點多。他一到便總是將一碗半生不熟玉米粥和一碟鹹菜放在床前櫥上後拔腳就走。

張凡也無心挑剔,心想當年兒子考入名牌大學,全家多麼高興,他將家中黃金首飾變賣供兒子上學,心甘情願。

時光流逝,兩代人的情感已今非昔比,他目睹眼前這些難以下嚥的飯菜,一陣心酸。

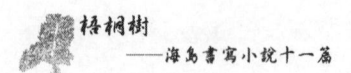

原來每星期六張雪要給父親打掃衛生，可來過一次後，再也沒見到她人的蹤影。

張凡病床上的跳蚤、蝨子佈滿被褥，夏天滿屋的蒼蠅、蚊子「嗡嗡」直叫。一頂千瘡百孔且綴了數不清補丁的蚊帳，咬得張凡渾身疙瘩，身體癢得難受。

地上散落的饅頭屑成了老鼠的天堂。

有個星期天，張凡對女兒說：「小雪，你能否把床單上的饅頭屑，跳蚤之類通通清理掉？」張雪走近父親身邊一股刺鼻的臭氣撲面而來。她戴上手套，側著頭掀起父親的後背，只見背下腐爛的傷口與饅頭屑黏在一起，床單上面的污漬不堪入目。

張凡苦苦哀求：「你能否給我換條床單或者將原床單翻一面？」

張雪裝出一副無奈的姿態說：「爸爸，我實在無能為力，要不等可惠有空再換？」

可是張凡緊緊等了六天也杳無音信，後來父女見面再也不提調換床單之事，但是他身心隱隱作痛。

§

一天李欣放學很晚，路過外公家時快到晚上七點了，她想去見見外公。

當她接近外公的小屋時，只見房門敞開著，於是她小心翼翼走近門檻旁，屋裡冒出一股難聞的尿臭味。

李欣步履輕盈走近外公的床前，驚訝地發現床上空空蕩蕩，於是點燃了油燈，只見污漬斑斑的床頭桌上幾個風乾的饅頭和一碗半生不熟的玉米飯，用手一觸摸碗冰涼冰涼，分明舅舅還未送飯來。

此時她感到惘然若失，於是心急火燎地在屋內翻箱倒櫃四處尋找均不見外公蹤影。當她打開北窗時，這一幕讓她驚呆了——外公臉色蒼白，雙手緊緊抓著井口的木架。

李欣眼淚潸然淚下，她苦苦哀求：「外公您不能離開我們。」

張凡聽到李欣的呼喚，右手從井口的木架上滑落下來，頭趴在井邊的石頭上，眼眶充盈著淚水。

李欣以迅雷不及掩耳之勢從前房間搬來一把椅子，一腳踩上椅子飛一般地跳出北窗，來到井邊對張凡說：「外公，您的右手抓住我的肩膀，我揹您回家。」

張凡無奈地問：「你能行嗎？」

「外公，您放心。」

李欣揹著他的外公磕磕絆絆走進房間，輕輕地把張凡安放在床上，此時在這一靜謐的房間裡只能聽到李欣呼呼的喘氣聲。

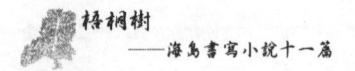

張凡目視床前櫃上無法下嚥的殘羹剩飯長長歎了一口氣，轉頭對李欣說：「今晚辛苦妳了。」

李欣坦然的說：「外公只要您活著，並幸福地生活，我什麼都願意。」

「生活！生活！」張凡說了兩遍一陣苦笑。

由於這幾天來沒有好好進食，肚子早已饑腸轆轆，張凡向李欣哀求道：「欣欣，妳有沒有東西可給我填填肚子？」

李欣突然想起書包內還剩半包餅乾，她立即拿出來：「外公，這餅乾您能吃嗎？」

張凡從李欣手中接過剩餘的半包餅乾說：「可以，可以。」不到兩分鐘就全進了肚子。

「外公，我家裡還有更好的食物，我馬上回家給您拿來。」

「不！不！我已經滿足了。欣欣妳快回家，爸爸媽媽要擔心的。」

「外公，不過我有一要求——今晚您不能輕生，我明早再來。」張凡做了一個保證的手勢。

翌日早晨天剛濛濛亮，李欣就醒來了。起床後煮了鍋小米粥，然後冒著颼颼冷風穿過兩條馬路在一家新開業的包子鋪店上買了兩個肉包，興沖沖趕回家後又燜了罐大米飯，蒸了一段大馬哈魚作為老人的中餐。

Volume 10. 一箱黃金

大約早上七點光景，李欣到達了她外公家。當張凡用完早餐後，感激的淚水從眼瞼旁流了出來，繪聲繪影向她表達：「這是我臥床以來最好的一頓。」李欣十分激動，她指著床頭櫃上的另一盒子說：「外公，這是您中午的飯菜。」

張凡心滿意足地點點頭。

李欣從小就是媽媽的掌中明珠，媽媽從不讓她染指家務雜活，對於煮飯、烹飪均不擅此道，今天的飯菜居然贏得外公的青睞，倍感欣慰。

她總算鬆了一口氣，坐在外公床前一把帶有污斑的木倚上。

這時屋外朝陽高照，強烈的陽光穿過屋頂的天窗投射在床前的地板。

驀地李欣發現外公床底下的一只銅箱，在陽光照耀下反射出古銅色的閃光，她突然靈機一動，面露快樂的微笑，思忖著也許這只銅箱能給外公帶來幸福的後半生。

李欣手指床頭櫃上另一個飯盒重述道：「外公這是您的中餐，我有事出去一趟，下午三點再來看您。」

張凡笑容溫柔地向她揮揮手。

當李欣走出房門時驀然一想，馬上需要借用外公床下那只銅箱。

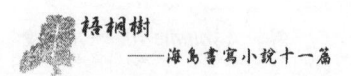

她又翩然返回房間，脈脈溫情地對張凡說：「外公，我想借用您床下那只銅箱放些貴重物品，不知可否？」

張凡毫不猶豫地說：「當然可以。這是我從前的工具箱，現在我等於被解雇了，這個銅箱是鴻寶樓老闆留給我的，妳奶奶去世後我在家雕刻，是完工後存放金首飾用的。」

李欣彎下腰從床底移出這只箱子，她發現箱面雕刻著清明上河畫中的其中一段，兩邊刻有水滸中的人物，雕工十分精細，人物造型也栩栩如生。箱子的側面鑲嵌著六個可轉動的鍵，每鍵均可隨機輸入零至九中任一數字，鍵的下方有一個鑰匙孔，只有六位數字輸入正確箱子才能打開。

張凡謹慎地從枕套中抽出一把帶有中國結的銅鑰匙，他用手指比劃六個數字。

李欣接過鑰匙，按下外公提供的六個數位，很快打開了銅箱。一開箱，箱壁金光閃閃，裡面剩下一包用綢布包裹的三把雕刻刀。

她拿起雕刻刀對外公說：「外公，這是您的工具。」

張凡瞟了一眼，力不從心地說：「這對我來說已無任何實際意義，妳把它任意放在哪裡都可以，讓它作為留給上帝的紀念吧。」

李欣激越地說：「外公，您不要這麼悲觀，您高尚的人格，永遠是激勵我前進的動力。」

Volume 10. 一箱黃金

張凡緘默而無望地側臥著，對她說：「欣欣，這銅箱妳需要就拿去吧。」

　　「好吧，謝謝外公。」說完她關上箱子，把它放進一個旅行袋內，騎上自行車在冰凍的道路上向北駛去。

　　她來到了一個廢品回收站，一個胖乎乎的矮女人坐在門口一把木凳上，看上去顯得邋遢，嘴裡還叼著半根煙。

　　女人看到李欣手提布袋向她走來，她扔掉煙頭迎了上來。覷望到李欣布袋內的那只銅箱，眉飛色舞地說：「小姑娘，妳要賣掉布袋內的箱子是嗎？它能賣個好價錢。」

　　李欣搖搖頭說：「不，我不賣這個箱子，我想買點鐵螺絲。」

　　那個矮女人一臉懵怔，皺皺眉頭說：「妳要鐵螺絲幹什麼？而且這裡的螺絲都生鏽了。」

　　「生鏽沒有關係。」李欣回答說。

　　她帶上油乎乎的手套在黑越越的廢鐵堆中拖出半袋舊螺絲對李欣說：「話得說明，妳買的價格要比我收購價高出兩倍，妳會接受嗎？」

　　「我接受。」

　　「妳要多少斤？」

　　「四十斤吧。」

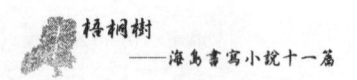

那個矮女人將紮上口的半袋鐵螺絲過稱後，回頭對李欣說：「姑娘這袋螺絲總共四十八斤，妳看好嗎？」

李欣二話不說從口袋裡摸出一個大洋給那矮女人說：「這錢夠了嗎？」

「妳多給了，我還得返還你八文。」她故意裝作在口袋內摸這八文錢，久久沒有找到。

李欣把鐵螺絲和銅箱放在後車箱內說一聲：「算了，不用找了。」於是騎上車向南駛去。

那個矮女人坐在凳子上暗暗自喜：「世上怎有這樣的傻瓜？」

李欣騎著裝載鐵螺絲和銅箱的自行車，晃晃悠悠駛過冰封的路面，來到了外公家。

她在房門外將布袋內的鐵螺絲裝進銅箱內，正好滿滿一箱。蓋上箱蓋設定好密碼後，將其鎖住。

李欣輕輕敲開外公的房門。

張凡見李欣進門，眸子閃亮。

李欣提著裝滿鐵螺絲的銅箱磕磕撞撞將它放在外公的床前，循規蹈矩地對張凡說：「外公我有一貴重物品放進您的銅箱內，我把這只銅箱放在您床底的原來位置，如果媽媽和舅舅他們問起箱內為何物，望您緘默無言。」

Volume 10. 一箱黃金

張凡儼然說：「欣欣妳放心，我會守口如瓶。」

話音一落，李欣從口袋裡拿出一張稿紙對張凡說：「外公，為了您以後生活幸福，請在這張文稿紙下方簽上您的姓名，並按上手印。」

張凡一頭霧水，不知這葫蘆裡裝的是什麼沁人良藥？他疑惑地問李欣：「欣欣，妳這是什麼意思？」

李欣敞開心扉對張凡說：「外公，只要您簽上姓名後，苦難將會悠悠離您遠去。」

由於張凡對外甥女的人格篤信不渝，所以他爽快地從李欣的手中接過一支黑筆，用他那隻沒有受傷的右手在文稿紙下方彎彎扭扭寫上「張凡」二字，並蓋上手印遞給了李欣，脈脈溫情看著她。李欣將那張簽了字的文稿紙折疊起來放進懷裡的口袋，對張凡說：「外公，我明天再來見您。」

李欣騎車來到長春最寬敞的一條大街，馬路沿街商鋪林立，她目不轉睛地盯著每家店鋪的廣告牌。

突然她發現在一家鞋帽批發部大樓旁邊，有一家店面的玻璃門上六個金色大字特別矚目：「代寫書信文稿。」

李欣輕輕推開這家店的玻璃門。一個戴著老花鏡滿頭白髮的老頭看到有人進店，驀地摘下花鏡瞟了她一眼說：「小姑娘，妳有什麼事情要辦？」

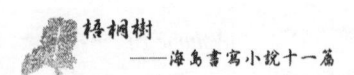

「先生，你們這裡能否代寫遺囑？」

「這當然可以。」他瞥了她一眼問：「是妳的什麼人？」

「我外公，他因病長臥不起，所以由我替他辦理一下。」

「遺囑的草稿能否讓我過目一下。」

「可以。」於是李欣從懷裡掏出早已擬定的遺囑文稿遞給了那位老頭。

遺囑全文如下：

　　本人張凡，有黃金一箱（黃金淨重四十八斤）待本人去世入土後開箱。兒（張樂）女（張雪）各得一半。特立此遺囑為證。

張凡民國廿二年臘月初三

立遺囑時間正好是張老太太去世後一週年。

那位白髮蒼蒼的老頭看完遺囑後，點了一支煙，頭朝天花板吐了一口烟，若有所思地對李欣說：「小姑娘，有幾件事需要向妳明確一下：其一：由於妳替外公代辦遺囑，需要妳外公的全權委託書；其二：遺囑必須公證，才有法律效力，本店代辦公證總費用（包括書寫費）共計大洋十二元。其三：本店只對文稿承擔法律責任，對於事情真偽概不負責。」

李欣深思片刻說：「我接受。」

那個老頭摘下老花鏡把煙頭緊緊地按在煙灰缸內犀利地說：「小姑娘，妳今天先預付三個大洋，明天把委託書帶來。」

「好吧。」於是李欣從褲兜裡摸出三個大洋遞過去，再從老頭手中接過收據說：「謝謝先生。」然後拉開玻璃門騎上自行車駛回了家。

第二天在上學前，她就把委託書交給了那位代寫遺囑的老頭。

三天以後，李欣又交給老頭九個大洋並取回經法律公證的遺囑，她回家後假裝興奮地對張雪說：「媽媽，上週我幫外公辦了件大事。」

張雪詫異地問：「什麼大事？」

李欣小心翼翼從書包裡拿出一個信封遞給她的母親。

張雪瞥了女兒一眼，慢慢悠悠從信封內抽出一張文稿紙，打開一看上面寫著遺囑二字，頓時眼睛一亮。當她讀到「黃金一箱」、「各得一半」等字眼時，好像坐在裝有彈簧的椅子上驀地跳了起來，緊緊與女兒擁抱在一起，魂飛魄散。

突然她喜形於色對女兒說：「妳是怎麼得到這份遺囑的？」

李欣坦然說：「我是受外公委託，按他意願立下的一份遺囑，並經法律公證，具有法律效力。」

張雪聽女兒這一敘述，心無芥蒂地點點頭。

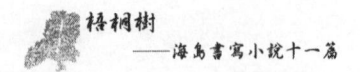

李欣深思一會說：「媽媽，外公的這份遺囑確鑿地講是事關妳與舅舅兩家的財產繼承問題，因此是否要通知舅舅？」

張雪的本意想諱莫如深，但由於女兒已說出口了，她心不在焉地說：「既然外公委託妳了，妳看著辦吧。」

李欣果斷地說：「那好吧！明天正好是星期日，通知舅舅一家於早上九點在外公家，我當眾宣讀遺囑。」

§

臘月中一個凜冽早晨，太陽隱匿在寒氣迷濛的樺木林中。快到上午九點了才露出它的廬山真面目。

上午十點左右，除李欣外兩家五口人早早到達張凡的家。

張凡對兒女們突然而至一頭霧水，張雪與她的丈夫以及張樂和夫人均目光炯炯注視著他們父親床底下那只金黃色的銅箱，好像要把它一口吞噬似的。皮皮從張金的懷裡跳了下來，圍著床下的銅箱不停的打轉。

十點剛過，李欣姍姍來遲。她敏捷地走到她外公床前用啞語向他交流片刻，然後從懷裡掏出張凡的遺囑。

當遺囑宣讀完畢，李欣叫她爸爸從床底移出那只銅箱，按遺囑所述一箱黃金，兩家各得一半。兩個女人爭先恐後欲提銅箱，可銅箱堅如磐石原封不動，此刻他們心醉神迷，張樂站在一旁高興得驚呆了，接著李欣的父親又把銅箱放回原處。

Volume 10. 一箱黃金

李欣將遺囑折疊起來放進信封，信封四周用膠帶黏上，然後再將此信封連同銅箱的鑰匙一併放入一只用油皮紙做的袋內，封口處貼上一個封字。

　　然後走近床邊，用啞語脈脈溫情與外公溝通後，將這只袋交給了她的外公。

　　張凡接過封袋後凝視李欣片刻，此刻李欣清晰地看到外公的眼眶內含著激動且帶有傷感的淚水。

　　李欣向他做了一個手勢，他心領神會把這只信封藏匿在自己的枕頭底下。

　　而銅箱的密碼只有李欣一人知道。

　　翌日一大早，張樂與夫人欣然來到他父親的家，接著張雪與丈夫也接踵而至，根據頭天下午商定由張樂一家負責張凡的身體康復和生活護理，而張雪一家要為他們的父親重新裝修房屋及購置各種生活設施。

　　大約八點光景，救護車的喇叭在屋外鳴響，張雪緊忙對弟弟說：「張樂，車已到門口，你與姐夫快把父親攙扶出來，我去買點早餐。」

　　「姐姐不用了，韓英昨夜已與救護中心聯繫好了，他們由兩名專業護理人員來接送。」張樂真摯地說。

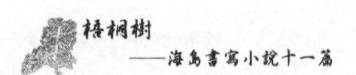

張樂話音一落，從救護車下來的兩名穿著白衣體格強壯的男士在韓英的引領下走進房間，張凡一臉憎驚，張雪馬上向她父親解釋說：「爸爸，我們準備把你送到韓英的醫院進行全身體格檢查，然後進行康復治療。」

　　張凡一聽，有點受寵若驚。

　　正當張雪與她的丈夫準備把父親從床上扶起時，不料床單與張凡的背部黏連在一起，張雪將床單從她父親的背部撕開時，只聽到張凡「咿呀！」的一聲慘叫。原來背部傷口流出的血與內衣和床單黏在一起。由於從張凡受傷至今已有一個多月了，張雪一直沒有給父親換過內衣和床單，這時背部的傷口流出膿液和鮮血，一股難聞的臭味撲面而來，兩個穿著白衣的護理人員望而怯陣。

　　站在一旁穿著大夫服的韓英懷著職業的本能，緊忙靠近張凡身邊，從白衣袋裡拿出一卷紗布，把張凡的出血背部用紗布包紮起來。

　　韓英帶有嘲謔的眼光覷望張雪一眼，言辭辛辣地說：「姐姐啊，等我們的車一開走，妳要把父親的褥墊、床單以及那頂綴上補丁墨黑的蚊帳通通扔進垃圾箱。」

　　張雪低著頭不尷不尬地說：「這你們放心，我會處理好的。」

　　她與丈夫將父親輕輕地移到擔架上後，兩位身強力壯的護理人員抬起擔架向門外的救護車走去。

Volume 10. 一箱黃金

躺在擔架上的張凡向站在一旁的李欣頻頻招手,並用啞語對李欣做了個手勢,此刻她領悟到外公的用意,轉頭對張雪說:「媽媽,外公要求把這只裝滿黃金的銅箱隨身帶上。」張雪用啞言向她的父親翔實後確有其事,便與隨從的張樂說:「弟弟,父親要求把這只銅箱隨身攜帶。」張樂聽姐姐一說,用雙手將床底銅箱拉了出來提起銅箱搖搖晃晃放到救護車上,此時張凡總算鬆了一口氣。

李欣一家三口站在張凡的大門口,目送這輛潔白的救護車沿著長春那條最寬闊的大道向西駛去。

她想:車子再行半個小時就可到達舅媽所在的那家長春最出名的私立醫院,從此外公總算可以過上體面的生活。

由於張雪的丈夫李可惠是位技術嫻熟的老木匠,根據張雪的意想準備把父親的一間平屋重新翻修一下,夫妻倆一拍即合。

翌日一早李可惠雇了兩個小工,卸下房頂的瓦片,將腐爛的脊檀換成嶄新的東北松木,折斷的椽子卸掉後重新更換,在整個房頂鋪上一層厚厚的保暖石棉,蓋上瓦片,房屋的東西兩面山牆重新建造,從外觀來看整個房子煥然一新。

張雪要求丈夫對房內的裝修也要十分講究,拆下污跡斑斑的舊地板換成進口的橡木地板,室內吊頂採用美洲紅松,尤其是靠西牆的壁爐更是精雕細琢,爐子正面的漢白玉上雕有龍鳳呈祥的圖案,爐面上方鋪著紅色大理石,在燈光下顯得金碧輝煌。

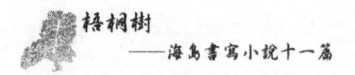

東窗下面一對荷蘭真牛皮沙發中間擺放中國紅的中式茶几，尤其是張雪從她朋友那裡轉讓來的紅木床更是光彩炫目。張雪想：如果屆時將那只裝滿黃金的銅箱放置在這張紅木床底，可謂是門當戶對。

自張凡進入韓英所在的那家私立醫院後，張樂夫婦與以前判若兩人。

張樂每天下午放學早早就來到他父親的病房，從妻子處獲知父親的醫治方案，身體各部分的康復情況以及每天伙食的營養搭配。所有種種與昔日大相徑庭。

而韓英也把她的公公安排在全院最好的一間單人病房裡，由一個專家醫師專門負責張凡。

從張凡先在醫院進行全身體檢，最終有幾位專家匯總後需要對左臂的骨折處重新手術，因原手術骨頭接位不對，不利於康復，而慢性氣管炎則由中西醫結合治療。

韓英幾乎每隔兩小時就到張凡的病房來轉一轉，偶爾碰到專職醫生，總要與其詳詢其父病情。

一天夜裡，當韓英剛進張凡的病房，只見張凡已酣眠，緊鄰床邊的櫃門敞開著，放在櫃內的銅箱熒熒閃閃展現在眼前，內心一陣騷動。她邁開輕靈的腳步，上前輕輕關上櫃門，心裡還怦怦直跳。心想如果銅箱被盜，所有付出將毀於一旦。

張凡住院兩個多月，一瞬眼就過去了。他能下地行走，左手也能提起幾斤重物體，而且氣管炎也有很大的好轉。

主管張凡的主任醫生對韓英說：「韓英，你父親的各種病基本痊癒，我看可以回家康復，妳看怎樣？」

「那好吧！」

韓英當即通知張樂，張樂也馬上電話告知姐姐，他們合定明天上午接父親回家。

兩個多月來，雖然張雪與丈夫隔三差五去探望父親，每次臨走總要叮囑韓英看管好這只銅箱，與其說探望父親，倒不如說她更關注那只裝滿黃金的銅箱。

現在獲知父親明天就可以出院，壓在心坎的一塊石頭終於落了下來。

一個星期天的早晨，晨曦若明若暗，太陽像一個巨大的水晶燈籠隱匿在迷濛的兩朵彩雲之間，彩雲在晨風中不斷翻滾，天宇變換著多姿的色彩。

大約早上八點半左右，張凡在兒女兩家陪伴下，乘坐一輛豪華轎車從醫院回到昔日的老家。

當車子停穩後，張凡在張雪和她的丈夫攙扶下走出車門，他問女兒：「我的家在哪兒？」

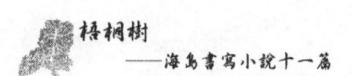

張雪指著前方金色的小屋酣暢地說:「爸爸前面這間平屋就是你的家。」

張凡一臉驚奇,詫異地對張雪說:「這不可能吧?」

「在你住院時,可惠把你的舊屋翻新了!」張雪向父親解釋了一下。

張凡呆呆地站在房前,看著這金色的小屋,歎為觀止。昔日破舊不堪的小平屋,就在反掌之間變得如此富麗精緻。

在女兒的攙扶下他輕輕推開房門,一道霞光直射在棕紅色的橡木地板上滿堂生輝。

張樂提著銅箱氣吁吁跨過門檻,放在屋內的地板上,對父親說:「爸爸,這銅箱放在什麼地方?」

張凡用手指著這張紅木床的底下。

張樂費勁地把銅箱移至床下的正中位置,只見張凡默默地點點頭以示贊同,然後他掃視屋內橡木櫥櫃,進口牛皮沙發以及紅木臥床等等,有種受寵若驚的感覺。

不一會兒韓英走進房間對張雪說:「姐姐,服侍父親的保姆我已經聯繫好了,姓馮,五十多歲了,為人厚道,她在我們院裡已工作十幾年了,聞名遐邇,並且有一手嫻熟的烹飪手藝。」

張雪高興地說:「這太好了,簡直是天賜良緣。」

韓英話鋒一轉：「關於雇傭保姆的費用，妳可直接與她面談。」

「錢不是問題，只要父親滿意就行。」張雪道貌岸然地說。

「那好吧，我明天陪她來。」

三月的長春，早上朝霞與皓雪相映，遠處山麓邊莊嚴的雪松裹著白雪帶著下垂的枝葉摩肩接踵，好像在等待春光的撫摸顯露青翠的本色。

張雪一大早就來到父親的房間，她心曠神怡坐在棕色的牛皮沙發上對她的父親說：「爸爸，等會兒保姆就來。」

張凡向女兒做了一個姿勢，表示自己有自立能力，目前無需雇人護理。

張雪委婉地說：「爸爸，你的傷口剛癒合，身單力薄，體力恢復尚需時日，因此需要專人護理，否則……」

她話音未落就聽到房門外有人在敲門。

「請進。」隨著張雪話音一落，一個五十出頭的中年婦女，頭戴一頂護士帽，上身穿著一件緊身的白色棉襖以及一條灰色棉褲，在韓英陪伴下面帶微笑走進房間。

韓英迫不及待地說：「姐姐，這位女士就是我昨天跟你說的馮阿姨，她為人忠肯厚道，家喻戶曉。」

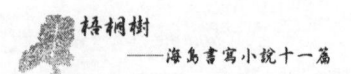

馮阿姨靦腆地朝著韓英說：「韓醫師，妳過獎了。」

張雪遞給馮阿姨一杯熱茶面帶微笑客套說：「妳能光臨我家，我們不勝幸運。」

「大姐你客氣了。」

然後張雪詳細地向馮阿姨介紹張凡的情況，包括他的得病原因、康復情況以及飲食起居等各種生活習慣。

驀地張雪瞥了馮阿姨一眼，心無芥蒂地說：「馮阿姨，既然妳有心來照料我父親，我們也相見以誠，我出你廿個大洋為一月資薪並包吃住，妳看如何？」

馮阿姨釋然一笑說：「好的，好的。」她心想這個報酬高出普通的一倍，這是始料未及的。

一天張雪獲知松花江準備破冰捕魚，頭天她吩咐馮阿姨驅車趕到松花江邊住了一宿。第二天馮阿姨終於如願以償買到了一條廿幾斤的大馬哈魚，經馮阿姨高超的烹調手藝，張凡品嚐到這珍饈佳餚。

夏日早晨三點多天就發亮了，馮阿姨總是每天在這同一時間提著籃子去市場購買時令蔬菜水果。

經馮阿姨的精心照料，張凡原來那乾癟的軀體長出了肌肉，蒼白的臉色變得紅潤。

一個仲夏的傍晚，馬路兩旁翠綠繁茂枝葉與湛藍的天空渾然一體，在夕陽照射下，遠處山崗上的高粱和玉米紅綠相間綺麗而迷人。

　　張凡有一年沒有出房門了，晚飯後張凡興來神往在馮阿姨的陪伴下在路旁的林蔭下散步，目睹著大自然的美景，心曠神怡。

　　忽然張樂迎面跑來，憂心忡忡地對著馮阿姨說：「你們怎麼出來了？」

　　「你爸有一年足不出門了，今天晚飯後讓他出來散散步有利於康復啊。」

　　「爸只能房內走走，出門不行，快回家吧。」在張樂的執拗下他們只得無奈地回到家。

　　一進房門，張樂見到紅木床底的銅箱原封不動放在原來的位置，忐忑不安的心情總算平靜下來。他轉身對張凡做了一個手勢，用啞語對他說：「爸爸，明天姐姐要給你做一道你最喜歡吃的酸菜小雞燉蘑菇。」張凡面無表情點點頭。

　　然後他又心有餘悸對馮阿姨說：「明天午飯後我和韓英陪爸爸到醫院複查，若醫生認定父親可出門散步，屆時全家再商量。」張樂心想：不顧何時，家中必須有人看管銅箱。

　　這時夜的帷幕快要合攏，李欣揹著書包從學校放學回家，她想探望一下外公。只見那幢金色的小屋燈燭輝煌，她推開門，張

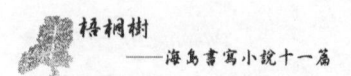

樂詫異地問：「李欣啊，妳怎麼這麼晚才從學校回來？」

「下星期就要期末考試了，我抓緊複習。」

原來張樂和李欣為同一中學的師生，而李欣在校出類拔萃早已眾人所知。

張樂感慨地說：「上星期的家長會上，老師把張金表揚了一番，說他的學習成績突飛猛進。毋庸置疑，這與妳的辛勤付出密不可分。」

「舅舅，你這樣說客氣了。」

「這是事實。」張樂不以為然地說。

「金金以前聽我講課時，總是把皮皮抱在懷裡，過不了幾分鐘就要逗逗牠，皮皮也不停地用它那粉紅色小舌頭舔舔他的手指，因此他注意力很不集中，後來我乾脆把皮皮關在一個小籠子裡，這下他全神貫注投入學習，成績提高很快。」

「你說話很幽默。」張樂風趣地說。

「其實金金很聰明。」李欣敏銳地說。

「這個星期天妳就別來了，因為下星期就要期末大考了，時間留給自己吧！」

「不，舅舅，星期天我還得給金金補課。」

「那勞駕妳了,妳舅媽太寵金金了,除了天上月亮不能給他,其它什麼凡是金金要的她都想方設法弄給他。我一直反對給金金買小狗,但無濟於事。我也給金金不知講了多少次課,毫無效果。還是妳外來和尚能念經啊!」他歎了一口氣心不在焉地說了一通,但目光始終盯著紅木床下的銅箱。

張樂一看錶時間已經晚上七點多了,他起身與大家匆匆告辭。

李欣心想,如果沒有外公床下的「一箱黃金」舅舅不可能天天晚上風雨無阻,準時到達。

這時,她看到馮阿姨打了一個哈欠,李欣對她說:「阿姨,這兩年來你對外公的服侍辛苦你了。今晚妳早點去睡,我再陪外公一會。」

等馮阿姨走出房門,李欣從書包中抽出一張白紙寫下這樣的言語:「接受雨水而從不報之以果實①,這是什麼?」她把這張紙條遞給張凡。

張凡接過紙條,摘下老花鏡,凝神細看猶如看到一泓不知深度的湖水,他對著李欣搖搖頭做了一個手勢表示無法解答。

李欣棚棚重心地說:「外公,它應是沙漠。」此刻他才恍然大悟,於是他摘下老花鏡對著李欣頻頻點頭,以示贊同。

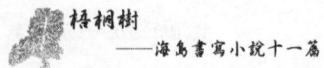

註① 語出印度詩人泰戈爾。

這時屋外狂風呼嘯似乎要吞噬整個房子，風吹得窗戶發出「咯吱，咯吱」的響聲。李欣起身把窗戶的掛鉤緊緊扣上以防被大風吹開，然後向外公道別後孑然一身走上回家的路。

冬至那夜從天穹篩落的雪花灑遍長春的大街小巷，皚皚的積雪使小屋銀裝素裹。

清晨馮阿姨掃除了門口的積雪，輕輕打開房門，屋內晦暝，床頭櫃上油燈的火苗微微顫動。

張凡側臥著，老花鏡掉落在床邊的地板上，手中還捏著《佛經》一書，好像酣睡了。

馮阿姨步履輕盈來到床邊說：「叔叔你……」可不見動靜，她輕輕推推他的身體僵硬不動，一摸手腳冰涼。她驚慌了，直覺張凡可能去逝了。

她穿上大衣把房門一關，孑然一身向韓英家走去。

到了韓英家一按門鈴，張樂出來打開房門，他詫異地問：「馮阿姨你有什麼事情？」

馮阿姨臉色蒼白地說：「你爸爸可能已經……」

「你說什麼？」他大聲地問。

這時韓英也從房間裡走了出來。

馮阿姨神態肅穆地對她說：「韓醫師，妳爸可能已經去逝了。」

韓英內心充滿了騷動，她裝著悲傷的樣子對因驚悸而愣在一旁的張樂說：「張樂，要不你去通知姐姐，我與馮阿姨一起去詳悉一下？」

「那好吧。」張樂精神恍惚地說。

韓英和馮阿姨心急火燎趕到張凡的家。

打開家門，韓英清澈地看見銅箱還是原封不動放在那張紅木床下，她總算鬆了一口氣。

正當韓英走近床邊，門外的轎車到了，張樂與張雪一家急匆匆走進房門。

「爸怎麼了？」張雪大聲地對韓英說。

這時韓英左手按著張凡的脈搏，用右手扒開他的眼皮，慢慢轉過頭對張雪說：「姐姐，爸爸已經駕鶴西去了。」

頓時張雪嚎啕大哭，站在她旁邊的李欣流下了真摯的淚水，而張樂低著頭緘默無言。

不一會張雪抬起頭居然沒有流下一滴淚水，道貌岸然對著大家說：「父親生前信奉佛教，按佛教儀式舉行葬禮。」張樂和夫人頻頻點頭。

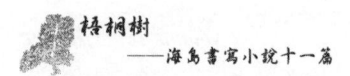

下午請來長春寺廟最好的六名和尚前來念經，房內堆疊著數不清的冥錢。午後的念經聲、鐘鼓木魚聲此起彼伏，屋內燈燭輝煌、煙霧縈繞，氣勢十分恢弘。經過三天通宵達旦的念經，於第三天中午收場。

經大家協商，準備把張凡安葬在西山與他夫人同一墓地。

翌日一早，在張凡的靈柩送入墓地前，張雪對女兒說：「欣欣，妳和金金在家看管好這只銅箱，我們把外公送上西山。」

李欣肅穆地站在張凡的靈柩旁默默地點點頭流下了傷心的淚水，張金悶悶不樂地抱著皮皮站在姐姐的身旁。

她心想：馬上就會是一場暴風驟雨，但是她很坦然，無所畏懼，因為上帝會保佑她的愛心。

下午三點多，落日的餘暉照在皚皚的白雪上，反射出刺眼的光。

四人送別他們的父親後，一改之前形同虛設的悲傷，露出興奮、急切的心情。

大家一進房門，李欣從張凡的枕頭底下抽出一只用油皮紙做的信封交給了張雪，她態度嚴肅地坐在靠門的一把椅子上。

此刻，李可惠和韓英早已虎視眈眈地注視著床底下的那只銅箱。

Volume 10. 一箱黃金

張雪對她的弟弟說：「張樂，現在你把父親的這份遺囑當眾再宣讀一下。」

張樂二話沒說拆開信封郎朗宣讀他父親的遺囑，尤其是遺囑中提到的「所有黃金各得一半」（對！各一半，遺囑做了詳細說明），對這句話張樂重複了兩遍。

張雪瞥了韓英一眼目視銅箱說：「各得一半，大家聽清楚了吧？」可惠和韓英站在一旁頻頻點頭。

她又對張樂說：「老弟啊，你把這只銅箱移出來。」

「好吧！」於是他伸出那隻白嫩的右手，用盡全身力氣把銅箱移至房間中間，個個明眸閃亮。

張雪詫異地對女兒說：「欣欣這只銅箱是密碼箱，密碼到底是什麼？」

李欣不耐煩地說：「遺囑不是寫得很清楚嗎？以日期為碼。」

她以蔑視目光瞥了張雪一眼。

張雪從張樂手中接過遺囑，根據提示的日期輸入密碼，然後插入鑰匙，「呼」的一聲銅箱打開了。只見箱內黑糊糊一片，她頓時眼冒金花，身體不由自主地倒在地板上。

李可惠上前一步扶住妻子的身體，一隻手掀翻銅箱，一堆鐵螺絲撒落在棕色的橡木地板上。

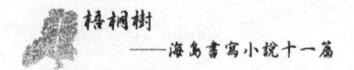

張樂夫婦一臉懵怔，張樂口中念念有詞：「我們被父親騙了……」

李欣神態嚴肅地從椅子上站了起來，鏗鏘地說：「這劇戲是我導演的，與外公毫無關係。」

張樂追問：「那這份遺囑不是由父親立的嗎？」

「不，是我叫外公在一張白紙上簽名，剩餘部分由我委託別人代寫的，並經司法公證。」李欣坦然說。

張樂用惡狠狠的目光瞅著她，好像逮住了一個考試作弊的學生，言語犀利地說：「妳給我們編了一個天大的謊言，妳理應受到懲罰。」

李欣哈哈大笑說：「還不知上帝要懲罰誰。」然後她目光炯炯看著張樂說：「敬愛的張老師，難道你教語文還不知道這世上有一種叫善良的謊言？」

這時韓英歇斯底里對李欣說：「你這黃毛丫頭，這兩年來我們請了四十多天假還有其他費用，妳得賠付給我。」

李欣斬釘截鐵地說：「舅媽，妳心別急，我會如數賠給妳。」

站在一旁的張金放下懷中皮皮惱羞成怒對韓英說：「媽媽，妳還沒有付給姐姐的補課費，反而倒打一耙向姐姐要錢，不知害羞。」

「你小孩少管閒事。」韓英說。

Volume 10. 一箱黃金

張金憐憫的目光瞥了李欣一眼說：「姐姐，妳不要給我媽媽錢。」

這時張雪早已從丈夫的懷裡甦醒過來，一副哭喪的臉憤憤不平地對李欣說：「李欣啊，妳騙了我兩年，這事本與妳無關，妳卻插了進來，多管閒事。」

李欣一陣訕笑後面露慍色對張雪說：「廿年前妳被生母遺棄在路旁的雪堆邊，是外公把妳抱回了家，這能算是多管閒事嗎？」

張雪臉色蒼白站在一旁啞口無言。

然而李欣激動的心情已經不能平靜下來。她向房間掃視一周說：「兩年前也是這個時候，外面天凍地寒，我放學回家路過外公家門口時，只見屋內漆黑一片，我懷著恐懼的心情來到外公的房前，沒有聽到房內動靜，房門敞開著，屋內有一股尿臭味，可是屋裡空無一人，我在驚恐中推開北窗，令我始料未及的是外公趴在後院中央的大井口上，右手握住木架，一心尋死。我從窗戶跳了出去勸下外公，和他相擁而泣。我知道，如果我再晚一步進屋，就沒有今天的故事。」

她擦了一下淌下的眼淚繼續說：「後來我用盡全身力氣把外公揹進房間安放在他的床上，點亮了油燈，只見污跡斑斑的床頭櫃上有三、四個風乾的饅頭和一碗像沙粒一樣的玉米飯，他苦苦向我哀求：『欣欣，妳有沒有能吃的食物？』我馬上從書包裡掏出吃剩的半包餅乾，外公狼吞虎嚥下了肚子。在黝黑

的燈光下，我看到他嘴中滿口血泡，不忍卒睹！接著提一桶清水，用拖把清除掉地板上的尿液，對外公說：『外公，您再也不要有自盡的念頭。』他向我做了一個保證的手勢，我才安然離開他的房間。」

說到這裡，她淌出的眼淚已像一條細流涓涓不止。李欣從口袋裡摸出幾年來外公給她的壓歲錢——五枚金幣放在韓英前面的方桌上從容地說：「舅媽，這五枚金幣作為我給你的補償，夠了嗎？」

韓英目視金幣瑟瑟發抖，突然皮皮跳上桌子金幣灑落一地。張樂夫婦彎腰四處尋覓，張金大聲呼喊：「這是姐姐的錢，誰都不許拿。」

李欣轉身取下掛在衣帽架上的大衣。

張金敏銳地走近李欣面前真摯地問：「姐姐，妳現在去哪裡？」

她溫柔地撫摸一下他的小腦瓜說：「你別管我，以後你要好好學習。」

張金迷惑地看著李欣穿上大衣疾步向門走去。

李可惠一把抓住女兒的衣袖說：「這麼晚了妳要上哪裡去？」

李欣轉臉睨視一下她的父親輕蔑地說：「你別管我，我要離開你們這骯髒的家。」

Volume 10. 一箱黃金

「妳瘋了！」

李欣使勁甩掉父親的拉扯，打開房門衝了出去，並用左手將門一關。

李可惠疾步上去，像速滑運動員衝刺一樣，把右腳往前一伸，右腳踝卡在門檻上，房門沒有關住。

皮皮跳過門縫在李欣後面緊追不捨。

外面北風呼嘯，從脫穀場回來的馬車一輛接著一輛風馳電掣般從西向東飛馳在回家的雪路上。

李欣飛速跑了上去，奮不顧身抓住一輛馬車後弦的一塊木板，車夫回頭一愣大喊：「姑娘，危險！抓住木板不要鬆手。」車夫摘下棉手套伸出左手將她拉上車。

張雪如夢初醒，從沙發上站立起來，管不了倒地的丈夫，跨過他的腳踝向外追去。

迎面襲來的暴風雪使她睜不開雙眼，跑著跑著她被路旁的一堆積雪絆倒了，耳邊不停地傳來「滴滴答答」的馬蹄聲。

這時她的眼淚從眼眶裡流了出來，不一會睫毛上都是霜，她用凍僵的右手捂了捂眼睛，睜開眼皮隱約可見遠方路燈下的皮皮站著紋絲不動，兩隻大耳朵在風雪中向後擺動，抬著頭目光炯炯注視著前方馬車消失的路徑。

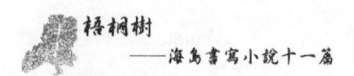

此刻張雪兩腳發軟,怎麼也站不起來,只是嘴上重複著同一句話:「李欣妳快回來,媽媽愛妳。」但聲音悲哀且越來越輕……

Volume 10. 一箱黃金

椿桐樹
——海島書寫小說十一篇

Volume 11.

梧桐樹

更雪上加霜的是第二次世界大戰爆發了,中德之間的正常往來被切斷。母女倆不但收不到從德國寄來的錢,而且父親在德國的情況也杳無音信,是被納粹徵兵到蘇聯打仗去了,還是在某個地方躲避戰火⋯⋯

梧桐樹
——海島書寫小說十一篇

梧桐樹

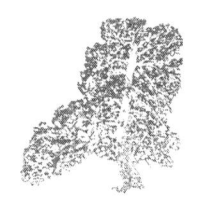

　　德雅伏在窗臺前一張用胡桃木做的汙跡斑斑寫字臺上，她無精打采拉開窗簾，看到馬路東面的茫茫大海上正漂落綿綿細雨。一隻小鳥在九月的颯颯秋風中站立在海邊梧桐樹上嘰嘰直叫……

§

　　五年前，家裡接到從德國紐倫堡發來的一份電報，爺爺因心臟病突發住進了醫院，作為家中獨生子的梅克利爾接到電報後火速奔赴德國老家。

　　德雅的母親是遼寧人，在一家私立醫院當護士。父親去德國的第二年，不知何原因感染了一種病毒得了麻風病，半身不遂，只能終年臥床。這時，家裡的唯一經濟來源是靠父親從德國寄來的每月六十馬克來維持這個風雨飄搖的家庭。

更加雪上加霜的是第二次世界大戰爆發了，中德之間的正常往來被切斷，母女倆不但收不到從德國寄來的錢，而且父親在德國的情況也杳無音信，是被納粹徵兵到蘇聯打仗去了，還是在某個地方躲避戰火？她的爺爺生死更是無從知曉。一切都是處在迷濛和憂慮之中……

為了生活，德雅必須休學以後走出校門去參加工作，以解燃眉之急。

與德雅同班的幾位家境富裕的學姐、學妹為了挽留她，準備共同出資幫助她解決困難完成學業，所有這些都被性格剛強的德雅一一婉言謝絕。

在她辦完休學手續（即學校出具肄業證明）那天晚上，她們共聚在海濱的一家咖啡館裡。

平常她們好朋友碰到節假日也偶爾會在這裡歡聚一堂，而今天的氣氛稍有點凝重。

往常這裡生意特別興隆，但今晚卻顯得十分清淡，能容納五、六十人的咖啡館，只有三桌有人。她們幾人坐在靠窗一隅，正好能俯視到窗外的海面上坐著遊船的一對對情侶在月光下划行。

她們每人一杯濃香的咖啡，並特訂了一個碩大的奶油蛋糕，由德雅同桌的孫玲在潔白的奶油上寫上「德雅快樂」四個紅色的大字。蛋糕的邊緣插上六支色彩各異的蠟燭，在晦暗的咖啡館內

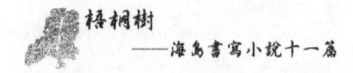

微微地發出祝福的光。最後大家提議讓德雅來吹滅六根跳動的火苗，以示她們對她的愛。

接著一位服務小姐上來彬彬有禮地將蛋糕切成六塊，裝在六個銀色的小盤子裡，每人一份。大家一邊望著窗外黑茫茫的海面上一顆顆若明若暗閃爍的燈光、一邊品嚐奶油蛋糕，不知是甜是酸，無從知曉，個個沉默寡言。

分別時孫玲俏皮地對德雅說：「德雅，等妳結婚那天可別忘記給姐妹們分糖。」德雅臉一紅莞爾一笑，在眼眶裡含著激動的淚水。

躺在床上的德雅母親，對於第二次世界大戰爆發以及中德民間往來的中斷一無所知，她更不知道女兒已經休學，當然德雅也不會告訴她。德雅母親的唯一希望是梅克利爾早日返回中國，使女兒有一個溫馨的家。

但德雅現在十分清楚，只有自己出去打工掙錢，才能維持這個家。

她開始找到一份餐館的臨時工，晚上再給富人家孩子教德語來糊口。

一天夜裡，當她回家時，母親呼吸緊張，嘴上顫抖著卻說不出話，她立刻出門叫輛車想把母親送進醫院。當她叫來一輛腳踏三輪車，回頭進門後一臉懵怔，只見母親兩個眼珠朝天，紋絲不動，德雅一摸母親的脈搏已經停止跳動，這時她確信母親駕鶴西去了，不由得痛哭流涕。

Volume 11. 梧桐樹

驚地她擦乾了眼淚，從皮箱裡找出一件母親平時最喜歡穿的粉紅色上衣，給亡母穿上。燒了盆熱水給她洗了最後一次臉，再用一塊潔白的毛巾覆蓋頭部，然後把自己的枕頭放在母親的旁邊與她最後一次同床而眠。

　　德雅回憶起從童年一直到上學那段美好的時光，睡了不到一小時又突然嚎啕大哭。這一夜她在昏昏沉沉中度過。

　　翌日，德雅處理好母親的喪事後，準備到南京德國駐華大使館瞭解父親的資訊，但卻聽見隔壁鄰居說南京已淪陷，德國大使館不知去向，前景一片迷惘，不由得使她心灰意冷。最後德雅決定孑然一身獨闖天下。

　　一天下午，她偶然在當地的報紙中發現了招聘廣告，即當地的一個印刷廠要招德語翻譯。德雅暗暗自喜，因為這是她得心應手的工作。

　　第二天，德雅自告奮勇地來到這個印刷廠的人事部。由於她身材高挑，烏黑濃密的頭髮下鑲嵌一雙深邃睿智的雙眸和櫻桃小嘴，一眼看上去就知道這女孩是中外混血後代，德雅秀美的長相非常受人事部門的青睞。她在履歷表的戶籍填上漢族與日爾曼民族，所以當人事主管把這一招聘表格傳給公司老闆時，特別受到矚目，因此在面試時張老闆準備親自出馬，這在以往招聘中絕無先例。

　　次日一上班，德雅如約而至，人事主管將她陪到二樓的小客

廳，這時張老闆和副老總已高高在座。老闆一見這個長相靚麗、眸子閃亮的年輕姑娘，心裡暗暗自喜。

人事主管一連串連珠炮似的提問，德雅態度從容一個個對答無誤，整個過程進行得十分順暢，在德雅的身上幾乎挑不出半點瑕疵。最後張老闆當場拍板錄用，而且簽下了一份別開生面的合同：即合同期為無限，只要德雅願意，這個崗位非她莫屬，只有她自己提出辭呈，合同才可自動終止。此合同也是該公司創建以來絕無僅有的，足以說明張老闆對她情有獨鍾。

德雅簽完合同後心都要跳出來了，她想要是母親還健在的話，那該是多麼幸運的事。因為自己有了一份穩定的工作，母親就可安然養病，可惜為時已晚。

當副老總和人事主管退席後，張老闆對德雅說：「關於妳的工作安排，請到我辦公室談一下。」

德雅說：「好吧。」

張老闆把德雅領進了自己的辦公室。辦公室的燈光有點晦暗，老闆沒有讓她坐在他碩大辦公桌的對面，而是在一把長沙發上相鄰而坐。

他舒眉展眼瞅了德雅一眼說：「因為妳父親是德國人，所以妳擅長德語對嗎？」

德雅低著頭靦腆地說：「不能說擅長，只能說愛好罷了。」

張老闆打量她一眼說：「那妳客氣了。」接著點了一支煙說：「我們是一家大型印刷公司，這裡有許多印刷機都是德國進口，每年都有德國專家前來定期保養和維護，我聘妳為專職翻譯，除了接待外賓外，平時就是翻譯德文資料，妳看可以嗎？」

德雅爽朗地說：「完全可以。」

突然張老闆把煙頭按在煙灰缸裡一滅，笑嘻嘻說：「妳真漂亮。」

德雅臉色一紅說：「總經理還有事嗎？」

「就這些。」他伸出右手握住她那又白又嫩且有點顫抖的小手說：「再見。」

她從他的大手中拔了出來說聲：「再見。」於是把門一關朝自己的辦公室走去。

第二天一上班，按張老闆的吩咐，人事部門的那位女主管陪伴德雅參觀了整個生產車間的工作流程。她專心致志在每臺德國進口的印刷機前駐足細看，然後再從技術管理部門拿來一大遝德文版機器說明書，回到自己單人辦公室。

德雅的辦公室與張老闆辦公室僅隔一個走廊，而走廊的兩側均為透明玻璃，張老闆抬頭就能看到德雅辦公室的全景。

有一次當德雅抬頭時，發現張老闆正在覷望著她，她羞赧地站立起來，轉過身故意裝作取檔櫥中的資料。

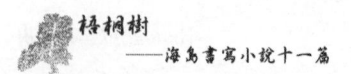

德雅從小的生活環境已養成她喜歡自由和靜謐,雖然她有一張漂亮的臉龐和秀美的身材,但並不希望受人矚目,更不想被一個不解之謎攪住。一句話,德雅不想成為別人的附屬品!她認為人應該是獨立的而又能被人所尊重。

有一天,印刷車間的一臺機器發生了故障,操作工心急火燎找來一位年輕的修理工,修理工慌忙中按錯了電源開關,機器突然轉動,修理工的一個手指當場被切斷,鮮血直淋,馬上送進醫院,經醫院搶救包紮後,在家病休一個月。

當那位修理工傷口癒合回公司上班,張老闆不但不發病假工資,就是連醫藥費也要修理工自掏腰包。

而許多女工生完小孩後就被老闆一腳踢開,張老闆在工人中早已聲名狼藉,大多數工人為了生存只能逆來順受。

這天下午三點多,張老闆在自己的辦公室內踱來踱去,似乎在醞釀一件不可告人的大事。

遽然間,張老闆推開德雅辦公室的門,笑眯眯向她辦公桌靠近。德雅的心不由己地悸動一下。

「近來妳工作忙嗎?」張老闆點了一支煙。

「還好。」

「妳對新事物接受能力還是蠻強的。」

德雅一邊看著德文說明書一邊說：「一般吧。」

張老闆吐了一口煙說：「妳總是很謙虛。」

「老總，你過獎我啦。」她靦腆地說。

「妳父親與妳有聯繫嗎？」

「沒有，戰爭時期無法通信。」

張老闆又追問：「聽說妳媽媽也過世了？」

「是的」德雅很驚奇，老闆怎麼知道這麼清楚，大概他仔細看了我的履歷表。

「那妳一個人是不是很孤單？」張老闆裝出一種很關心的樣子。

「還好，時間一長就習慣了。」德雅不以為然地說。

張老闆用一種憐憫的口氣說：「妳需要幫助的話，直接來找我好了。」

「我現在不需要。」

這時有人敲德雅辦公室的門，張老闆有點不耐煩拉開門。

女秘書恭恭敬敬地說：「老總，稅務部門來查帳，叫你去一趟。」他拔腳就向外走去。

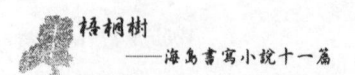

德雅一看錶快到下班時間了,她拿起包把自己辦公室的門關上後,故意到車間轉了一圈後離開了公司,生怕稅務官走後,張老闆再來糾纏她。

在一個寧靜的上午,大約十點多,一個臉頰緋紅、口塗唇膏,耳上垂落兩只碩大金色耳環的妖氣女人大模大樣走進二樓張老闆的辦公室,趁張老闆不在,抬著二郎腿坐在那張高背紅木椅子上,嘴裡嘟嘟囔囔:「三天三夜都沒回家了,又到那幫鬼女人處去了。」說完順手拿起桌上的一盒雪茄煙,抽出一支抽了起來。

不一會張老闆跟跟蹌蹌從樓梯走了上來,一拉開辦公室門,屋裡煙霧騰騰,只見自己的老婆怒氣衝衝從椅子上跳了下來衝上前去,一把抓住張老闆上衣領子聲嘶力竭地大罵:「你昨晚又去哪裡了?說!是不是又到狗娘那裡鬼混了?」

張老闆皺著眉頭說:「妳說哪兒去了,我出差剛回來。」

「你放屁,你給我看車票。」

經過半小時的撕拉,最後張老闆從抽屜裡拿出一盒大洋,軟言相哄把她拉到樓下,吩咐門衛叫來一輛三輪車把她送回家,這回總算逃過一劫。

張老闆玩世不恭,長期夜不歸宿出沒在紅燈區,放浪形骸。

當年與這個老婆勾引上後,強迫和前妻離了婚。種種風流韻事全公司員工早已耳濡目染。

Volume 11. 梧桐樹

二次大戰中，中國城市大片學校紛紛搬遷到深山冷巘裡去上課，國文教科書的需求就像懸崖跳，為了盡可能挽回業務頹勢，張老闆準備在四二年元旦舉辦宴會，特邀請德國廠方（即印刷機供應商）與廣大國內用戶共聚一堂，商榷印刷事宜。

　　宴會地址設在東南沿海的一處鄉村別墅裡，張老闆已與德雅打了招呼，晚上共同赴會。

　　早在半月前就向德方發出邀請函，他們也欣然同意赴會。

　　可是今天從早上八點直至下午五點未見德方人影，直至晚上六點半才收到德國廠方的電報說：「因歐洲戰亂，無法前來赴會，非常抱歉，請予諒解。」

　　張老闆接到電文後，身頓時冷了半截。

　　德雅獲知德方不派人前來赴會，經一番斟酌走到張老闆面前說：「張總，聽說德方今晚不來赴宴了？」

　　「是啊，剛接到電報。」

　　「那麼今晚就不用德文翻譯了？」

　　張老闆突然敏感地一愣說：「德雅，妳得留下陪我招待一下客戶，妳是不可或缺的人才。」

　　這下德雅只能無奈地答應：「既然張總這麼看重我，我就留下吧。」

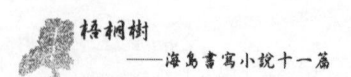

張老闆調侃說：「妳是才貌雙全，我公司因妳人來運至。」

這時張老闆與德雅一起步入宴會廳。這所鄉村別墅的客廳比較寬敞，一共擺了十二張圓桌，座無虛席，就是原來留給德方的圓桌也坐滿了人，整個大廳熙熙攘攘。當張老闆一進大廳，聲音馬上小了下來，他面朝大家說：「首先我對各位嘉賓的光臨表示衷心感激，今天是元旦難得一聚，不過我向提醒大家一下，現在是戰爭時期，未經日方批准私自設宴，一經發現我要被判刑的。」

張老闆話音一落，全場鴉雀無聲。

德雅端著一個銀色的托盤，上面擺放五瓶名酒，小心翼翼地跟在張老闆後面，一桌接著一桌向來賓敬酒，滔滔不絕地重複著：「祝生意興隆，恭喜發財。」之類的祝酒語，但是音量很輕，只有同桌才能聽見。張老闆每喝完一杯酒，德雅總及時斟滿，她體態優雅，勸酒委婉幽默，氣質深受廣大賓客的青睞，使得整個宴請顯得甘飴溫馨，為此張老闆十分得意。

由於張老闆極度興奮、逢敬必喝，敬到最後幾桌走路已經磕磕絆絆，說話語無倫次，德雅一看情況不妙，轉頭對後面工作人員輕輕耳語：「老總已經醉了，快去叫一輛車把他送回家。」

不一會一輛車停在大門外邊，兩名工作人員把他攙扶到車上，張老闆大呼：「德雅跟我回家。」

德雅從大門進來步入宴會廳對大家說：「今晚宴會到此結束，謝謝光臨。」說完她就從後門走了出去。

Volume 11. 梧桐樹

§

　　離這家印刷廠不到十華里的海岸邊有一家中國東部沿海地區最大的造紙廠叫「華泰造紙廠」。

　　民國初年,它是孫廣和父親雇傭十幾名工人的小型作坊。孫廣和父親去逝後,孫廣和對原作坊進行大刀闊斧改造,才發展到今天之規模。工廠的每個角落都印記著他的血汗。

　　孫廣和二十七歲那年,在觀賞一次廟會中邂逅了趙小英,交往一年以後就進入了婚姻的殿堂。

　　趙小英畢業於南京中央大學英語系,是一位多才多藝且思想自由開放的女士。雖然兩人家庭背景各不相同,但是趙小英性格溫和,所以日後生活夫唱妻隨,再加上她善解人意的性格,因此家庭比較和睦。

　　在婚後的六年中,共生了一子二女。長子孫偉大學畢業,專業是機械工程,畢業後一直在父親的工廠裡負責技術設備工作,凡是廠內所有設備採購安裝、調試及維修保養均由他一手負責,技術精湛在廠內無人可及。

　　孫偉身高一米八十多,體格強壯、肩膀寬闊,臉色紅潤且經常面帶微笑,十分陽光可人,深受眾女青睞,如今年二十八,快近而立之年了。家中大妹已成家立業,並育有一子,小妹也即將從高中畢業。

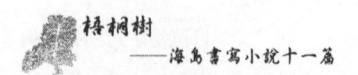

母親為了兒子能有一個溫馨的家，經常夜不能眠，頭髮也白了許多。

從二次大戰進入太平洋戰爭，不可避免央及中國東南沿海的商業通航，有許多危險的航線已停運。

由於華泰造紙廠的所用原料為舊的廢紙，除了國內能提供一的小部分外，大部分要靠進口。二次世界大戰前，從歐洲、印度進口的廢紙都能穩穩地經過馬六甲海峽。但時過境遷，現在經過這一海峽風險極大，常有報紙披露民航商船被艦艇擊沉，如果碰到這種不測事件，公司必定破產無疑，後來各大保險公司乾脆不再受理這條航線的海運業務。

所以為了原料問題，孫老闆絞盡腦汁。

有一天一個生意上的朋友登門拜訪孫老闆，那位朋友說：「現在從越南進口的廢紙價格特別便宜。」

孫老闆忙插話：「價格多少一噸？」

那朋友說：「只是你進價的一半？」

孫老闆疑惑地問：「越南自有廢紙只占了中國的十分之一還不到，難道它也從歐洲大陸或印度運來？馬六甲海峽戰爭期間封住了，貨物必定飛越印度洋直達越南，那麼這個價格連運輸費都不夠。」

說完孫老闆哈哈大笑，他仍一頭霧水。

那位朋友瞥了孫老闆一眼，胸有成竹說：「孫兄我們相交多年，我什麼時候表裡不一，讓我們三天以後見分曉吧。」

孫老闆炯炯有神看著他的朋友說：「三天後見。」

三天後孫老闆的辦公室電話鈴響了：「喂老孫啊，我已與那位進口商聯繫好了，不知你今天晚上有空嗎？他叫我們兩人去他家共進晚餐。」

「那太好了，多謝老弟幫忙。」

大約下午五點半，一輛黑色轎車停在華泰造紙廠大門口，孫老闆的朋友提著一只灰色公事包匆匆向廠內走去。

孫老闆也從二樓的辦公室急忙下來，迎面碰到他的朋友說：「你來得正好。」

那位朋友急切地催促：「早點趕路，因為一到天黑，道路上四處可見散落的磚瓦，不便汽車通行。」

孫老闆也深有同感地說：「因為我工廠周圍駐有國軍，日軍飛機經常出動尋找目標，找不到目標就狂轟濫炸，把城市的供電設施都炸毀了。」

兩人上車後，西邊的殘陽只留下淡淡一線光。

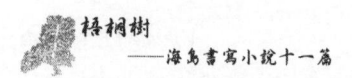

車速很快，經半個多小時的行駛後轎車停在城市北面中山大道的馬路盡頭。

一座中式風格的樓房屹立在蔥鬱的林蔭中。主人聽到轎車的聲音馬上從樓上下來，他站在大門口的兩隻石獅子旁迎接。天色已暗，掛在朱紅色大門正上方的兩隻碩大燈籠光亮熠熠。

孫老闆與他的朋友一從轎車出來，那位進口商立刻笑臉相迎。

朋友向進口商介紹說：「這位是華泰造紙廠的董事長兼總經理，叫孫廣和。」然後又對孫老闆介紹：「這位是進口商俞傑。」

俞老闆握住孫老闆手激昂地說：「久聞你大名，但不見你人，今天我們難得一聚。」

孫老闆垂涎地說：「我知道你太晚了，早該登門拜訪。」

在俞老闆的陪伴下，他們幾人穿過蘇式風格的長廊和長廊盡頭一個小天井，就到了天井的後面敞開大門的正屋。只見屋內燭火輝煌，圓桌上已擺滿了熱氣騰騰川式風味佳餚，俞老闆指著圓桌中央的一大盤紅通通的麻辣雞子說：「老孫啊，你吃辣嗎？我是四川人。」

孫老闆一聽眼睛一亮說：「我是湖南人，我們不謀而合。」於是共同的飲食文化似乎把他們兩人的距離又拉近一步。

這時，俞老闆的千金頂著胭脂粉紅的臉蛋、兩側佩戴翡翠耳環，端著一大碗海參煲湯特意放在孫老闆的桌前。

孫老闆的朋友介紹說：「這是俞老闆獨生千金。」她低著頭睨睥離去。

朋友儼然看了孫老闆一眼說：「老孫，你兒子儀表堂堂，而俞老闆千金姿貌秀麗，他們年齡相仿，可真是郎才女貌、天生一對。」

孫老闆一聽微微一笑。

俞老闆向鄰座的孫老闆敬了一杯酒後語重心長地說：「孫老闆啊，你今天遠道而來，總不能讓你空手而歸。這樣吧……」他若有所思停頓一會說：「我給你價格是你進口的一半，不過你得自己去中越邊境提貨，只要帶上我的一張紙條，數量不限。」

孫老闆一聽像吃了一顆定心丸，高高舉起酒杯說：「多謝俞老闆恩惠。」

俞老闆坦然地說：「不客氣。」

孫老闆以誠摯的眼光看了他朋友一眼，心想俞老闆今天的話應驗了他朋友三天前的承諾。

正當他們兩人起身告辭，準備前往當地的旅館過夜時，突然俞夫人拉了孫老闆朋友的衣角，走到天井竊竊私語。

俞夫人眉飛色舞地說：「老弟酒桌上你說得太對了，那我女兒的媒事託付給你了。我想他們家有機器、我們有原料，兩家合在一起這就叫珠聯璧合。」

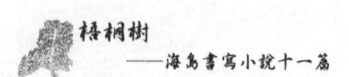

然後俞夫人拍拍他的肩膀說：「事成以後有你一杯羹。」

孫老闆的朋友幽默地向她眨一眨眼。到旅館後，關於孫俞兩家結親一事，朋友對孫老闆傾心吐膽，孫老闆也認為這是一箭雙雕的好事。

第二天，孫老闆到家後即與老婆磋商兒子婚姻大事。他認為家族的利益可與兒子的婚姻合二為一，而孫夫人則認為兒子的婚姻是他自己的事情，是一種自然的結果，不能強求，兩人意見相左。儘管孫老闆滔滔不絕，但孫夫人坐在籐椅上左耳進右耳出，並隨口說了一聲：「如果你真要對兒子講，我不反對，你可試試。」說完走到小女兒的房間去了。

翌日下班已經很晚了，孫偉一整天圍著機器轉，身上油跡斑斑，一進房門孫夫人對兒子說：「阿偉，水燒熱後你去洗了澡，洗完澡後你爸爸有件事要與你談。」

「什麼事？」

孫夫人猶豫一會：「你的婚姻大事。」

「妳能不能說得詳細些？」孫偉有點不耐煩地對母親說。

孫夫人沉默很久，心想這應是父子倆直接交流。但她又想丈夫思想比較頑固，老頭子定下的東西九匹馬也拉不回來，而她知道兒子的性格也是十分倔強，如果父子倆直接談可能會吵架。所以孫夫人決定先跟兒子談談，看看兒子的反應。她溫婉地看著兒

子說:「昨天你爸和他的朋友到一個姓俞的進口商家洽談廢紙進口事宜,臨走時,俞太太託付你爸的朋友要把他們家的獨生千金嫁給你。」

孫偉詰問:「難道沒有這筆交易,就不能購買他的原料。」

「話不能這麼說,人家也許好心」孫太太想了一會若有所思地說:「不過這幾天你父親的朋友一直未與俞太太談做媒的事,俞老闆也一直沒有出拉貨的條子,難道這是巧合非因果關係?」

他直盯著母親捉摸不定的臉斬釘截鐵說:「媽,妳總知道婚姻不是商品交易,我是不會去見俞老闆的千金。」說完,孫偉將工作服往椅子上一扔,走進浴室。孫太太歎了口氣,孤單地躺在一把灰色的長沙發上。

第二天,孫太太經再三考慮還是憋不住,把頭天晚上與兒子交談的事與孫老闆通了氣。

驀地,孫老闆狂嚎起來:「難道阿偉不知道我們的原料已經岌岌可危,頂多再用半月就要停產了嗎?」說完便抓起茶杯狠狠地甩到地板上,子然一身走出家門。孫太太小心翼翼緊跟上去,生怕踩到地上打碎的玻璃大聲喊:「老頭你回來,我跟你說……」孫老闆不予理會,逕直坐上轎車直奔工廠。

傍晚天空下起濛濛細雨,孫偉下班後獨自沮喪地坐在靠窗的灰色長沙發上,孫太太一看兒子進門就湊了上去對孫偉說:「今天你爸對你說什麼了?」

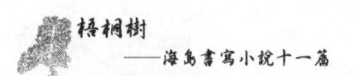

「他臉色鐵青，一言不發。」孫太太歎了一口氣，孫偉接著說：「後來他叫我的副手接替我的工作。」

孫太太追問：「那你爸叫你做什麼工作？」

「他沒有說。」這時孫偉的眼淚快要從眼瞼滾落下來，他無望地望著母親慈祥的臉說：「媽媽妳以前不是這樣說過，愛情就像天上的雲，當沒有愛情時晴空萬里，當愛的旋風刮起來的時候天空烏雲密佈，愛情的暴風驟雨誰也無法阻擋。」

「是這樣的，兒子。」

「我絕對不會接受沒有愛情的婚姻。」

「這完全屬於你個人的權利。」孫太太語重心長地說。

那天晚上孫偉久久不能入眠，他想了很多問題，深入思考下一步應該怎麼邁出。

早上孫偉洗刷後，整理好自己的一個行李箱，謹慎地敲開母親的房門囁嚅地說：「媽媽，今天開始我去過我自己的生活。」

孫太太一臉愕然「你瘋了？」

「昨晚我想了很久，還是這樣好，省得妳左右為難。」

「你不能走，你爸需要你。」孫太太執拗地說。

「那為什麼昨天他叫我的副手接替我的工作？！」

Volume 11. 梧桐樹

孫太太無奈地說:「這是你爸氣頭上的心血來潮,他氣消後還得靠你。」

孫偉倔強地說:「算了吧,我還得走自己的路。」

這時,孫太太通紅的眼眶充盈著淚水,她緘默而無望地低著頭站在門檻邊上。

孫偉提起箱子走上前去,一手擁抱住母親輕輕耳語:「媽媽我會來看妳的。」孫太太的淚水已經止不住了,望著兒子堅定地向門外走去。

當孫偉離家不到廿米,他的大妹全家提著鼓鼓囊囊兩大包物品來探望母親。只見孫偉快要進入路旁的林蔭小徑大喊:「哥哥,你到哪裡去?」

「我搬到外面去住。」

「怎麼了?是不是又跟爸吵架了?你與媽媽打招呼了嗎?」

「我跟她說了。」

這時他的妹夫接踵而上,拉了一下孫偉的手說:「大哥,常到我家來走走。」

「好的。」然後孫偉摸了摸外甥的小腦瓜。

外甥機敏地說:「舅舅再見!」他嘴裡銜著一根泡泡糖抬頭望了一下舅舅迷惑不解的臉。

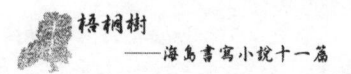

孫偉回敬：「小彤再見。」

突然後面傳來他的大妹疾呼聲：「你的新住址到時候要來電告訴我。」

孫偉聞聲後頭也不回，匆匆走進路邊的小徑。

那天晚上孫偉暫時住在一個朋友的家中，在共進晚餐時，他無意間瞭解到當地的一家大型印刷廠缺少一名機器修理工。

第二天一早便徒步來到這家印刷廠，果然不出所料，朋友說的與工廠大門的招聘廣告內容毫無二致。

孫偉經技術部門面試，當場錄用。

在車間參觀時，他發現廠內的機器全部從德國進口，所以下午要在翻譯的帶領下對廠內機器進行一一摸底。

下午上班，一個人事主管把孫偉領進德雅的辦公室，給雙方作了簡短的介紹後，對孫偉說：「因為我廠的印刷機均從德國原裝進口，所有技術資料的翻譯你可請教德雅小姐。」

孫偉十分禮貌地回敬說：「謝謝主管，我會按章辦的。」

人事主管把門一關，離開了。

自孫偉一進門，德雅便雙眸閃亮，也許被他高大的身軀、寬闊的肩膀和陽光一般的風采所征服。她泡了一杯龍井新茶，盯著孫偉那憨厚的臉，把熱茶遞到他手裡說：「孫師傅請坐。」

孫偉接過茶靦腆地說：「謝謝德雅小姐，請以後叫我孫偉好了。」他的手帶有點激動的顫抖，一直不敢直視德雅秀美的臉龐和深邃閃亮的眼睛，他心想也許她是中外混血女孩。

孫偉細細聆聽德雅對廠內各種德國機器情況的詳細描述。

接著她以請求的口吻對孫偉說：「那我們到車間去實踐一下好嗎？」

孫偉直爽地說：「好吧。」

他拿起工作小包緊跟德雅後面進入機器聲隆隆的印刷車間，車間內彌漫著一種油墨味，這與此前在父親工廠裡所聞到的氣息不同。

突然，一個戴著寬邊近視鏡的中年男子向德雅他們走來。德雅笑臉相迎並神采奕奕地向他介紹：「丁總監，你來得正好，我想向你介紹一下。」她轉過身瞥了一眼孫偉說：「這位是新報到的技術員，名叫孫偉。」

然後德雅又向孫偉介紹說：「這位是我們印刷廠的技術總監，他姓丁。」

丁總監豁達大度握住孫偉的手說：「歡迎，歡迎。」

孫偉赧然說道：「以後請丁總監多多關照。」

然後丁總監對照著車間內的幾臺印刷機繪影繪聲地向他介

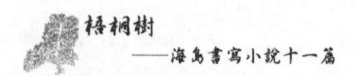

紹每臺機器的工作流程，孫偉細細聆聽並詳細記錄。在介紹結束後，孫偉向他提出了五、六個技術上的問題，丁總監十分驚訝，因為孫偉提出的問題也是他們廠在日常生產中經常碰到的。丁總監一一詳細解答，很快孫偉就心領神會。

丁總監以敬佩的眼光看了孫偉一眼，釋然地說：「孫偉啊！你很聰明，其他幾個車間的機器工作原理與今天這個車間別無二致，明日起你可獨立工作。機器中的德文翻譯，你隨時可請教德雅。」他溫柔地看了德雅一眼。

「那技術上的問題要你指點迷津了。」孫偉心心念念地說。

丁總監謙虛道：「技術上問題我們共同探討吧。」

離開技術總監後，孫偉與德雅一起在她的辦公室裡查閱許多德文的機器資料，他將每個部件的中文名稱經德雅的翻譯後一一記錄在自己的工作筆記上。

這一天，他們兩人緊緊在一起工作，德雅無不被孫偉對機械的敏銳理解力和孜孜不倦的工作精神所折服。

當他們兩人離開工廠時，夜的帷幕已快要合上。一個門衛對德雅說：「下午三點左右張老闆在找妳，不知妳去哪裡了？」

德雅心知肚明，那是黃鼠狼給雞拜年不懷好心。

走出廠門馬路兩旁只剩下殘缺不齊的幾盞路燈，黝黑的路面上散落著碎磚破瓦。

孫偉對德雅說：「今天妳陪我翻譯到這麼晚，我請妳共進晚餐。」

「翻譯是我份內的工作，為什麼還要你請我？」德雅驀然看了他一眼。

「妳的年齡總比我小吧？作為哥哥請妹妹吃飯有何不可？」

雖然兩人莫衷一是，但他們還是情投意合地一起步入海濱的一家飯館。

十月的天氣，山東半島上的東海之濱已是寒風颼颼，在菜肴未上桌之前他們兩人喝起了熱茶。

孫偉一面喝茶、一面用眼瞟德雅：「今天回家這麼晚了，妳媽不擔心嗎？」

「我媽已經去逝了。」

孫偉一愣說：「什麼時候？」

「有半個多月了。」她沮喪地低著頭。

「你是家裡的獨生女兒嗎？」

「是的。」

「那今後在生活上只由你爸爸照顧了？」孫偉又繼續刨根問底。

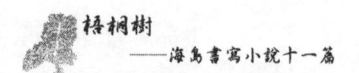

「我爺爺心臟病復發,我爸爸回德國去照顧他去了。」

孫偉發現德雅的淚水已經眼瞼滾落下來,趕緊提給她兩張面紙,後悔地說:「對不起,我不該問妳這些。」

「沒有關係,謝謝你的關心。」

這時餐廳的服務小姐把一盤盤熱氣騰騰的美味佳餚端上桌子,剛剛縈繞德雅心頭的隱憂似乎頓時煙消雲散。

孫偉好像看到晨曦在天穹的出現而欣喜,在燭光下他望著德雅嫻雅而又晶瑩的臉說:「哦!妳是中德混血,怪不得我一進廠就從妳身上看到一種不屈不撓的高貴氣節,妳繼承了日爾曼民族和漢族的優秀品質。」

她臉一紅靦腆說:「大哥你過獎了。」

德雅深感自己遇到了知己朋友,不僅是一個值得信賴的同事,而且可以託付的長兄。

她看了孫偉一眼,好像凝眸觀賞一件精美的雕塑欣喜地說:「大哥,你也是家中的獨子嗎?」

「不!我是家中的老大,還有兩個妹妹,大妹已成家立業了,小妹高中畢業。」

德雅若有所思地說:「那我的年紀應與妳小妹相仿,如果母親還在世,也許我還在學校讀書。命運決定我必須自謀生路。」

Volume 11. 梧桐樹

孫偉惋惜地說：「妳很了不起。」

這時，透過窗戶已經看到濱海馬路兩旁的路燈隱隱約約點亮了。

正當孫偉摸錢包準備付餐費時，德雅機敏地跑了過來對他說：「大哥餐飲費我已跟老闆結清了，我們走吧！」

孫偉一臉茫然：「我不是一開始就說要請妳嗎？」

德雅不以為然地說：「我沒有否認你請客，只不過是我來付款而已。」

孫偉耿耿於懷回道：「德雅，今天妳陪我工作了一整天，到頭來還是妳請我，我捫心有愧。」

德雅坦然說：「吃頓飯只不夠是小菜一碟，下次有機會請你到我家來聚聚。」

孫偉聳了聳肩顯出無奈的神情。他望了一下漆黑的夜空對德雅說：「德雅，要不我陪妳回家？」

她委婉地說：「大哥不用了，我家離這裡很近，只要穿過兩條馬路，沿著梧桐樹的林蔭走二百米就到家了，謝謝你的好意！」說完兩人互道晚安後便各自奔赴自己的住處。

往日張老闆總要在上午十點左右才倦眼惺忪地走進自己的辦公室，而今天他卻一反常態，在早上上班前已經坐在他那把高背

紅木椅子上，一面抽著雪茄煙、一面望著辦公室玻璃窗外雨點窸窣，他有點心煩意亂。

從孫偉進廠的一個星期裡，德雅與孫偉無論從車間一直到辦公室總是形影不離，而且他也看出了一點端倪，即他們兩人相互青睞。張老闆想：如果他們兩人再在一起，感情昇華到愛情會對己很不利。

他果斷地拿起電話：「丁總監，請到我處來一趟。」

這時丁總監正在車間和孫偉商榷技術問題，一聽張老闆電話，他放下工作手冊直奔二樓。

一進門，張老闆對丁總監開門見山就說：「我們下屬的Ａ分廠技術問題還沒有完全解決，獲知孫偉技術進步飛快，明日開始就叫他去Ａ分廠技術指導。」

丁總監猶豫一會：「那麼我們第三車間還有兩臺機器尚未調試完畢怎麼辦？」

張老闆不假思索地說：「那你自己完成吧！」

第二天早上，孫偉揹起背包到德雅辦公室告辭。德雅獲知孫偉馬上下Ａ分廠工作，心中有點惶遽不安。明明Ａ分廠機器運轉正常，而總廠的第三車間尚有兩臺印刷機在調試之中，在這節骨眼上偏要調孫偉下去真有點匪夷所思。她想，這一定是張老闆的陰謀詭計。

德雅無奈地把孫偉送到樓下,她溫情脈脈對孫偉說:「大哥等你回來,我請你到家裡作客。」

他深情地看了德雅一眼心無芥蒂地說:「好吧!」然後向她揮揮手,德雅秋波流盼地望著這高大的背影漸漸消失在前方的馬路上。

孫偉下分廠後,幾乎每天下午張老闆總借五花八門的名頭把德雅叫到自己的辦公室,一天下午對她美言道:「今年元旦幸虧妳給我陪酒,才使得我廠的業績蒸蒸日上。」

德雅靦腆地說:「老總你客氣了。」

張老闆覷望到德雅粉紅的臉色,於是恣意妄為調侃道:「沒有妳的美色,我簡直無能為力。」這種令德雅毛骨悚然的奉承,使她臉紅得從面部一直到髮根。

孫偉離開德雅到 A 分廠工作快近一個月了,對德雅來說這一個月簡直度日如年。她渴望孫偉早日返回,能與一個志趣相同的人共同工作,這將是多麼甘飴溫馨。

終於到了週末,德雅夢寐以求與自己心靈幽會的假日總算等到了。

那天下班前,張老闆的秘書突然告訴德雅說:「張總叫你到他辦公室去一趟。」

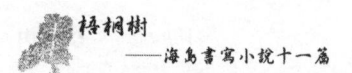

當德雅一進辦公室，張老闆喜形於色地說：「德雅，今天下班有位德國技術顧問欲拜訪我，我想請妳作陪。」

德雅心神恍惚地說：「好吧！」但她心想，德國專家星期三剛離開，相隔不到十天怎麼又來了？雖然知道這只是張老闆扯淡而已，但也只能無奈受命這一差使。她回到自己的辦公室心情忐忑不寧。

這時下班的鈴聲響了，十分鐘後廠內鴉雀無聲。張老闆推開德雅的辦公室，心中激昂雀躍地說：「德雅，我們先到海濱餐廳去吧，等一會德國顧問到廠後，我已托專人陪來共進晚餐。」

德雅與張老闆同車來到這家海濱大酒店，一下車她一愕，這就是一個月前她與孫偉共進晚餐地地方，在那裡給自己留下一段難忘的回憶，而現在的大門面目全非，推倒了舊門。

新的大門兩側是兩根五米高的粉紅色大理石圍柱，圍柱上方「海濱大酒店」的五個大字金光閃爍。

走進大廳可見中式壁畫、錫臺燭火盡顯古雅風格。德雅與張老闆坐在靠窗一隅的檀木餐桌邊，他們毗鄰而坐中間隔著一把椅子，椅子上放著德雅那只精緻的米黃色小包。

這時錫臺上的蠟燭已經燃燒掉了三分之一還未見那位德國顧問的身影。

德雅心情有點惶惑不安，而張老闆心知肚明今晚根本不存在什麼顧問，只是為單獨與德雅幽會找一個藉口而已。

張老闆假裝失意的瞅了德雅一眼，諱莫如深地對德雅說：「不知什麼原因那位德國顧問還未到來？要不我們就不等了。」說完即吩咐服務小姐將先前訂的菜肴一一上桌。

　　他拿起兩只酒盅，分別放在德雅和自己面前各一只，並斟滿酒，端起酒盅笑嘻嘻對德雅說：「為我們合作愉快乾杯。」

　　德雅羞赧道：「謝謝老總，我今天身體稍有不適、不能飲酒。」

　　但是在張老闆軟磨硬泡下，德雅的防線終被打開一個缺口，她拿起酒盅喝了一口。不一會便滿臉通紅，可幸虧未醉。

　　突然酒店進來一位身材魁梧小伙，德雅倏地回頭一看，只見孫偉昂著頭向大廳中央走來，他用詫異的目光向大廳四周掃視一遍，發現在燭光晦暗的窗邊張老闆正在低頭品嚐美味佳餚，他的旁邊坐著的那位小姐正起身向他走來。

　　這時德雅歡樂不羈，她發自心靈的愉悅大喊：「孫偉，孫偉。」孫偉回頭一看，原來是德雅。但見他用輕蔑的目光瞥了她一眼，緘口無語把一件外套甩在肩上拔腿就跑。德雅緊緊跟上並大喊：「孫偉，你停一停，我有話和你說。」但他頭也不回繼續向前方走去。

　　張老闆透過酒店的玻璃窗看到這尷尬的一幕。

　　德雅怫然不悅垂著頭向餐桌走去。她後悔不迭，如果今晚不隨張老闆一起出來就不會惹來孫偉的誤解，但她迫於張老闆的壓

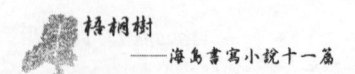

力只是無奈。德雅心想，何時自己能逃遁這紛亂的人世與孫哥不受任何騷擾地相處？

她心灰意冷地回到自己的座位。

張老闆裝作視若無睹樣子，裝腔作勢的說：「今晚真倒楣，沒有等來這位德國專家。」

德雅心不在焉地翻弄自己這只米黃色小包說：「張總，我該回家了。」

張老闆詫異地說：「這麼晚了，妳自己一個人回家不方便，還是我送妳回去？」

「謝謝老總，不用你費心了，我家離海濱大酒店很近，我自己回去吧。」

張老闆眼看無計可施錯愕地說：「妳回家要注意安全。」

德雅拿起小包說聲「晚安」便匆匆走出酒店大門。

孫偉經一個多月Ａ分廠技術指導後，於週一回到總廠。德雅從技術總監口中才獲知孫偉已從Ａ分廠回來，理應先到德雅辦公室索取翻譯資料，可那天上午他直奔印刷車間。

時間快近中午，德雅吃完中飯後拿著厚厚一遝機器的翻譯資料四處尋找孫偉，最後終於在第三車間的一臺大印刷機旁目睹技術總監與他正就技術問題細心探討。

德雅手捧資料恭恭敬敬地站在一旁，靜靜聆聽他們的談話。等技術總監離開後，德雅將這資料遞給孫偉說：「大哥，這是你走後一個月中我翻譯的第一、二車間全部機器資料，請你核對一下。」孫偉知道這個翻譯的量是相當龐大的，心中藏著對她的敬佩之心。但當他回憶起那天晚上在海濱大酒店目睹張老闆與德雅共進晚餐的曖昧一幕，使他的敬佩之心蕩然無存，甚至認為德雅是在玩弄他的感情，她是一個輕浮以至放蕩的女人。

德雅瞟了他一眼故意問：「大哥，你是什麼時候回來的？」

孫偉意興闌珊地說：「上星期六。」

德雅完全明白他還在生她的氣，但她捫心無愧，因為當孫偉一進廠門，她就一見鍾情。德雅輕輕靠近他的身體碰到孫偉的手指，倏地他把手縮了回去。

看著他那副迷濛的臉，德雅娓娓說道：「上週末下午，張老闆對我說『有位德國技術顧問要前來拜訪』叫我在海濱大酒店作陪。其實那天晚上並未出現所謂的德國專家，只是張老闆的一個陰謀，所以我只能逢場作戲，請你不要多心。」

當德雅的語音一停，孫偉好像壓在心頭的一塊石頭落地了。先前對她的冷落是誤會，他頓生悔咎，輕輕低語道：「對不起。」

這時已是快下班時刻，廠外的天空晚霞柔輝。由於德雅吐露衷曲，孫偉的臉上露出久違的陽光，德雅豁達大度地拉上他的手說：「今天晚上下班，我在B大街盡頭的郵局門口等你，因為那

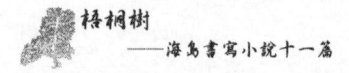

裡離我家只隔一條馬路，晚上到我家共進晚餐。」說完兩人走出第三車間。

下班的鈴聲響了。

德雅先於孫偉走出工廠，等待在郵局的大門口而孫偉晚十分鐘離開。他一改上午憂鬱的心情，春潮湧動疾步向 B 大街盡頭走去。當到了郵局卻不見德雅人影，他詫異著明明是她先於自己離開工廠，理應早就到了，孫偉懷疑自己是否聽清楚德雅的話。

驀地德雅在郵局不到五米一棵碩大的梧桐樹後面走了出來，步履輕盈地從孫偉後面上來攔腰把他抱住，詼諧地說：「這會你終於被我捉住了。」孫偉一回頭看到德雅天真未眠的臉發噱說：「還是小妹辦法多。」

兩人談笑風生，在德雅的引領下穿過馬路，沿著梧桐樹的林蔭一直走到盡頭。在那片開闊的草坪上座落著一幢古樸中西合璧的別墅，大門外面的一對石獅子，其中一隻的嘴中銜著的石珠已不翼而飛，門頂上的流利瓦色顏晦暝，兩扇朱門污漬斑斑。

打開大門有一條長廊，在長廊兩側的牆面上鑲嵌著文藝復興時期的彩色玻璃壁畫，只不過顏色有點隱晦，好像凝結著歲月的痕跡。長廊的盡頭是兩根帶有波紋的石柱，石柱頂端是亞當和夏娃的頭像，其中一根石柱底部有點開裂。

走進房間是一個客廳，正面的壁爐上方可見耶穌釘在十字架上，十字架已搖搖欲墜向一側傾斜，隨時都有倒下的危險。德雅

Volume 11. 梧桐樹

恐懼地看著，這時她的頭已緊緊靠在孫偉的右肩上，好像自己即刻也要倒下似的。

德雅明眸凝視孫偉說：「右邊是主臥，是我父母親以前的臥室。」她握住古銅色的門把手輕輕一擰，一進門只見床頭上有幅帶著宗教色彩的油畫掛滿了灰塵，東窗外的兩根哥特式窗柱一根已經斷裂，窗戶緊閉著。德雅憂鬱地說：「我有很長時間沒有走進這房間，童年時我經常在這裡玩，現在一進門就有點害怕，甚至帶有恐懼氣息。」

孫偉默默地點點頭說：「我理解你的心情。」

然後德雅把孫偉拉到左邊的小房間，笑容溫柔地說：「這是我現在的巢窩。」

在這不足十平方的精緻小屋裡，除了一張單人木床外，還有一張胡桃木寫字臺和一把單人籐椅，在床對面淡藍色的牆面上貼著幾幅德雅心儀的名人頭像和幾張卡通畫片，整個房間顯得整潔乾淨和溫馨。

孫偉感慨地對德雅說：「妳的房間要比我租的房優雅得多了。」

德雅詫異問：「難道你沒有住在父母身邊？」

「是的，我獨自在外面租了一間房。」

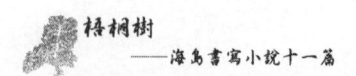

「與家人鬧矛盾了？」德雅驚奇地問。

「是的，我爸要我娶一個跟他利益攸關的商人女兒，我可不是他商品交易的籌碼。」

德雅轉過身心照不宣看了他一眼。

但孫偉沒有把自己家的產業規模全盤托出，因為他認為在這種場合誇誇其談自家的財富不太合適。其實他心知肚明家中的資產規模至少是自己現在從業印刷廠的五倍還多。

共同的生活理念把這兩顆年輕的心緊緊連在一起，此刻至少德雅從心底裡敬佩他的人生理念。

德雅自她母親去逝後，在獨立生活中練就了一手高超的烹調手藝。

今天由於知己朋友欣然而來她格外興奮。

不到半小時，德雅已把五盤色香味美的佳餚端上桌子，然後又將蒸熟的一鍋香噴噴的大米飯用舊毛毯包裹起來放在床底下。她起身拉上天鵝絨窗簾，小心翼翼對孫偉說：「一旦被日軍發現國人吃大米飯就是經濟犯，要被抓去坐牢的。」

孫偉望著桌上琳琅滿目的時令佳餚一臉愕然，在戰爭年代與自己情投意合的摯友享受一頓如此豐盛的晚餐那是多麼溫馨。

德雅面帶微笑地對孫偉說：「今晚你想喝點什麼？」

Volume 11. 梧桐樹

「妳是主人,今晚妳說了算。」

德雅毫不掩飾地說:「那我們喝點法國紅葡萄酒吧!」她給孫偉杯子裡斟滿了酒,然後再給自己倒上。

孫偉把脫下的外套掛在客廳的衣帽架上,他仰視廳中央天花板上晦暗的一幅莫奈臨摹畫,心想她家很有文化底蘊。

德雅舉起酒杯喜悅地說:「為我們的友誼乾杯!」

他補充說:「感謝小妹的深情厚待,乾杯!」兩人碰杯以後,蘊藏在德雅心中的話匣子一下就打開了。她栩栩重心地對孫偉說:「這房子是我爺爺傳下來的,爺爺家原來是在巴伐利亞州的一個小鎮上,一次大戰後全家搬到了紐倫堡。我爺爺是位牧師,爸爸剛從醫科大學畢業就跟從爺爺來到中國傳教,後來買下了這塊土地。這棟別墅是德國建築師設計的,它具有維多利亞風格。」

孫偉心懷敬意點點頭,她繼續滔滔不絕:「我父親在中國的一家私立醫院裡從醫,一次朋友的婚禮上邂逅了我母親,他們兩人一見鍾情,雙方經過半年多的交往,兩人終於步入婚姻的殿堂。」

他被德雅那種真誠且慷慨的氣節所感染,深有感觸地說:「其實我思想的形成與母親薰陶密不可分,我母親早年畢業於中央大學英語系,是一位高材生,她崇尚自由、自立和自強,而且還是一位虔誠的基督教徒。」

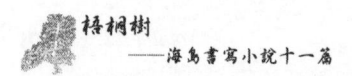

德雅詫異地問：「那麼按你以前的說法，你們父母兩人並不志同道合？」

他毫不掩飾地說：「是這樣的，不過我不清楚他們兩人怎麼會走到一起？」

德雅想：能在芸芸眾生中遇到如此好的人，相見以誠促膝談心是多麼傾心愜意。於是她拿起酒瓶又將孫偉的空杯斟滿說：「再來一杯。」

孫偉推辭道：「我不能再喝了，要不就走不到家了。」

她溫柔一笑說：「家，這裡不是家嗎？」於是搖搖晃晃地舉起酒杯對孫偉說：「大哥再乾一杯！」兩人一飲而盡。這時德雅好像迷惘了。

錫燭臺上的蠟燭已快燃盡，只剩火苗微微跳動，孫偉焦急地對德雅說：「小妹啊，燭光快滅了，再點上一支好嗎？」

德雅的身體搖搖晃晃，突然靠在孫偉的左肩上，嘴裡嘟囔說：「我已經找不到蠟燭了，它要滅就讓它熄滅吧。」

他緊緊地把德雅摟在懷裡以防摔倒，她的嘴唇緊貼著孫偉的臉頰，就像熾熱燃燒的蠟燭在他臉上融化。孫偉發現她的心砰砰直跳、呼吸急促，德雅此時已經魂飛魄散了。房間裡黑魆魆的，唯有月光穿過百葉窗縫隙微微照射在他們身上，月亮成為他們愛情的唯一見證。

Volume 11. 梧桐樹

十分鐘後，兩人的心情慢慢平靜下來。德雅在朦朧中吟出一句古詩：「但願長醉不願醒。」孫偉解析說：「人生清醒的時候，目睹世上許多骯髒的事情，所以很痛苦，唯有喝醉時才充滿著幻想。」

　　德雅激動地說：「大哥，你的解析與我的理解何其相似，讓我們一起醉吧！」

　　他深深地吸了一口氣，把德雅扶到籐椅上坐了起來語重心長地說：「小妹啊！我們現在不能長醉，必須振作起來，後面還有很長的路要走，我們必須拼搏。」德雅聽了眼睛一亮，她敏捷地拉開左邊的抽屜，將僅剩的一根蠟燭拿了出來點亮了。

　　孫偉看錶已經晚上十點多了，他心急火燎地說：「太晚了，我該回去了。」

　　德雅一聽怫然不悅：「大哥你瘋了。」她像打了一針興奮劑似的從椅子上站立起來說：「外面漆黑一片，沒有路燈，馬路上散落著被日軍飛機轟炸後留下的斷磚碎瓦，還有數不清的彈坑，你現在的狀態能安全到達住處嗎？」

　　孫偉呆呆的望著德雅：「那妳說怎麼辦？」

　　她不以為然地說：「很簡單，你今晚睡在我媽以前住過的大房間裡。」

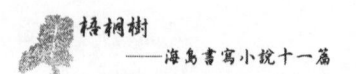

孫偉詫異地說：「這怎麼可以？」

德雅理直氣壯地說：「怎麼不可以？只要我稍微打掃一下衛生，你就可以安然入睡。」

他詼諧道：「睡在一個未婚且白璧無瑕的姑娘家中，半夜妳媽不會把我抓到陰間裡去啊？」

「大哥你別與我胡扯了，哪來的陰間？」德雅猶豫片刻果斷地說：「那你今晚就睡在儲藏室，裡面正好有一張單人床，等會我收拾一下。」

一眨眼工夫德雅便把儲藏室打掃得乾乾淨淨，她從櫥裡拿出被褥和枕頭，然後從箱子裡取出一把碩大的古銅色鎖把別墅的大門緊緊鎖上。溫情脈脈地走到孫偉的面前說：「大哥，今晚你可高枕無憂了，沒有人來打擾你。」

德雅從容地向孫偉道了一聲晚安，向自己的臥室走去，只聽見「砰」的一聲德雅把自己地房門關住。不一會整個房間的燈都熄滅了，兩人很快各自進入夢鄉。

半夜裡刮起了北風，北窗被大風吹得發出「嘎吱、嘎吱」的聲音。孫偉醒了，他穿上拖鞋輕輕推開房門向北窗走去。

德雅也被窗戶的搖曳聲弄醒了，她發現孫偉從房間走出來，故意將自己的房門拉開留下一條縫隙。

Volume 11. 梧桐樹

孫偉關上北窗後，步履輕盈走回自己的房間，當路過德雅房門時發現房門沒有關上，房間內琥珀色地板上灑落一線淡淡的月光。他迷惑著：難道是風把門吹開了？他沒敢關門以防驚擾酣眠中的她，於是脫下拖鞋光腳小心翼翼走回自己的房間。

第二天天剛濛濛亮孫偉就起床，他發現德雅還在睡覺，自己獨自坐在壁爐旁櫻桃木製的沙發上。

大約五點半光景，德雅推開房門，她驚訝地發現孫偉孑然一身坐在客廳裡，意暢地問：「大哥你怎麼起這麼早？」

「今天我得早點去工廠，因為上週末技術總監有事提前離開車間，我獨自到下午六點還未調試完畢，今天週一上班前必須把機器調試好，避免耽誤工人操作。」

「那我馬上給你做點早餐。」德雅急切地說。

「來不及了，謝謝。」

德雅靈機一動，從食品櫃拿出一根法式麵包和一盒牛奶裝在一個袋子裡遞給孫偉說：「大哥你帶上這些充充饑。」

「你自己早餐還有嗎？」

德雅甜美嫻靜地說：「我有，你放心吧。」說完他拿出鑰匙打開大門。

孫偉輕輕地擁抱她一下：「等會廠裡見吧！」

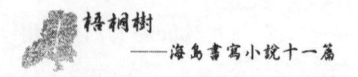

德雅站在門檻旁,遠眺東邊太陽像一團巨大火球從地平線上冉冉上升。她繾綣多情地站在孫偉身旁說了一句「再見!」目睹他沿著坎坷不平的馬路向東邊疾步走去。

§

由於孫偉未能按父親意願娶俞傑女兒為妻,致使孫老闆一直對兒子耿耿於懷。

自從孫廣和攜朋友拜訪俞傑後,俞夫人幾次打電話給孫老闆朋友(同時也是俞傑朋友)詢問自己女兒與孫家大公子成親的媒事。

由於沒有得到明確答覆,使得俞家十分不悅,後來乾脆斷供給華泰的原料,這使孫老闆十分惱火。

為了獲得原料,孫老闆從東南亞和國內市場苦苦尋覓也只能滿足一半機器的使用,因獨木難支,工廠的生產每況愈下。

孫老闆整天悶悶不樂,他得了抑鬱症,並患上一種消化道疾病,面黃肌瘦。

孫偉離開家後,頭一月他幾乎每週一次探望母親,母親總是諄諄誘導,望父子能破鏡重圓,而孫偉卻向母親抒發自己的情感與幻想,母親聽後長長嘆了一口氣,但總不能如願以償。在最後一次探望後已有一個多月沒有回家了,孫夫人對兒子思念殷殷,有時獨自一人呆呆地坐在那把灰色的沙發上,有種惘然若失之感。

一個細雨濛濛的週日上午，孫偉的大妹孫琴帶著她的兒子東彤去商場購物。

　　正當孫琴邁進商場大門，孫偉揹著包迎面走來。東彤機敏的發現了舅舅，快步跑了上去大喊：「舅舅」。孫琴聽到兒子的喊聲朝前一看，眼睛一亮感慨地說：「大哥，你有一個半月沒回家了，把我們急壞了。」

　　孫琴站在孫偉的面前，從上到下打量一下說：「大哥，你好像瘦了些。」

　　孫偉沉默無言，他緊緊捏著東彤的小手。

　　孫琴悵惘地看著孫偉說：「你一個多月沒有回家，媽媽徹夜不眠。」

　　「那爸爸每天回家嗎？」他疑惑地問。

　　孫琴瞟了他一眼說：「從俞老闆原料斷供後，老爸為了原料四處奔波，哪有時間回家。」

　　孫偉不以為然：「難道俞老闆不想出售原料？」

　　「現在造紙的原料是求大於供，如果說俞老闆的女兒暫時找不到婆家，難道你也認為俞老闆的原料無人問津嗎？大哥你太天真了。」孫琴瞥了他一眼說：「從你離開家後，父親的朋友帶著俞夫人的口信又到我家登門拜訪兩次。」說完，孫琴探看著哥哥的神情。

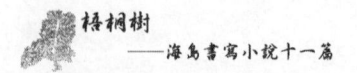

孫偉耿直地說。:「大妹,婚姻不是商品交易,它是男女間真愛的自然產物。」

孫琴甘美一笑:「大哥,你說得有道理。」接著她把話鋒一轉:「今天我想給東彤買生日禮物。」孫偉摸著孩子的頭說:「東彤,你什麼時候過生日?」

「舅舅,是明天。」

孫偉領著東彤在禮品屋裡挑了一件外甥心儀的玩具——小飛機。孩子抱著小飛機蹦蹦跳跳跑到他媽媽跟前,孫琴對著兒子眨一眨眼說:「對舅舅說了什麼?」

東彤轉頭看著他媽媽說:「我早就說了,謝謝舅舅。」

這時孫琴從自己的背包中拿出一支筆和筆記本對孫偉說:「大哥,把你現在的住址寫在上面,好嗎?」

孫偉遲疑片刻後拿起筆在本子上寥寥數字。然後孫琴將筆記本放入包內的拉鍊袋內,對孫偉說:「大哥,孫玲也想來看你。」孫偉眉頭一皺說:「妳們都很忙,別來了!再說我出沒無常。」話音一落,他們就互相道別後在商場大門處分離了。

一個多月後,孫偉對全廠所有機器的性能瞭若指掌,對各臺機器的維護和保養得心應手,有時甚至技術總監不在場時,他也能獨自排除各種技術故障,精湛的技藝博得總監的讚賞。

Volume 11. 梧桐樹

孫偉從 A 分廠返回後，幾乎天天泡在車間裡，甚至週日也在廠內工作，這已婁見不鮮。

自從孫玲在她姐姐處獲得孫偉的住址後，她數次上門探望大哥，卻總不見蹤影、無功而返。

一次孫玲來到孫偉的住處，他發現窗戶半開著、房門緊閉。

她從窗縫看到房間內凌亂不堪，唯有床頭櫥上金邊木框內印著美女的照片，她眼珠閃亮、一聲驚歎：啊！這是我的同窗密友──德雅，難道她是我大哥的女友，那將是多麼溫馨。

回到家後，孫玲繪影繪聲向她媽媽講述她看到的一切。孫太太聽到女兒這撫慰心靈的敘述，心境突然開朗，猶如啜飲一劑沁心良藥，一改昔日頹靡情緒，全家浸沉在歡悅之中。

唯有孫廣和的情緒與全家絕緣，為了獲得原料，他已殫精竭慮，幾乎快要病倒了。

而德雅所在的工廠內關於張老闆的桃色新聞就像漫天飄落的雪花，在稠人廣眾間眾說紛紜。傳說張老闆已與第二位妻子離婚，要娶德雅為妻，他已將八套房產及百畝土地過戶到德雅的名下……等等流言蜚語就像一支支毒箭向她射來。

再說前幾天張老闆總把德雅叫到自己辦公室，一談就是半天，張老闆對德雅纏綿不休致使德雅深感自己好像被一魔鬼攫取似的，使她陷入窘境，天天晚上睡覺都是在夢魘中驚叫醒來。她

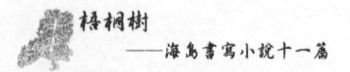

的精神已到崩潰地步，只得請了一個星期的病假。

關於張老闆與德雅的桃色新聞很快傳到了孫偉的耳邊，他滿腹狐疑。一天上午，印刷廠又購進兩臺多功能印刷機，孫偉想請德雅翻譯說明書，找了一上午不見德雅人影，無奈只好靜靜等候。

翌日上午，他還再想從德雅辦公室索取一份印刷機的翻譯資料，這天共去了三次德雅辦公室，均未見到她的蹤影，他思忖著難道那天晚上德雅與張老闆真的是在海濱大酒店幽會？難道德雅對我撒謊？難道這幾天她沒來上班真的是在籌備他們的婚事？難道……？

他呆呆地站在德雅辦公室的門外，種種隱憂縈繞心頭。

突然一個徒弟從樓梯下跑了上來對孫偉說：「孫師傅，機器馬上要調試，請你確認一下。」

「好吧，我馬上下來。」最後他又找了幾個辦公室都不見德雅身影，只得晃晃悠悠從二樓下來進入車間，感覺自己的胳膊抬不起來，像是打了一針麻醉。

下班的鈴聲響了，孫偉準備到德雅家去一趟問個究竟。

當他走到德雅家對面的林蔭道邊開始猶豫……如果自己貿然敲開她家的大門有點太冒失了，萬一德雅告訴他自己真要與張老闆結婚，這對他來說是多麼大的恥辱和打擊。內心的騷動像一團火焰，頓時被一盆冰冷的水澆滅了，他無精打采把頭靠在梧桐樹上。

Volume 11. 梧桐樹

一座被落日餘暉繡上光斑的教堂尖塔立在西邊馬路的盡頭，像位虔誠的老人肅穆站在那裡靜靜等待上帝的恩賜。

　　突然轎車的馬達聲打破寂靜的空氣，一輛黑色的轎車在德雅大門口戛然而止。孫偉敏捷地退到一棵梧桐樹的背面，目光炯炯注視前方發生的一切。

　　一個中年男子頭戴黑色禮帽，手摯一大束玫瑰花，不停地敲德雅的大門。當德雅打開大門，那個男子馬上把花遞了上去。這時德雅的臉被這一大束玫瑰花擋住了，他看不到她的表情，但那個戴黑色禮帽的男子，孫偉一眼就辨認出他就是張老闆。他隱約看到他們行動詭譎，幾天前的預感得到應驗，他有點眼冒金花、拔腿就走，卻感覺兩腳發軟。

　　到家已經很晚了，他沒有吃飯也沒有脫衣，倚塌而臥，一直到下半夜才昏昏欲睡。

　　第二天孫偉醒得很早，他吃了一片麵包後，拿出一張白紙，經一番斟酌寫上寥寥數語，折疊後放入衣兜匆匆趕往工廠。

　　到廠後，他直奔二樓德雅的辦公室，將這張紙條從門縫塞入她的辦公室，然後將車間鑰匙和工具委託門衛移交給技術總監，在工廠上班前離開這裡。

　　早上工廠的上班鈴響了。

　　德雅邁著沉重的腳步向工廠走去。由於昨晚張老闆荒唐向她

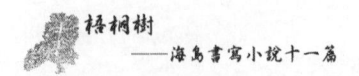

求婚，再加上長期的騷擾，使得德雅心煩意亂精神恍惚。她昏沉沉地走上二樓打開自己辦公室的門，發現門邊上有一張紙條，打開一看，上面寫著：

德雅小姐：

　　我本以為我們之間的感情是一座無堅不摧的堡壘，當昨天下午一輛黑色的轎車停在妳家的大門口，有個帶黑色禮帽的男人手拿一束誘人的鮮花與妳低聲細語時，我才恍然大悟，原來我們間的情誼薄如蟬翼，我現在選擇離開這裡，日後天各一方，願妳幸福。

孫偉
10 月 20 日

　　德雅看著看著眼淚像開閘的流水從兩眼流淌出來，她倏地凝神屏息準備去找孫偉。在樓梯裡張老闆迎面而上，他詫異地問：「德雅妳去哪兒？」她沒理睬直奔車間，從第一車間的第一臺機器直到最後一個車間的最後一臺機器，她都找遍了，只聞隆隆的機器聲卻不見孫偉那高大的背影，頓時心頭像火山爆發的熱流一湧而上。

　　她疾步走進張老闆的辦公室，將自己辦公室的鑰匙和工作證扔在桌上悍然說：「張老闆，我辭職了。」

　　張老闆懵怔了，他驚訝說：「怎麼妳瘋了，我不是昨天已經答應好把八套房子及一百畝土地均過戶給妳，難道我對妳還不夠真誠嗎？」

Volume 11. 梧桐樹

德雅用蔑視的眼光瞅著他說:「你以為這些東西就可以收買我嗎?你看錯人了。」

她話音一落,張老闆敏捷地從櫥裡拿出一只紫檀木小箱塞到德雅手中,茅塞頓開地說:「德雅小姐,這盒金銀珠寶價值連城請您收下。」德雅卻將這只檀木珠寶箱狠狠摔在地板上,地上布滿了數不清的金銀首飾、翡翠珠寶,而她撒腳就跑,順著樓梯直奔大門口。張老闆喪心病狂的追了下來大喊:「德雅!妳回來!」

德雅頭也沒回,衝出工廠的大門向馬路一側走去。

天空下著濛濛細雨,天地間都是灰濛濛的一片,空氣中彌漫著帶有恐怖的孤獨,她心境茫然向著沒有目標的前方走去。

在馬路的十字路口有一位年齡與德雅相仿的女子匆匆過來,她驚奇地問:「妳是德雅?」

德雅淚汪汪地抬起頭說:「難道你是孫玲?妳還認識我?」

「老同學怎麼不認識,這情誼不會忘卻?」說完兩人緊緊擁抱在一起,孫玲對她真摯地說:「我父親有病,想叫我大哥回家一趟。」

德雅驚訝問:「孫偉是妳大哥?」

孫玲默默地點頭微笑著說:「妳是我哥最親密的朋友。」

德雅疑惑地說:「妳怎麼知道?」

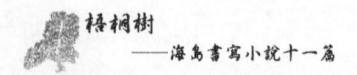

「我哥把妳的相片裝進一個精緻的相框裡，放在他的床頭櫥邊」，孫玲看了她一眼直言不諱地說：「聽我姐說，大哥要和妳結婚。」

德雅聽孫玲這一說更傷心了，她眼珠通紅直搖頭說：「這已經不可能了。」

孫玲詫異地說：「我說都是真的，沒有欺騙妳。」

德雅顫抖著說：「妳大哥已經離開我走了。」

「這……這怎麼可能，我去找他，妳這裡等我，我一會就來。」話音一落她拔腳就跑。

德雅想，如果等會兒他們兄妹倆來到時，我把所有事情全盤托出，讓孫偉對自己的種種誤解和疑慮煙消雲散，自己的前景還有一絲光明。否則一切都結束了，甚至自己的生命……

時間一秒秒流逝，煎熬中的德雅簡直度日如年。五分鐘、半小時、一小時……過去了，還未見她的身影，德雅想孫玲已經找不到她的大哥了，如果找到也說服不了他，一切都化為泡影。

她心灰意冷向東邊茫茫的大海走去。

德雅呆呆地看著路邊兩個邋裡邋遢的女孩手捏一把彩色碎粉筆，在被日軍飛機轟炸後剩下的斷垣殘壁上塗鴉。她想，難道在這十月的淒風苦雨中玩這遊戲是平生最大的樂趣？

Volume 11. 梧桐樹

德雅疾步向前走去，因為離廠時沒有帶雨傘，頭髮與臉上的水珠沾在一起，這時已經分不清黏在臉上的水珠是雨水還是淚水。當她路過馬路的拐角處一輛滿載煤塊的貨車迎面而來，她突然一愣，只見貨車在坑坑窪窪的路面上顛簸前行，一群衣衫襤褸的孩子緊跟貨車不放，等到車上掉下煤塊時他們爭先恐後跑上去，把搶得的煤塊裝在自己破舊的竹籃裡。德雅思忖著可能這些苦難孩子的家中已經斷煤了，也許有了這些煤塊他們家可以度過一、兩個溫暖的晚上，而且不至於挨餓。

秋雨綿綿、風涼颼颼，德雅目睹前方一棵枯樹上被秋雨澆透羽毛的小鳥發出嘰嘰的哀鳴，令人寒心。她漠然無感於塵世對自己的侵蝕，向濱海大道緩緩前行。

在馬路旁的林蔭下有一位老婦人在濕漉漉的水泥地上鋪著一塊污跡斑斑的油布，布的上面擺滿了尺寸不一的鞋墊和襪子，一見德雅走了過來，她雙膝跪地口中念念有詞：「小姐，看看我的鞋墊和襪子吧！」德雅低頭一看不寒而慄，她凝眸而視，發現那位老婦人與自己的生母很相像，老婦人向德雅苦苦哀求道：「我一下午沒有賣出一雙鞋墊，請您買我幾雙吧。」

德雅徐徐蹲下身體，從油布上拿起一雙襪子塞進褲兜。老婦人眼前忽而一亮，只見德雅拉開那只灰色小包的拉鍊，把兩枚大洋放在老婦人的腳前。老婦人驚訝地喊了起來：「太太，您給我太多了，這雙襪子連一文錢都搆不上。」德雅憐憫地看著她搖搖頭。

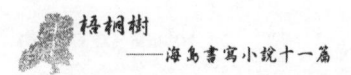

當德雅拉開包內另一條拉鍊時，發現內有一張照片，是她童年時一家三口在海濱遊覽攝下的，昔日燦爛的微笑現已蕩然無存，她輕輕擦乾落在相片上的雨珠把它珍藏在自己的懷裡，彎腰將這只灰色的小包遞給老婦人虔誠地說：「這只包給妳了，快回家吧，這裡太寒冷了。」

　　老婦人用顫抖的雙手接過這只小包，這時包內剩下的十幾個大洋掉落在油布上。老婦人一臉懵怔，頓時手足無措說不出話來：「這、這……」

　　她矜憫地看了老婦人一眼：「這都給妳了。」這時老婦人不停地在地上磕頭，嘴中滔滔不絕地重複：「謝謝太太……」

　　德雅慢慢向東邊大海走去，令她悵然若失。城市的晚秋多麼使人寒心，呼嘯的狂風助推海浪衝擊圍堤揚起巨大的水柱，下落到海堤邊上泡沫四溢。

　　她堅定地踏著白色的泡沫一步步靠近海堤。

　　孫玲從離開德雅後心急火燎尋找她的大哥，首先到了孫偉的住處，只見鐵鎖把門，令她心情萬分焦灼。思忖著如果真的找不到自己的大哥，這可能會毀了他們兩人的前程甚至是生命。驀地，孫玲的心情冷靜下來了，根據她對大哥的瞭解，孫偉現在可能獨自一人在飲酒。

　　這時她馬不停蹄直奔大哥常去光顧的海濱酒店。

Volume 11. 梧桐樹

當孫玲到達酒店時雨點窸窣、天色晦暝,她從酒店的落地玻璃窗外向內掃視一遍,發現靠窗一隅一位男子獨自悶悶不悅,自斟自飲,這下應驗了自己的靈感。她急促地推開酒店大門跑了進去。

孫偉察覺到一位女子迎面匆匆而來,他抬頭一看是孫玲,驚訝地問:「妳怎麼知道我在這裡?」

「我怎麼會不知道?」孫玲辛辣犀利地說:「德雅已被強加於她的子虛烏有桃色新聞弄得萎靡不振以致遍體鱗傷,你還要在她的傷口上撒把鹽。」

孫偉猛然一愣急切地說:「妳跟德雅是什麼關係?怎麼瞭解這麼多?」

孫玲直言不諱地說:「我與德雅是三年同窗,她是我的密友,我剛剛在馬路上遇見她,她現在已經辭職離廠了。」

「什麼?什麼?」孫偉好像坐在彈簧椅子上一樣跳了起來,「她現在在哪裡?我去找她。」

孫玲釋然說:「你跟我走,我知道她在那裡。」

說完兄妹倆衝出酒店,沿著濱海大道朝北跑去,穿過兩條馬路,在一條道路拐角的林蔭旁停了下來。孫玲四處張望不見德雅人影,她失望地對孫偉說:「大哥,本來我與她說好,我去找你,她在這裡等我們,現在她可能已經失望地離開了。」

夜的帷幕快要合攏,孫偉呆呆地站在十字路口,秋天寒風兮

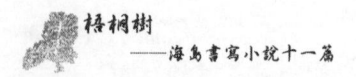

今秋雨綿綿如同他那淒涼心境。這時孫偉沮喪地對他的小妹說：「孫玲妳先回家吧，我去找德雅。」

孫玲淚汪汪地望著自己的大哥像一匹發瘋的野馬向馬路一側衝去。半個多小時過去了，孫偉跑遍了城市的十幾條主幹道，始終沒有看到的德雅影蹤。

這時天色已近昏暗，雨點大了起來。

孫偉深感兩腿發軟，他磕磕絆絆向海濱大道緩緩前行。突然看到一位老太太肩上拎著一個大包，手提一只竹籃搖搖晃晃走了過來，孫偉急切地問：「老太太有沒有看到一位短髮的姑娘。」

那位老婦人急忙說：「她剛從我這兒離開。」

驀地孫偉看到老婦人的竹籃上那只醒目的灰色小包，他怦然心動並詫異地問：「難道這只小包就是那位女士的？她現在去哪裡？」

老婦人囁嚅地說：「她把這只灰色小包連同包內十幾塊大洋給了我後，人朝東邊大海走去。」

孫偉拔腿就向東面衝去，在一個多小時的奔跑中他摔倒兩次，左腿有點痙攣，邁不開步子。

狂風呼嘯，夾帶著寒冷的秋雨打在臉頰上渾身顫抖，他發現在前方六十米處的海堤上有一人影在晃動，孫偉聲嘶力竭地大喊：「德雅回來。」

Volume 11. 梧桐樹

他又艱難地前行了三十多米,在不到海堤三十米處已經完全確認站在海堤上的就是他苦苦覓尋的情侶——德雅。

東面波濤洶湧的大海上空被黑沉沉的烏雲籠罩著,巨大的海浪衝擊著海堤揚起浪花把德雅打成落湯雞一樣,德雅面無表情,臉朝東面堅如磐石肅穆站立著。

孫偉此時左腿已經麻木了,他再也不敢輕易冒進。萬一德雅固執地向東邁出一步,這個世界對他來說將轟然崩塌。

他全身哆嗦,因獨腳難支身體跌倒在路邊的水坑裡,左肘被破碎玻璃劃開一道口子鮮血直流,不一會染紅了這個骯髒的水坑。身體趴在濕漉漉的地上,嘴裡不停呼喊著:「德雅,妳回來。」

德雅聞聲後,身體慢慢轉了過來。孫偉微微抬頭,看到德雅的身影緩緩朝向自己轉來,他開始匍匐前行,在血泊中爬行了廿多米終於到達德雅腳下的海堤邊。

她轉身以後,發現孫偉爬過的路面已被鮮血染紅,遽然間她的淚水像兩股涓涓細流從眼瞼邊奪眶而出。德雅緩緩下蹲,孫偉也不約而同提起右手,十指緊扣。「噗通」一聲,德雅被孫偉拉了下來,兩人在寒冷的血泊中緊緊擁抱在一起。

正當孫玲感到情況萬分窘迫時,她趕到了這裡,目睹德雅如願以償與自己大哥擁抱在一起,在一陣悸動中感到溫馨。她把他們兩人從血泊中扶了起來。

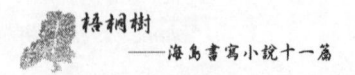

德雅看到孫偉的左肘還在淌血，毫不猶豫從自己的外套內襯撕下一塊布來，把淌血的左肘暫時包裹起來。孫偉用右手撫摸著她的臉眷戀地說：「德雅我錯了！對不起妳。」德雅低著頭默默地流淚。

孫玲從口袋裡摸出一塊手絹，孫偉一把拿了過來，擦去德雅眼眶邊的淚珠，她輕輕說了聲「謝謝」。這時孫玲和德雅這對昔日的同窗密友又一次緊緊擁抱在一起，纏綿往事頓時縈繞她們兩人心頭。

籠罩在海面上的烏雲漸漸消退，浩瀚蒼穹隱現幾顆稀疏的星星若明若暗。

海面上又恢復昔日的寧靜，停靠在岸邊的幾艘漁船亮起了船燈，船上馬達的轟鳴聲打破寂靜的夜空，也許他們今晚就要啟航，以便明天就能抵達充盈魚蝦的光明海面。

德雅與孫偉雙手緊緊握在一起，雙目凝視著對方。經過這場風雨的洗禮，更使他們瞭解對方白璧無瑕的愛心，假使這個世界上還有魔鬼想擷取她，也不會改變他愛她的初衷，像風乾的木料永不變形。

孫玲突然對孫偉說：「大哥，父親的病情十分嚴重，他叫你回去一趟。」

孫偉心知肚明，父親的病情可能已經岌岌可危，否則他是不會乞求我的。德雅凝視孫偉沮喪的臉說：「我們馬上回家吧？」

Volume 11. 梧桐樹

「那好吧,你們倆在這裡等一會,我去叫一輛車來。」說完孫玲朝海濱大道對面跑去。

孫偉有一種不祥的預兆縈繞心頭,呆呆地站立在德雅身旁。

德雅安慰他:「不要太感傷,等會你到家,父親一見你回家高興後身體自然會康復的。」

孫偉緘默無語,搖搖頭然後輕輕將德雅摟在懷裡說:「謝謝妳的安慰,但一切為時已晚了。」

不一會兒一輛出租轎車搖搖晃晃停在他們面前,孫玲急切地說:「快上車吧!」孫偉在她們兩人攙扶下一瘸一拐走上車。

轎車在晦暗的路面上顛簸著行駛半個小時終於到家了。

孫太太一聽到門外的車聲,激動地跑了出去。

車子到家後孫玲首先走出車門,孫太太迫不及待地問:「阿玲,你大哥和德雅都來了嗎?」

孫玲頻頻點頭,緊接著德雅扶著孫偉從車門出來。

孫太太看到德雅扶著孫偉迎面走來,這眩目銷魂的一幕使老人家激動不已。

她脈脈柔情地對德雅說:「終於把妳給盼來了。」

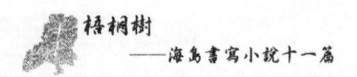

突然她看到孫偉左肘包裹的一塊布被鮮血染紅，孫太太驚疑地說：「阿偉你的胳膊肘怎麼了？」

孫偉堅強地對母親說：「只是皮膚劃破了，但沒有傷到骨頭。」

孫太太這才鬆了口氣。

驀地從房間跑出孫偉的長妹，孫琴心急火燎地說：「爸爸現在呼吸十分緊張，嘴裡不斷呼喊大哥的名字。」

這時孫偉和德雅疾步進入房間。當孫偉步入父親的臥室，看到父親臉色蒼白、渾身顫抖，一見孫偉與德雅進入他的房間，頓時眸子閃亮，蒼白無血色的臉上露出一絲淡淡的微笑，在孫偉的記憶中，從他幼年直至今天從未有過如此溫柔地笑，接著老人在兩個女兒的扶持下緩緩抬起乾癟的雙手。

孫偉和德雅心領神會，兩人用雙手分別握住父親的右手和左手。

孫廣和溫和地說：「很高興看到你們兩人回家了。」

這時老人的呼吸已十分緊張，嘴巴顫抖著好像還有話要對他們兩人講，但已經張不開嘴，從神色上可看出他後悔不迭。

驀地他雙目空洞，兩隻胳膊像兩根枯枝一樣從兒媳手中跌落在床上。

Volume 11. 梧桐樹

本因孫偉與德雅經愛情的磨難後喜結良緣而萬分高興，現在卻因孫廣和溘然長逝，又使全家浸沉在悲痛之中。

這一跌宕起伏使孫太太憂鬱惆悵，在處理好孫廣和的喪事後，一天早上她把孫偉叫到跟前語重心長地說：「你父親去世了，華泰重擔由你來挑，你看怎樣？」

孫偉猶豫一會說：「媽媽，這是義不容辭的事了。您放心吧！我盡力而為。」

孫太太欣慰地點點頭。

翌日一早，孫偉和德雅一起視察了全廠八個車間。他驚訝地發現只有兩個車間在正常運行，其餘六個因原料斷供而生產停頓，所有機器鏽跡斑斑塵封已久。

他心想：若要華泰恢復正常生產秩序，務必要解決原料問題。

孫偉篤定一個企業的發展不能受制於人，不能重走父親的老路，必須另闢蹊徑，開創出一條符合自身發展的康莊大道。

幾天來德雅緊跟著孫偉巡視華泰的角角落落，她驚訝地發現華泰造紙廠的規模比自己原先所在的印刷廠大五倍還多，令她疑惑的是為什麼孫偉要離開自家的大廠去小廠工作？

一天晚飯後德雅與孫偉在自家的後花院漫步，德雅不經意地問孫偉：「大哥，是否因原料問題你離開自己家的廠？」

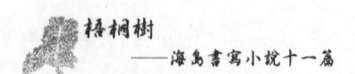

孫偉望著沒有星光的夜空，心境一片茫然，突然他眼眶通紅，唏噓飲泣。

德雅撫摸著他的雙手歉意地說：「大哥，我傷害你了，對不起。」

孫偉把德雅擁在懷裡搖搖頭心無芥蒂地說：「這與妳無關，妳是我的摯愛，且無可替代。」說完德雅從口袋裡掏出一塊潔白的手絹擦去孫偉臉頰上的淚痕。

幾天來，孫偉查閱了國內外造紙企業的許多資料，最後他決定將華泰原有設備改裝後改用麥稈和稻草為原料來生產優質紙張。經過不到一個月夜以繼日的機器調試，一筒筒優質白紙滾滾而來。

德雅看到這一切打心眼裡與全家一樣歡欣雀躍，而孫偉更是喜極而泣。

由於孫偉對各種機器的運轉和保養技術嫻熟，在他的率領下十幾名技術工人齊心合力，不過一週所有機器都投入正常運行。

德雅肩負起產品質量檢查，銷售及全廠財務管理，而孫偉負責生產。

從正式投產那天起，不到一個月已扭虧為盈。

整個華泰呈現欣欣向榮、蒸蒸日上的可喜景象。

Volume 11. 梧桐樹

反顧他們原來所在的那家印刷廠,生產每況愈下。

張老闆本以為德雅是他廠內的一般工作人員,而自己為一廠之主,財大氣粗,把德雅占為己有是唾手可得的事,為了追到德雅弄得他神疲意倦,最後竹籃打水一場空,反而德雅跟隨人家遠走高飛。

自從德雅辭職後,張老闆情緒沮喪,由枉然無補的焦躁憂煩變得肆意妄為,以致歇斯底里。

再加上二戰期間,中國的城市被日軍佔領,大批學校背井離鄉、四處逃亡。城市沒有教學,印刷業更是雪上加霜,他的印刷廠瀕臨倒閉。

這天張老闆偶然從他一個朋友中獲知,原來在他廠工作的技術員孫偉是華泰造紙廠老闆孫廣和的長子,是他弄走了德雅,現在華泰的生產卻如火如荼。耿耿怨恨縈繞心頭,出於妒忌,他欲伺機報復。

一天晚飯後,德雅對孫偉說:「大哥,我現在到倉庫去清點成品紙的數量,因為明天一早就要出運了。」

孫太太對德雅說:「要不你等孫偉吃完飯一起去工廠。」

「媽媽成品紙數量多,我先走了。」

孫偉接著說:「吃完飯我就來。」

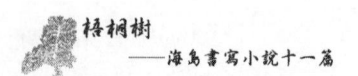

德雅駕車不到十分鐘就到達了華泰。她打開了倉庫的大門，成筒的白紙像小山一樣從庫門一直堆放到最後靠牆足足有五十多米，她大概一估算，如果明天將這些成品紙都出售，全年的利潤將翻倍，不免令她心花怒放。

就在夜幕剛合攏時，一輛黑色的轎車駛到華泰造紙廠的麥垛旁，張老闆鬼鬼祟祟從車門出來，在麥垛上澆上汽油，將火點燃後駕車就溜。

德雅首先發現倉庫外麥垛著火了，很快火光沖天，在狂風助推下向倉庫撲來，外面一片火海，她已無法出逃。就在她萬分焦灼時孫偉趕到了華泰，看到燃燒著的麥垛和廠房，痛不欲生地大喊：「德雅，德雅。」不見回聲，他的心都碎了。

孫偉堅信德雅一定在成品倉庫，他頭裹著濕大衣沖入庫區。三個倉庫唯有第一倉庫大門敞開著，門框已經燃燒起來，庫內濃煙彌漫，在火光中他隱約地看到德雅趴在地上，已被煙火薰倒了。他急忙用濕大衣把德雅裹住從倉庫裡抱了出來，他們一出庫門，燃燒著的門樑立刻落了下來，發出「劈劈啪啪」聲音。

當兩人衝出廠區時，全廠都淹沒在火海之中，巨大的火柱照亮了漆黑的夜空。

德雅一頭倒在孫偉的懷裡，目睹廠區火紅的一片悲哀地說：「大哥，我們還有明天嗎？」

Volume 11. 梧桐樹

孫偉親吻她高傲的額頭，咬著牙激越地說：「只要妳在，光明將會再現。」

翌日一早，在孫太太的引領下全家來到被大火焚毀的廠址，三個成品倉庫及六垛麥稭堆變成了九座灰山，車間裡的機器在大火中被熔鑄成一堆堆生鐵，像十幾座墳墓，目睹這片淒冷的景象，全家浸沉在無比痛苦之中。

昔日同窗德雅與孫玲悲痛地擁抱在一起，眼淚潸然而下。

孫偉大妹的一家沮喪地低著頭。孫太太站在一棵被大火燒焦的梧桐樹旁，情懷抑鬱地望著無垠的蒼穹，好像等待上帝的恩賜。孫偉悄悄接近母親的身旁，望著這棵被燒焦的梧桐樹軀幹堅定地說：「媽媽，等明年春風一吹，梧桐樹仍會枝繁葉茂。」母親凝視著兒子的臉默默地點點頭。

火災過去已有一週多了，但全家人還浸沉在痛苦之中。

一天晚上外面一片漆黑，已經是晚上十一點多了，萬籟俱靜，唯有孫偉房間的燈還亮著，德雅用雙手撫摸著孫偉的右手滿腹懷疑地對孫偉說：「大哥，我好像感到我們這一場災難是張老闆加禍於我們的？」

孫偉凝視德雅片刻說：「你有證據嗎？」德雅咬著牙，微微低下頭緘默無言。

他脈脈溫情地注視著德雅若有所思說：「德雅，我似乎也有

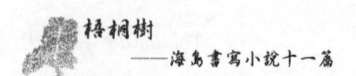

一種感覺，這塊土地並不適合我們生存，讓我們到南方去開創一條新的生活道路，妳看如何？」

德雅張開雙臂緊緊與孫偉擁抱在一起，眼淚不停地從眼眶流出哭泣著說：「好不容易能與你媽媽與孫玲他們相聚，現在又要分開了。」

孫偉拍拍她的肩哽咽著說：「忍痛割愛。」

第三天一早。

孫偉緩緩走到他媽媽身邊，躊躇滿懷地說：「媽媽，昨夜我已和德雅商量好了，我們準備去南方開闢一個新的天地，妳看怎樣？」

孫太太含著眼淚脫口而出：「這裡沒有希望、也無了恐懼，這裡只有你們兩對翅膀和一片茫茫無徑的天空，應當讓幻想，插翅漫遊①……」話音一落母子倆相擁而泣。

§

啟程的那天早上璀璨的陽光灑落在碼頭角角落落。

全家早早來到碼頭，孫玲將碩大的一束濃香欲醉的玫瑰花送給德雅，德雅緊緊擁抱孫玲，兩人纏綣多情。

註① 「應當讓幻想，插翅漫遊」語出英國詩人濟慈詩集。

Volume 11. 梧桐樹

外甥拉著孫偉的手不停地問：「舅舅你什麼時候回來再給我一個小飛機？」

孫偉溫柔地撫摸他的頭說：「時間不會很長。」

突然德雅從口袋裡掏出自家房門一串鑰匙向孫太太走來說：「媽媽這是我家古堡的鑰匙，現在二次大戰快結束了，如果我爸爸還活著，他會來找我。我在家門口已經貼上一張紙條，上面有聯繫方式。」

「放心吧，如果妳父親到來，我會電報告知妳並把鑰匙交給他。」

這時輪船的汽笛已經響了三次。

德雅在孫偉的催促下戀戀不捨向家人一一惜別，快步走上輪船的最高層，頻頻向碼頭上的親人揮手辭別。

他們的呼喊聲已被隆隆的輪船發動機聲淹沒，輪船緩緩離開碼頭。

驀地德雅驚喜地對孫偉說：「大哥，我發現我的肚子裡有一個生命在活動。」孫偉蹲下身體，輕輕撫摸德雅的肚皮，高興地驚呼：「啊！我們的孩子。」

兩人熱烈地擁抱在一起。

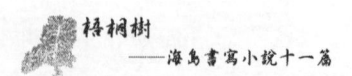

他們快步走到輪船的最前端,仰望藍天,昔日曾使兩人憂幻的土地已慢慢遠去,靈魂裡又喚起了新的夢!

Volume 11. 梧桐樹

中華語文叢書
梧桐樹
—— 海島書寫小說十一篇

作　　者／世　寬 著
主　　編／劉郁君
美術編輯／本局編輯部

出 版 者／中華書局
發 行 人／張敏君
副總經理／王銘煌
發行主任／葉怡煊
地　　址／11494 台北市內湖區舊宗路二段181巷6號5樓
客服專線／02-8797-8900　　傳　真／02-8797-8909
網　　址／www.chunghwabook.com.tw
匯款帳號／華南商業銀行　西湖分行
　　　　　179-10-002693-1　中華書局股份有限公司

法律顧問／安侯法律事務所
製版印刷／海瑞印刷品有限公司　維中印刷有限公司
出版日期／2025年8月初版一刷
定　　價／NTD 350

國家圖書館出版品預行編目（CIP）資料

梧桐樹：海島書寫小說十一篇 世寬著. 初版.
臺北市：中華書局，2025.08
　面；公分.(中華語文叢書)
ISBN 978-626-7349-21-2（平裝）

857.63　　　　　　　　　114009601

版權所有・侵權必究
ALL RIGHTS RESERVED
NO.H2166
ISBN 978-626-7349-21-2（平裝）
本書如有缺頁、破損、裝訂錯誤請寄回本公司更換。